SOPHIA COMO

SHADOW

Der Sommer trug deinen Namen

reverie

1. Auflage 2024
Originalausgabe

Gesetzt aus der Loretta
von GGP Media GmbH, Pößneck
Grafik Notizzettel von upklyak / freepik.com
Druck und Bindung von GGP Media GmbH, Pößneck
Printed in Germany
ISBN 978-3-7457-0455-6
www.reverie-verlag.de

Druckprodukt mit finanziellem
Klimabeitrag
ClimatePartner.com/15109-2009-1001

MIX
Papier
FSC FSC® C014496

Liebe Leserinnen und Leser,
dieses Buch enthält potenziell triggernde Inhalte.
Deshalb findet Ihr am Romanende eine Themenübersicht,
die demzufolge Spoiler enthalten kann.

Wir wünschen Euch das bestmögliche Erlebnis
beim Lesen der Geschichte.

Euer Team von reverie

Per Nonna Karin e Nonno Pino
Nonna, ti voglio bene a prescindere da tutto.
Nonno, mi manchi incredibilmente e ti penso ogni giorno.

Spero che siete orgogliosi di me.

PLAYLIST

MEN ON THE MOON → Chelsea Cutler
GOODNIGHT → Lennon Stella
GOOD FOR YOU → Selena Gomez, A$AP Rocky
DANGEROUS WOMAN → Ariana Grande
LIKE THAT → Bea Miller
QUIT – Cashmere Cat feat. Ariana Grande
LIKE A GOD → Lia Marie Johnson
CHAMPAGNE → Lia Marie Johnson
THINKING BOUT YOU → Ariana Grande
... YES GIRL → Bea Miller
COLD HEART KILLER → Lia Marie Johnson
WHERE DO WE GO NOW → Gracie Abrams
SMOKING GUN → Lia Marie Johnson
SEÑORITA → Shawn Mendes, Camila Cabello
CORNELIA STREET → Taylor Swift
SOLANGE WIR FAHREN → Alex Lys, Madeline Juno
DREAM → Chris Brown
DRESS → Taylor Swift
CALL IT WHAT YOU WANT → Taylor Swift
DIE SONNE IN DEINEM ZIMMER → Edwin Rosen
È SEMPRE BELLO → Coez
SHAMELESS → Camilla Cabello
MIRRORBALL → Taylor Swift
STYLE (TAYLOR'S VERSION) → Taylor Swift
HEY YOU GOT DRUGS? → Tove Lo
SMALL DOSES → Bebe Rexha

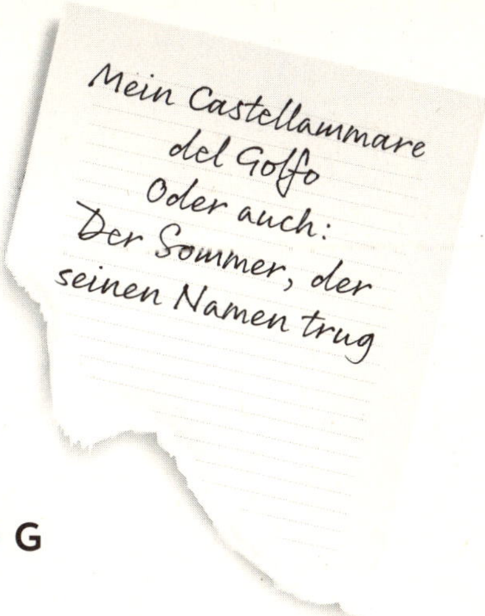

PROLOG

Wenn ich an Castellammare del Golfo dachte, war da immer die Wärme, die selbst in den Nächten auf meiner Haut lag. Sie steckte im hellen Licht der Straßenlaternen, vermischt mit dem Klang lachender Menschen vor Bars, Restaurants oder zwischen den großen Palmen der Piazza Petrolo. Castellammare war für mich das Gefühl, die Welt würde stehen bleiben, der Moment für immer anhalten, wenn ich mit meiner Nonna und meinem Nonno auf der Terrasse saß, Pasta mit Salsa di Pomodoro aß und frisch geschnittene Cantaloupe-Melone auf uns wartete. Es waren Abende, die nicht enden sollten, in die Nacht starrende Konversationen, Dunkelheit, in der ich mich wohlfühlte, denn es war warm, in der Ferne die Reflexionen der Stadt, die mein Herz wärmten. Wenn ich an Castellammare dachte, schmeckte ich das herbe Aroma von Nonnas Feigen in meinem Mund, roch die in Fett gebratenen Auberginen und fühlte das süße Eis, das auf meiner Zunge zerging und sich mit der Brioche vermengte. Ich erinnerte mich an das Salz auf meiner Haut, das jedes Mal zurückblieb, wenn ich vom Strand heimkam, und an verwegene Gassen, in denen ich mir Geschichten für Romanzen ausmalte. Ich dachte an meine Cousine Chiara, wie wir schon mit vierzehn laut zu Avril Lavignes *Smile* mitgesungen und meine Finger auf dem Rücksitz zum ersten Mal jene meines ersten Schwarms Gionata Zionetti berührt hatten. An Straßenmusiker am Hafen, Abende, in denen wir uns an den Strand stahlen, tranken, feierten und vielleicht auch etwas rummachten, ohne dass Nonno davon wusste. Ich dachte an lange Kleider und ausgefallene hohe Schuhe, daran, dass man sich dort hübsch machen konnte und nie overdressed war, weil die Italienerinnen immer schick unterwegs waren. Die Erinnerung ans Duschen im Freien, Haare, die in der warmen Sonne trockneten und vom Salz wellig waren. An den Geruch nach Sonnenöl auf der Haut, an Sand zwischen den Zehen, das Schnorcheln in Scopello und die Straßenhunde, mit denen ich meine Mittagszeit verbrachte.

All diese Dinge und mehr hatte ich stets im Kopf, wenn ich an Castellammare del Golfo dachte. Bis zu diesem einen Sommer.

Ab da roch Castellammare für mich nicht mehr nach Orangen, sondern Motoröl. Es fühlte sich nicht mehr an wie ein ruhiger Mittagsschlaf nach einem Tag in der prallen Sonne, sondern wie heiße Küsse in meinem Nacken, in meiner Halsbeuge und auf meinem Schlüsselbein. Ab diesem Sommer dachte ich nur an das Vibrieren unter mir, das meine Beine durchströmte, wenn ich auf seinem Motorrad gesessen hatte. Hörte ihn meinen Namen sagen, spürte seine Hände um meine Hüfte und wie sie mich in seinen Arm hoben. Ich sah schwarze Tinte, die Bilder auf seinen Rücken zeichnete, meine Finger, die diese Linien nachfuhren.

Irgendwann verband ich Castellammare del Golfo nur noch mit ihm. Denn dies war der Sommer, der seinen Namen trug.

La preda
(die Gejagte)
Oder auch: Wie ich
dachte, ihm ent-
kommen zu können

KAPITEL 1

Sofia

Chi dorme non piglia pesci, stand in unleserlicher Schreibschrift auf dem Post-it, den mir Zia Liliana auf den Flyer der Università degli Studi di Palermo geklebt hatte. *Ohne Fleiß kein Preis*, übersetzte die Stimme in meinem Inneren ihre mit Herzchen geschmückte Nachricht, ehe ich den Blick aus dem kleinen Flugzeugfenster warf und das weite Meer aus Wolken unter mir betrachtete. Seit wir abgehoben waren, hatte ich mich angespannt an die Infobroschüre geklammert, sie aber bisher noch nicht näher angesehen. Meine Tante wollte, dass ich mich wenigstens während meiner Zeit auf Sizilien um meine Zukunft kümmerte, wenn ich es schon nicht in England tat. Sie dachte, ich wollte mich erst mal auf die faule Haut legen und alles andere schleifen lassen. Und vielleicht wollte ich das auch, schließlich hatte man mir meine Heimat vor acht Jahren genommen und ich viel nachzuholen. Um alles, was danach kommen sollte, konnte ich mich dann immer noch kümmern.

Was sie nicht wusste, war, dass es noch einen weiteren Grund für meine abrupte Flucht gab. Und dieser brannte sich gerade ätzend durch meine Hosentasche. Ich fuhr über meinen Schenkel, als könnte ich das unwohle Gefühl, das das dünne Blatt Papier darin ausgelöst hatte, wegreiben. Nach zwei Jahren hatte es wieder begonnen. Seine Worte brannten sich in mein Inneres, waren mit unsichtbarer Tinte auf meine Haut tätowiert, die sich unter ihrer Bedeutung entzündet hatte. Am liebsten hätte ich sie von meiner Haut gekratzt. *Ihn* und das Spiel, das er mit mir spielte, wie einen lästigen Kaugummi von meinem Schuh geschabt und fortgeschmissen. Doch so einfach war das nicht.

Weil ich es nicht ertrug, friemelte ich den Zettel hervor. Darauf zu sehen die altbekannten, schmerzenden Worte, seit diesem Jahr fein säuberlich mit einer Schreibmaschine statt wie damals mit aufgeklebten Buchstaben aus einer Zeitschrift geschrieben. Auch der Duft war anders. Er war penetrant, roch nach einem billigen Aftershave, das man in überfüllten Clubs an jeder Ecke riechen konnte. Dennoch war ich mir sicher, dass der Verfasser sich nicht verändert hatte, das spürte ich an dem unerklärlichen Hass, den er noch immer für mich übrighatte. Er war nur schlauer geworden.

Ich zückte mein Handy, machte zur Sicherheit ein Foto von der Nachricht und zerfetzte sie dann in tausend Kleinteile, die ich am liebsten aus dem Flugzeugfenster geworfen hätte. Stattdessen stopfte ich sie in die Tasche vor mir in eine Kotztüte. Genau da, wo sie hingehörten.

Meine Tante wusste von nichts. Ich hatte es ihr verschwiegen, weil ich ihr bei all dem Stress, den sie ohnehin hatte, keine Sorgen bereiten wollte. Vielleicht würde sich das Problem auf Sizilien von selbst auflösen, ich könnte endlich durchatmen und all das hinter mir lassen. Dazu gönnte ich auch meiner Tante eine Pause: von meinen Ängsten und dem Ballast, den ich mit mir rumschleppte und hoffte, in meiner Heimat über Bord werfen zu können.

Ich liebte meine Zia Liliana. Sie war das einzige Stück Heimat, was mir in England geblieben war, und bei allem, was ich nach meinem Umzug damals durchmachen musste, der größte Halt gewesen. Doch mein Herz schlug nun mal am höchsten, wenn ich auf Sizilien war. Dort, im kleinen Küstenstädtchen Castellammare del Golfo war ich geboren, hatte die ersten zwölf Jahre meines Lebens verbracht und Familie und Freunde an meiner Seite gehabt. Dieser Ort war mein Zufluchtsort. In diesem Fall im wahrsten Sinne des Wortes.

Die Wolken verdunsteten, ermöglichten mir einen Blick auf die große Insel, die in der Ferne auftauchte. Von jetzt auf gleich machte sich ein großes Lächeln auf meinem Gesicht breit. Es war real. Ich würde vorerst wirklich bei meiner Nonna und dem Rest der großen Familie bleiben. Einen Rückflug hatte ich nicht gebucht. Ich wusste nicht, ob ich zurückwollte oder vielleicht tatsächlich eine Zukunft auf Sizilien anstrebte. Das wollte ich zu dem Zeitpunkt aber auch noch gar nicht wissen.

Chi troppo vuole nulla stringe, hätte mein Nonno nun auf meine Gedanken geantwortet, hätte er sie gehört. Und wer weiß, vielleicht hörte er sie ja wirklich. Vielleicht war er der Grund, weshalb mir seine Worte urplötzlich ins Gedächtnis kamen und mich daran erinnerten, dass es nie gut war, zu viel zu wollen. Ich hatte immer zu meinem Großvater aufgesehen. Während die Welt um mich herum in Eile gewesen war, man von überall Druck bekommen hatte und gedrängt worden war, alles richtig zu machen, war er mein Ruhepol gewesen. Bei ihm hatte ich nicht perfekt sein müssen, wichtig war nur gewesen, dass ich glücklich war. Alles andere war stets danach gekommen.

Ein kurzer Ton erklang, dann leuchtete das Signal zum Anschnallen auf und der Co-Pilot erklärte uns in einer kurzen

Durchsage, dass wir den Landeanflug begonnen hatten. Hastig zog ich die Kopfhörer aus meinen Ohren, blickte rasch auf mein Handy. Auch wenn ich es im Flugmodus hatte, war ich mir sicher, dass außer einer Nachricht meiner Nonna und meiner Zia nichts Neues auftauchen würde. Ich hoffte es zumindest.

Der Flughafen in Palermo war im Gegensatz zum Londoner klitzeklein. Ich kannte ihn wie meine Westentasche. Die letzten acht Jahre war ich jeden Sommer, manchmal auch im Herbst oder Winter, hier gewesen, um meine Ferien bei Nonna und Nonno zu verbringen. Deshalb wusste ich schon beim Aussteigen, welchen Weg ich einschlagen musste, um schleunigst zur Kofferausgabe zu gelangen, wusste, welche Rolltreppe mich zum Ausgang führte und an welcher Straße ich Zia Miriam finden würde.

Schon beim Raustreten lief ich in eine Wand aus Hitze. Obwohl wir erst Juni hatten, waren es bereits dreißig Grad im Schatten. Kurz schloss ich die Augen, atmete die warme Luft ein, die, auch wenn es direkt vor dem Flughafen nach verbranntem Gummi, Zigaretten und kaltem Kaffee roch, sofort die altbekannte heimatliche Leichtigkeit in mir auslöste. Nirgendwo anders konnte ich mich so fallen lassen, alle Sorgen vergessen und tief durchatmen wie hier.

»Ciao, bella!« Noch ehe ich die Augen öffnete, wusste ich, dass diese Anmache, die aufdringliche Männer nachahmen sollte und nun von einem schmatzenden Kussgeräusch begleitet lautstark über die Straße gebrüllt wurde, von meiner Tante stammte. »Kann ich dich mitnehmen?«

Ich öffnete die Augen, blickte in ein mit Sommersprossen übersätes, gebräuntes Gesicht, das mir entgegenstrahlte.

»Ciao Zia«, rief ich ihr zu, griff nach meinem Koffer und eilte über die Straße auf sie zu. Sofort stieg sie aus und streckte mir ihre Arme entgegen, in die ich sehnsüchtig hineinfiel. Spätestens jetzt konnte ich den gesamten Duft meiner Heimat in mir aufnehmen. Das blaue Shirt meiner Tante roch nach frischem Olivenöl aus dem Garten meiner Nonna, ihrer unvergleichlichen Salsa di Pomodoro und dem salzigen Wind, der einen bis hoch in die ländliche Gegend von Castellammare del Golfo erreichen konnte.

Ohne die Umarmung zu lösen, hob ich den Blick. Mimi, wie ich sie von klein auf nannte, strich mir über mein langes braunes Haar. Meine Großeltern hatten immer gesagt, dass ich ihr von den drei Töchtern am ähnlichsten war. Auch wenn ich Mamma nie kennenlernen durfte, weil sie bei meiner Geburt gestorben war, kannte ich sie von Bildern. Während ich von ihr die grünen Augen und die zierliche Größe zu haben schien, hatte Mimi mir ihre dichten braunen Haare vererbt, die Sommersprossen, die auch an meinen Schultern und Armen zu sehen waren, und ihr lautes Temperament.

»Chiara wartet schon sehnsüchtig auf dich«, meinte sie, löste sich von mir und machte sich daran, meine Sachen in den Kofferraum zu heben. »Rate, was sie sich für heute Abend überlegt hat.«

Nachdem alles verstaut war, ließ ich mich auf dem Beifahrersitz nieder, dann startete Mimi den Motor. Ein Schmunzeln huschte über meine Lippen. »Gehen wir in eine Bar?«

»Und rate, welche sie ausgesucht hat.«

Mein Schmunzeln wuchs zu einem Grinsen heran. »Das *Marlins*.«

Mit einer typisch italienischen Handbewegung verdeutlichte meine Tante, wie unfassbar berechenbar sie ihre Tochter fand. Und das war sie. Chiara war zwei Jahre älter als ich, wirkte in vielen Dingen aber dennoch jünger. Zum Beispiel in ihrem zuckersüßen Enthusiasmus. Wie ein kleines Kind fieberte sie auf bestimmte Ereignisse hin oder hielt die Planungen ihrer Abende, Outfits und Aktivitäten am liebsten in einem Notizbuch fest. Auch wenn es sich dabei eigentlich immer um dieselbe Bar – das *Marlins* am Hafen – und dasselbe oder wenigstens ein ähnliches Outfit handelte. Während Mimi stets modisch gekleidet war, immer wunderschöne bunte Kleider, auffallende Accessoires und typisch italienische Pumps trug, war ihre Tochter mehr der basic Typ, trug gerne Schwarz, Sneaker und ein einfaches, loses Shirt. Ich war eine Mischung aus beidem.

»Warum ist sie nicht mitgekommen?«

Wir fuhren auf die Autobahn, die direkt an den Klippen entlangführte. Zu meiner Rechten malte das weite Meer ein Mosaik aus Blau und Türkis an den Horizont, wurde geschmückt von sanften Strahlen der Abendsonne, die sich durch die wenigen Wolken drückte und das weit entfernte Ende der Küste mit Goldregen benetzte. Zu meiner Linken ragten hohe grüne Berge in den Himmel, an denen kleine Ferienhäuser sowie zahlreiche Olivenbäume und Weinplantagen zu sehen waren.

»Irgendwer muss doch im Hotel bleiben«, antwortete Mimi, fuchtelte wild in der Luft herum, weil irgendwer hinter ihr drängelte, und hupte aufgebracht, als dieser sie überholte. »Stronzo.«

Ich musste mir ein Grinsen verkneifen, als ich realisierte, dass ich tatsächlich zu Hause angekommen war. Hier auf Sizilien, wo die Hupe *Hallo, Vorsicht!* und *Arschloch* zugleich bedeutete.

»Außerdem«, griff sie meine Frage noch einmal auf, »muss sie euren Abend doch vorbereiten. Ich sag's dir, mit ihrem Drang nach Planung und Ordnung ist sie britischer als jeder Engländer bei euch in Norwich.«

Lachend warf ich den Kopf in den Nacken und lehnte mich in den Sitz. Ihre Kindheit hatte meine Mutter Maria mit ihren Schwestern Liliana und Mimi in England verbracht. Mamma und Liliana waren vorerst geblieben, hatten sich schließlich verliebt, während Mimi bereits mit achtzehn mit meinen Großeltern zurück nach Sizilien gegangen war und sich dort auf dem Weingut ihres Mannes Marco ein kleines ländliches Hotel aufgebaut hatte. Ich war wie Mimi. Ich wollte auch zurück, und vielleicht war das der Grund, weshalb ich mich mit ihr schon immer am besten verstanden hatte. Sie war wie ihr Vater, wie mein Nonno. Auch sie ging die Dinge ganz entspannt an, hörte mehr auf ihr Herz als auf den Verstand und lebte im Moment – die ganz typische italienische Art eben. Zia Liliana war da anders. *Eingeenglischt*, sagte Mimi oft, denn bei ihr gab es, typisch für Nordländer, festgefahrene Pläne, Ordnung und Ziele. Dinge, die auch ich für wichtig empfand, die nur eben jetzt noch nicht mein Leben bestimmen sollten. Ich wusste nicht, wie Mamma gewesen war. Vielleicht ein bisschen von beidem. In jedem Fall war sie hoffnungslos romantisch und dementsprechend leider auch naiv gewesen. Sie verliebte sich in *den Briten*. So nannte ich ihn. So nannte jeder ihn hier in der Familie. Denn ihn bei seinem richtigen Namen zu nennen, war er nicht wert. Der Brite hatte mich und seine sterbende Freundin einfach allein gelassen, weswegen ich ihn strikt aus meinem Leben gestrichen hatte. Für mich existierte er nicht, für mich war ich zu beiden Teilen italienisch, für mich war er gestorben. Nur meine Familie kannte die Wahrheit, anderen hatte ich nie davon erzählt, wo oder wer mein Vater wirklich war.

»Du kommst genau richtig«, warf Mimi ein. »Nächsten Monat ist wieder die *Gala di Beneficenza per salvare il Mare* im Belvedere. Das Tenute Firriato ist als Weinlieferant natürlich wieder eingeladen. Dein Onkel ist schon ganz aufgeregt, er will, dass alles perfekt ist. Dabei sind wir nur als Gäste auf der Spendengala, die Lieferung übernimmt seine Spedition.«

Ich lachte. »Das heißt, es wird so richtig pompös und elegant?«

Sie warf mir einen vielsagenden Blick zu, wackelte mit den Brauen. »So *richtig* richtig. Wir müssen dir noch ein Kleid besorgen.«

»Wer kommt alles mit?«

»Wir vier, ein paar von Marcos Mitarbeitern und ...«, sie hielt kurz inne, ehe sie weitersprach, »... mal schauen, ob Nonna mitkommt.«

Meine gute Laune verblasste sofort. »Wie geht es ihr?« Ich wusste, dass sich meine Großmutter seit dem Tod ihres geliebten Mannes vor fünf Jahren enorm zurückgezogen hatte und das Haus nur morgens für einen kurzen Strandbesuch und zum Einkaufen verließ.

Auch Mimi wurde ernster. Sie zuckte mit den Schultern. »Letztens hat sie einen Abend bei uns im Hotel verbracht. Es gab Livemusik und sie hat mit Chiara sogar ein wenig getanzt, das war schön.«

Meine Mundwinkel zuckten hoffnungsvoll. »Das hört sich doch gut an.«

»Ja«, hauchte sie. Ihr Blick ließ jedoch wenig Raum für Hoffnung. »Danach war sie allerdings fünf Tage lang nicht draußen gewesen. Papà hat schon eine große Leere hinterlassen.«

Ausweichend wandte ich den Blick aus dem Fenster und versuchte, meine Tränen zurückzuhalten. Mehr und mehr wurde mir klar, dass sich das Zuhause, das in meinen Erinnerungen lebte, rasant verändert hatte. Die ersten zwölf Jahre war ich bei meinen Großeltern aufgewachsen, wohlbehütet und geliebt. Weil mein Nonno an Parkinson erkrankt war und Nonna ihn hatte pflegen müssen, hatte sie keine Kapazitäten mehr gehabt, um sich auch noch um mich zu kümmern, weshalb sie mich zu Liliana nach Norwich gegeben hatten. Dort hätte ich bessere schulische Möglichkeiten, hieß es, obwohl ich lieber bei Zia Miriam geblieben wäre. Es war schmerzhaft, dass Nonno nun nicht mehr da war, mich nicht in den Arm nehmen, zum Lachen bringen oder sich mit mir um die Straßenhunde kümmern konnte. Doch was fast noch mehr schmerzte, war das Gefühl, auch meine Nonna nach und nach zu verlieren. Nichts war mehr so, wie ich es in Erinnerung hatte.

»Aber jetzt bist du ja da.« Freudig klopfte mir meine Tante auf den Oberschenkel und strahlte mich an. »Bestimmt wird sie das auch etwas aus dem Haus locken.«

Il predatore
(der Jäger)
Oder auch:
Wie ich ihn traf

KAPITEL 2

Sofia

»Rate mal, wo wir heute Abend hingehen.« Chiara stand auf der obersten Treppenstufe vor dem Haus und warf mir ein breites Grinsen zu.

»Soll ich wirklich raten?« Ich streckte mich, nachdem ich ausgestiegen war und wieder waschechten Castellammare-Boden unter den Füßen hatte. Ein kürzlich wieder zum Leben erweckter Automatismus brachte mich dazu, die Umgebung zu checken. Unmerklich blickte ich mich um und atmete erleichtert auf, als ich nichts Verdächtiges entdecken konnte.

Das Landgut meiner Tante lag an einem Hang. *Tenute Firriato* stand auf einem verrosteten Schild an der gepflasterten Einfahrt. Im Hintergrund hob sich der steile Weinberg empor, davor lag das Hotel mit antiker Fassade und roten Ziegeln auf dem Dach, gesäumt von graugrünen Olivenbäumen, Feigenbäumen, Palmen und diversen anderen Pflanzen. Die Treppe, die zum Eingang hinaufführte, war bröselig. Die ein oder andere Stufe unterschied sich in der Höhe um einige Zentimeter und ich wusste genau, bei welcher ich den Fuß weiter heben musste.

»Eh, Mamma!«, rief Chiara und verschränkte die Arme vor der Brust. »Hast du es ihr schon verraten? Che cattivo!«

Mimi und ich brachen beide in Gelächter aus, ehe ich mit dem Koffer die Stufen hinaufstieg.

»Chiara, Amo, Mimi musste mir gar nichts sagen. Ich hab's selbst rausgefunden. War auch gar nicht schwer. *Marlins*, oder?«

Als ich bei ihr ankam, löste sie ihre Arme und schmunzelte mich ertappt an. »Du kennst mich zu gut«, sagte sie und zog mich in eine innige Umarmung, bei der wir quietschend hin- und herschwankten.

»Ihr verschreckt mir noch meine Gäste«, meinte Mimi lachend und lief an uns vorbei zur großen Terrasse des Hotels, auf der sich einige Leute niedergelassen hatten.

Ich löste mich aus Chiaras Umarmung und sah sie mir genauer an. Wie erwartet trug sie Schwarz. Schwarze Shorts und ein dazu passendes Shirt, das ihre dunklen Haare und die violetten Spitzen darin perfekt umschmeichelte. Ihre Haut war blasser als die meine. War sie schon immer gewesen, obwohl sie rund um die Uhr in der Sonne war. Manchmal witzelte Mimi, Chiara wäre ein Vampir, was diese wiederum nur mit einem Augenrollen abtat. Das Einzige, was Chiara und ich äußerlich gemeinsam hatten, waren die dunkelgrünen Augen und die Körpergröße, die am Maßband nur 1,58 Meter aufzeigte.

»Ist alles okay?« Chiara strich mir liebevoll über die Wange. »Du siehst aus, als hättest du einen Geist gesehen.«

Ausweichend rieb ich mir die Augen. Konnte man mir meine Angst wirklich schon ansehen? »Ich bin nur müde vom Flug«, antwortete ich, hakte mich bei ihr unter und zog sie zum Hotel. »Was ist der Plan für heute?«

Das war das Schönste an Sizilien. Der Tag begann erst mit

Einbruch der Dunkelheit. Hier gab es selten einen Abend, an dem man zu Hause blieb und fernsehen schaute. Man ging raus, trank etwas in einer Bar, ging essen oder einfach nur spazieren. Wenn man tagsüber den Hafen besuchte, bekam man gähnende Leere zu Gesicht, während sich später das pure Leben dort tummelte. Von Jung bis Alt konnte man im Ort jedem begegnen. Man war nie allein.

»Wir treffen ein paar Freunde im *Marlins* und können dann noch weiterziehen, wenn wir Lust haben.«

Wir liefen über die große Terrasse, auf der ich kurz verharrte, um die Umgebung in mir aufzunehmen. Vor mir tat sich der gewaltige Weinberg auf, getunkt in das letzte Licht des Abends. Über uns funkelten Lichterketten, hier und da flackerte eine Kerze, von der das Wachs tropfte, und neben die leise Musik gesellte sich das deutliche Zirpen tausender Grillen. In der Ferne konnte man die Küste und das Meer sehen. Die Lichter der Häuser und Gassen häuften sich dort unten zu glimmendem Goldregen. *Castellammare ist hell und warm*, dachte ich, sog den Duft frischer Pasta, deftiger Sfincione – eine sizilianische Pizzaart – und selbst gemachter Arancini in mir auf, die mein Onkel Marco für die Gäste gerade vorbereitete.

»Hat wieder irgendwer Geburtstag?«, fragte ich, weil das bei Chiaras zahlreichen Freunden tatsächlich oft der Fall war. Wir begaben uns ins Innere, wo es dank der vielen Klimaanlagen angenehm kühl war. Ohne die würde man nachts kein Auge zubekommen. Beim Eintreten begrüßte einen direkt die Rezeption, die mit blau-weißen Fliesen mit sizilianischen Mustern verziert war, links davon ging es in die Küche, während rechts eine Treppe in den ersten Stock führte. Das Hotel meiner Zia war nicht groß. Genau genommen besaß es elf Zimmer. Die meisten Touristen, die sich nach Castellammare verirrten, waren eigene Landsleute. Meine Nonna hatte einst gesagt, Sizilien wäre für

Norditaliener wie Sylt für die Deutschen oder die englische Countryside für die Londoner. Nur ab und an gab es auf Sizilien auch internationale Besucher, die meisten Touristen kamen jedoch vom Festland.

»Geburtstag nicht, aber Mattia hat seinen Bachelor in der Tasche und wir müssen anstoßen!«

Und was ist mit dir?, war ich kurz davor zu fragen, konnte mir aber rechtzeitig auf die Zunge beißen und schenkte ihr stattdessen ein Lächeln. Chiara hatte sich, anders als ihr langjähriger Freund Mattia, noch an keiner Uni eingeschrieben oder eine Lehre begonnen, und das, obwohl sie bereits seit drei Jahren ihren Abschluss hatte. Auch wenn ich nicht urteilen sollte – schließlich hatte ich selbst noch keinen Plan, was ich nun machen wollte –, wusste ich, dass Chiara eigentlich ziemlich genaue Zukunftspläne hatte. Seit ihrem Abschluss jobbte sie im Hotel ihrer Mutter und in der Küche ihres Vaters, dabei war das Malen von klein auf ihre Leidenschaft gewesen. Ich schätzte, dass ihr Pflichtbewusstsein ihren Eltern gegenüber und ihre Zweifel daran, mit einem Kunststudium wirklich etwas erreichen zu können, sie daran hinderten.

»Eeh, Sofia!« In dem Moment, in dem wir an der Rezeption ankamen, trat mein Onkel Marco lachend aus der Küche, warf sich ein Spültuch über die Schulter und breitete die Arme aus. Kurzerhand griff er nach meinen Wangen und verteilte auf ganz italienische Art ein paar Küsse darauf. »Come stai? Äh ..., wie geht es dir?« Im Gegensatz zu Mimi und Chiara konnte Marco nicht fließend Englisch, doch er wurde immer besser.

»Bene grazie, mir geht es gut. Und dir? Das duftet übrigens herrlich!«

»Das ist meine neue creazione speciale. Busiati con l'Agghia Pistata mit Pomodori von deiner Nonna und ein Schuss Nero d'Avola aus unserem Keller.«

Wie aufs Sprichwort ging in dem Moment die Tür zum Weinkeller auf und ein hochgebauter Typ kam mit zwei Weinkästen heraus. Was meinen Blick an ihm hängen ließ, war der Fakt, dass er so was von gar nicht her passte. Hier, nach Sizilien, nach Castellammare. Er war breit gebaut, hatte hellbraunes Haar und helle, nur leicht gebräunte Haut. Auf seinen Schultern und Oberarmen konnte man die Enden mehrerer Tattoos erkennen, die unter seinem Shirt noch weiter zu verlaufen schienen. Auch wenn ich es nicht richtig erkennen konnte, war ich mir sicher, dass seine Augen dunkelblau waren und einen kühlen und viel zu distanzierten Blick draufhatten. Ich erkannte allein an seinem Äußeren, dass er kein Italiener war.

Als er an uns vorbeilief, würdigte er uns keines Blickes, verschwand nur stumm in der Küche und kam mit zwei leeren Kästen Wein wieder raus. Immer noch etwas verwundert, musterte ich ihn weiter. Er trug ein lockeres weißes Shirt, dazu schwarze Jeans und Boots. Und das im Sommer. Sein Gesicht war markant, das Kinn leicht vorstehend und die Lippen voll. Sobald er den Ausgang ansteuerte, erhaschte ich einen kurzen Blick auf die Ader an seinem Bizeps, die nun durchs Tragen deutlich zu sehen war. Er stellte die Kisten vor der Tür zum Weinkeller ab, ehe er den Ausgang anpeilte, in eine schwarze Lederjacke schlüpfte und sich schließlich an Marco wandte.

»Mach's gut. Wir sehen uns morgen.« Brite. Hatte ich's doch gewusst.

»Arrivederci, Valentin.«

Mein Blick zuckte zu meinem Onkel, dann drehte ich mich noch mal um und landete wider Erwarten genau im Dunkel seiner Augen. Valentins Augen.

Wir sahen einander an, dennoch konnte ich nicht deuten, was in seinem Kopf vorging. Was ich jedoch wahrnahm, war, dass in diesem Moment irgendwas passierte. Oder auch nicht.

Es war mir nicht möglich, zu sagen, was es war. Da war so viel Leere in seinem Blick, gleichzeitig konnte ich auch einen Hauch von Überraschung entdecken. *Seine Augen sind silbrig,* dachte ich. Und das waren sie. In dem dunklen Blau entdeckte ich ein silbriges Glimmen, das sich mit dem Gold meiner Heimat stach. Er wirkte vollkommen fehl am Platz, irgendwie verloren.

Im nächsten Moment wandte er sich abrupt ab, war verschwunden und ich hatte keine Ahnung, ob unser Blickkontakt Realität oder Einbildung gewesen war.

Bevor ich mich fertig machte, lief ich zum Nachbarhaus, in dem meine Nonna wohnte. Dafür musste ich einen sandigen Kiesweg entlanglaufen, der von dichtem Gewächs, Olivenbäumen und Palmen gesäumt war, kam an einem Ziegengehege vorbei und passierte ein paar Weinreben meines Onkels. Vor dem Himmelszelt baute sich der dunkle Berg auf, der von dem ein oder anderen Licht vereinzelter Landhäuser geschmückt wurde. Hier oben auf dem Land war es ruhig. Die meisten Touristen ließen sich unten im Ort nieder, dort, wo es Geschäfte, Restaurants und den Strand gab und man kein Auto mieten musste, um sich fortzubewegen. Dafür hatte man hier seine Ruhe, war umgeben von Pflanzen, reiner Luft und dem beruhigenden Zirpen tausender Grillen.

Kurz vor dem Tor meiner Großmutter hörte ich hinter mir plötzlich etwas rascheln. Erschrocken drehte ich mich um und durchforstete die Dämmerung. Mein Herz begann sofort, spürbar in meiner Brust zu rasen. Es pumpte in meinen Fingern, meinen Schläfen, meinem Bauch. Obwohl ich das Landleben bei meiner Familie wirklich liebte, war es abends manchmal etwas Furcht einflößend. Keine Straßenlaterne brannte, dafür huschten ein paar letzte Schatten des Tages durch die Umgebung. In der Ferne hörte man die leise Musik und das Gemurmel der Hotelgäste meiner Tante und … da, wieder das Rascheln, dann ein langer Schatten. Die Panik in mir wuchs. Was war, wenn ... nein, das war unwahrscheinlich. Ganz sicher. Trotzdem dehnte sich in mir wieder diese beklemmende Hitze aus, mein Mund wurde trocken, meine Atmung flach.

»Hallo?«, rief ich den Weg hinab, kam dem Geräusch langsam näher. Dann plötzlich sah ich es, sah die Bewegung, fließend, schnell. Mit einem lauten Schrei wich ich zurück, noch während ich erleichtert erkannte, wer beziehungsweise was da vor mir auftauchte: ein Müllbeutel, der im leichten Wind aufgewirbelt wurde, direkt daneben ein alter Freund.

»Sciro!« Voller Erleichterung lachte ich einmal laut los, ging in die Hocke und begrüßte das kleine weiße Wollknäuel, das seit Generationen auf uns aufpasste. Sciro war ein kurzhaariger Straßenhund, mittelhoch und weiß. Schon seit zehn Jahren lebte er in unserer Straße, wurde von uns gepflegt und gefüttert. Damals, als mein Nonno und ich ihn verletzt am Straßenrand aufgegabelt hatten, hatten wir ihn eigentlich behalten wollen, doch da meine Nonna sich vor Hunden fürchtete, hatten wir ihn schweren Herzens freilassen müssen. Wie sich schnell herausgestellt hatte, wollte auch er uns nicht verlassen, sondern blieb seitdem stets bei uns und passte auf uns auf.

Ihn jetzt im Arm zu halten, trieb mir brennende Tränen in die Augen, die ich zu unterdrücken versuchte. Mit keinem anderen Familienmitglied hatte ich meine Liebe zu Tieren so stark teilen können wie mit meinem Nonno. Ich war mir sicher, dass er Sciro nun liebevoll auf den Hintern klopfen und ihn anschließend kraulen, dann ein Leckerli hervorkramen und mindestens eine halbe Stunde mit ihm verbringen würde, nur um ihm das Gefühl zu geben, dass er geliebt wurde.

»Ich hab leider gerade nicht viel Zeit für dich«, flüsterte ich. »Ich muss nämlich zu meiner Nonna. Und du weißt ja, dass sie Angst vor dir hat.«

Als würde er mich verstehen, kuschelte er sich nun enger an mich und erschwerte mir damit den Abschied.

»Aber ich komme wieder. Versprochen. Ich bin jetzt jeden Tag da!«

Mit diesen Worten erhob ich mich, wurde mit einem freudigen Bellen von ihm verabschiedet und noch ein Stück den Weg hinaufbegleitet. Am Tor blieb er stehen und blickte mir traurig hinterher, wandte sich kurz darauf aber auch schon wieder schwanzwedelnd ab, um sich anderen Dingen zu widmen.

Das Grundstück meiner Großeltern war riesig, das Haus hingegen sehr klein. Die Einfahrt war mit wackeligen Pflastersteinen belegt und führte zu einer kleinen Terrasse, auf der ein Tisch und ein dazu passender Stuhl stand. Früher hatten dort zwei gestanden, früher waren diese Stühle ständig besetzt gewesen.

Ich spähte ums Haus herum und blickte in einen Garten voller Gemüse und Früchte. Tagsüber konnte man hier Tausende Farben bestaunen. Meine Nonna besaß Olivenbäume, Orangen- und Tomatensträucher, Kiwipflanzen, die an einem Gestell hinaufkletterten, Feigenbäume und vieles mehr. Nun brannte nur eine einzige flimmernde Lampe an der Außenwand vom Haus und wies mir meinen Weg zur Haustür. Ich trat an die gläserne Tür, erkannte, dass im Inneren bereits Licht brannte, da der Tag langsam aber sicher ganz hinter dem Berg verschwand. Sicherlich bereitete sich Nonna mit einem Glas Wein und Eis auf einen gemütlichen Krimiabend vor. Ich klopfte laut gegen das Glas, öffnete die Tür und rief einmal mit voller Kraft »Nonna?« ins Innere. In der Küche rumpelte es.

Um sie nicht zu erschrecken, rief ich noch mal nach ihr. »Nonna? Ich bin's, Sofia!« Nun regte sich etwas. Besteck klapperte auf einem Teller, ehe meine Nonna um die Ecke ins Wohnzimmer trat und mir durch ihre große Brille entgegenblickte.

»Sofia!« Ihre Stimme wandelte sich von überrascht zu erfreut. Kurzerhand breitete sie die Arme aus und eilte mir entgegen. Obwohl ich selbst winzig war, schaffte es meine Nonna, noch ein paar Zentimeter kleiner zu sein. »Ma che bello che sei qui!«

Sehnsüchtig schmiegte ich mich in ihre Arme, sog ihr teures Parfüm ein und hörte den vielen Goldschmuck an ihren Fingern und Armen klimpern, die sich um meinen Rücken legten.

»Ich freue mich auch, hier zu sein«, antwortete ich und drückte mein Gesicht in ihre Halsbeuge, ehe sie sich von mir löste und mich genauer unter die Lupe nahm.

»Du hast zugelegt«, erkannte sie. »Deine Hüften sind breiter geworden. Hast du etwa Liebeskummer?«

Meine Nonna war keine gewöhnliche Großmutter, wie meine Freunde und Bekannten sie in Norwich hatten. Sie verbrachte ihre Zeit nicht nur in der Küche oder im Schaukelstuhl, machte sich gerne hübsch, ging nie unfrisiert und ungeschminkt aus dem Haus, flirtete gern und trug mehr Schmuck an ihrem Körper, als ich überhaupt besaß. Nie verschwieg sie die Wahrheit, sprach einfach aus, was ihr in den Sinn kam – auch wenn es manchmal besser gewesen wäre, nichts zu sagen.

Mit ihrem Kommentar hatte sie nicht unrecht. Der Stress und die Angst, die mich seit dem Abschlussball begleiteten, hatten zu ausartenden Fressattacken geführt. Dies war eine lästige Angewohnheit von mir, die sich besonders in schwierigen Phasen zeigte. Ich hätte mich zwar immer noch als zierlich bezeichnet, doch meine Hüften waren tatsächlich breiter geworden.

»Herzlichen Dank auch, Nonna.« Mit einem Kopfschütteln grinste ich etwas verunsichert und folgte ihr in die Küche.

»Du weißt, dass ich es nicht so meine. Ich mache mir Sorgen. L'amore ha spesso il cuore freddo.« *Die Liebe ist oft kaltherzig.*

»Ich weiß, Nonna. Aber du liegst falsch, ich hab keinen Liebeskummer.«

»Dann muss es irgendetwas anderes sein. Ich sehe dir das an. Zu diesem Luke hast du keinen Kontakt mehr, oder?« Sie warf mir einen skeptischen Blick über die Schulter zu, ehe sie sich an einem frischen Pfirsich zugange machte und kleine Stücke ihrem Wein zufügte. Mit einem fragenden Blick bot sie auch mir einen an.

»Gerne.« Mit meinem Nicken schenkte sie ein weiteres Glas Weißwein ein, fügte auch diesem süße Stücke der Frucht hinzu. Ich beobachtete sie dabei. Heute waren ihre Nägel in einem klassischen Rot lackiert, morgen würde sicherlich ein Olivgrün dran glauben müssen. Nonnas Handgriffe waren so geübt und schnell, dass ich ihren Schneidebewegungen kaum folgen konnte.

»Und nein«, ich seufzte und fuhr mir angespannt über das Gesicht, »ich hab keinen Kontakt mehr zu Luke.«

Luke DiLaurentis war mein Ex, wir waren mit sechzehn zusammengekommen und hatten uns mit Ende siebzehn getrennt. Trotzdem musste ich mich jedes Jahr aufs Neue mit den Fragen nach ihm rumschlagen. Wahrscheinlich, weil er der einzige Typ war, mit dem ich je etwas gehabt hatte, jedenfalls der Einzige, von dem Nonna wusste. Sie liebte Gossip und Drama rund um die Liebe, weswegen er bei ihr immer wieder Thema war.

»Ich fand ihn sowieso nie sonderlich hübsch.«

Lachend ließ ich mich auf einem Stuhl am Küchentisch nieder. Man hätte meinen können, ich hätte mich nach so vielen Jahren an ihre unverblümte Ehrlichkeit gewöhnt, trotzdem erwischte sie mich immer wieder eiskalt damit.

»Aussehen ist doch auch nicht alles.«

»Nett fand ich ihn auch nicht.«

»Du hast ihn nie wirklich kennengelernt.«

Nun gestikulierte sie wild in der Luft herum, ehe sie mir das Weinglas reichte und sich zu mir an den großen Holztisch setzte, an dem einst die ganze Familie Platz gefunden hatte. »Muss ich nicht. Er ist Brite, das reicht mir. Für mich sind alle Engländer unten durch.«

Ein Kloß längst verdrängter Erinnerungen machte sich in meiner Kehle breit. Auch wenn Nonnas Abneigung gegen eine ganze Nation von Männern übertrieben war – schließlich konnte man sie nicht alle über einen Kamm scheren –, verstand ich ihre Wut. Auch ich war wütend, auch ich verband mit diesem Land und seinen Einheimischen nicht viel Gutes. Mein Vater war immerhin einer von ihnen und hatte mich im Stich gelassen – in jeder Hinsicht. Am liebsten hätte ich diesen Teil von mir einfach rausgerissen, genau wie die Erfahrungen, die für mich damit einhergegangen waren. Denn als ich mit zwölf Jahren zu Liliana gezogen war und kaum ein Wort Englisch gekonnt hatte, war ich die ersten drei Jahre lang von Mitschülern gemobbt und ausgeschlossen worden. Selbst als ich die Sprache irgendwann hatte fließend sprechen können, war ich trotzdem noch die komische Ausländerin mit dem seltsamen Akzent gewesen. Schuld daran war meiner Ansicht nach allein mein Vater. Er hätte derjenige sein müssen, der mir alles von klein auf beibrachte. Er hätte mich vor den emotionalen Narben verschonen müssen, die mir zugefügt worden waren. Allein seinetwegen hatte ich kein Elternteil, kein richtiges Zuhause, keinen Ort, an den ich wirklich hingehörte. Das Gefühl und die Ausgrenzung waren irgendwann so schlimm geworden, dass Liliana mir zuliebe umgezogen war, damit ich mit fünfzehn die Schule wechseln, das Schuljahr wiederholen und besseren Anschluss finden konnte. Dort hatte ich meinen Exfreund Luke und seine ein Jahr ältere Schwester Paula kennengelernt. Gesprochen hatte ich dennoch nicht viel – die englische Sprache gehörte seither zu meiner größten Unsicherheit. Bis ins Teenageralter hinein hatte ich einen schrecklichen italienischen Akzent, der bis heute in wenigen Worten hörbar war. Eigentlich sollte ich stolz auf ihn sein, denn er verdeutlichte, woher ich kam. Doch die Wunden, die die Worte und Blicke meiner Mitschüler ausgelöst hatten, saßen zu tief. Daher war es für mich selbstverständlich gewesen, meine Herkunft und meinen Vater zu verschweigen. Wenn die Leute gewusst hätten, dass ich zur Hälfte Britin war, hätten sie gefragt, wer der britische Teil war, warum er mir nicht ordentliches Englisch beigebracht hatte und wo er hin war. Nein, für mich und alle anderen war ich Italienerin und meine Eltern beide tot. Luke war der Einzige, dem ich mich eines Abends anvertraut hatte. Er kannte die Wahrheit über meinen Vater, wusste über meine Unsicherheiten Bescheid.

»Wenn dein Nonno noch da wäre, hätte er dasselbe gesagt.«

»Für Nonno wäre kein Mann gut genug gewesen.« Das stimmte. Auch mein Großvater war nach dem Spektakel mit meinem Vater nicht gut auf britische Männer zu sprechen gewesen. Was nicht förderlich gewesen war, weil er ohnehin alle Männer als Gefahr für seine Enkelinnen angesehen hatte. Ich erinnerte mich an einen Tag am Strand, kurz nach meinem elften Geburtstag, noch vor Nonnos Diagnose: Nikola, ein Klassenkamerad, hatte mich angesprochen und mir seinen Volleyball geschenkt. Ich war bis über beide Ohren verliebt gewesen. Doch als ich zurück zu meinem Handtuch gelaufen war, hatte mein Nonno mit gerümpfter Nase gefragt, wer das wäre. Kurz darauf hatte er bei den Eltern gestanden und Nikola hatte danach nie wieder mit mir gesprochen.

»È vero«, stimmte mir Nonna mit einem traurigen Lächeln zu und ließ ihr Glas Wein mit meinem zusammenklirren.

Wir tranken jede zwei davon, tauschten alle Neuigkeiten aus. Ich erfuhr, dass die Eisdiele *La Sorgente* im Ort hatte schließen müssen, dafür eine neue an der alten Villa eröffnet worden war. Immer mehr Touristen fluteten den Ort, ließen sich in neu eröffneten Hotels direkt im Zentrum nieder oder kauften sich eine eigene Ferienwohnung. Auch bei Mimi schienen die Buchungen weniger zu werden, offenbar wäre die Zahl aber noch nicht besorgniserregend.

»Sehen wir uns dann morgen zum Abendessen bei Mimi?«, fragte ich voller Hoffnung. Ich wollte so gern einen Abend mit meiner Familie verbringen. So wie früher.

Nonna rang um eine Antwort, haderte augenscheinlich, nickte dann aber trotzdem. »Va bene.«

Breit grinsend drückte ich ihr einen Kuss auf die Wange und verabschiedete mich schließlich, um mich für den Abend fertig zu machen. Der erste in meinem neuen alten Zuhause. Der erste in einer ungewissen Zukunft.

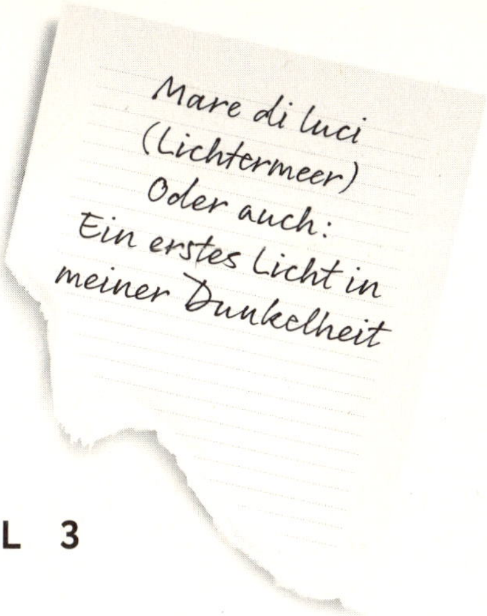

KAPITEL 3

Valentin

In der Gasse unter mir taumelten ein paar Teenager laut lachend umher. Entnervt schaute ich von meinem Laptop auf und lehnte mich über die Brüstung des kleinen Balkons meines Airbnbs: Es waren fünf Jungs, wahrscheinlich erst sechzehn. Auch wenn ich noch nicht lange in Italien war, erkannte ich an bestimmten Wortfetzen sofort, worüber gesprochen wurde. *Che bonazza …, … donna ubriaca …*. Die Übersetzung war angesichts der ausladenden Gesten, die sie ausführten, überflüssig: Sie sprachen über irgendwelche Frauen, ihre Rundungen und darüber, dass sie sie abfüllen und abschleppen wollten.

Ist klar, dachte ich und lehnte mich mit einem Kopfschütteln zurück in meinen Stuhl. Wie sehr ich solche Großmäuler hasste.

Ich ließ den Blick die Gasse hinabgleiten. Sie führte bergab Richtung Hafen, Richtung Wasser. Die Sonne war längst verschwunden, dennoch waren die meisten Straßen und Häuser taghell erleuchtet. *Mare di luci* hatte mein Kommilitone mal das Phänomen bezeichnet, bei der die Stadt nachts in Gold getaucht wurde. Es war, als würde eine Kuppel über den Gassen schweben, um sie vor der Dunkelheit abzuschirmen.

Ich mochte das Gefühl, vom Balkon aus das Leben so vieler anderer zu beobachten. Sie wirkten losgelöst, irgendwie frei, als würden ihre Probleme nur für diese eine Nacht irrelevant sein. Man fühlte sich weniger allein. *Ich* fühlte mich weniger allein, auch wenn ich es war. Und das sogar mehr als zu Hause bei Dad, wo die Einsamkeit beinahe schon ein festes Familienmitglied war.

Mein Blick fiel zurück auf den Laptop. Obwohl meine Konzentration bereits vor Stunden nachgelassen hatte, zwang ich mich dazu, meiner Hausarbeit noch ein paar Zeilen hinzuzufügen. Dad wollte es so. Er wollte, dass ich dieses Önologiestudium absolvierte, in seinen Weinbetrieb einstieg und seinen Vorstellungen gerecht wurde. Und ich tat es. Weil ich es ihm schuldig war. Als hätte dieser eine Zwischenfall meine eigenen Wünsche und Pläne ausradiert. Meine einzige Bedingung, dieses Studium anzutreten, war ein Auslandssemester auf Sizilien. Hier, wo alles geendet und gleichzeitig begonnen hatte. Dad fand es nicht gut, dass ich hergekommen war, schließlich wollte er mich vor diesem Ort schützen. Zu meinem Glück war die Insel groß, sodass er davon ausging, dass ich wohlbehütet und geschützt vor jeglichen Erinnerungen in Palermo war. Nicht hier in Castellammare del Golfo. Das durfte er niemals erfahren.

Nach wenigen Minuten fischte ich das Foto hervor. *Ihr Foto.* Ich kannte es in- und auswendig, hatte jede Ecke analysiert und unter die Lupe genommen. Weiter war ich trotzdem nicht gekommen. Ich wusste, dass Castellammare schon immer ein wichtiger Ort in ihrem Leben gewesen war und ich weitere Informationen sicherlich im *Tenute Firriato* finden würde.

Mit einem Seufzen schlug ich den Laptop zu, streckte mich und entschied, noch mal an den Hafen zu fahren. Wenn sich die Lichter der Stadt wellig im Wasser oder auf den nassen Straßen spiegelten, konnte man besonders gute Fotos schießen. *Asphaltglitzer*, hatte Mum mal gesagt. Sie hatte in allem Hässlichen immer einen Grund gefunden, es trotzdem zu fotografieren. Von ihr hatte ich die Liebe zur Fotografie geerbt. Wenn sich an einem verregneten Herbsttag das Grau der Wolken als Glimmen auf den nassen Gassen wiedergefunden hatte, hatte sie innegehalten und den Auslöser gedrückt. *Dieses Glitzern ist der Beweis, dass die Sonne niemals wirklich verschwindet*, hörte ich sie in meinem Inneren immer noch sagen, obwohl es bereits Ewigkeiten her war.

Mit meiner alten Olympus-Analogkamera lief ich in den Hof und schwang mich auf meinen Scrambler. Es knallte laut, sobald ich den Schlüssel im Zündschloss umdrehte, im nächsten Moment fuhr ich auch schon über die Straßen von Castellammare del Golfo.

Je tiefer ich hineinfuhr, desto mehr Menschen kamen mir entgegen, machten sich auf den Weg in ein nobles Restaurant oder in eine Bar. Castellammare wirkte jede Nacht aufs Neue wie ein kleines Festival: An jeder Ecke gab es Livemusik, die Bars waren überfüllt, Straßenverkäufer versuchten, buntes Spielzeug, Handyhüllen und Handventilatoren loszuwerden, und hier und da führte der ein oder andere Jugendliche einen Affentanz mit seiner Vespa auf, um irgendeinem Mädchen zu imponieren.

Am Hafen angekommen, zog ich mich in den weniger belebten Bereich zurück, an dem die Bootsstege begannen. Ich liebte den Trubel, war aber ungern direkt mittendrin. Stattdessen beobachtete ich lieber von Weitem, analysierte Menschen und erdachte mir für sie Leben, die ich in meinen Fotos festhielt.

Erschöpft vom Tag ließ ich mich am Ende eines auf der dunklen Seite des Hafens gelegenen Stegs nieder, fotografierte alte

Fischerboote, von denen der Lack abbröselte, Wände uriger Häuser mit roten, beigen und roséfarbenen Fassaden, die am Hang des Berges angeordnet waren, und ein Hochzeitspaar, das sich auf der anderen Uferseite einen Kuss gab. Die einzelnen italienischen Konversationen, die die Leute miteinander führten und die von allen Seiten auf mich einprasselten, ließen mich wie so oft an ganz bestimmte Worte denken. Sie gehörten nicht mir, waren dennoch so fest in meinem Inneren verankert, dass ich manchmal das Gefühl bekam, *ich wäre sie*. Ein Gedicht, dazu eine traurige Melodie:

Oh figlio mio lu santu passau, di la bedda mi'nni spiau.

Um mich herum wurde es still. Die Zeile war eine Erinnerung, die mich manchmal aus dem Nichts heimsuchte. Dabei wusste ich nicht mal, an was genau ich mich erinnerte. Wie eine Art Déjà-vu waberte die Melodie durch meine Gedanken, schickte mich in längst vergangene Tage, in denen alles gleichzeitig heller und trotzdem so dunkel war, dass ich nicht wusste, welchem Ereignis sie zuzuordnen waren. In meiner Brust wurde es eng. Manchmal glaubte ich, diese Art Flashbacks gehörten zu einem früheren Leben, dessen Erinnerung noch in mir nachhallte. Bis heute verstand ich nicht, woher der Klang, woher diese Worte, dessen Aussprache ich perfekt beherrschte, obwohl ich kein Italienisch konnte, kamen.

Es verging eine gefühlte Ewigkeit, bis ich mich wieder voll und ganz auf das Fotografieren konzentrieren konnte. Von hinten näherten sich plötzlich laute Schritte und ein bekanntes Frauenlachen. Ich wusste sofort, dass es Chiaras war. Die Tochter meines Chefs war die Letzte, die ich jetzt antreffen wollte. Ich hatte nichts gegen sie, aber sie war mir in der mit Stille gefüllten Welt, in der ich aufgewachsen war, manchmal einfach zu laut.

Ich vergrub mein Gesicht in meiner Kapuze, spähte nur vorsichtig nach hinten. Chiara hielt mit ihrem Freund Händchen, hinter ihr näherten sich noch zwei Jungs und ganz hinten stand sie. Sofia.

Chiara schien zu merken, dass der Steg besetzt war, erkannte mich zum Glück jedoch nicht und machte wieder kehrt.

»Va bene, andiamo«, verstand ich, worauf ein betrunkenes Lachen folgte. Die Schritte entfernten sich, ehe ich ein weiteres Mal zurückspähte und die Gruppe im Dunkeln verschwand. Nur *sie* war stehen geblieben und blickte mich durch leicht zusammengekniffene Augen an. Ich hätte mich wieder umdrehen, unerkannt bleiben können. Stattdessen erwiderte ich ihren Blick, erkannte an dem Ausdruck darin, dass auch sie sich an mich erinnerte.

»Sofia, vieni«, rief Chiara, woraufhin sie mit »Si, aspetta!« antwortete, ehe sich Chiara noch mal auf Englisch zu Wort meldete. »Komm, da ist besetzt!«

Sie zuckte zur Seite, blickte ihr nach.

Sofia. Gedanklich ließ ich mir ihren Namen auf der Zunge zergehen, musterte sie ein weiteres Mal. Sie war klein und zierlich, hatte schlanke Beine und schöne Kurven. Der rote Jumpsuit, den sie trug, hatte einen V-Ausschnitt, wodurch man erahnen konnte, welche Rundungen sich darunter verbargen. Ihr Profil war markant, die Lippen formten ein pralles Herz und ihre langen Locken berührten selbst im Zopf ihr Steißbein. Ein letztes Mal sah sie zu mir zurück, ehe ich mich abwandte und nur noch ihre leisen Schritte verrieten, dass sie sich nun ebenfalls entfernte. Erst nach einer gefühlten Ewigkeit blickte ich wieder zurück und verspürte Wehmut und Erleichterung zugleich, sie dort nicht mehr stehen zu sehen.

Non cercarmi!
(Such mich nicht!)
Oder auch:
Wie er mich
trotzdem fand

KAPITEL 4

Sofia

»Sag mal, Chiara …« Hastig eilte ich meiner Cousine nach, während sie sich taumelnd mit Mattia in die Menschenmenge des Hafens warf. Im *Marlins* hatten die beiden ordentlich Gas gegeben und wirkten nun, als würden sie am liebsten irgendwo, wo es ruhig war, übereinander herfallen.

Ich beschleunigte meine Schritte, um mich bei ihr unterzuhaken. »Wer ist das eigentlich?«

Benommen blickte sie mich an. »Wer?«

»Der Typ auf dem Steg. Valentin heißt er, glaube ich.« Ich deutete zurück zu den Booten. »Er war vorhin im Hotel.«

Verwundert wirbelte meine Cousine herum und starrte in Richtung Stege, ehe sie sich am Kopf kratzte und weiterlief.

»Der Typ da eben war Valentin? Hab ich gar nicht erkannt. Aber wundert mich nicht, dass er dort allein sitzt. Er ist irgendwie seltsam.«

Eine subtile Alarmglocke läutete in mir. »Inwiefern?«

»Er hilft im Weingut aus, studiert wohl Önologie und macht

in Palermo ein Auslandssemester. Mehr weiß ich auch nicht. Aber er redet fast nie, gibt nur knappe Antworten und hat immer diesen mürrischen Blick drauf. Typisch britisch eben.«

Das Klingeln in meinem Inneren wurde lauter. *Typisch britisch eben.* Meine Beine hörten auf zu funktionieren, ich blieb wie angewurzelt stehen und starrte Chiara nach. Ich wusste nicht, ob es daran lag, dass er Brite war, einen mürrischen Blick draufhatte, der ganz eindeutig Ärger bedeutete, oder ich in meiner Lage einfach ängstlich auf alle Männer reagierte, doch mir kamen sofort tausend panische Fragen in den Sinn. Und eine platzte sofort aus mir raus.

»Wenn er in Palermo sein Auslandssemester macht, was sucht er dann in Castellammare?« Ich eilte ihnen nach und warf meiner Cousine einen eindringlichen Blick zu.

»Ich sag ja, er ist seltsam«, meinte Chiara mit einem Schulterzucken.

»Aber ... das erklärt nicht, weshalb er hier ist ...?«

Siziliens Hauptstadt war eine gute halbe Stunde mit dem Auto entfernt. Wieso also nahm er immer wieder diesen langen Weg auf sich, um im kleinen Weingut meiner Familie zu arbeiten? Gab es dafür vielleicht noch einen weiteren Grund? Was zur Hölle machte er hier? Wieso war er –

Stopp! Ich fasste mir an die Schläfen, atmete tief durch und sammelte mich kurz. *Sicherlich gibt es einen guten Grund dafür. Hier gibt es eben guten Wein und Castellammare ist tausendmal schöner als Palermo!*, sprach ich mir Mut zu.

Ich wollte diese Panik nicht in mir haben, ich wollte nicht, dass sie mein Leben kontrollierte. Erst recht nicht hier in meinem Safespace.

Chiara zog mich näher zu sich heran und betrachtete mitfühlend mein Gesicht. Meine Cousine wusste Bescheid, meine gesamte Familie hatte damals mitbekommen, was meinem Leben in England noch den letzten Tritt gegeben hatte. Nur dass es wieder begonnen hatte, wusste sie nicht.

»Ich höre deine Sorgen bis hierher und ich versteh's. Aber das ist so lange her.« *Wenn sie wüsste.* »Mach dir keine Sorgen, okay?« Vorsichtig legte sie ihre Hände an meine Wangen. »Valentin ist zwar ein seltsamer, grimmiger Brite, aber du kennst meinen Vater. Er ist übervorsichtig bei der Auswahl seiner Mitarbeiter und ich weiß, dass er und Mamma ihn mögen, also muss er irgendwas richtig machen. Ich glaube nicht, dass er so gefährlich ist, wie er wirkt. Und wenn doch, legen wir ihn um.«

Ihre Worte entlockten mir ein Lachen und beruhigten mich etwas. Sie hatte recht. Ich war nirgends sicherer als hier bei meiner Großfamilie, und wieso zur Hölle sollte Valentin eine Gefahr darstellen? Ich kannte ihn nicht und er mich auch nicht.

Bevor ich meiner Cousine anvertrauen konnte, was in den vergangenen Wochen wieder passiert war, legte sich plötzlich ein kräftiger Arm um meinen Nacken und Chiara gesellte sich grinsend zurück zu ihrem Freund.

Ein erschrockener Blick zur Seite verriet mir, um wen es sich handelte. Claudio. Angeekelt wand ich mich aus seiner Umarmung und brachte Abstand zwischen uns. Claudio war ein Jahr älter als ich, nur einen Kopf größer und besaß schwarzes, längeres Haar. Wir hatten uns vor ein paar Jahren einen Sommer lang gedatet. Doch das war lange her und heute fragte ich mich, was ich damals an ihm gefunden hatte. Schließlich war er mit seiner aufdringlichen, misogynen und zum Teil toxischen Art ganz und gar nicht die Art von Mann, die mich interessierte.

»Claudio, che cazzo vuoi? Ich möchte das nicht«, wies ich ihn auf Italienisch zurecht. Seinem Blick nach zu urteilen war er bereits deutlich weggetreten. Er hatte nicht nur getrunken, sondern auch gekifft – eine traurige Kombination.

»So begrüßt du einen alten Freund? Du verletzt mich, Sofia. Früher hast du dich gefreut, mich zu sehen.« Mit gespieltem Schmerz fasste er sich an die Brust. Mattias und Claudios Freund Peppe und dessen Freundin Alessia verdrehten die Augen.

»Tja, ich hab mich eben verändert.«

»Langweilig bist du geworden, Sofi.« Seine Aussage unterstrich er mit einem schelmischen Grinsen, so als würde ihn genau das noch mehr anturnen. »Dein Temperament hast du aber nicht verloren. Laut warst du schon immer.«

»War ich nicht«, entgegnete ich, gekränkt von den Worten, die auch mein Ex Luke am Ende unserer Beziehung zu mir gesagt hatte. Beide meinten es nicht als Kompliment, eher im Gegenteil.

Du besitzt viel zu viel Temperament, Sofia. Manchmal bekommt man dich gar nicht ausgestellt. Früher, als du dich nicht getraut hattest, Englisch zu reden, warst du mir lieber.

Luke war der Inbegriff von toxischer Männlichkeit. Nach meinen ersten schrecklichen Jahren in England hatte ich auf meiner neuen Schule wieder etwas mehr Selbstbewusstsein gewinnen können. Doch statt mich in meiner Entwicklung zu bestärken, hatte mein Freund am liebsten wieder das süße stille Mädchen, das ich lange Zeit gewesen war, aus mir machen wollen. Es hatte eine Weile gedauert, bis ich zu der Erkenntnis gelangt war, dass ich diese Art von Person nicht mehr sein wollte. Auch wenn nach wie vor ein Rest Unsicherheit an mir haftete, wollte ich mir nicht mehr gefallen lassen, wenn jemand mit meinen Gefühlen spielte, mich verletzen oder lenken wollte. Mir widerstrebte der Gedanke, dass ich jemandem *gehörte*, weshalb ich mittlerweile den Mund aufmachte, wenn mir etwas nicht gefiel. Ich versuchte mit aller Kraft, unabhängig und selbstständig zu sein, um ja nie wieder verletzt oder als zu viel angesehen zu werden.

»Was denkt ihr? Jetzt noch ein Cornetto bei Marcello?« Mit begeistertem Ausdruck drehte Chiara sich um, ehe sie eine breite steinige Treppe anpeilte, die vom Hafen hoch in die Gassen des Ortes führte. Daneben stand ein antiker Brunnen, gesäumt von Palmen und violetter Drillingsblumen, die sich über eine steinige Hausfassade erstreckten.

»Er müsste gleich öffnen«, überlegte Peppe laut und warf einen Blick auf seine Armbanduhr. Claudios Schatten war im Grunde das komplette Gegenteil von ihm. Peppe war ruhig, zurückhaltend und höflich. Mit seinen 1,80 m überragte er uns alle um Weiten, trotzdem wirkte er mit seiner schlaksigen Figur, den hochgezogenen Schultern und der schüchternen Art viel kleiner. Mit Alessia, die ich noch kaum kannte, war er nun schon seit einem halben Jahr zusammen. Ich mochte ihn wirklich, auch wenn ich es schade fand, dass er sich von seinem Freund so lenken ließ. Hoffentlich tat Alessia ihm gut.

Die *Panificio di Marcello* war eine kleine Bäckerei in der Via Zingaro, die um ein Uhr nachts ihre Hintertüren öffnete und frisch gebackene Croissants direkt aus dem Ofen an hungrige Nachtschwärmer verkaufte. Es gab diverse Füllungen, unter anderem Nutella, Crema Pasticcera, Ricotta oder Pistazie. Woher diese Tradition stammte, wusste ich nicht. Mimi hatte nur oft erzählt, dass es sie auch schon in ihrer Jugend gegeben hatte. Wahrscheinlich hatte der Besitzer irgendwann gemerkt, dass er mit betrunkenen und hungrigen Partymenschen viel Geld machen konnte. Und genau das waren wir. Wir gehörten zu der hungrigen, angetrunkenen Sorte, weshalb wir uns umgehend auf den Weg dorthin machten.

»Wie geht's dir so? Chiara hat erzählt, du bleibst jetzt länger?«, versuchte Claudio es nun mit einer zivilisierteren Konversation. Ich unterdrückte ein Stöhnen, als er wieder näher kam und ich seinen rauchigen Atem auf meinem Gesicht spürte.

»Gut, danke«, antwortete ich gezielt nur auf den ersten Teil seiner Frage.

Je höher wir die Stufen hinaufliefen und uns somit von der frischen Meeresbrise entfernten, desto wärmer wurde es. Manche Gassen waren hell erleuchtet und menschenüberfüllt, manche wiederum dunkel und leer. Hier und da fuhren Teenager Rennen mit ihren Rollern, während auch ältere Generationen draußen anzutreffen waren, auf einem Gartenstuhl vor ihren Wohnungen saßen und sich unterhielten.

Ich reckte das Gesicht zum dunklen Himmel, bestaunte die verschnörkelten Balkone und schrägen Fassaden um mich herum. In Castellammare war rein gar nichts perfekt. An manchen Häusern bröckelte die Wandfarbe, die meisten Autos waren aufgrund der ländlichen Sandwege verdreckt, gelegentlich streunten Katzen durch die Gassen und es roch nach Motoröl und Abgasen. Dabei war es genau das, was ich so liebte: diese Unvollkommenheit, die den Leuten ein gelösteres Naturell ermöglichte. Sosehr ich die Organisation der Nordländer auch liebte, konnte ich doch nur hier auf Sizilien richtig abschalten und die Probleme, die mein Kopf manchmal wieder und wieder kreisen ließ, ausstellen. Castellammares Einwohner lebten einfach, nahmen sich Zeit, um zu genießen und zu entspannen, ganz egal, ob sie am nächsten Tag rausmussten oder das Kind eigentlich längst im Bett sein sollte. Wenn sich der Moment gut anfühlte, dann kosteten sie ihn voll und ganz aus, ohne etwas daran verändern zu wollen.

Vor der Bäckerei tummelten sich einige Leute. Das Gebäude war Teil einer Anreihung schmaler Wohnungen und begrüßte einen durch eine große braune Holztür, in deren Eingang ein klimpernder Vorhang aus braunen Holzperlen befestigt war. Ein schwach flimmerndes Schild, das über der Tür hing, leitete uns den Weg. Schon von Weitem konnte man den unverwechselbaren Duft frisch gebackener Cornetti riechen.

»Ich gebe dir eins aus, welches willst du?« Direkt vor dem Laden entfernte Claudio sich endlich von meiner Seite, um sein Portemonnaie zu zücken und sich in der Schlange anzustellen.

Ich schüttelte nur den Kopf. »Ich zahle selbst.« Doch auch wenn Claudio protestierte, konnte ich mich durchsetzen und mir selbst ein Cornetto mit Nutella besorgen.

Wir ließen uns auf den Stufen der Bibliothek nieder, die nur eine Gasse entfernt an einem palmengesäumten Platz lag, und machten uns über unseren Mitternachtssnack her, während Peppe und Alessia bei anderen Freunden ein paar Schritte entfernt stehen geblieben waren. In der Mitte prangte ein trockengelegter, aber pompöser Brunnen, der von mehreren rundum positionierten Laternen beschienen wurde. Einige der Parkbänke waren besetzt von verliebten Pärchen, die einander liebkosten, aus manchen Gassen um uns herum schallte lautes Gelächter und aus den offen stehenden Türen eines Balkons wehten leise Klänge eines Songs von Gianna Nannini.

»Auf Mattia!« Obwohl wir bereits im *Marlins* gleich dreimal auf Chiaras Freund angestoßen hatten, hielt sie nun laut lachend ihr angebissenes Cornetto in die Luft und schwankte dabei gefährlich. Mattia, der ebenso betrunken war, lachte ebenfalls und zog seine Freundin auf seinen Schoß, um sie innig zu küssen.

»Ich würde ja sagen, dass du sie besser heimbringen solltest, aber du bist ja genauso voll«, bemerkte ich mit einem Schmunzeln und verdrehte die Augen.

»Vielleicht hast du recht.« Mattia hob den Finger. »Ich glaube, wir sollten uns kurz ausruhen gehen.«

Mit einem schelmischen Grinsen erhoben sie sich. Chiara beugte sich zu mir runter und flüsterte auf Englisch: »Kommst du mit dem Schwachkopf klar?«

Mein Blick zuckte zu Claudio. Auch wenn ich nicht gern allein mit ihm zurückblieb, wusste ich, dass Alessia und Peppe noch in Sichtweite waren. Zur Not gesellte ich mich einfach zu ihnen. Also nickte ich. »Bleib nur bitte nicht zu lange weg.«

Sie drückte mir einen Kuss auf die Wange. »Wir gehen nur kurz zu Mattia, dauert nicht lange. Sind gleich wieder da.«

Aber es dauerte doch lange. Auch nach einer Dreiviertelstunde wartete ich noch vergeblich auf Chiara. Claudios betrunkenes Gebrabbel über das Restaurant seines Vaters, in dem ich ihn unbedingt mal besuchen sollte, klingelte allmählich in meinen Ohren. Immer wieder lehnte er sich gefährlich weit vor, kam mir zu nah und hauchte mir seinen alkoholgetränkten Atem ins Gesicht.

»Wie ist es bei dir?«, begann er irgendwann erneut, mich auszufragen. Würde mein Nonno sehen, wie unfassbar nah er mir war, würde er Claudio das Leben zur Hölle machen.

»Denkst du auch manchmal an unsere Nacht in der Garage meines Vaters? Weißt du noch, auf der Waschma-«

»Okay, das reicht.« Ich stand auf, woraufhin Claudio auf den nun leeren Platz fiel. Angespannt hielt ich nach Alessia Ausschau, doch auch sie und Peppe waren spurlos verschwunden. Weil es langsam kalt wurde, rieb ich mir über die Arme, ehe ich mein Handy zückte und es noch mal bei Chiara und Mattia versuchte. Nun das zwölfte Mal. Ich war mir sicher, dass sie es nicht nur beim *Ausruhen* belassen hatten, im Anschluss *nur ein kleines Nickerchen* machen wollten und nun tief und fest schlummerten, sodass man sie nicht mehr wach bekam.

»Soll ich dich nach Hause bringen? Mein Auto steht da hinten.« Er deutete auf eine Gasse, die in Richtung Hafen führte.

Entsetzt wirbelte ich herum. »Du fährst ganz sicher nicht mehr, Claudio. Du bist betrunken.«

»Bin ich gar nicht.« Er grinste schelmisch, woraufhin ich die

Augen verdrehte und die Via Zingaro hinauflief. Zum Glück wohnte er nur wenige Gehminuten von hier entfernt, ich musste mir also keine großen Sorgen machen, dass er sich doch noch ans Steuer setzte, wenn er mich nicht nach Hause fuhr.

Ich wusste, dass es auf der großen Piazza Petrolo eine Taxistation gab. Für meine Freunde war es einfach. Sie wohnten hier unten im Ort, konnten heimlaufen. Ich war auf ein Fahrzeug angewiesen. Zu Fuß wäre man Stunden unterwegs, ganz davon abgesehen, dass es außerhalb der Stadt dunkel und gefährlich war.

»Oder du kommst einfach mit zu mir«, erklang Claudios Stimme hinter mir. Ein Blick zurück verriet mir, dass er mir taumelnd folgte und sich immer wieder an einer der Laternen festhalten musste, um sein Gleichgewicht zu halten. »Ich wohne hier hinten.«

»Ich weiß, dass du da wohnst, Claudio«, erwiderte ich und verdrehte die Augen. Die Via Zingaro, die wir hinaufliefen, war eine breite und gut besuchte Straße, in der man Apotheken, einen Supermarkt, Boutiquen und Tabaccherie fand. An der nächsten Ecke bog ich in eine schmalere Gasse, wo es direkt viel ruhiger wurde. Hier und da baumelte von einem Balkon Wäsche, ein verlassener Plastikstuhl stand neben einer Laterne und vor einem Eingang, und eine schwarze Katze streunte durch das schwache Licht und zog einen Schatten mit sich.

Claudio lachte hinter mir. »Also erinnerst du dich doch an unsere Nacht.«

»Mit Bedauern, ja.«

»Bedauern? Oh, du bist böse.«

Darauf antwortete ich nicht mehr, versuchte, ihn irgendwie abzuhängen. Doch selbst im betrunkenen Zustand war er erstaunlich schnell. Als er mich einholte und seine Hand um meinen linken Arm schlang, riss mein Geduldsfaden.

»Claudio, basta!« Ich schüttelte seine Hand ab. »Ich möchte, dass du mich in Ruhe lässt und gehst. Das, was da zwischen uns war, wird sich nicht wiederholen, also lerne, ein Nein zu akzeptieren!«

An seinem Blick merkte ich, dass er meine Worte verarbeitete, ehe er verwirrt blinzelte und schließlich zurücktaumelte. »Wow, das war heiß«, lachte er, »aber ist schon gut ... ich lass dich ja in Ruhe.« Ausweichend hob er die Hände, lief ein paar Schritte rückwärts und grinste mir entgegen. Dann zückte er sein Handy, schien eine Nummer zu wählen und wandte sich mit den Worten »Peppe, dove sei?« ab.

Erleichtert atmete ich auf, legte den Kopf in den Nacken, ehe ich meinen Weg fortsetzte. Auch wenn ich auf Claudios Gesellschaft wirklich gern verzichtete, merkte ich nun, da ich ganz allein in dieser verlassenen Gasse war, dass die Angst mich nach wie vor fest im Griff hatte. Es war absolut unwahrscheinlich, dass er hier war. Und doch musste ich traurig realisieren, dass er mir selbst in meiner Heimat das altbekannte Sicherheitsgefühl, das für mich auch in der dunkelsten Gasse angehalten hatte, genommen hatte.

Kurz bevor ich um die Ecke trat, machte ich hinter mir eine Bewegung aus. Erschrocken fuhr ich herum.

»Brauchst du Hilfe?«

Mein Herz raste. Die auf Englisch gestellte Frage kam aus einer dunklen Ecke hinter einem parkenden Fiat. Ich sah eine Gestalt, konnte aber nicht erkennen, wer mich angesprochen hatte. Der Klang war mir unbekannt, dennoch wühlte ich in meinem Erinnerungsspeicher nach einem Mann, dessen Stimme so tief war. Es war unmöglich, sie einzuordnen.

Ein Wagen passierte die Gassenkreuzung hinter mir und warf seinen Scheinwerfer für einen Augenblick in unsere Richtung. Das Licht huschte über die alten Gemäuer, die Pflastersteine, die Kletterpflanzen, die Fenster … und sein Gesicht. Ich erkannte ihn sofort. Der Mann, der an einer der Hauswände lehnte, war kein anderer als Valentin.

»Nein, ich brauche keine Hilfe! Ich kann mich um mich selbst kümmern«, antwortete ich angespannt, weil ich ohnehin schon genervt von der Situation mit Claudio war. Nun gesellte sich aber auch Angst zu meiner Anspannung und ich verschränkte die Arme vor der Brust, um meine zitternden Handgelenke zu verstecken. Sein Gesicht lag erneut im Schatten, ehe er sich abstieß. Mir kam die Frage in den Sinn, wie lang er da schon stand. War er mir gefolgt? Hatte er mich beobachtet? Schließlich kam er näher, ich wich einen Schritt zurück. Daraufhin blieb er abrupt stehen, sodass ich ihn nun im Licht der Straßenlaterne betrachten konnte. Auch er musterte mich einen Moment lang und schien zu merken, dass er Abstand halten sollte.

»Das hab ich auch nicht gemeint. Es ist mehr als deutlich, dass du allein klarkommst.« Das sagte er ohne die kleinste Regung im Gesicht. Erst wenige Sekunden später zogen sich seine Brauen zusammen. Ich war überrascht, wie beruhigend seine Stimme war. Mein Herz raste noch immer, doch da er nicht vorzuhaben schien, näher zu kommen, wurde mein Atem minimal ruhiger. Ich blieb an seinem Gesicht hängen, versuchte, darin zu lesen, dahinter zu blicken und zu verstehen, was seine Worte bedeuteten. Meinte er es ernst oder machte er sich lustig? Doch so sehr ich mich auch anstrengte, ich kam zu keinem Ergebnis.

»Was hast du dann gemeint?«

Er war ein Riese und das lag nicht nur daran, dass ich im Vergleich zu ihm winzig war. Valentin war überdurchschnittlich groß, mindestens zwei Köpfe größer als ich. Und breit war er auch. Kurz zuckte mein Blick zu seinen Schultern, blieb an seiner Brust hängen, die sich unter seinem weißen Shirt abzeichnete, ehe ich ihm wieder ins Gesicht sah.

»Ich meinte deinen Heimweg. Bist du ganz allein unterwegs? Soll ich dich nach Hause bringen?«

Sein Angebot ließ mich überrascht die Augenbrauen hochziehen, mein Herz schlug wieder schneller. Ich blickte mich in der Gasse um, in der wir ganz allein standen. Warum sollte er sich darum scheren, wie ich heimkam? Er kannte mich doch gar nicht ... oder?

Erneut musterte ich seine Statur, war mir sicher, dass er mir mit nur einem Handgriff den Arm brechen konnte.

»Mein Motorrad steht im Hof«, fügte er hinzu, als ich nicht antwortete.

»Motorrad?«, krächzte ich und musste mich räuspern. *Reiß dich zusammen, Sofia! Keine Angst zeigen!* »Ich wollte mir ein Taxi nehmen«, fügte ich hinzu, nachdem ich meinen Blick von ihm losgerissen hatte, und deutete die Straße hinauf. Von irgendwo her ertönte das Gelächter einer Gruppe, dann hupte es. Es war beruhigend zu wissen, dass wir doch nicht vollkommen allein waren.

Der Ausdruck in seinen Augen verdunkelte sich etwas. »Das wirst du jetzt nicht mehr bekommen. Castellammare ist ein sehr kleiner Ort, es gibt nur begrenzt –«

»Ich weiß, ist meine Heimat«, unterbrach ich ihn, woraufhin er verstummte und mich erneut eine Zeit lang unschlüssig anstarrte. Sein Blick war einschneidend und weil ich nicht wusste, wie ich ihn deuten sollte, unangenehm. Ich atmete tief ein, ehe ich auf wackeligen Beinen einen halben Schritt auf ihn zukam und ihn genauestens beobachtete.

Unter seiner Lippe entdeckte ich nun, während er verständnisvoll nickte, als wüsste er das bereits, eine längere Narbe, die sich unter seinen Bartstoppeln versteckte. Am liebsten hätte ich gefragt, woher er sie hatte und was seine Tattoos bedeuteten, was er hier in Castellammare machte und was der Grund dafür war, dass er um kurz vor zwei Uhr nachts noch durch die Gassen streunte. Ich brauchte einen Steckbrief von jedem Mann, der mir über den Weg lief, um ja nicht die Kontrolle zu verlieren. Doch so funktionierte das Leben nicht. Ich musste lernen, zu vertrauen. Wenn schon nicht den anderen, dann wenigstens mir selbst. Zu vertrauen, dass ich jede Situation und jeden Menschen, mit dem ich konfrontiert wurde, bewältigen konnte.

Nach einer gefühlten Ewigkeit der Stille regte sich etwas in seinem Gesicht. Ein Mundwinkel zuckte. »Dann müsstest du doch eigentlich wissen, dass du um die Uhrzeit kein Taxi mehr bekommst.«

Punkt für ihn. Ich hob den Blick. So leicht es für mich gewesen wäre, einfach mit ihm mitzufahren und in weniger als einer halben Stunde nach diesem langen Tag im Bett zu liegen, musste ich abwägen.

»Sorry, aber ich muss dich das fragen ... Wieso zur Hölle willst du mir helfen? Du kennst mich doch gar nicht.«

Mal ganz von meiner Ausnahmesituation abgesehen, sah er alles andere als ungefährlich aus. Ich konnte unmöglich auf sein Motorrad steigen. »Vielen Dank für dein Angebot, aber ich finde irgendwie selbst heim.« Bevor er überhaupt antworten konnte, wandte ich mich ab. Die Gedanken, Horrorszenarien und Abwägungen überforderten meinen Kopf, die Panik übermannte mich. Ich musste weg.

»Du hast recht, tut mir leid.« Gerade, als ich loslaufen wollte, stockte ich überrascht und blieb mit dem Rücken zu ihm stehen. »Ich bin Valentin«, stellte er sich vor, »Valentin Reid aus Wessex, Önologiestudent. Ich arbeite im Weingut und in der Küche deines Onkels. Wir kennen uns noch nicht, aber deine Tante erzählt immer viel von dir, deswegen warst du mir schon bekannt.«

Ich drehte mich wieder zu ihm um. In seinem sonst so mürrischen Ausdruck zuckte nun ein Lächeln. Kaum merklich. Doch es war da. Mir fiel auf, dass er noch immer an derselben Stelle stand, er war nicht näher gekommen, schien meinen Freiraum wirklich zu respektieren. Etwas, das ich als Frau traurigerweise eher weniger gewohnt war.

»Ich wohne in einem Airbnb in diesem Haus«, er deutete zur Hauswand, an der er eben noch gelehnt hatte, »deswegen hab ich eben zufällig mitbekommen, dass du allein bist. Ich weiß nicht, aber es fühlte sich richtig an, sicherzugehen, dass bei der Nichte meines Chefs alles in Ordnung ist.«

Der Steckbrief mit dem Titel Valentin Reid füllte sich in meinen Gedanken, mein Herz wurde etwas leichter, obwohl ich immer noch angespannt war. Seine Erklärungen ergaben Sinn, beruhigten mich. Seine ruhige Art strahlte Verständnis und Respekt aus. Gleichzeitig konnte genauso gut alles erstunken und erlogen sein und er mir nur etwas vormachen. Konnte ich mir jemals sicher sein?

»Ich versteh aber, wenn du das nicht möchtest.« Es war seltsam, wie sehr wir Frauen daran gewöhnt waren, dass unser Nein nicht akzeptiert wurde. So sehr, dass es uns komplett fremd war, wenn es dann doch mal respektiert wurde.

Er griff in seine Hosentasche und fischte sein Handy hervor. »Dann lass mich wenigstens Marco anrufen, damit er dich abholt, okay?«

Ich schüttelte den Kopf. »Nein, er und Mimi schlafen schon und müssen morgen früh raus, ich ...« Unschlüssig rang ich um eine Lösung, die ich sowohl ihm als auch mir auftischen konnte. Denn selbst wenn ich sein Angebot ablehnte, wusste ich noch immer nicht, wie es weitergehen sollte. Valentin hatte recht: Um die Uhrzeit fand man kein Taxi mehr, die Landstraße hoch ins Weingut war dunkel und gefährlich und hier unten im Ort konnte ich auch nicht bleiben. »Ich glaube, ich ...«, stammelte ich weiter mit zittriger Stimme. Die Unsicherheit darüber, was ich tun sollte, übermannte mich. Valentin wartete geduldig auf meinen Entschluss.

»Vielleicht ... Ich meine ... Was fährst du für ein Motorrad?«

Keine Ahnung, woher diese Frage kam und was sie für mich bedeuten sollte. Doch je mehr ich über meine Situation nachdachte, desto klarer wurde mir, dass bei all meinen Möglichkeiten Valentins Angebot vielleicht wirklich die schlauste Entscheidung war. Oder die dümmste. Doch wenn er bei Mimi und Marco arbeitete und Chiara recht damit hatte, dass er ungefährlich war, würde er sich hoffentlich keinen Fehler erlauben wollen. Zudem konnte ich sowohl Chiara als auch Mimi und Marco eine Nachricht schicken, damit sie Bescheid wussten, mit wem ich unterwegs war. Das gab mir Sicherheit.

Valentin blickte mich unschlüssig an. »Eine CL77, Honda Scrambler.« Keine Ahnung, was das war oder wie dieses Modell aussah. Ich wusste nicht mal, weshalb ich überhaupt gefragt hatte. »Wieso fragst du?«

Ja, Sofia, wieso fragst du? Macht es einen Unterschied, welches Modell er fährt?

Ausweichend schaute ich auf meine Hände. »Weil ... vielleicht ... kannst du mich doch fahren?« Meine Stimme machte am Ende des Satzes einen fragenden Schlenker.

Valentin fixierte mich einen Moment lang und schien zu überlegen. Merkte er, dass meine Angst einen tiefer sitzenden Ursprung hatte und nicht von einer allgemeinen weiblichen Vorsicht stammte? Schließlich nickte er irgendwann und schenkte mir ein aufrichtig wirkendes Lächeln, das mich seltsamerweise überraschte. Vielleicht war ich einfach müde, vielleicht auch komplett naiv, aber irgendwas an diesem Lächeln gab mir einen Funken Sicherheit.

»Mein Bike steht da hinten.«

L'avventura
(das Abenteuer)
Oder auch:
Eine Fahrt
ins Unbekannte

KAPITEL 5

Sofia

Valentin führte mich in den Hinterhof des Hauses, den man durch eine kleine Einfahrt neben der Haustür erreichte. Hier war es noch dunkler als in der Gasse, in der wir eben gestanden hatten. Mein Blick fiel auf das Straßenschild. *Via Cornicetta.* Der Name legte sich gedanklich sofort auf meine Zunge und setzte sich in meinem Gedächtnis fest. Vielleicht war das eine Art Schutzmechanismus meines Hirns, um sich für den Fall, dass Valentin doch gefährlich sein sollte, an alles in meiner Umgebung erinnern zu können. Hastig schrieb ich Chiara, Marco und Mimi eine Nachricht, schickte ihnen meinen Livestandort sowie die genaue Adresse von Valentins Airbnb – auch wenn sein Chef die sicherlich schon hatte.

Es handelte sich um einen Hof mit drei Garagen. Als ich hochschaute, konnte ich drei Balkone erkennen – an dem einen baumelten diverse Handtücher, die anderen balancierten Pflanzentöpfe. Neben zwei Autos – ein weißer Fiat und ein alter BMW – entdeckte ich sein Motorrad. Ein altes Modell, das konnte selbst ich als Laie erkennen. Es war kein Sportmotorrad, oder sah jedenfalls nicht so aus, denn darunter stellte ich mir immer jene vor, auf denen man drauflag.

Valentin verschwand in einer der Garagen. Sie hatte bereits offen gestanden und weil es so dunkel war, konnte ich nur am Eingang eine kleine Holzanrichte erkennen, in der Werkzeug verstaut war. Wenige Sekunden später kam er mit einem schwarzen Hartschalenhelm zurück, den er mir reichte.

»Und du?« Ich blickte fragend zu ihm hoch. Zum Glück hielt er weiterhin Abstand zu mir. Um mir den Helm zu geben, musste er seinen gesamten Arm ausstrecken.

»Ich hab leider nur einen. Konnte ja nicht ahnen, dass ich noch einen zweiten brauchen würde.«

Etwas unwohl, dass er ohne Schutz fahren musste, nahm ich seinen trotzdem dankbar an. Ohne dass ich sagte oder andeutete, dass mir kalt war, reichte er mir schließlich auch noch seine Lederjacke.

»Oh nein, das ist lieb, aber ich fühle mich schlecht, dir alle Kleidung zu nehmen.«

Die Lederjacke vor meine Nase haltend, zuckte sein Mundwinkel, ehe er mich überrascht betrachtete.

Ich fühle mich schlecht, dir alle Kleidung zu nehmen. Guter Spruch, Sofia.

»Alle nimmst du mir nicht, keine Sorge«, sagte er wieder ohne jegliche Emotion in der Stimme. Dennoch konnte ich, als er den Blick abwandte, ein kleines Schmunzeln erkennen, das er offensichtlich vor mir zu verbergen versuchte.

»Ich hab noch einen Pulli.« So schnell, wie sein Lächeln erschienen war, war es auch wieder verschwunden, dafür bildete sich eine tiefe Falte zwischen seinen Brauen. Valentin legte die Jacke auf den Motorradsitz vor mir, ehe er noch mal in der Garage verschwand und mit einem Pullover zurückkam. Als er die

Arme hob, um sich den Stoff über den Kopf zu ziehen, rutschte sein Shirt hoch. Man konnte rein gar nichts erkennen, denn erstens war es zu dunkel und zweitens wurde nur ein schmaler Schlitz Haut offenbart. Trotzdem musste ich mich zwingen, wegzusehen.

»Danke.« Ich zog mir die Lederjacke über, löste anschließend meinen Zopf, weil er unterm Helm drücken würde, ehe ich diesen aufsetzte. Er war mir deutlich zu groß. Während ich an dem Verschluss hantierte, bemerkte ich erst nicht, dass Valentin am Lenkrad stand und mich beobachtete. Hilfe suchend blickte ich auf, erkannte, dass sich die tiefe Falte zwischen seinen Brauen geglättet hatte und er mich nachdenklich betrachtete.

»Wie geht das zu?«, fragte ich. Dann war sie wieder da. Diese Falte, dieser grüblerische Blick. Langsam hob er die Hände, ließ sie aber gleich wieder fallen. Beinahe vorsichtig kam er einen Schritt näher, mein Puls schoss dennoch wieder in die Höhe.

»Darf ich?« Seine Finger untermalten seine Frage. Er hob sie an, wartete auf mein Okay. Ich atmete zweimal tief durch, überlegte einen Moment mit angehaltener Luft und starrte auf seine großen Hände, ehe ich verhalten nickte und er sich an dem Verschluss an meinem Kinn zu schaffen machte. Dafür musste ich den Kopf in den Nacken legen. Seine Finger waren warm. Als sie meine Haut berührten, musste ich schlucken und hoffte, dass er nicht bemerkte, wie unruhig ich dabei wurde.

Es klickte, Valentin bewegte sich nicht. Zwischen unseren Gesichtern lag nur das dichte Kunstharz seines Helmes und ein winziger Spalt Luft. Er war mir so nah, dass sein Atem unter dem Visier zu mir vordrang. Pfefferminz war es. Er roch nach Pfefferminz.

Nun ließ er von mir ab, rieb sich seine Hände an der Hose, als würde er etwas abwischen, loswerden wollen.

Im nächsten Moment saß er auf seinem Motorrad, es knallte laut und ich zuckte zurück. Wie leise es hier war, realisierte ich erst mit dem lauten Motorengebrüll seiner Maschine.

Unsicher blickte ich mich um, starrte auf das Motorrad und seinen Körper, der darauf noch massiver aussah als zuvor. Fragend blickte er mich an, reichte mir dann seine Hand. Ich wusste nicht, warum, doch diese Geste reichte aus, um die letzten Unsicherheiten in mir zu überbrücken. Ich ergriff seine Finger, schwang mich dann hinter ihm auf das weiche Polster. Von jetzt auf gleich war ich ihm so nah, wie ich es nie sein wollte. Weil nicht viel Platz war, lag sein Rücken direkt an meiner Brust und meine Knie berührten seine Oberschenkel. Ich wusste erst nicht, wo ich mich festhalten sollte, und krallte die Hände in den Spritzschutz hinter mir über dem Hinterrad.

»Halt dich an mir fest!«, brüllte er durch das Röhren des Motors und nahm mir damit die Entscheidung ab. Mit zugekniffenen Augen schlang ich beide Arme um seinen Bauch, versuchte dabei dennoch vergebens, Abstand zu bewahren.

Wir verließen den Hinterhof, fuhren durch die dunkle Gasse, in der wir uns getroffen hatten, und peilten die Hauptstraße an. Das Vibrieren unter mir ging mir in sämtliche Glieder. Es fühlte sich atemberaubend an. So sehr, dass es mich tatsächlich für kurze Zeit von all meinen Sorgen ablenkte. Der Fahrtwind drang selbst mit Helm an meine Ohren, ich nahm ihn mit all meinen Sinnen wahr. Es war beinahe so, als würden wir durch die leeren Gassen schweben. Wir fuhren aus dem Ort. Die Straßen wurden weiter, die Häuser weniger und die Luft kälter. Irgendwann gelangten wir an den Rand des Ortes, dorthin, von wo aus es auf die große Landstraße hoch zu meiner Familie ging. Wir kamen an einer Pizzeria vorbei, aus der laute Musik drang und vor der sich kleine Grüppchen bei einer Zigarette unterhielten. Die Straße war gesäumt von Palmen, auf dem

Bürgersteig lagen zwei Straßenhunde, die sich von der Lautstärke um sie herum kaum beeindrucken ließen, und der gewaltige Berg wurde von dem ein oder anderen weit entfernten Licht geschmückt.

Als Valentin plötzlich das Lenkrad losließ und mein Handgelenk an seinem Bauch umfasste, zuckte ich instinktiv zusammen. Ich wusste nicht, was er vorhatte. Sein Griff war fest und sandte ein mulmiges Gefühl in meinen Bauch. Meine Brust begann zu brennen, ich hatte das Gefühl, schlechter atmen zu können. Hatte er mich doch angelogen? Sobald wir beschleunigten und ich kurz darauf zurückrutschte, verstand ich jedoch, weshalb er mich festhielt. Und war dankbar. Erleichtert atmete ich auf, auch wenn das Pumpen meines Herzschlags noch nachhallte. Valentin hatte sicherstellen wollen, dass ich bei dem plötzlichen Tempowechsel nicht hinten hinüberfiel. Also krallte ich mich fester in den Stoff um seinen Bauch, woraufhin er seinen Griff lockerte und mich schließlich losließ.

Mein Kopf lehnte an seinem Rücken, die Augen wieder zugekniffen. Ich konnte nicht zuordnen, ob das Adrenalin, das mich mit einem Mal durchströmte, der Fahrt, meiner Panik oder doch etwas anderem zuzuordnen war. Ohne dass ich mich aktiv dazu entschieden hatte, formten meine Lippen ein breites Lächeln. So breit, dass ein Lachen hindurchschlüpfte. Es war nicht laut genug, um es in dem Röhren der Maschine zu hören.

Eine CL77, Honda Scrambler. Dieser Begriff würde für immer in meinem Gedächtnis bleiben, das wusste ich. Es gab Dinge, die man nicht vergaß, egal wie unbedeutend sie waren. Düfte, die Definition eines Begriffes, das Gefühl einer Jacke, die man trug, ein Straßenname. Valentins Antwort darauf, welches Motorrad er besaß, war eines davon. Nicht nur der Name an sich. Auch seine Stimme, der Blick, die Falte zwischen seinen Brauen und der fragende Ausdruck in seinem Gesicht, ehe er mich berührt hatte.

Die Landstraße verlief am Rande des Berges entlang, brachte uns immer weiter hoch in die ländliche Gegend. Ich öffnete meine Augen und erkannte die Lichter der Stadt, die sich im Meer unter uns spiegelten. In der Ferne zeichneten sich weitere Berge ab, die im Schein der Nachbarstadt Alcamo schemenhaft zu erkennen waren.

Mein Blick wanderte über die Umgebung, ehe ich den Kopf hob, Valentins Rücken anstarrte. Meine Finger kribbelten, als ich mir der Berührung an seinem Bauch bewusst wurde. Sein Sweater war dick, trotzdem konnte er die Härte seiner Muskeln nicht abmildern. In einer Kurve rutschte ich plötzlich ein wenig zur Seite. Erschrocken krallte ich mich noch fester an ihn, drückte den Helm gegen seinen Rücken, wodurch mir der Duft seines Pullovers abermals entgegenströmte: Motoröl, Pfefferminz, irgendwo dazwischen Reste eines Aftershaves. Ich wusste nicht, ob dieser Geruch an ihm oder nur an diesem Stück Stoff hing, aber was es auch war, ich würde alle drei Noten von jetzt an mit Valentin verbinden.

Wir drosselten unser Tempo und ich bemerkte, dass wir fast da waren. Eine letzte Kurve, dann würde die warm beleuchtete Einfahrt zu unserem Weingut auftauchen. Statt reinzufahren, blieb Valentin an dem antiken großen Tor des Steingemäuers stehen und schaltete den Motor aus. Die Stille, die daraufhin herrschte, war einschneidend. Von jetzt auf gleich hörte man nur das leise Rascheln in den Büschen, in meiner Erinnerung hallte das Motorengebrüll nach.

Langsam und mit steifen Gliedern rutschte ich vom Sitz hinunter, öffnete den Verschluss am Kinn und zog den Helm aus. »Vielen Dank, Valentin.« Es war das erste Mal, dass ich seinen Namen laut aussprach, und es fühlte sich überraschend gut an.

Mit einem Nicken nahm er den Kopfschutz an sich und setzte ihn auf, während ich meine durchgewirbelten Haare wieder zu einem Dutt zusammenband.

»*Vielen Dank*«, echote er mit einem italienischen Akzent, den man bei mir immer leicht heraushören konnte. Mein Inneres zog sich zusammen, die altbekannte Scham setzte ein und ich hätte am liebsten für immer meinen Mund gehalten.

»Ich mag deinen Akzent, Sofia.«

Überrascht über seine Meinung, blickte ich auf. In seinem Gesichtsausdruck lag etwas Verborgenes, Tiefgreifendes. Und, was mich am meisten überraschte: ein Lächeln, das sich in seinen Augen spiegelte. Es war das erste Mal, dass jemand meinen Akzent mit einem Kompliment bedachte, ihn nicht als etwas Schlechtes darstellte.

Im nächsten Moment riss uns das laute Knallen seines Motorrads wieder entzwei. Mit gemischten Gefühlen blickte ich ihm nach und blieb auch, als er schon um die Ecke verschwunden war, noch eine Weile stehen. Unsicher darüber, was er in mir ausgelöst hatte, ob das Vibrieren in meinem Inneren einem Nachklang der Fahrt oder dem Fahrer zuzuschreiben war, und weshalb ich eine einschneidende Sehnsucht verspürte, mich erneut auf seine *CL77, Honda Scrambler* zu schwingen.

Motoröl, Pfefferminz, ein Aftershave. Valentin.

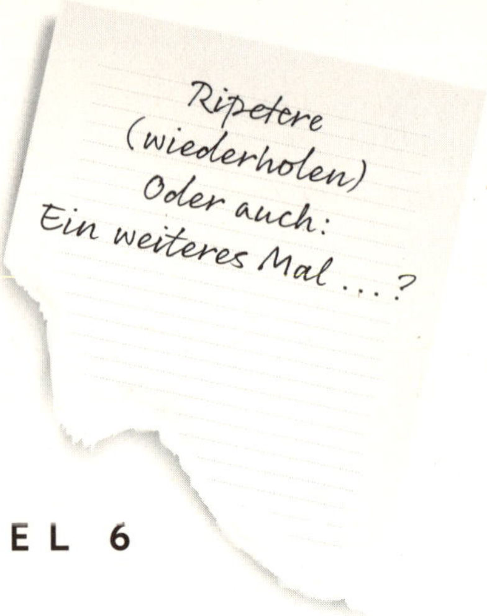

KAPITEL 6

Sofia

Ein Rumpeln ließ mich aufschrecken. Durchs Fenster schienen heiße Strahlen der Morgensonne, die Sizilien bereits früh morgens aufheizten. Verschlafen blickte ich auf und schaute mich anschließend in Chiaras Zimmer um, in dem ich vorerst unterkam. Eigentlich hatte ich noch mein Zimmer bei Nonna, doch das war über die Jahre zu einer Abstellkammer für all die Erinnerungen an Nonno geworden. Wir trauten uns alle nicht hinein.

Meine Cousine war das Klischee eines Künstlers – chaotisch, unordentlich und voller Überraschungen. Die Wand über ihrem Schreibtisch war mit Postkarten, Stickern, Zeichnungen, Zitaten und Trockenblumen tapeziert. Hier und da lehnte die ein oder andere bemalte Leinwand. Bücher mit ausgefransten Seiten und leer gelesenen Wörtern stapelten sich am Fußende des Bettes und eine Skulptur aus Olivenzweigen zierte ihren Nachttisch. Chiara war ein menschgewordenes Pinterest-Moodboard. Durcheinander und vermischt, voll von Eindrücken besaß ihre

Kunst trotz allem einen roten Faden. Die Farben in ihrem Zimmer und auf ihren Werken waren überwiegend Schwarz, Beige, Olivgrün und Rostbraun. Mit den typisch italienischen Steinwänden und den hölzernen Kreuzfenstern, die außen von wildem Efeu bewachsen waren, wirkte ihre Kunst antik und fast schon verwunschen.

Als es erneut an der Tür rumpelte, setzte ich mich auf. Schließlich wurde sie geöffnet, meine Cousine taumelte ins Zimmer.

»Ups«, überrascht hielt sie sich die Hand vor den Mund, »oh Gott, das tut mir leid. Ich wollte dich nicht wecken.« Sie trug noch dasselbe Outfit wie gestern, das Make-up um die Augen war verschmiert, die Haare zerzaust.

Stöhnend ließ ich mich zurückfallen, wodurch mir bewusst wurde, wie verschwitzt meine Laken waren. Auch die Nächte wurden nicht von der Hitze verschont. »Wieso kommst du so früh heim?«

»Ich muss arbeiten«, meinte sie und öffnete ihren Schrank, um sich umzuziehen. Ich wollte mir nicht vorstellen, wie hart es für sie sein musste ... in diesem Zustand.

»Tut mir leid für dich. Aber kannst du vielleicht die Jalousien schließen? Es ist unfassbar heiß hier drin«, murmelte ich, ehe ich mich auf die Seite drehte und ihr den Rücken zuwandte. Dabei erhaschte ich einen Blick auf den Wecker: Es war kurz nach acht und wir hatten bereits neunundzwanzig Grad.

»Wie wär's, wenn du dich erst mal ausziehst? Was hast du da überhaupt an? Ist das Valentins Lederjacke?« Chiara setzte sich auf die Bettkante und zupfte an dem Lederstoff an meinem Arm. Erschrocken blickte ich an mir hinab.

Mist! Ich hatte total vergessen, Valentin seine Jacke zurückzugeben. Und als i-Tüpfelchen war ich auch noch darin eingeschlafen. So weggetreten war ich gestern doch gar nicht gewesen, oder?

Als könnte ich das Thema damit umgehen, zog ich sie aus und legte sie ans Bettende. Dann drehte ich mich auf den Rücken. »Ich hab vergessen, sie ihm gestern zurückzugeben.«

Chiaras Mundwinkel zuckten neckend. »Und dann schläfst du darin?«

»Ich muss eingeschlafen sein, bevor ich mich fertig machen konnte. Keine große Sache. Der Abend war sowieso schon seltsam genug«, erklärte ich, damit sie in das Ganze nicht zu viel reininterpretierte.

»Tut mir leid wegen gestern.« Das Lächeln meiner Cousine schwand, als sie sich daran zu erinnern schien, dass ich den letzten Abend allein nach Hause finden musste. »Das war echt nicht in Ordnung von mir gewesen. Mattia und ich sind einfach eingeschlafen, und ich schäme mich dafür! Hätte ich gewusst, dass du mit Claudio allein zurückbleiben würdest, wäre ich nicht gegangen. Ich hab gedacht, Peppe und Alessia seien noch bei dir, und Alessia würde euch heimfahren.«

Langsam rappelte ich mich auf und legte meine Hand auf ihre, um sie zu beruhigen. Ich wertschätzte ihre Entschuldigung, letztendlich traf aber auch sie keine Schuld. Es war einfach eine blöde Situation gewesen und auch wenn ich unsicher ihm gegenüber war, war ich doch froh gewesen, dass Valentin aufgetaucht war.

»Ist schon okay. Konntest du ja nicht wissen. Im Grunde bin ich froh, dass Valentin mich gefahren hat. Ich wüsste nicht, wie ich sonst heimgekommen wäre.«

Chiaras Mundwinkel zuckten, nachdenklich fixierte sie mich. »Wie ist das eigentlich zustande gekommen? Ich meine, dass Valentin dich gefahren hat? Als ich deine Nachricht heute Morgen gelesen habe, hab ich mich ganz schön gewundert.«

»Das war Zufall«, bemerkte ich, hinterfragte meine Aussage aber dennoch. »Claudio war ziemlich betrunken und hat mich vollgequatscht. Ich bin irgendwann in Richtung Petrolo gelaufen, als ich Claudio nach Hause geschickt hab. Valentin bin ich vor seinem Airbnb begegnet.«

»Und das war gar kein Problem für dich?«

Ich wich ihrem Blick aus, indem ich ihn auf das Laken heftete und mit der Hand drüberfuhr. Einen Moment lang wusste ich nicht, was ich ihr antworten sollte. Eigentlich war es ein Problem für mich gewesen, eigentlich hatte es extreme Überwindung gekostet und eigentlich kostete mich in letzter Zeit wieder einiges an Überwindung. Bevor ich ihr erzählen konnte, dass ich wieder diese Nachrichten bekam, riss Mimi die Tür auf.

»Chiara! Du bist ja noch gar nicht umgezogen! Avanti, avanti! Wir brauchen dich vorne!« Mimi trug ein weißes Poloshirt mit dem Hotellogo darauf. Auf ihrer Schulter lag ein buntes Küchentuch und um ihre Hüfte war eine weiße Schürze gebunden. Wahrscheinlich war sie gerade aus der Küche gekommen.

»Sofi, wie geht's dir? Wir haben deine Nachricht heute Morgen gelesen. So freundlich, dass Valentin dich gefahren hat. Hat alles geklappt?«

Während Chiara ihre Sachen zusammensuchte, schälte ich mich aus dem Bett. »Ja, war alles gut. Danke!«

»Das freut mich.« Ehe sie noch mal in die Hände klatschte, um ihre Tochter zu animieren, zwinkerte sie mir zu.

»Sagt Bescheid, wenn ich helfen kann!«, rief ich ihnen noch nach, was sie beide mit einem Daumen hoch kommentierten.

Ein letztes Mal steckte Chiara ihren Kopf durch die Tür. »Wir sprechen später, ja?« Dann verschwand sie mit Mimi im Flur.

Ich blieb zurück, starrte unschlüssig auf Valentins Jacke und fuhr mit meinen Fingerspitzen über den rauen Stoff. Kurz musste ich an letzte Nacht denken. Nicht an die seltsame Situation, nicht an meine Angst, nicht an all die Ungereimtheiten und Fragen, die ich in Bezug auf Valentin hatte. Stattdessen dachte ich an das Gefühl, das die Fahrt hinterlassen hatte. Daran, was *er* hinterlassen hatte. Sein seltsames, aber doch respektvolles Verhalten, seine Worte zum Abschluss, die Neugierde, von der ich nicht wusste, ob sie meinem Kontrollzwang geschuldet war oder doch mehr dahintersteckte. Ich hatte keine Ahnung und vielleicht war es auch besser, wenn es dabei blieb.

Seufzend legte ich mich zurück ins Bett, blieb eine weitere halbe Stunde liegen, ehe ich aufstand und mich unter die Dusche stellte. Dafür musste man hinter das Haus in den Garten, wo man sich in einer frei stehenden Kabine unter offenem Himmel waschen konnte. Die Hotelgäste besaßen eigene Bäder, doch selbst wenn es eine Dusche im Inneren gegeben hätte, hätte ich die unsere vorgezogen. Man war abgeschirmt, konnte trotzdem die Geräusche der Natur hören und den Himmel sowie die Spitzen der Palmen betrachten.

Während ich das kühle Wasser über meinen Körper laufen ließ und das Himmelszelt betrachtete, wusch ich den Schweiß und die Sorgen der vergangenen Nacht ab. Im Anschluss schlang ich ein Handtuch um meine Brust und lief über die abgelegene Terrasse, die für Hotelgäste nicht zugänglich war, in Richtung Hintereingang, als plötzlich die Tür aufgerissen wurde und ich beinahe mit jemandem zusammenprallte. *Valentin.*

Erschrocken wich ich zurück, begegnete seinem Blick. Nur kurz hatte ich das Gefühl, einen Funken Überraschung in seinen Augen aufblitzen zu sehen, war mir aber sicher, mich geirrt zu haben.

»Oh«, brachte ich nur hervor, sah prüfend an mir hinab. Während mein Herz wieder laut pumpte, kribbelte es auf meinen nackten Schultern. Ich wusste nicht, was es war. Vielleicht die Wassertropfen, die noch daran hafteten.

»Sorry, Marco hat mich geschickt. Ich soll frische Küchentücher holen, vorne sind alle in der Wäsche.« Irrte ich mich, oder war auch er etwas verunsichert? Ausweichend drückte er sich an mir vorbei und peilte eine Vorratskammer an.

Ich hätte auch weitergehen, der unangenehmen Situation entfliehen können, stattdessen blieb ich einfach stehen und starrte ihm nach. »Ich hab noch deine Jacke.«

Er trat aus der Kammer, schaute mich an. Heute trug er beige Shorts, dazu ein schwarzes Shirt. »Ich weiß.«

»Tut mir leid«, murmelte ich, weil ich nicht wusste, wie ich sein *Ich weiß* deuten sollte.

Valentin schüttelte nur den Kopf, zeigte dann zu unser beider Überraschung ein kurzes Grinsen, das ihm seltsamerweise richtig gut stand. Die Grübchen, die sich dabei bildeten, ließen ihn direkt viel nahbarer und freundlicher wirken. »Hast mir offenbar tatsächlich alle Kleidung genommen.«

Lächelnd wandte ich den Blick zu Boden, als er wieder auf mich zukam. Mit ein paar Zentimetern Abstand blieb er vor mir stehen und ich hob den Kopf, um ihn anzusehen. Mein Mund wurde trocken, als sein Blick für wenige Sekunden auf mein Schlüsselbein sank. Bedeutete die Wärme in meiner Brust Panik oder ...

Kurz schauten wir einander an, dann zuckte sein Kiefer, als würde er mit irgendeinem Gedanken kämpfen.

»Du kannst sie mir beim nächsten Mal zurückgeben.«

Den ganzen restlichen Tag über überlegte ich, was Valentin mit dem *nächsten Mal* gemeint haben könnte. Bei der nächsten Gelegenheit, in der wir uns sahen? Bei der nächsten Motorradfahrt? Bei einem Treffen?

Mit einem Buch legte ich mich an den Hotelpool, um die Gedanken etwas frei zu bekommen. Nach nur wenigen gelesenen Sätzen vibrierte mein Handy. Zia Liliana.

»Hallo Zia«, begrüßte ich sie mit einem breiten Lächeln.

»Hey, mein Schatz. Wie geht es dir? Wart ihr schon aus?«

Ich setzte mich auf, winkelte meine Knie an und zog sie an meine Brust. »Gut, sehr gut sogar. Es ist so schön, wieder hier zu sein. Gestern war ich mit Chiara in einer Bar.«

»Lass mich raten, ihr wart im *Marlins*?« Ich musste grinsen, weil auch Zia Liliana, die bei Weitem nicht so oft hier war wie ich, über ihre Nichte Bescheid wusste. »Was habt ihr heute so vor?«

»Im Moment liege ich am Pool und lese. Chiara muss arbeiten. Was wir später machen, weiß ich noch nicht. Vielleicht gehen wir an den Strand.«

»Ist das Liliana?« Mimis Stimme meldete sich vom Haus aus, dann ertönte das schmatzende Geräusch, das ihre Flipflops auf dem Fliesenboden hinterließen, als sie mir entgegenstapfte. »Sag ihr einen schönen Gruß und dass sie sich nicht so viele Gedanken machen soll!«

»Schönen Gruß von Mimi!« Ich teilte ihr extra nur den ersten Teil mit, weil ich die Spannungen zwischen meinen Tanten nicht noch schüren wollte.

Doch Liliana hatte auch den Rest mitbekommen. »Und sag du Mimi, dass sie erst mal in meine Schuhe schlüpfen soll, um urteilen zu können.«

Liliana und Mimi liebten sich, wie sich Schwestern nur lieben konnten, waren aber auch grundverschieden, weshalb es häufiger zu Streitereien kam. Liliana war sehr fürsorglich, wollte alles richtig machen und machte sich oft Sorgen um mich oder andere Familienmitglieder. Mimi, die mehr in den Tag hineinlebte, Schulden gerne auf die leichte Schulter nahm und Chiara und mich schon von klein auf alles hatte machen lassen, betitelte Lilianas überfürsorgliche Art als *britisch*, und auch wenn sie stets behauptete, sie würde es nicht negativ meinen, glaubte auch ich ihr nicht ganz. Vielleicht war es Eifersucht, weil Liliana die Jüngste war und sowohl zu Nonna und Nonno als auch zu meiner Mutter das engste Verhältnis gehabt hatte, vielleicht weil sie in London Jura studiert hatte und ihr Vater deshalb immer besonders stolz auf sie gewesen war, während Mimi sich *lediglich* den Traum eines Hotels ermöglicht hatte, das zu Beginn viel Arbeit und Geld gekostet hatte.

»Hast du dir den Flyer der Uni schon angesehen?«, wechselte Liliana das Thema. Ein nicht gerade besseres.

Seufzend sank ich zurück gegen die Lehne. »Nein, noch nicht. Ich weiß ja gar nicht, was ich mir da anschauen soll. Vielleicht will ich gar nicht studieren.«

»Ich weiß«, hauchte sie, weil sie langsam akzeptiert hatte, dass ich noch ein wenig Pause machen wollte, ehe ich mich um meine Zukunft kümmerte. Auch wenn *sie* es nur zu gerne tat. »Aber schau nur mal rein, vielleicht entdeckst du ja doch irgendeinen Studiengang, der dir gefällt.«

Keine Ahnung, was ich wollte. Ich hatte nicht mal eine Ahnung, wer ich *war*. Musste man das mit zwanzig schon wissen? War das nicht ein Alter, in dem man sich noch entwickelte und kennenlernte, bevor man sich festlegte? Nicht zufällig machten die meisten Studierenden nach ihrem Bachelor meist etwas vollkommen anderes, als sie vorher geplant hatten. Weil sie sich weiterentwickelten, merkten, dass ihnen ihr vorher überlegter Weg gar nicht zusagte.

»Ich schau mal rein«, versprach ich ihr, ohne einen genauen Zeitpunkt zu nennen. Irgendwann würde ich ihrer Bitte schon nachkommen, sie musste ja nicht wissen, wann.

»Danke dir.« Am Klang ihrer Stimme konnte ich heraushören, dass sie lächelte. »Sag allen einen schönen Gruß und gib Chiara einen Kuss von mir.«

»Mache ich.« Ich nickte, dann fiel mir noch etwas ein, und

ein schmerzliches Ziehen machte sich in meiner Brust bemerkbar. »Ach, und Lili? Ist zufällig ein Brief für mich gekommen?«

»Nein. Nicht, dass ich wüsste. Wartest du auf etwas?«

»Nein, nein«, die Schwere in mir löste sich, zumindest ein wenig, »hab nur so gefragt.«

Mit Erleichterung beendete ich unser Telefonat, auch wenn ich mir unsicher war, ob ich das Ausbleiben seiner Nachricht positiv oder negativ deuten sollte.

Non trovarmi!
(Finde mich nicht!)
Oder auch:
Wie ich trotzdem
nach ihr suchte

KAPITEL 7

Valentin

Die Sonne knallte erbarmungslos auf uns hinab, als ich mich durch den dreizehnten Gang des Weinbergs schlängelte und die Reben nach Schädlingen absuchte. Marco und seine Leute erledigten das noch selbst, Dad hatte dafür Angestellte – er würde niemals einen Finger krümmen. Im Grunde hatte das Weingut seinem Dad gehört, meiner hatte es wiederum übernommen, scherte sich aber weniger um den Wein als vielmehr um das Geld, das er mit sich brachte. Ich bezweifelte, dass mein Vater das Wissen besaß, das ein Winzer eigentlich haben sollte.

Obwohl diese Arbeit in Wessex bei angenehmen zwanzig Grad deutlich leichter zu erledigen war als hier in der Bullenhitze, war sie mir doch deutlich lieber. Man hatte seine Ruhe, es gab kein Elternteil, das seinen Frust an einem ausließ und immer wieder deutlich machte, dass man als einziger Nachkomme ständig versagte.

Ich strich mir über die schweißnasse Stirn und blickte zurück zum Hotel, das am Fuß des Weinberges lag. Bis vor wenigen

Stunden hatten Sofia und ein paar andere Gäste am Pool gelegen. Ihre Haut nass vom Wasser, die Haare tropfend. Noch immer sah ich ihre von Sommersprossen übersäten Schultern vor mir, ihre hervorstehenden Schlüsselbeine, das Dekolleté, in das ein paar Wassertropfen verschwunden waren und von ihrer Haut perlten. Mir gefiel es ganz und gar nicht, dass ich ihren Anblick seit gestern nicht mehr aus meinem Kopf bekam, denn das hinderte mich viel zu sehr an meinem Vorhaben.

Ich machte eine kurze Verschnaufpause, fischte das Foto aus meiner Hosentasche, das ich immer bei mir hatte. Die Schuldgefühle hinterließen einen Druck auf meiner Brust, als ich mit den Fingerspitzen über die zerknitterte Oberfläche fuhr. *Ihr* Lächeln hatte sich in mein Hirn gebrannt, die schmalen Lippen, ihre Augen und die rosa schimmernden Wangen. Breit grinsend strahlte sie in die Kamera, im Hintergrund Palmen und der Weinberg, auf dem ich gerade stand.

»Sie ist fort«, hallten die Worte durch meinen Kopf. *»Sie kommt nicht mehr wieder.«* Doch ich hatte mir geschworen, alles dafür zu tun, um die Wahrheit über sie rauszufinden und es wiedergutzumachen.

Wir arbeiteten noch eine weitere Stunde, bis es langsam dämmerte. Hier auf Sizilien wurde es früher dunkel als im Norden. Schon um fünf Uhr nachmittags machte sich die Sonne langsam auf den Heimweg, um acht war sie ganz verschwunden. Mit Marco und zwei seiner Cousins – Giuseppe und Andrea – ging ich wieder zurück ins Hotel. Am Eingang angekommen, verschwand mein Chef kurz im Büro. Interessiert sah ich ihm nach. Dort drinnen lagen diverse Unterlagen, die die Familie und das Hotel betrafen. Reservierungen der letzten Jahre, Gästebucheinträge, Bilder – Hinweise auf *sie*. Vielleicht schaffte ich es irgendwann mal, einen Blick hineinzuwerfen, auch wenn ich die Pizzolatos ungern hinterging.

Nach wenigen Sekunden kam Marco zurück, führte uns in die Küche und bot uns noch ein Glas Grillo an. Eigentlich hatte ich keine Ahnung von Wein. Die einzige Verbindung, die ich zu ihm besaß, war meine Familie und Nächte exzessiven Trinkens, doch das war vorüber. Hier auf Sizilien machte mir die Arbeit tatsächlich ein wenig Spaß. Es war ungezwungen, familiär. Die Pizzolatos hatten Freude an dem Genuss und nicht an reinem Profit, was sie authentisch machte.

»Salute!« Marco hielt sein Weinglas hoch, ließ es mit unseren zusammenklirren. Um schnell wegzukommen, nahm ich einen hastigen Schluck des lieblich schmeckenden Weißweins.

Mein Chef schritt sofort ein. »Woah, woah! Ma, che fai? Was machst denn du?« Verwundert blickte ich ihn an, ehe er weitersprach. »Wein ist kein Wasser, du musst ihn genießen, fühlen, schmecken.« Demonstrierend roch er einmal an seinem Glas, schwenkte den Inhalt darin, nahm einen Schluck, behielt ihn jedoch einen Moment lang im Mund, ehe er ihn genüsslich runterschluckte.

»So macht man das«, erklärte er mir. Ich nickte, obwohl Wein für mich bisher nie ein Genussmittel gewesen war. »Il vino scioglie la lingua ed apre i cuori.«

Giuseppe und Andrea stimmten mit einem Nicken zu. »Wein löst die Zunge und öffnet die Herzen«, übersetzte Marco, studierte anschließend mein Gesicht und trat einen Schritt näher. »Warst du schon mal verliebt?«

Bei seiner Frage stockte ich. Verdutzt starrte ich ihn an, doch er lachte.

»Du musst nicht so erschrocken schauen, die Liebe zwingt die härtesten Männer in die Knie. Das ist normal.« Auch die anderen lachten, nachdem Marco für sie übersetzt hatte.

Ich dachte darüber nach. Tatsächlich war ich noch nie verliebt gewesen. In meiner Teenagerzeit hatte ich dafür keine Zeit gehabt, war zu sehr damit beschäftigt gewesen, meine Aggressionen in Prügeleien oder unbedeutendem Sex rauszulassen. Geliebt hatte ich aber dennoch. Tat ich immer noch. So stark, dass es schmerzte.

»Nein«, meinte ich halb gelogen und zuckte gleichgültig mit den Schultern.

Marco klatschte in die Hände und blickte mich mitleidig an. »Das erklärt dein Verhalten gegenüber Wein. Die meisten Winzer oder Weinkenner beschreiben ihre Weine viel zu ausschweifend. Eine Beziehung zu den Trauben ist sehr intim, etwas, das du für dich behältst. Du kannst das Gefühl eines guten Weins gar nicht in Worte fassen, keine Beschreibung der Welt würde dem gerecht werden. Dasselbe gilt für eine Frau, die du liebst. Du genießt sie, fühlst sie und schmeckst sie. Das zwischen ihr und dir gehört nur euch, niemand anderem.«

»Ich denk beim nächsten Mal dran«, antwortete ich mit einem Lachen und klopfte ihm auf die Schulter. Auch wenn ich wusste, dass dieses nächste Mal wahrscheinlich niemals kommen würde.

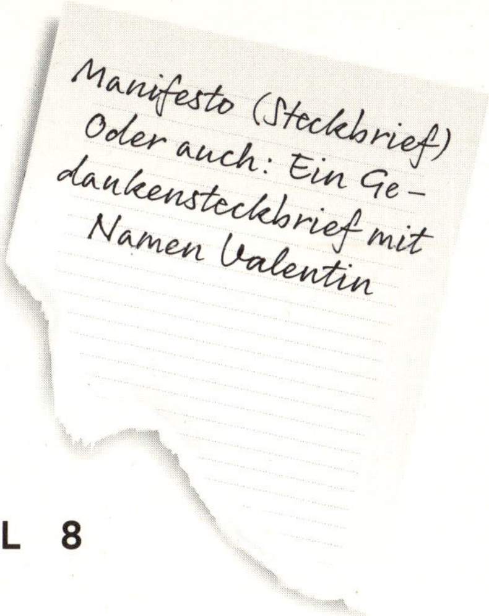

KAPITEL 8

Sofia

Abends gingen wir mit Nonna wie verabredet am großen Stadtpark essen, der genau über dem Hafen lag. Die beliebtesten Gassen Castellammares kreuzten sich hier und empfingen sowohl Einheimische als auch Touristen in Bars, Restaurants und dem Theater. Zwischen gegenüberliegenden Häusern waren Lichterketten befestigt, die die Wege beleuchteten, und auch in den Bäumen funkelten sie golden. In einer Bar in der Nähe spielte eine italienische Band Jazzmusik und in dem monotonen Gelächter der Gäste um uns herum konnte ich meinen Kopf etwas ausschalten.

Es war für meine Großmutter anscheinend das erste Mal seit Langem, dass sie sich außerhalb unseres Weinguts aufhielt. Sie sah klasse aus, trug ein knielanges schwarzes Kleid, dazu Absatzsandalen, trotz der Dunkelheit eine große Sonnenbrille und einen schicken Hut. Das Restaurant *La Duchessa* gehörte einem alten Freund der Familie, der uns den ganzen Abend über reichlich Wein nachschenkte und zum Schluss auch Limoncello ausgab. Ich aß einen köstlichen Cucuzza-Zucchini-Auflauf und zum Nachtisch Tiramisu, während Chiara sich für Pizza entschieden hatte.

»Das müssen wir öfter machen«, schlug Mimi vor, als wir gegen Ende des Abends bereits alle etwas beduselt waren.

Wir saßen an einem Tisch am Rande einer Gasse. Über uns eine große Palme mit bunten Lampions. In unserer Mitte brannte eine hohe Stabkerze, deren Wachs auf den Tisch tropfte. Fußgänger, sowohl Einheimische als auch Touristen, liefen an uns vorbei, ebenfalls auf der Suche nach etwas Essbarem.

»Schaut euch an, was die Dame da trägt.« Ich musste mich nicht umdrehen, um zu wissen, dass meine Nonna mal wieder in Lästerlaune war. Sicherlich trug jene Frau einen für sie viel zu kurzen Minirock, einen pinken Sweater oder ... »Der Hut ist ja schrecklich.«

»Nonna, hör auf, über die Leute herzuziehen. Das ist gemein«, bemerkte Chiara und schüttelte den Kopf.

Nonna fuchtelte wild mit den Händen vor der Brust und zuckte mit den Schultern. »Ich lästere nicht, ich sage nur die Wahrheit.«

»Ich finde ihren Hut gar nicht schlimm«, warf Mimi ein, woraufhin auch ich mich umdrehte und besagte Dame entdeckte. Ihre Kopfbedeckung war wirklich nicht so schlimm, wie ich sie mir nach Nonnas Kommentar vorgestellt hatte. Es war ein einfacher Sonnenhut, hatte aber Ketten und weitere Accessoires an seinem Schirm hängen, die einem ins Gesicht baumelten.

Ich unterdrückte ein Schmunzeln. »Vielleicht denkt sie ja dasselbe über deinen, Nonna.«

Empört blickte mich meine Großmutter an. »Ist er so schrecklich?«

»Nein, Mamma«, antwortete Mimi für mich. »Sofi hat doch nur einen Scherz gemacht.«

»Dein Hut ist natürlich der schönste hier.« Um sie zu beruhigen, griff ich über den Tisch nach ihrer Hand und schenkte ihr ein warmes Lächeln.

Erleichtert zuckten ihre Mundwinkel in die Höhe. »Ach, Sofi«, seufzte sie, »es ist so schön, dass du hier bist.«

»Ja, wie lange willst du eigentlich bleiben?«, fragte Marco, der als Letzter gerade seine Pasta aufgegessen hatte. Mein Onkel war ein Genießer durch und durch. Mit einer Familie, die sich seit Generationen gutem Wein und Essen widmete, war er zu Tisch meist sehr in sich gekehrt, und kostete jeden Bissen mit all seinen Sinnen aus. Es war beinahe, als würde er, sobald sein Teller leer war, aus einem Fiebertraum aufwachen und wieder in der Realität ankommen – erst dann war er wieder ansprechbar.

Mimi stieß ihm in die Seite. »Willst du sie etwa wieder loswerden?«

Ein Lachen ging durch die Runde und aus einem erst sehr forschen Stoß wurde ein Kuss. Man spürte die Liebe, die meine Tante und meinen Onkel verband, so sehr. Ich hoffte, eines Tages meine Angst endlich ablegen und dasselbe finden zu können.

»Ich weiß noch nicht. Vielleicht will ich hier studieren oder auch etwas ganz anderes machen, aber darüber möchte ich jetzt noch nicht nachdenken, sondern erst mal etwas runterkommen«, antwortete ich und zuckte mit den Schultern.

»Apropos runterkommen«, meldete sich meine Cousine, die bis dahin die meiste Zeit auf ihrem Handy rumgetippt hatte. Schon den ganzen Abend über war mir aufgefallen, dass sie ungewohnt ruhig war. »Wollen wir noch weiterziehen und die alten Knacker hierlassen?«

Für den Kommentar erntete sie von ihrem Vater einen heftigen Kniff in die Seite, woraufhin sie laut loslachte und sich in ihrem Stuhl wand.

Ich fuhr mir übers Gesicht. »Du bist echt krass, dass du nach letzter Nacht noch mal losziehen willst. Sogar ich bin richtig müde, und ich hab mehr geschlafen als du.«

»Wir müssen ja nicht viel machen, nur ein wenig spazieren gehen, einen Absacker trinken, und –«

»Mattia treffen und *bald wieder zurück sein?*«, zog ich sie mit ihren eigenen Worten auf.

Ihr Ausdruck wandelte sich von überrascht zu herausfordernd. Langsam lehnte sie sich vor. »Wäre doch gut für dich, dann kannst du wieder bei einem Fremden aufs Motorrad steigen.«

Touché.

Ich musste den Blick abwenden, weil ich merkte, dass meine Wangen heiß wurden. Ich war mir nach wie vor unsicher, wie ich über Valentin und die Situation gestern denken sollte.

»Meint ihr Valentin?«, fragte Marco. »Valentin ist kein Fremder, er gehört zur famiglia! Gut, dass ihr mich erinnert, ich muss ihm auf jeden Fall noch dafür danken, dass er dich heimgebracht hat, Sofi.«

Chiara stand auf und zog an meinem Ellenbogen, sodass auch ich mich erhob, ehe ich Marco zunickte. Dass er erwähnte, wie vertraut Valentin meiner Familie war, beruhigte mich etwas.

»Wir ziehen jetzt noch weiter«, meinte Chiara, weil sie es anscheinend eilig hatte.

Hastig verteilte sie ein paar Küsse auf den Wangen ihrer Eltern und unserer Nonna. Ich machte es ihr gleich und eilte ihr nach.

»Aber nicht wieder so viel trinken. Du warst heute bei der Arbeit kaum bei der Sache, junges Fräulein«, rief ihr Zia noch nach, doch Chiara ignorierte ihre Mutter gekonnt. Also warfen wir uns den zweiten Abend in Folge in die Menschenmenge.

»Mattia will vielleicht nach Rom ziehen.« Chiaras Lächeln war verschwunden, sobald wir die großen Steintreppen hinab Richtung Hafen nahmen. Womit wir beim Grund für ihr ruhiges Auftreten heute waren.

Mitfühlend strich ich ihr über die Schulter. »Für die Arbeit? Das ist ja blöd. Hast du ihm gesagt, wie du dich dabei fühlst?«

Sie zuckte mit den Schultern. »Nicht so ganz ... na ja, er hat mir von dem Gedanken erzählt, danach haben wir uns gestritten und seitdem ist es komisch. Wir haben momentan so viel Sex wie noch nie, und ich glaube, das liegt nur daran, dass wir diesem Gesprächsthema aus dem Weg gehen wollen. Vielleicht ist das seine Art, sich zu verabschieden ...«

»Ach Quatsch, das glaube ich nicht. Dafür liebt er dich doch viel zu sehr. Für ihn ist das bestimmt auch extrem schwierig.«

Lautes Gelächter drang aus einem vorbeifahrenden Auto, das die Via Giacomo hinab zum Hafen fuhr. Hier unten war es dunkler als oben im Stadtpark, der von allen Seiten beleuchtet wurde. Je näher wir dem Ozean kamen, desto mehr schien seine Dunkelheit uns einzunehmen. Es war, als würde das Licht am Rande der Stadt vom salzigen Nass verwischt werden. Ich trug ein offenes, enges Kleid in einem zarten Orangeton, dazu Absatzsandalen. An keinem Ort fühlte ich mich so frei in der Outfitwahl wie hier auf Sizilien. Blöd war nur das wackelige Kopfsteinpflaster, in dessen Ritzen sich meine Absätze nun verfingen.

»Können wir uns irgendwo reinsetzen?« Chiara schnitt das Thema ab, indem sie mich in einen gut besuchten Laden zog, wo eine Band Livemusik spielte. Tagsüber war das *Vogue* eine Eisdiele und ein Café, abends eine Bar, wobei es auch jetzt noch genügend Leute gab, die mit einer leckeren Brioche mit Eis darin – eine sizilianische Spezialität – aus der Tür kamen.

»Ciao, Chiara, tutto bene?« Eine kleine, kurvige Frau mit blondem Bob und rot geschminkten Lippen kam uns entgegen und zog meine Cousine in eine Umarmung. Chiara stellte sie mir als Alessandra, eine alte Klassenkameradin, vor, unterhielt sich dann noch einen Moment mit ihr darüber, was die beiden seit dem Abschluss nun taten. Weil das Thema für mich weniger interessant war, blickte ich mich im Außenbereich um. Die Aufstellung der Tische reichte vom uralten Backsteingebäude, in dem die Bar lag und das in früheren Zeiten einst eine Lagerhalle für Fischerboote gewesen war, beinahe bis zum Wasser. Darin schaukelten sowohl kleine Holzboote als auch große Mantovani-Yachten vor sich hin. Die Gäste standen oder saßen verteilt um die Tische herum, manche tanzten, andere unterhielten sich stark gestikulierend. Eine Gruppe schien Geburtstag zu feiern, eine andere grölte laut zu dem Song, den der Leadsänger zum Besten gab. Die Tür der Bar stand offen und ermöglichte mir einen Blick ins Innere. Von hier aus sah man die modern beleuchtete Theke und den Barkeeper dahinter. Auch drinnen war es so voll, dass ich in der Menge kaum ein bekanntes Gesicht ausmachen konnte ... bis auf eines. Oder besser gesagt: einen Hinterkopf.

Die altbekannte Unsicherheit überkam mich, mein Bauch krampfte. Er tauchte schon wieder am selben Ort auf – Zufall?

Ich signalisierte Chiara, dass ich schon mal reingehen würde, und peilte Valentins Rücken an. Es brachte nichts, mich ständig von seiner Präsenz einschüchtern zu lassen und mir Gedanken zu machen, ob er eine Gefahr darstellte oder nicht. Konfrontation war manchmal das beste Mittel gegen Angst und hier in dieser überfüllten Bar fühlte ich mich sicher genug, um ihn anzusprechen. Mochte sein, dass das jetzt verrückt war, aber ich musste diesen verdammten Gedankensteckbrief über ihn befüllen, schließlich war er nicht irgendjemand aus Castellammare – nein, er hielt sich beinahe täglich im Weinhotel auf, in dem ich ihm ständig über den Weg lief. Um meinen Aufenthalt nicht in durchgehender Unruhe zu verbringen, musste ich diese Ängste besiegen.

Er saß an der Bar, umfasste mit einer Hand ein kühlnasses Bier und hatte den Kopf gesenkt. Irgendetwas an seiner Haltung verriet mir, dass er einen harten Tag gehabt haben musste.

Ohne dass er es merkte, setzte ich mich auf den Hocker neben ihn und bestellte einen Pornstar Martini. Beim Klang meiner Stimme blickte er schließlich auf. Unter seinen Augen hingen dunkle Schatten, die Brauen waren wie immer zusammengezogen. Einen Moment lang starrte er mich unschlüssig an. Wenn er überrascht schien, mich hier zu sehen, so ließ er es sich nicht anmerken.

»Sag mal, verfolgst du mich?«

Er legte die Stirn in Falten, als hätte er mich nicht richtig verstanden, stieß einen schnaufenden Lacher aus und wandte sich ab. »Dasselbe könnte ich dich fragen.«

Protestierend wollte ich den Mund öffnen, doch er kam mir zuvor.

»Suchst du wieder nach einem Taxi?« Er klang genervt, so als würde er allein sein wollen. »Heute bist du früher dran, da erwischst du bestimmt noch eins.«

Obwohl ich seine forsche Art nicht nett fand, wurde mir bewusst, wie unhöflich meine Angst mich selbst manchmal werden ließ. Offensichtlich hatte er einen schweren Tag gehabt, weshalb er hier an der Bar – *die, angemerkt, nur wenige Meter von seinem Airbnb entfernt war, also beruhig dich, Sofia* – ein Feierabendbier zum Runterkommen trinken wollte. Ich hasste mich dafür, dass meine Panik mich denken ließ, es drehe sich alles um mich.

»Sorry«, begann ich, nachdem ich mich nach längerem Überlegen etwas gesammelt hatte, nahm dann ebenfalls einen Schluck von meinem Drink, der mir in dem Moment hingestellt wurde.

»Ich wollte mich nur noch mal für gestern bedanken. Bin schon weg.« Ich schnappte mir mein Glas und wollte ihn gerade alleinlassen, da umfasste er plötzlich meinen Unterarm. Nicht fest, aber fest genug, um mich an Ort und Stelle verharren zu lassen.

Verkrampft blickte ich auf, in ein Gesicht, das plötzlich so hilflos schien. Seine Stirn war gerunzelt, der Mund stand offen. So nah war ich seinem Gesicht bisher noch nicht gewesen, so tief hatte ich bisher noch nicht in seine Augen geschaut.

Erst drei Atemzüge später machte sich mein rasendes Herz bemerkbar, sein Griff schmerzte, auch wenn seine Hand mich nur leicht berührte. Panik übermannte mich, ich wich zurück, woraufhin Valentin sofort losließ und mich durch ebenso große und verschreckte Augen ansah.

»Sorry«, flüsterte er und fuhr sich übers Gesicht. »Tut mir leid. Das war bescheuert von mir.«

Mit meiner rechten Hand rieb ich über die Haut an meinem Brustbein, als könne ich somit meinen Puls beruhigen. Seine Berührung hallte warm auf meinem Arm nach.

»War nicht so gemeint. Ich hatte einen harten Tag.«

Noch mit unangenehm trockenem Mund nickte ich, hielt aber weiterhin Abstand.

»Dein Studium?«

Er bejahte, ohne aufzuschauen.

»Ist es nicht anstrengend, von Palermo immer hin und her zu pendeln? Was führt dich nach Castellammare?«

Sein Blick erschien mir mit einem Mal viel zu scharf. Wunderte er sich, ob meine Frage aus ehrlichem Interesse entstand oder sich nur mein Kontrollzwang zeigte? Ich kannte die Antwort selbst nicht. Er starrte mich einen Moment zu lang an, ließ seinen Kiefer zucken, als hätte ich sie nicht stellen dürfen. Ich wurde nervös unter seinem Blick, dennoch hing auch ich gebannt darin fest. *Ozeannachtblau*, kam mir der seltsame Gedanke.

»Castellammare ist schön. Das Tenute Firriato wurde mir von einem Bekannten empfohlen.« Das war's, mehr sagte er nicht – und vielleicht waren da auch gar keine weiteren Gründe.

Skeptisch runzelte ich die Stirn. Ich spürte, dass ich nicht mehr von ihm erfahren würde, jedenfalls nicht an diesem Ort und nicht zu dieser Zeit. Keine Ahnung, was ihn wirklich in meinen Heimatort geführt hatte. Was es auch war, er sprach offenbar nicht gern darüber.

Kurzerhand kippte er den restlichen Inhalt seiner Flasche runter. »Du wolltest dich doch bedanken. Wie wär's mit noch einem Bier?«

Der versöhnliche Ton, der nun in seiner Stimme lag, und das Lächeln auf seinen Lippen ließen meine Abwehrhaltung ein wenig bröckeln. Valentin war so verwirrend, löste so verschiedene Gefühle in mir aus, dass es mir Angst machte und mich gleichzeitig faszinierte. Und zwar so sehr, dass ich meine innere Stimme stumm stellte und meinen Plan, zu gehen, verwarf. Stattdessen zuckte zu meiner Überraschung auch mein Mundwinkel und ich nickte. Bereits wenige Augenblicke später hielt er ein weiteres Bier in der Hand, das er anschließend mit meinem Martiniglas zusammenklirren ließ.

»Auf dich und deine Art, dich zu bedanken«, meinte er, schmunzelte traurig und setzte die Flasche an die Lippen.

»Auf dich und deinen CL77, Honda Scrambler«, konterte ich, woraufhin er sein Getränk absetzte und mich anstarrte. Erst überrascht, dann bildete sich ein richtiges Lächeln auf seinen Lippen. Kein Mundwinkelzucken, kein Schmunzeln, keines, das sich nur in seinen Augen zeigte. Dies hier war ein waschechtes, unverfälschtes Grinsen, und ich wusste, die Wärme, die nun in meiner Brust entstand, war keine Panik. Etwas Subtiles in mir verspürte Freude und Stolz, ihm diese Reaktion entlockt zu haben, denn irgendetwas sagte mir, dass es keine Selbstverständlichkeit war.

»Du weißt noch, welches Modell es war?«

Am liebsten hätte ich ihm gesagt, dass mir der Name seit unserer ersten Begegnung im Kopf umherschwirrte und ich selbst nicht verstand, wieso. Stattdessen zuckte ich nur mit den Schultern.

»Du überraschst mich, Sofia.«

»Ich bin sehr aufmerksam und konnte mich schon immer gut an die kleinsten Details und Momente erinnern«, warf ich ein, ließ mich wieder auf dem Barhocker nieder und lehnte mich mit dem Rücken gegen die Theke. Dabei bemerkte ich, wie Valentin mich etwas intensiver musterte. So, als würde er etwas in mir suchen, vielleicht sogar erkennen. Immer wieder wechselte sein Blick von meinem linken zu meinem rechten Auge, ein Schmunzeln haftete an seinen Lippen. Hatte er bisher wie ein Eisblock gewirkt, schien er jetzt beinahe schon warm.

Schließlich wandte er sich ab und ich rechnete damit, dass er erneut abweisend reagieren würde. Nach wenigen Momenten Schweigens öffnete er doch noch mal den Mund.

»Das ist gut.« Er machte eine Pause, hob seinen Blick und drang damit vielsagend in meinen ein. »Die kleinen Momente sind meistens die schönsten.«

Ich war mir nicht mehr sicher, ob wir über sein Motorrad oder etwas anderes sprachen, nickte aber dennoch. Sein Blick wurde dunkler, als er kaum merklich über meine Lippen strich, und die Wärme in meiner Brust intensivierte sich. Ich verstand nicht wirklich, was mit meinem Körper los war. Konnte nicht mehr differenzieren, woher die Symptome kamen. Normalerweise ordnete ich sie der Panik zu, doch etwas war anders ... etwas in mir war ruhiger, wenngleich zur selben Zeit alles tobte. Ein Paradoxon.

»Hallo Valentin.« Chiaras Stimme riss unseren Blickkontakt entzwei. Plötzlich drang die Lautstärke wieder zu mir durch, alle Eindrücke der Bar prasselten auf mich ein und mein Herz pulsierte spürbar in meinen Schläfen.

»Hey«, begrüßte er sie nur knapp und nippte an seinem Bier.

»Ich hoffe, ich hab euch nicht gestört.« Sie wechselte einen vielsagenden Blick zwischen ihm und mir. Ich kniff warnend die Lider zusammen.

In einem Zug kippte er auch dieses Bier runter, drehte sich auf seinem Stuhl um und stand auf. »Nein, ich wollte sowieso gehen.«

Von jetzt auf gleich schien er wieder so gleichgültig wie sonst. Fast war es, als würde er mich nicht mal mehr ansehen wollen, stattdessen richtete er den Blick ausweichend auf die Menschenmenge.

Chiara hielt ihn auf. »Warum kommst du nicht zur Party am Wochenende?«

Party? Fragend schaute ich zu meiner Cousine. Seit wann plante sie eine Party?

»Nichts Großes«, erklärte sie weiter, während Valentin sie unschlüssig betrachtete, »nur mit ein paar Freunden am Pool einer Freundin. Sofia kommt übrigens auch.« Chiara schlang ihren Arm um meine Schultern, nachdem sie die Adresse auf einer Serviette notiert und ihm zugesteckt hatte. Empört sah ich sie an, spürte, dass meine Wangen zu glühen begannen.

Er musterte das Stück Papier, steckte es in seine Hosentasche. Nun schenkte er mir doch noch einen Blick. Kurz, unschlüssig, irgendwie tiefergehender als sonst. »Partys sind nicht so meins.«

»Vielleicht überlegst du es dir noch mal!«, rief Chiara ihm nach, doch er war bereits in der Menge verschwunden. Ich blieb zurück mit einem aufgewühlten Inneren und dem Paradoxon, das er ausgelöst hatte.

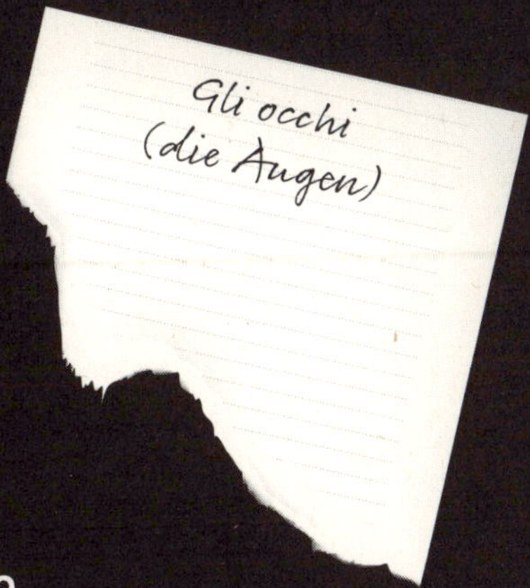

KAPITEL 9

Die Bar ist nach wie vor überfüllt, als sie sie verlässt. Ich blicke ihr nach, setze mich ebenfalls in Bewegung, um sie im Auge zu behalten. Egal, wie viele Menschen um sie herum sind, ich kann sie sehen. Sie denkt, sie wäre mir entkommen. Sie denkt, ich würde sie verschonen, nach allem, was sie mir angetan hat. Ich habe ihr alles gegeben und sie hat mich in Scherben zurückgelassen. Niemals werde ich zulassen, dass sie glücklich wird.
Wir hatten die schönste Zeit unseres Lebens und sie allein hat sie zerstört.

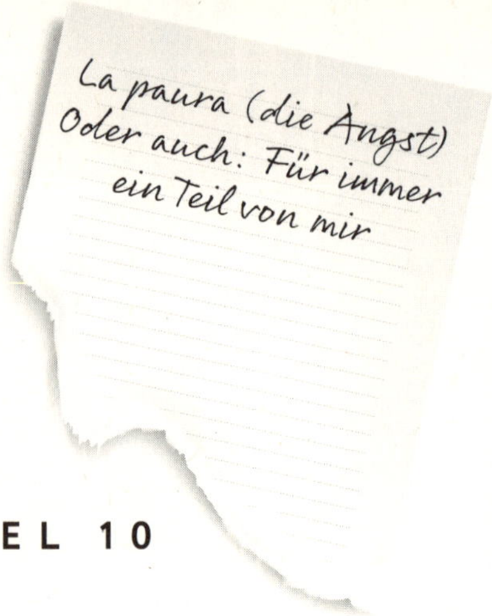

KAPITEL 10

Sofia

»Alessandra und ich waren zusammen im Lateinkurs.«

Heißer Sand rann zwischen meinen Zehen hindurch, als ich sie spreizte und im Anschluss wieder darin vergrub. Je tiefer, desto kühler wurde es. Ich umarmte meine an die Brust gezogenen Knie, wobei mein nasses Bikinioberteil gegen meinen Oberschenkel drückte und ein paar salzige Tropfen des Meerwassers auf mein Schienbein entließ.

Ich warf Chiara einen Blick zu, die auf dem Rücken auf ihrem Handtuch lag, die Augen geschlossen und die Sonne anbetend.

»Sie wohnt genau hier«, erklärte sie und deutete mit geschlossenen Lidern hinter sich auf die Strandpromenade, hinter der sich einige große Villen aneinanderreihten. »Ist doch klar, dass wir auf ihre Party gehen, wenn sie uns einlädt, oder?«

Mimi hatte ihrer Tochter heute ausnahmsweise freigegeben, damit diese mit mir zum Strand gehen konnte. Die Saison hatte noch nicht begonnen, im Hotel war längst nicht so viel los, wie es in zwei Wochen sein würde, weshalb Chiara sich noch ein paar freie Tage leisten konnte. Selbstverständlich würde ich in der Hauptsaison mithelfen. Ich sah meinen Aufenthalt nicht als Urlaub an, sondern als Nachhausekommen. Und zu Hause half man eben mit, wenn Arbeit anstand.

»Du hast vor Valentin so getan, als wäre es deine Party«, warf ich ein und ließ schmunzelnd den Blick schweifen. Der Strand war rappelvoll. Auf Sizilien hatten die Ferien bereits begonnen, was bedeutete, dass alle ihre freien Tage am Wasser verbrachten. Wenn man seine Ruhe haben wollte, musste man es wie meine Nonna machen und herkommen, während die meisten noch schliefen. Tatsächlich mochte ich es ab und zu, mit ihr baden zu gehen. So früh am Morgen war es meist noch angenehm warm, nicht zu heiß, der Strand leer und das Meer klar und ruhig. Sie blieb immer höchstens bis elf, wenn der Strand begann, sich allmählich zu füllen. Zu Hause gab es dann hausgemachte Pasta, kühlen Eistee und zum Nachtisch frische Früchte aus dem Garten, ehe wir uns mit einem schönen Nickerchen vor der prallen Mittagssonne versteckten. Als ich jünger gewesen war, war ich meist früher aufgewacht als meine Großeltern. Ich war rausgerannt, hatte mit den Straßenhunden gespielt oder die Ziegen des Nachbarn mit Obstresten gefüttert. Damals war die Zeit irgendwie noch langsamer verlaufen, ich war gelassener gewesen, hatte im Moment gelebt und nicht an das Morgen oder das Gestern gedacht. Ein Gefühl, das mir jetzt fehlte.

»Ich hatte viel Wein intus, das weißt du«, verteidigte sich Chiara, ehe sie sich aufrappelte und mir eine nasse Strähne aus dem Gesicht schob. »Außerdem wollte ich doch für dich angeben.«

Kopfschüttelnd fuhr ich mir mit der Hand übers Gesicht. »Bei Valentin etwa? Wieso denn das?«

Sie hob vielsagend die Brauen. »Ich hab gesehen, wie du ihn anschaust. So seltsam findest du ihn doch nicht mehr, stimmt's?«

Ausweichend senkte ich den Blick auf meine Füße.

»Ehrlich gesagt, weiß ich nicht genau, was ich von ihm halten soll. Er ist definitiv seltsam, aber ... manchmal auch ganz nett«, antwortete ich, ehe ich mich auf den Bauch drehte, mein Bikinioberteil am Rücken öffnete und es mir bequem machte.

»Ich stimme dir bei beidem zu, er ist, glaube ich, echt in Ordnung. Letztens habe ich ihn mit ein paar Katzenbabys auf der Straße vor dem Weingut spielen sehen. War ein komischer Anblick, weil er sonst so kühl und unnahbar wirkt.«

Überrascht nickte ich und versank in der Vorstellung von Valentin mit Katzenbabys. Sie war ungewöhnlich, aber schön. Tiere waren meine absolute Schwachstelle, nur bei ihnen fühlte ich mich zu einhundert Prozent wie ich selbst. Mein Nonno hatte immer gesagt: *Ob ein Mensch gut oder schlecht ist, erkennst du an seinem Umgang mit Tieren.*

»Wann ist die Party?«, wechselte ich wieder das Thema, weil ich es hasste, wenn mein Kopf in Gedankenspiralen feststeckte.

»Übermorgen, am Freitagabend.«

»Und wer kommt alles? Mattia auch?«

Weil sie eine ganze Weile nicht antwortete, hob ich den Kopf und erkannte, dass sie nicht mehr lächelte. Ich fasste nach ihrer Hand. »Chiara?«

Ergeben ließ sie sich neben mich auf den Rücken fallen und seufzte. »Nein, er kommt nicht. Ich hab ihn nicht gefragt.«

Prüfend musterte ich ihr Profil. Sie starrte in den Himmel. »Willst du mir verraten, warum?«

»Wir haben uns wieder gestritten ... keine Ahnung, vielleicht ist es wirklich besser, wenn wir uns etwas voneinander distanzieren, dann wird der Herzschmerz nicht ganz so schlimm, wenn er wegzieht.«

Ich drückte ihre Hand fester. »Dafür wird der Schmerz aber länger andauern. Du leidest, obwohl er noch gar nicht weg ist. Nutze die Zeit mit ihm doch noch ein wenig.«

Sie überlegte, das sah ich daran, dass ihre Augen ins Leere starrten. Ich konnte mir nur vorstellen, wie schwer es sein musste, eine Beziehung, die schon so lange anhielt, aufgeben zu müssen. Oder wenigstens darüber nachzudenken. Luke war bisher mein einziger Freund gewesen und das Ende hatte mir mehr als gereicht.

Nach einer Weile drehte sie den Kopf zur Seite, um mich anblicken zu können, und zwang sich sichtlich zu einem Lächeln. Sie machte zu. Das tat Chiara gerne. Statt zu reden, ging sie feiern, verarbeitete ihren Schmerz mit Sex und schluckte die Sorgen runter. Manchmal fragte ich mich, ob sie je wirklich sie selbst war oder immer nur eine Rolle spielte, um sich anzupassen.

»Wie geht's dir denn? Was gibt es bei dir so Neues?«

Nun war ich diejenige, die sich abwandte, die nicht sie selbst sein wollte. Das Einzige, was mir bei ihrer Frage sofort in den Kopf kam, war *er*. Seine Tinte, seine Worte. Was Probleme und Sorgen anging, machte ich es wie meine Cousine, schluckte sie immer wieder runter und rannte vor der Wahrheit davon – wahrscheinlich, um es selbst nicht wahrzuhaben. Wenn ich es nicht aussprach, war er vielleicht nicht real. *Bullshit.*

»Er hat wieder geschrieben.«

Chiara brauchte einen Moment, um zu verstehen, was ich meinte. Mit einem Stirnrunzeln starrte sie mich an, dann begriff sie. Hastig rappelte sie sich auf. »Nicht dein Ernst!« Sie hatte das Drama von Anfang an mitbekommen, weshalb ihre Reaktion keine Überraschung für mich war.

Ich machte es ihr gleich, erhob mich und setze mich auf, nachdem ich mein Oberteil am Rücken wieder geschlossen hatte. »Am Abend des Abschlussballs. Ich hab noch niemandem davon erzählt. Es war auch bisher nur eine Nachricht, keine Ahnung, ob das was Ernstes bedeutet oder nur ein Streich sein soll, aber ich wollte nicht unnötigen Aufruhr auslösen. Du weißt ja, wie sehr Lili sich sorgt. Und vielleicht hört es hier ja wieder ganz auf, so wie damals.« Kurzerhand zückte ich mein Handy und suchte in meiner Galerie nach dem Foto, das ich von besagter Nachricht gemacht hatte. Keine Ahnung, warum. Vielleicht als Beweis, vielleicht weil ich ab und an die Kontrolle brauchte, dass dieser Albtraum wirklich wieder begonnen hatte.

»Das darf nicht wahr sein«, murmelte Chiara, nachdem sie sich die Nachricht durchgelesen hatte. »Amo, wie geht's dir?« Mitfühlend strich sie mir über den Oberarm.

Ich zuckte mit den Schultern, nahm ihr das Handy ab, verfrachtete es zurück in die Strandtasche, die Mimi mir geliehen hatte. »Es hat die alten Ängste in mir getriggert ... ich bin ständig auf der Lauer, bekomme wieder öfter Panikattacken, was mich gleichzeitig so wütend macht. Ich will nicht, dass er mein Leben kontrolliert. Hier in Castellammare fühle ich mich etwas sicherer und wie gesagt ... vielleicht ist es wie damals und es hört von selbst auf.«

Ich dachte an die Zeit, in der es begonnen hatte. Damals, als ich siebzehn gewesen war. Insgesamt waren fünf Briefe bei mir eingetroffen, oft hatte ich mich beobachtet oder verfolgt gefühlt. An einem Tag war mein Fahrradreifen zerstochen, an einem anderen mein Schulrucksack durchwühlt gewesen. Diese Vorfälle hatten mich und meine Familie mehr als beunruhigt, doch für die Polizei waren sie noch kein Grund gewesen, einzuschreiten.

Wahrscheinlich ist es der Exfreund. In so jungen Jahren würde ich mir da noch keine Sorgen machen, hatte einer der Beamten gesagt und mich zum Nachdenken angeregt. Ob Luke diese

Briefe geschrieben hatte, konnte ich schlecht einschätzen. Seinem Verhalten nach zu urteilen, würde es passen ... aber würde er mir so etwas antun?

Zum Glück hatten sich die Nachrichten nach einiger Zeit eingestellt, Spuren hatten sie trotzdem hinterlassen. Seitdem war ich jedem Menschen misstrauisch gegenüber, fühlte mich manchmal beobachtet oder bekam bei jeder Nachricht und bei jedem Brief, der an mich adressiert war, ein mulmiges Gefühl. Gerade als ich mich langsam wieder etwas erholt und durchgeatmet hatte, war der Abend meines Abschlussballs gekommen.

Chiara umfasste meine Hand. »Mach es nicht kleiner, als es ist. Drohungen und Stalking sind in jeder Form schlimm – egal, ob es *nur* ein paar Briefe waren oder es nach einer gewissen Zeit aufgehört hat. Du leidest, und ich verstehe das.«

Dankbar schenkte ich ihr ein Lächeln und musste meine Tränen unterdrücken. Ich merkte erst jetzt, wie befreiend es war, jemandem davon zu erzählen, und fühlte mich, nun, da meine Cousine es wusste, direkt viel sicherer. »Warst du deswegen so ängstlich und skeptisch, was Valentin betrifft?« Nickend strich ich mir übers Gesicht, woraufhin sie den Kopf schüttelte.

»Ich bin so bescheuert! Tut mir leid, ich hab einfach nicht nachgedacht, als ich dich an dem Abend allein gelassen habe. Das kommt nicht mehr vor, versprochen. Hier bei uns in Castellammare bist du sicher.« Liebevoll zog sie mich in eine Umarmung und ich merkte, dass eine große Ursache meiner Angst sich in Luft auflöste: das Gefühl, allein mit alldem zu sein. Nun, da meine Cousine Bescheid wusste, würde sie vielleicht auch wachsamer seltsamen Dingen gegenüber sein. Ich hatte verlernt, meinem eigenen Bauchgefühl zu vertrauen, und in Momenten, in denen die Panik wieder meine Realität verzerrte, ich nicht wusste, wie ich die Lage einschätzen sollte, konnte Chiara in Zukunft vielleicht helfen.

»Wenn dieser Mistkerl hier auftaucht, hetze ich meinen Mafiaonkel auf ihn«, presste sie hervor, nachdem wir uns voneinander gelöst hatten.

Das entlockte mir ein Lachen. »Red nicht so einen Unsinn, Antonio ist nicht bei der Mafia.«

»Das muss Luke ja nicht wissen.«

»Du weißt nicht, ob es Luke ist. Ich will niemanden beschuldigen.«

»Selbst, wenn er es nicht ist ... Ich hasse ihn immer noch dafür, wie er dich damals behandelt hat, nachdem du nach diesen Mobbingaktionen endlich wieder du selbst sein konntest. Ich meine, was hat er erwartet? Dass du für immer das ruhige, eingeschüchterte und gefügige Mädchen bleibst? Als dein Freund hätte er sich freuen müssen, dass du wieder aufblühst. Stattdessen wollte er dich kleinhalten und dir den Mund verbieten, damit seine Alpha-Männlichkeit nicht infrage gestellt wird. Und deine alten Mitschüler erst. Sollen sie erst mal hierherkommen und ordentlich das R rollen, dann reden wir weiter.«

Chiara redete sich so in Rage, dass sie gar nicht merkte, was ihre Worte in mir auslösten. Selbst mir war nicht klar gewesen, wie tief diese Unsicherheit noch immer in mir schlummerte, weil ich sie für lange Zeit unterdrückt hatte. Doch jetzt, bei den Erinnerungen an diese Zeit, graute es mir plötzlich wieder vor jedem englischen Wort, das ich aussprechen musste. Obwohl ...

Ich mag deinen Akzent, Sofia.

Valentins Worte hallten durch meinen Kopf, ohne dass ich aktiv an ihn denken musste. Es war das erste Mal in meinem Leben gewesen, dass jemand meine Aussprache im Positiven kommentierte, und das Gefühl, das mich dabei durchströmt hatte, hatte sich so stark in mein Inneres gebrannt, dass mir auch jetzt wieder warm wurde. Diese Wärme gab mir Hoffnung. Hoffnung darauf, dass es vielleicht doch nicht so schlimm war, dass ich mich vielleicht doch nicht für diesen Teil von mir schämen musste.

»Egal«, sie schüttelte den Kopf und griff nach meiner Hand, »wer auch immer es ist, wenn er hier auftaucht, wird er sich zwei Mal überlegen müssen, ob er dir zu nahe kommt.«

Auch wenn ich mich deutlich leichter fühlte, kam mir dennoch der Gedanke, ob ich *ihn* jemals ganz loswerden würde. Er saß in meinem Kopf fest, war mein Schatten, den selbst die stärkste Sonne Siziliens nicht vertreiben konnte.

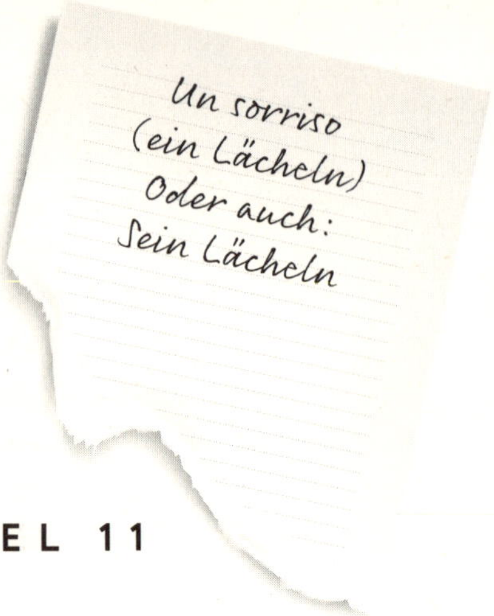

KAPITEL 11

Sofia

Wenn Nonnas Salsa di Pomodoro auf der Speisekarte stand, gab es kaum einen Hotelgast, der dieses einfache Gericht nicht bestellte. Denn im Grunde war es nicht einfach. Nicht, wenn meine Nonna es zubereitete. Weswegen auch sie an jenen Abenden in der Hotelküche stehen musste.

»Schmeißt die Tomaten in den großen Topf.«

Chiara und ich halfen ihr Donnerstagabend, brachten ihr Zutaten aus dem Garten, wuschen die Tomaten und die frischen Gewürze für sie. Es war bestimmt das zwanzigste Mal, dass wir ihr bei ihrer berühmten Pasta und Tomatensoße helfen durften, trotzdem machten wir immer wieder Fehler. Nonna kochte mit dem Herzen, es gab kein Kochbuch, aus dem wir hätten lernen können. Und ein Nonna-Herz konnte man sich nun mal nicht aneignen, es war einzigartig.

Im Radio lief *Take Me to Church* von Hozier, Nonnas aktuelles Lieblingslied, und Marco beglückte uns mit dem besten Pinot Grigio, den sein Keller hergab.

»Nein, Chiara, was machst du denn da? Die Zwiebeln kommen in großen Stücken rein«, wies unsere Großmutter meine Cousine an, die, beschwipst von dem vielen Wein, nur noch am Kichern war. »Das Zerkleinern erledigen wir am Ende. Jetzt kommt erst mal alles in den Topf, um die Aromen so gut wie möglich einzufangen.«

Während meine Cousine mit den Zwiebeln beschäftigt war, kümmerte ich mich um den Pastateig, rollte ihn ein paarmal durch die uralte Nudelpresse, die Nonna von ihrer Schwiegermutter geerbt hatte. Mit schnellen Handgriffen schnitt Nonna die Auberginen, die es gebraten dazu geben würde, schenkte uns Wein mit leckeren Pfirsichstücken nach und tanzte dabei ab und an zwischen den Regalen entlang. Es war das erste Mal seit Ewigkeiten, dass sie wieder etwas ausgelassener war.

»Chiara, kommt Mattia heute auch?«

Der Kopf meiner Cousine zuckte angespannt hoch, ehe sie mir einen vielsagenden Blick zuwarf. »Nein, er kann nicht.«

»Kann er nicht oder willst du nicht, dass er kann?«

Erschrocken ließ Chiara das Messer auf die Ablage fallen, drehte sich anschließend um und starrte unsere Großmutter an.

»Denkst du, deine Nonna bekommt das nicht mit? Er war schon seit Ewigkeiten nicht mehr hier. Früher hat er jeden zweiten Tag bei mir vorbeigeschaut. Wenigstens macht Valentin das nun ab und an.«

Überrascht blickte ich auf. Valentin sah nach meiner Nonna? Bevor ich nachfragen konnte, baute unsere Großmutter sich vor Chiara auf.

»Va bene, was ist bei euch los?«

Meine Cousine seufzte. »Mattia will nach Rom ziehen. Deshalb haben wir uns etwas distanziert …«

»Seid ihr nicht sowieso schon zu lange zusammen?«

Hatte ich schon mal erwähnt, dass meine Nonna keine gewöhnliche Großmutter war? Hatte ich. Dass sie an die ewige Liebe, Heiraten und Kinderkriegen dachte, konnte man nicht behaupten – auch wenn sie das alles selbst hatte erleben dürfen. Nonna war eine Realistin. Sie war in der heutigen Zeit angekommen, bekam Veränderungen in der Gesellschaft mit und passte sich an.

»Was ist zu lange?«, stellte Chiara die Gegenfrage.

»Zu lange ist, wenn man sich selbst darin verliert.«

Chiara öffnete den Mund, um etwas zu sagen, ließ ihn aber wieder zufallen, weil sie Nonnas Worte zu verstehen schien.

Langsam trat meine Oma näher, legte ihre Hand an die Wange meiner Cousine. »Seit Jahren läufst du auf der Stelle, Amore. Du musst mir nichts erzählen. Ich weiß, dass es nicht das Hotel deiner Eltern ist, weshalb du nach wie vor hier bist und nicht einfach das tust, was du willst. Du tust es wegen Mattia.«

Chiara lehnte sich gegen die Anrichte, verfrachtete einen weiteren Schluck Wein in ihr Inneres. »Aber ich bin hier doch glücklich. Hier bei Mamma und Papà und mit Mattia.«

»Du bist glücklich, aber nicht du selbst. Nicht ganz. Erst wenn du komplett du selbst sein kannst, weißt du, was Glück bedeutet. Warum studierst du nicht? Warum gehst du nicht deiner Kunst nach?«

»Weil ich nicht weiß, ob mir das überhaupt eine sichere Zukunft bringt.«

»Ma va«, meinte Nonna, schüttelte mit einer abwertenden Handbewegung den Kopf und machte ein bestimmtes Klickgeräusch mit der Zunge, was sie immer tat, wenn sie etwas nicht gut fand.

Ich nahm mir mein Weinglas, ließ mich auf einem Stuhl nieder und studierte meine Cousine, die von Nonnas Wahrheiten ganz nachdenklich wurde.

»Sizilianer machen sich keine Gedanken über eine sichere Zukunft. Und erst recht nicht die mit Namen Pizzolato. Wir leben und lieben, und du, Amore mio, hast dich ein wenig in der Liebe verloren.«

»Keine Ahnung«, hauchte Chiara und senkte den Blick. »Vielleicht hab ich Angst vor Veränderungen. Angst davor, das zu verlieren, was ich mit Mattia habe.«

»Ich würde lieber eine Beziehung verlieren als mich selbst.«

»Aber du und Nonno wart doch auch so glücklich. Ihr ...«

»Das, was ich mit deinem Nonno hatte, war etwas ganz Besonderes. Wir hatten keine Hemmungen, wir selbst zu sein, haben uns selbst im gleichen Maße geliebt wie den anderen. Das kam damals nicht oft vor. Die meisten unserer Freunde hatten geheiratet, weil es zu dieser Zeit eben gern gesehen wurde und Scheidungen nicht akzeptiert wurden. Dem nachzueifern, was Großeltern haben, ist also nicht immer das Richtige, denn oft musste man zusammenbleiben, auch wenn man eigentlich unglücklich war. Ich war glücklich. Ich war der glücklichste Mensch der Welt. Bist du das auch?«

Darauf fand meine Cousine keine Antwort. Stattdessen starrte sie in den Topf mit den köchelnden Tomaten und schien zu überlegen. Eine Weile konnte man nur das blubbernde Nudelwasser und Nonnas Messer, mit dem sie den Knoblauch schnitt, hören. Unsere Großmutter hatte es mal wieder geschafft, uns mit einfachen Worten die Stimme zu rauben.

Im nächsten Moment wurde die Tür geöffnet. Als ich mich umdrehte, sahen Valentin und ich uns direkt an. Er wirkte überrascht, uns hier drin zu sehen. Ich war es ebenfalls. Ich entdeckte einen Korb mit sonnengereiften Fleischtomaten in seiner Hand, ehe er ihn kommentarlos auf der Anrichte abstellte.

»Valentino!«, freute sich meine Nonna. »Spielen wir bald mal wieder Scopa?«

Das herzliche Lächeln, mit dem er meiner Großmutter begegnete, ließ auch meine Mundwinkel zucken, ohne dass ich es merkte. »Sobald ich meine Hausarbeit abgegeben habe.«

»Sehr gut!« Sie warf Chiara und mir einen gespielt vorwurfsvollen Blick zu. »Meine Enkelinnen mögen das Kartenspiel ja nicht.«

»Das stimmt nicht«, protestierte Chiara und hauchte ihr einen Kuss auf die Wange. »Ich mag es nur nicht, von dir abgezogen zu werden.«

Ein Lachen ging durch die Runde, Valentin presste nur steif die Lippen aufeinander. Ich war immer noch überrascht darüber, dass er mit meiner Oma Zeit verbrachte. Er schien ihr damit richtige Freude zu bereiten, was wiederum mich freute. Nonna war einer der wichtigsten Menschen in meinem Leben, ihr sollte es rund um die Uhr gut gehen.

»Sofi!«

Valentins Blick fand den meinen. Erst da merkte ich, dass ich ihn gedankenversunken angestarrt hatte. Hitze strömte in meine Wangen, woraufhin ich mich hastig abwandte und fragend zu meiner Großmutter aufsah. Sie hielt eine leere Rotweinflasche in der Hand. »Kannst du bitte aus dem Weinkeller noch einen Nero d'Avola holen? Für die Soße.«

Das kam mir gerade recht. Um der unangenehmen Situation zu entfliehen, nickte ich und huschte hinaus in Richtung Weinkeller, ehe Valentins Stimme hinter mir ertönte.

»Brauchst du Hilfe?« Er lief an mir vorbei Richtung Ausgang, ohne mich anzusehen. Etwas verhalten folgte ich ihm die steinernen Kellertreppen hinab. »Wir haben die Flaschen letztens nach ganz oben geräumt. Ich glaube, da kommst du nicht dran.«

Ich erreichte die letzte Stufe, sog den bekannten Kellerduft aus alten Weinfässern, staubigen Massivholzanrichten und kühlem Gestein in mir auf. Nur eine flackernde, gedimmte Glühbirne hing in der Mitte des Raumes, spendete kaum Licht. Ein Schauer lief mir über den Rücken, die altbekannte Angst blieb seltsamerweise aber aus. Lag es an dem Wein, dass ich hier zwischen dunklen Regalen allein mit diesem großen Fremden gar nicht unruhig wurde, oder daran, dass er sich kaum mehr wie ein Fremder anfühlte?

Schmunzelnd verschränkte ich die Arme vor der Brust und kam auf ihn zu, während er den Blick suchend über das oberste Regal schweifen ließ. »Wie kommst du darauf? Denkst du etwa, ich bin zu klein?«

Die Leichtigkeit in meiner Stimme schien nicht nur mich zu überraschen. Er sah zu mir runter, ich zu ihm auf. Der Ausdruck in seinen Augen wirkte wieder suchend, als würde er sich in meinen eine Antwort auf irgendetwas erhoffen. Je länger er mich ansah, desto wärmer wurden meine Wangen und all die Bereiche in meinem Gesicht, die unter seinem Blick lagen.

Schließlich schnaufte er schmunzelnd, hob seinen Arm, um eine Flasche von ganz oben runterzuholen. Er kam etwas näher und wehte mir Reste seines Aftershaves entgegen. Wieder dieser Pfefferminzgeruch, Motoröl, *eine Erinnerung.*

Ohne sich vom Fleck zu rühren, reichte er mir die Flasche. Zwischen uns nur eine halbe Armlänge Abstand. Ich umfasste den Hals, dabei berührten sich für eine Sekunde unsere Finger und ich musste schlucken. *Zu nah, zu nah, zu nah*, schrie die Stimme in mir. Im Hintergrund jedoch ganz subtil eine andere: *Bleib.*

Doch Valentin schien es ähnlich zu gehen. Hörbar schnappte er nach Luft, die er anscheinend angehalten hatte, und trat einen Schritt zurück, um Abstand zu gewinnen. Sein Gesichtsausdruck wurde ernst, die altbekannte tiefe Falte zwischen seinen Brauen verengte sich wieder.

Ich räusperte mich. »Du spielst mit meiner Nonna Scopa?«

Er nickte, presste die Lippen zu einem Lächeln zusammen. »Ab und zu schaue ich bei ihr vorbei.«

Ich fragte mich, wo seine Familie war. War sie groß? Vermisste er sie? Hatte er ein ebenso herzliches Verhältnis zu ihnen, wie es in meiner der Fall war? Zum ersten Mal interessierte sich mein Kopf nicht nur für die Frage *Ist er gefährlich? Bitte ankreuzen – Ja, Nein.* Diesmal tauchten auf meinem Gedankensteckbrief auch Fragen auf wie *Wer bist du? Was hält dich nachts wach? Was macht dich aus?*

»Nonna hat das Kartenspiel immer mit meinem Nonno gespielt«, erklärte ich, weil ihm wahrscheinlich gar nicht bewusst war, wie sehr er ihr mit dieser Geste den Tag verschönerte. »Also ... danke.«

Valentin sagte einen Moment lang nichts, als würde er in einer Erinnerung feststecken. Ein etwas härterer Zug bildete sich um seinen Mund. »Miriam und Marco sind meistens im Stress, und manchmal habe ich etwas Zeit übrig, also ... keine große Sache.«

Irgendetwas an dem abweisenden Ton in seiner Stimme gab mir das Gefühl, dass er wirklich dachte, es sei keine große Sache. Dass er Komplimente oder positive Bemerkungen einfach ganz und gar nicht annehmen konnte.

»Sorry, ich muss jetzt weiter«, sagte er in einem kühlen Tonfall, wandte sich ab und verschwand aus dem dunklen Keller. Ich sah ihm nach und stellte mir dieselbe Frage wie an jenem Abend im *Vogue*, nur diesmal mit einem anderen Hintergedanken: Würde er morgen auf der Party auftauchen?

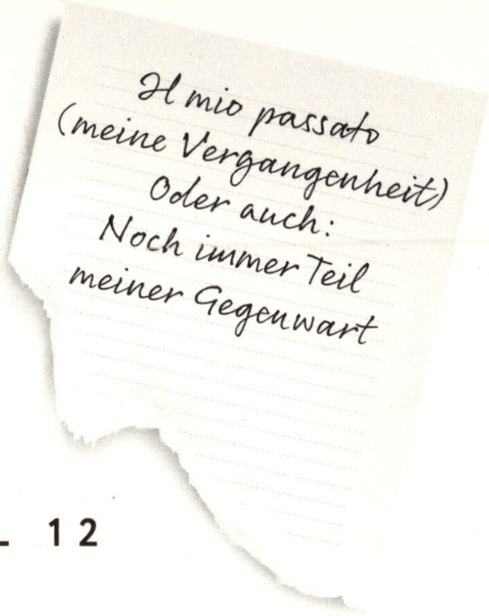

KAPITEL 12

Valentin

»La biblioteca chiude ora.« Ich musste kein Italienisch können, um zu wissen, was die ältere Dame, die am Eingang zur Bibliothek stand, zu mir sagte. Schon häufig hatte ich diesen Satz aus ihrem Mund gehört, weil ich zwischen meinen Recherche- und Lernunterlagen zu oft die Zeit vergaß.

Nach meinen Vorlesungen war ich in die Bücherei der Uni Palermo geflüchtet und saß nun im darin liegenden Café, um Arbeit nachzuholen, die längst hätte erledigt sein müssen. Irgendwann war ich abgeschweift, in der Journalismus-Abteilung hängen geblieben und blätterte nun in einer zehn Jahre alten Sammlung über Fälle auf Sizilien. In Wahrheit suchte ich darin nach ihr. Einem Foto oder ihrem Namen, irgendeinem noch so kleinen Detail. Und tatsächlich hatte ich etwas gefunden, ihren Ausgangspunkt, diesen Unfall. Danach herrschte Totenstille, kein Bild, auf dem sie zu sehen war, kein Text, in dem ihr Name erwähnt wurde. In meinem Kopf existierte so viel über sie, das mit den wenigen Informationen der Realität nicht übereinstimmte.

»Wir schließen jetzt!« Hektisch deutete die Dame auf ihre Armbanduhr, versuchte es auf Englisch, weil sie vermutlich dachte, ich würde sie nicht verstehen. Dabei beäugte sie mich abfällig, sprach mit mir in *diesem* Ton. Dem Ton, in dem schon mein Leben lang mit mir gesprochen wurde: patzig, warnend, herablassend und mir signalisierend, dass ich ohnehin niemandes Ansprüchen gerecht werden würde.

Ich schaute auf die Ziffernanzeige auf meinem Handy. Neunzehn Uhr. Ich hatte wirklich die Zeit vergessen. Ergeben nickte ich, fuhr mir erschöpft durch die Haare und packte meine Sachen zusammen. So wie der Verkehr um diese Zeit manchmal war, würde ich sicher erst in einer Stunde in meinem Airbnb in Castellammare sein. Die meisten, die unter der Woche in Palermo waren, fuhren freitags nach Alcamo, Scopello oder Castellammare, um dort das Wochenende in ihren Strandhäusern zu verbringen.

In dem Moment, in dem ich mir den Rucksack über die Schulter hievte, vibrierte mein Telefon. Ich erkannte die Nummer meines Vaters auf dem Display.

»Ich komme gerade aus der Uni«, bestätigte ich ihm, weil ich wusste, dass er genau das wissen wollte. Er kontrollierte mich, schließlich war es ihm mehr als unrecht, dass ich mein Auslandssemester ausgerechnet hier auf Sizilien machte.

Dad lachte schnaufend. Ich hatte genau vor Augen, wie er dabei aussah: Sicherlich lief er in seinem Büro auf und ab, die Brauen hochnäsig gehoben, das Lächeln unecht. »Das ist schön, Valentin.« Bei seinem Zuspruch klemmte etwas in meiner Brust. »Du bist auf dem besten Weg, mich stolz zu machen.«

Gedanklich fügte ich die Worte hinzu, die Dad mit Absicht weggelassen hatte: *endlich mal. Mich endlich mal stolz zu machen.*

»Schön«, antwortete ich beinahe mechanisch, weil wir diese Unterhaltung bereits so oft geführt hatten.

»Machst du Fortschritte? Wie sind deine Noten?«

»Gut«, kam es erneut knapp aus mir heraus. »Alles ganz einfach.« Ich wusste, dass er das hören wollte. Ich wusste, dass diese Erwiderungen ihn zum Lächeln bringen würden. Das Lächeln, das ich ihm schuldete, nachdem er jahrelang meinetwegen kein einziges Mal gelächelt hatte. Auch wenn es mir selbst jegliche Freude nahm. Doch das war unwichtig. Ich musste so viel wieder geradebiegen.

Ich hörte sein zufriedenes Schmunzeln, als er den nächsten Satz sagte. »Ich werd mich mal umhören, vielleicht kannst du in einem Weingut bei Palermo einen Job antreten. Dann lernst du die praktische Seite kennen und bist in der Lage, hier direkt einzusteigen, sobald du zurück bist.«

Vielleicht habe ich auch schon längst einen Job. Vielleicht ist er in Castellammare del Golfo, bei den Pizzolatos – der Ort und die Familie, von der du mich immer fernhalten wolltest.

Lautlos atmete ich tief durch, während ich mir meinen Weg durch die imposanten Hallen der Universität bahnte. Die Decken waren verziert und bemalt mit viktorianischen Mustern und Motiven wie in einer antiken Kirche, im Innenhof zierten pompöse Säulen den Gang und ein paar letzte Studierende verharrten im Hof unter schattigen Korkeichen, um Bücher zu wälzen. Jeder andere hätte in meiner Zeit an dieser Uni längst Freunde gefunden, ich blieb lieber im Hintergrund, erledigte meine Aufgaben und widmete mich meinem Hauptziel: ihr.

»Ich hab schon einen genauen Plan, welche Aufgaben du übernehmen wirst, wenn du wiederkommst.«

Während er im Hintergrund sprach, trat ich auf den Platz vor der Uni. Der Himmel war beinahe dunkel, nur noch ein leichtes Blau war sichtbar, während das Sonnenlicht allmählich von Straßenlaternen abgelöst wurde. Ich liebte die Dunkelheit, vielleicht gerade deshalb, weil sie die meine so gut kaschierte.

»Das ist nett, aber vielleicht konzentriere ich mich lieber auf die Kurse. Ich –«

»Hier«, unterbrach er mich und schien etwas im Internet rausgesucht zu haben, »Tasca d'Almerita in Palermo. Ich rufe sofort bei dem Weingut an und mache es für dich fest.«

Ich stoppte und fuhr mir erschöpft mit einer Hand übers Gesicht, weil ich wusste, dass ich nicht gegen ihn ankam. Scheiße, wie sollte ich ihm erklären, dass ich keine Zeit für einen Job hatte – ohne ihm zu verraten, dass ich schon längst einen hatte?

»Ich melde mich, sobald es feststeht.«

Ich seufzte. »Dad, ich glaube, ich lasse das lieber sein.«

»Sei nicht so verdammt undankbar«, zischte er und alles in mir zog sich zusammen. Ja, ich war undankbar, denn schließlich hatte ich einen entscheidenden Fehler gemacht, der mir verbot, jemals wieder etwas anderes zu empfinden als Dankbarkeit. »Ich ermögliche dir so viel. Nach all den Jahren ist das mehr, als du verdienst!«

Ich bemühte mich um ein Lächeln, unterdrückte den Kloß in meiner Kehle. »Okay, danke.«

Dad atmete auf der anderen Seite der Leitung hörbar durch, seine Stimme wurde wieder ruhiger. »Ich weiß, dass du es auch nicht leicht hattest. Ich möchte dich nur auf den richtigen Weg bringen, okay? Das ist zu deinem Besten.«

»Ja, verstehe ich.«

»Wir schließen gemeinsam mit der Vergangenheit ab und schauen in die Zukunft. Deswegen wollte ich auch eigentlich nicht, dass du dein Auslandssemester dort machst. Dieser Ort ist ...«

»Dad ...«, unterbrach ich ihn.

»Ich möchte nur nicht, dass dich das wieder einholt.«

»Keine Angst, ich bleibe in Palermo«, log ich und stimmte ihn damit wieder positiv. In all den Jahren hatte er dieses Thema, diese Erinnerung, gemieden. Wenn ich ihn danach gefragt hatte, weil sich bei mir einfach nicht alle Puzzleteile fügten, war er wütend geworden und hatte abgeblockt, weil er ganz offensichtlich selbst darunter litt. Irgendwann hatte ich aufgehört nachzufragen, weil ich ihm schon genug Stress und Leid zugefügt hatte. Die Fragen in meinem Kopf waren trotzdem nicht verstummt, und wenn er sie mir nicht beantworten konnte, musste ich eben selbst nach Antworten suchen.

»Gut, dann melde ich mich noch mal, sobald die Stelle feststeht. Mach's gut.«

Das monotone Tuten, das zurückblieb, als er auflegte, synchronisierte sich mit dem schnellen Pumpen meines Herzens. Eine ganze Weile lang stand ich einfach so da, das Handy noch am Ohr, und starrte ins Leere. Seine Worte in meinen Gedanken nachhallend.

Nach einer gefühlten Ewigkeit schüttelte ich schließlich den Kopf, packte das Telefon in meine Jeanstasche und verdrängte die Gefühle, die er in mir ausgelöst hatte. Sie mussten drinbleiben, durften nicht raus. Ich durfte den Fokus nicht verlieren. Also hastete ich zu meinem Motorrad, das am Straßenrand stand, wühlte in meinem Rucksack nach den Schlüsseln. Als ich sie hervorzog, fiel etwas anderes heraus und landete auf dem Boden. Ich stockte, blieb stehen, starrte die Serviette an, ehe ich sie aufhob.

Party, 20 Uhr in der Via Plaja 34.

Die Party war heute. Die, zu der Sofia auch kam. Unschlüssig stopfte ich den Zettel wieder in die Tasche. Partys waren noch nie gut für mich gewesen, hatten bisher immer in Aggression oder zu viel Alkohol geendet.

Trotzdem konnte ich den Gedanken, hinzugehen, auch während der Heimfahrt nicht ganz abschütteln. Vor allem jetzt, da Dad wieder alte Erinnerungen wachgerüttelt hatte, die mich verzweifeln ließen. Früher hatte ich solch extreme Emotionen immer mit exzessivem Feiern kompensiert, doch diese Zeiten waren lange vorbei. So gern ich auch hingehen würde, wusste ich, dass es vor allem jetzt, da wieder alles in mir brodelte, riskant war. Sofia hatte Angst vor mir, das spürte ich. Und ich konnte es ihr nicht verübeln. Es war besser, wenn sie und alle anderen sich von mir fernhielten.

Während der Fahrt dämmerte es. Ich verstand zwar nicht, weshalb, doch wie von selbst warf mir mein Kopf Erinnerungen an unsere gemeinsame Fahrt vors Auge. Auch wenn es ein verheerender Fehler sein könnte, war es schön zu spüren, dass sie mir langsam nicht mehr misstraute. Ich mochte sie. Vor allem mochte ich ihr Lächeln. Auf den ersten Blick war es unschuldig, zurückhaltend, doch in Momenten, in denen sie ihre Unsicherheit beiseitelegte, konnte man erahnen, dass sie feuriges Temperament in sich hatte. Das erkannte ich an ihren geröteten Lippen und wie sie sich manchmal draufbiss. An dem Blut, das in ihre Wangen strömte, und an dem Ausdruck ihrer dunklen grünen Augen, wenn sich unsere Blicke kreuzten.

Ich weiß nicht, ob es die Erschöpfung war, die meine inneren Stimmen drosselte, oder es wirklich an ihr lag, doch manchmal, wenn sie vor mir stand, verstummte der Selbsthass in mir. Als ich letztens nach einer langen Diskussion mit meinem Vater, in der er mir wieder klargemacht hatte, dass ich nur aufgrund meines Studiums kein komplett hoffnungsloser Fall für ihn war, im *Vogue* gesessen hatte, hatte in mir ein Sturm gewütet, der mich beinahe dazu gebracht hatte, wieder alles in Trümmer zu legen. Doch dann hatte sie vor mir gestanden, mein Kopf aus, sie an. Herrschte in der einen Sekunde noch totales Chaos der Vergangenheit in mir, nahm sie in der nächsten meine gesamte Aufmerksamkeit ein. Sie weckte eine Ruhe, die ich so bisher noch nicht gekannt und nach der ich mich oft gesehnt hatte. Das war zum einen gut, da ich so endlich mal abschalten konnte, zum anderen lenkte es mich von meinem Vorhaben ab. Außerdem brachte es sie unnötig in Gefahr.

Ich schüttelte den Kopf, zwang meinen Blick wieder auf die Straße. Ganz sicher war es besser, nicht auf diese Party zu gehen. Für mich – und für sie.

Die Decke über meinem Bett wurde von antiken Malereien verziert, in den Ecken entdeckte ich Stuck, der an manchen Stellen bereits abbröckelte. Das Airbnb, in dem ich wohnte, war nicht groß. Im Grunde hatte es nur ein Schlafzimmer, eine Küche und ein Bad.

Ich lag auf meinem Bett und starrte durch die Linse meiner Kamera auf den gemalten Engel, der sich auf einer Wolke rekelte, und lauschte den Stimmen, die durch die offene Balkontür zu mir reingeweht wurden. Ich betätigte den Auslöser und fotografierte die verzierte Decke. In dem hellen Blitz leuchteten die goldenen Partikel der Malerei förmlich auf und erinnerten mich an einen längst vergessenen Strandtag meiner Kindheit in der goldgelben Sonne. Ein weiteres Foto entstand. Der dünne weiße Vorhang, der im Wind sachte hin und her wog und vom Licht der Straßenlaterne beleuchtet wurde, öffnete sich einen Spalt breit und legte die Sicht auf das verschnörkelte Geländer des Balkons frei. Dahinter eine Hauswand mit grünen Fensterläden und wild wachsendem Efeu.

Kurz durchzuckte mich der Gedanke, wie sie hinter meiner Linse aussehen würde. Sofia.

Ich wühlte erneut nach dem Zettel in meiner Tasche. Die Adresse kannte ich mittlerweile auswendig, sie hallte unaufhaltsam in meinem Kopf wider: *Via Plaja*. Das war die große Straße direkt gegenüber vom Strand. Seit mindestens einer Dreiviertelstunde schon lungerte ich hier rum, suchte nach Beschäftigung und dachte an die Party. An Sofia. Ich wollte nicht hingehen, gleichzeitig ... wollte ich es doch. Sie wiedersehen. Schließlich schuldete sie mir noch meine Lederjacke.

Ich stand auf, lief zu der Holzanrichte neben der Balkontür und blickte in den kleinen Kreuzrahmenspiegel, der darüber hing. Die Jesusfigur an der Wand direkt daneben schien mich zu verurteilen, als ich mit dem Daumen über die Narbe unter meiner Lippe fuhr. So wie alle anderen auch, würden sie wissen, woher sie stammt.

Ich stemmte meine Hände auf die Anrichte, ließ den Kopf hängen. Als ich den Blick hob, fiel er auf die Serviette neben meiner Hand. Ich las die Adresse einmal, las sie noch ein drittes Mal. War ein kurzer Besuch wirklich nicht drin? Vielleicht konnte ich nur ein Bier trinken, das mich besser schlafen ließ.

Ach, was soll's. Ich stieß mich von der Kommode ab, ließ mein Spiegelbild hinter mir. Für eine Stunde konnte ich vorbeischauen, dann wieder abhauen. Was sollte schon Schlimmes passieren?

Die Luft unten am Strand war deutlich kühler als in den engen Gassen im Ort. Zwar immer noch warm genug, um sich kurz ins Wasser stürzen zu können, aber zu kalt, um lediglich im T-Shirt Motorrad zu fahren.

Ich stellte meine Maschine an einer Strandbar ab, entdeckte vereinzelte Grüppchen, die sich am Strand betranken, und Pärchen, die wild rummachten. Hausnummer vierunddreißig war ein großes modernes Haus mit gläsernen Fassaden, von Bodenleuchten beschienenen Wänden und einem imposanten silbernen Tor in der Einfahrt. Tiefe Bässe drangen zu mir vor, als ich durch einen geöffneten Torspalt schlüpfte und mich dem Haus näherte. Den Stimmen nach zu urteilen, fand die Party dahinter statt. Mein letzter Besuch auf einer Hausparty war einige Jahre her. Ich war siebzehn gewesen und mit einer Scherbe im Kinn nach Hause gekommen.

Ich umrundete die Villa, erkannte drei Jungs, die sich im großen Pool einen Ball zuspielten. Am Beckenrand standen Bier- und Wodkaflaschen, während an der Terrassentür ein Tisch mit weiteren Getränken vollgestellt worden war. Direkt daneben saßen zwei junge Frauen, die mich interessiert musterten, weshalb ich ihrem Blick auswich und stattdessen zum Wohnzimmer blickte. Durch die riesige Glasfassade konnte ich erkennen, wie Chiara und andere Gäste zum lauten Beat eines Partysongs tanzten. Sie hob gerade eine schmale Flasche an den Mund, als sie sich umdrehte und mich entdeckte.

Sie rief etwas und deutete zu mir, sodass alle anderen Gäste auf mich aufmerksam wurden und in meine Richtung johlten. Im nächsten Moment kam sie auch schon auf mich zu, öffnete die Terrassentür und schlüpfte zu mir hinaus. »Wie schön, dass du da bist.«

Dem Taumeln nach zu urteilen, hatte sie schon einige Getränke intus.

»Hey«, begrüßte ich sie und nickte auch den anderen zu, die sich draußen aufhielten. Etwas unschlüssig, ob ich nun reingehen oder hier draußen bleiben sollte, blickte ich mich um. Erst da bemerkte ich Sofia, die sich auf der anderen Seite des Pools mit einem Typ stritt. Derselbe Typ, der sie bereits vor ein paar Tagen nicht in Ruhe gelassen hatte. Claudio hatte sie ihn genannt.

»Warte, ich stell dich kurz der Gastgeberin vor.« Chiara riss meinen Blick von Sofia los und rief ins Innere des Hauses. »Alessandra! Vieni qua!«

Eine Frau mit kurzen blonden Haaren, einem akkurat geschnittenen Pony und goldenen Ohrringen, die bis zu ihren Schultern reichten, eilte uns entgegen. Sie war auffällig geschminkt und ziemlich aufgetakelt: knallroter Lippenstift und leicht schimmernder Lidschatten mit einem schwarzen Eyelinerstrich. Zudem trug sie ein türkisfarbenes Sommerkleid und Flipflops. Als sie bei mir ankam, flog mir eine Duftwolke strengen Parfüms in die Nase und ich musste mich räuspern.

»Vorrei presentarti il mio amico. Lui è inglese«, sagte Chiara, hakte sich bei ihr unter und deutete auf mich. »Valentin, Alessandra.«

»Voi inglesi siete molto belli«, gab Alessandra von sich und reichte mir mit einem breiten Lächeln die Hand. Ich verstand sofort, was sie gesagt hatte. Offenbar war auch sie nicht mehr ganz nüchtern.

»Sie meint, dass ihr Engländer immer so hübsch seid.« Chiara spielte mit einem Zwinkern den Übersetzer, woraufhin ich den beiden dankbar, wenn auch etwas unwohl, zunickte.

Dass nordländische Männer für Italienerinnen etwas Exotisches und dadurch sehr Beliebtes waren, hatte ich schon am ersten Tag an der Uni zu spüren bekommen. Italienische Frauen waren nicht gerade zurückhaltend. Ihr Temperament und ihre Zungen kannten bei Komplimenten keinen Halt, was mir schmeichelte. Doch wenn ich ehrlich war, wollte ich eigentlich nur meine Ruhe haben.

Alessandra versuchte die nächsten zwanzig Minuten über, sich mit mir auf Englisch zu unterhalten. Sie erzählte von ihren Eltern, dass sie eigentlich aus Mailand stammten, aber in jungen Jahren hergezogen waren. Irgendwann begann sie, mich über meine Heimat auszuquetschen, und ich antwortete ihr stets höflich, aber knapp, um zu signalisieren, dass ich kein Interesse hatte.

Als ich mich schließlich losreißen und mir ein Bier holen konnte, schienen auch Sofia und Claudio fertig mit ihrer Diskussion zu sein. Sichtlich genervt kam sie zur Terrasse. Bei ihrem

Anblick bekam ich einen trockenen Mund – sie trug lediglich einen Bikini und ein viel zu durchsichtiges, zu großes Hemd, das wenig Raum für Fantasie ließ. Ich nahm rasch einen großen Schluck aus meiner Flasche.

Beim Vorbeigehen lächelte sie mir kurz zu. »Hey, Valentin.«

Ich schaffte es nicht, zurückzulächeln, bekam keinen Ton heraus, starrte sie einfach nur an.

Fuck, dachte ich, weil ich nicht verstand, was mit mir los war. Es war ein Fehler gewesen, herzukommen.

Forte desiderio
(heftiges Verlangen)
Oder auch:
Wie ich in ihm ertrank

KAPITEL 13

Sofia

Claudio war eine Wand. Es hatte keinen Sinn, mit ihm zu diskutieren. Die Misogynie und der Sexismus waren so tief in ihm verankert, dass ich fast schon Mitleid mit ihm bekam. Aus irgendeinem Grund hatten sich Männer wie er ganz falsch entwickelt, waren selbst Opfer des Patriarchats und besaßen Vorbilder, die ihnen alte und respektlose Verhaltensmuster gegenüber Frauen vorgelebt hatten.

Stell dich nicht so an, ich hab überhaupt nichts gemacht. Heutzutage darf man wirklich gar nichts mehr. Seine Worte hallten durch mein brodelndes Inneres. Nachdem er mir letztens trotz mehrfacher Neins deutlich zu nahe gekommen war, hatte ich ihn noch mal drauf ansprechen wollen, in der Hoffnung, er würde nun im nüchterneren Zustand Einsicht zeigen. Pustekuchen. Stattdessen hatte er genervt reagiert, als hätte ich *rumgezickt,* und seine Einstellung mit dem vielen Alkohol befeuert, den er wieder in sich reingeschüttet hatte.

Seufzend stemmte ich mich mit beiden Händen gegen das

Waschbecken, ließ den Kopf hängen, um mich zu beruhigen. Als ich hoch in den Spiegel in Alessandras Gäste-WC blickte, erkannte ich zwischen meinen Brauen eine kleine Zornesfalte. Ich strich mit dem Finger drüber, versuchte, mein Gesicht wieder zu entspannen, weil ich mir den Abend nicht von ihm vermiesen lassen wollte. Also lockerte ich meine Haltung, prüfte den Sitz meines Bikinis, schenkte mir selbst ein aufmunterndes Lächeln und gesellte mich wieder zu meiner tanzenden Cousine ins Wohnzimmer.

Kurz bevor ich bei Chiara angekommen war, spähte ich hinaus zur Terrasse. In meiner Wut war ich an Valentin vorbeigerauscht und hatte erst mal einen Moment für mich gebraucht, auch wenn ich positiv überrascht war, dass er doch gekommen war. Als ich jedoch sah, wie Alessandra ihm mit ihrer manikürten Hand über die breite Brust fuhr, blieb ich stehen und entschied mich, erst später zu ihm zu gehen. Es war nicht zu übersehen, dass sie von ihm angetan war. Ob er dasselbe empfand, konnte ich nicht sagen, dafür war sein Gesichtsausdruck wie gewohnt undurchdringlich. Ich fragte mich, was ihn letztendlich hatte umstimmen können. War ihm langweilig gewesen? Oder hatte er doch ernsthaft Lust bekommen, aufzukreuzen?

»Sofia!« Chiara schlang ihre Arme um mich. Lachend umarmten wir uns und wippten im Takt zu einem Beat von *Bizarrap*. Dabei atmete ich tief durch, versuchte, für einen Moment alles zu vergessen. Meine Vergangenheit, meine Zukunft und alles, was dazwischen lag. Und es klappte. Für kurze Zeit konnte ich wirklich loslassen und bekam das Gefühl, dass vielleicht doch alles gut werden würde.

»Geht's dir gut? Du hast eben so wütend ausgesehen«, fragte Chiara zwischen zwei Songs und strich sich eine verschwitzte Strähne aus der Stirn.

Ich verdrehte die Augen. »Claudio ist einfach unmöglich. Ich will nicht drüber reden.«

»Das ist er bei jeder Frau. Schau ihn dir an, er ist lächerlich.«

Ich folgte Chiaras Kopfnicken auf etwas hinter mir und sah, dass er mit einem Mädchen tanzte. Ich wusste, dass sie Elena hieß, kannte sie aber ansonsten nicht. Er hatte seine Arme von hinten um sie geschlungen, drückte seinen Schritt gegen ihr Hinterteil. An ihrem verkniffenen Lächeln konnte Frau deutlich herauslesen, dass sie sich unwohl fühlte, aber nicht traute, etwas zu sagen. Ich schüttelte den Kopf. Wenn er so weitermachte, würde ich gleich einschreiten.

Wie von selbst zuckte mein Blick zu Valentin, der Claudio ebenfalls angewidert musterte. Während Alessandra ihn zutextete, biss er seinen Kiefer mit jeder Sekunde fester zusammen, fixierte die Szene, die sich uns allen bot.

Mit einem Mal ließ sein Blick von Claudio ab, schnellte stattdessen in meine Richtung, ohne, dass er seinen Kopf bewegte. Die Dunkelheit darin schwand nicht, trotzdem änderte sich etwas. Ich ahnte, was in ihm vorging. Es war wie eine stumme Übereinkunft zwischen uns, dass Claudio mal wieder zu weit ging.

»Claudio, basta!« Er unterbrach unseren Blickkontakt, als Elena entsetzt auflachte. Es war eines dieser Lachen, die bedeuteten: *Ich fühle mich so was von unwohl, aber traue mich nicht, etwas zu sagen, also lache ich.* Claudio hatte sie gegen die Lehne der Couch gedrückt, presste sich gegen sie, seine Lippen hinterließen eine feuchte Spur auf ihrem Hals.

Entgeistert blickte ich mich um und erkannte, dass niemand ihr helfen wollte oder überhaupt registrierte, dass sie gerade sexuell belästigt wurde.

Neben Valentin schien nur Chiara zu bemerken, was gerade passierte, ich starrte die beiden entsetzt an, ehe Elena mich Hilfe suchend ansah.

Ich entschloss, kurzen Prozess zu machen, sie aus der Situation zu retten. Als ich mich gerade in Bewegung setzte, stand plötzlich Valentin hinter Claudio, griff nach seinem Handgelenk und zog ihn von Elena weg. Die beiden sprachen komplett unterschiedliche Sprachen, doch Valentins Blick reichte aus, um Claudio deutlich zu machen, dass es sich um eine Warnung handelte. *Lass die Finger von ihr und am besten gleich von allen Frauen,* stand deutlich in seinem Ausdruck geschrieben. Nun wurden auch andere Gäste aufmerksam auf die Szene, unternahmen jedoch nichts, außer verhalten zu lachen und das Geschehen interessiert zu verfolgen.

Claudio schüttelte Valentins Hand ab, beleidigte ihn mit *Stronzo,* was Arschloch hieß, versuchte es dann weiter bei Elena. Das schien Valentins Zeichen zu sein. Mit einem geschickten Griff drehte er Claudios Handgelenk um und stieß ihn fort, sodass dieser über die Lehne der Couch fiel. Claudio schrie schmerzerfüllt auf, rieb sich sein Handgelenk, während Elena merklich aufgelöst die Flucht ergriff und sich schnell entfernte.

»Lass sie in Ruhe.« Valentin besah ihn mit einem Blick, der Gänsehaut bei mir auslöste. Er war stechend kalt und zweifelsohne gefährlich. Selbstverständlich verstand Claudio kein Wort, doch das musste er auch nicht, Valentins Ausdruck genügte. Spätestens jetzt wurde mir bewusst, wie stark er wirklich sein konnte. Ein weiterer Grund, Angst vor ihm zu haben. Dass ich genau jetzt keine verspürte, führte ich darauf zurück, dass er seine Kraft für Gutes einsetzte. Dass er einer dieser Männer war, die ihr Privileg nutzten, um gegen Sexismus vorzugehen. Etwas, das ich beim ersten Eindruck nicht von ihm erwartet hätte, war er doch immer so zurückhaltend und unnahbar, doch jetzt musste ich feststellen, wie falsch ich gelegen hatte. Er kannte Elena nicht. Im Grunde genommen kannte er niemanden hier, auch Chiara und mich nicht wirklich. Es wäre einfach für ihn gewesen, sich rauszuhalten und zu verschwinden. Trotzdem hatte er erkannt, dass die junge Frau Hilfe brauchte, ohne dass sie etwas hatte sagen müssen. Valentin wirkte nicht wie die Art Mann, die gern alle Aufmerksamkeit auf sich zog. Man konnte ihm deutlich ansehen, dass er sich mehr als widerwillig einmischte. Dass er es dennoch tat, machte ihn nicht nur nahbar und einfühlsam, sondern auch unfassbar attraktiv.

Die Stimmung im Wohnzimmer war nun angespannter, das Lachen einiger gackernder Mädels war verstummt. Valentin wandte sich ab, weil für ihn nichts mehr zu tun schien. Doch Claudios Ego war sichtlich verletzt. Obwohl er mindestens zwei Köpfe kleiner war und deutlich weniger Kraft hatte, stand er wutentbrannt auf und schmiss sich von hinten gegen Valentin.

»Ma chi ti credi di essere!«, brüllte er ihn an.

Dann ging alles ganz schnell. Valentin reagierte, drehte sich um, griff nach hinten und schleuderte Claudio über seine Schulter nach vorn. Mit einem ohrenbetäubenden Lärm, begleitet vom erschrockenen Kreischen einiger Frauen, krachte Claudio in die Flaschen auf dem kleinen Tisch neben der Glastür.

Meine Hand schnellte zu meinem Mund, Chiara rief »Valentin!« und ein entsetztes Raunen ging durch den Raum. Schwer atmend starrte er auf seinen Gegner, der auf dem Boden lag und sich langsam aufrappelte, während die anderen männlichen Gäste Valentin von Claudio wegzogen. Dieser riss sich los. An seinen Schläfen standen die Adern sichtbar hervor, das Gesicht dunkelrot. Er schien woanders zu sein, gedanklich an irgendeinem Ort, der offensichtlich nichts mit diesem zu tun hatte. Fassungslos blickte er auf seine Hände, als würde er jetzt erst realisieren, dass er es gewesen war, der Claudio zu Fall gebracht hatte. Schließlich ging sein Blick durch die Runde, streifte entsetzte und wütende Gesichter, die ihn anstarrten. Als er bei mir landete, erkannte ich plötzlich etwas darin, womit ich nie gerechnet hätte: Schmerz. Mit einem Kopfschütteln wandte er sich ab und eilte aus dem Wohnzimmer in Richtung Ausgang.

»Sofia?«, drang Chiaras Stimme zu mir durch, während ich ihm hinterherblickte. Ich nahm wahr, dass sie mit einigen anderen Claudio aufhalf. »Hilf uns mal bitte.«

Ich hörte nicht auf sie. Claudio hatte die Hilfe nicht verdient, er tat mir nicht leid. Stattdessen galt mein Mitgefühl jemand anderem. Vielleicht war das ein Fehler. Vielleicht hätte ich bleiben sollen. Vielleicht hätte mir das viel Schmerz erspart. Dennoch konnte ich nicht anders.

Ich rannte durch das Tor auf die Straße, blickte mich um und entdeckte ihn am Strand. Valentin stapfte aufgebracht in Richtung Klippen, raufte sich immer wieder die Haare.

»Valentin!«, rief ich ihm nach, doch er schien mich nicht zu hören. Oder er ignorierte mich einfach.

Meine Schritte versackten im Sand, der sich an meine Füße heftete. Es brauchte deutlich mehr Kraft, darin zu rennen als auf festem Untergrund. So viel Kraft, dass ich schon nach wenigen Metern aus der Puste war. »Valentin, warte!« Meine Stimme hallte von den Felsen wider, die das Ende des Strandes einleiteten und sich im Meer fortsetzten. Ich erreichte ihn kurz vorher, griff nach seinem Handgelenk, woraufhin er herumwirbelte und mich mit blutunterlaufenen Augen anstarrte. Hastig wich ich wieder einen Schritt zurück.

»Was willst du?«, brüllte er mich an.

In jeder anderen Situation wäre ich zusammengezuckt, nun blieb ich standhaft. »Schauen, wie es dir geht. Hast du dir wehgetan?«

Er konnte nicht verstecken, wie sehr ihn diese Frage überraschte. Verwirrt schüttelte er den Kopf. »Wieso zur Hölle willst du das wissen? Du hast gesehen, was ich angerichtet habe.«

»Was du angerichtet hast?«, fragte ich voller Entsetzen. »Du warst der einzige Mann, der bereit war, dieses hilflose Mädchen zu verteidigen! Claudio hat es verdient.«

Langsam trat ich näher. Sein schmerzverzerrter Blick klärte sich ein bisschen, als hätte ich die Hoffnung in ihm geweckt, dass meine Worte wirklich wahr waren.

Sein aufgebrachtes Atmen vermischte sich mit dem Rauschen des Meeres. Er sagte nach wie vor nichts, starrte mich nur entgeistert an. Ich trat noch einen Schritt näher, woraufhin er warnend die Hand hob. »Du solltest mir nicht zu nahe kommen.« Es war, als würde gar nicht er diese Worte von sich geben. Als würde ihr Ursprung in einem anderen Mund liegen und sie nur als schmerzhaftes Brandzeichen in ihm widerhallen.

»Wieso denkst du das, Valentin?«

»Weil du gesehen hast, zu was ich imstande bin.«

Mein Mund wurde trocken. Die Unsicherheit hatte mich noch nicht ganz verlassen. Doch je mehr ich ihn ansah – diesen schmerzerfüllten, gebrochenen Mann –, desto klarer wurde mir, wie sehr er litt, und ich bekam das Gefühl, dass die Angst, die er vor sich selbst hatte, größer war als meine.

»Mit guter Absicht«, versuchte ich ihm klarzumachen. »Würdest du einfach böswillig um dich schlagen? Würdest du jemandem einfach so eine verpassen?« Ich machte eine kurze Pause. Auch wenn ich mir die Antwort denken konnte, hatte ich trotzdem Angst davor. »Würdest du *mich* verletzen wollen?«

Seine Augen wurden groß, er öffnete den Mund, blickte mich mit Entsetzen an. Dann schüttelte er den Kopf. »Niemals.«

Mein Mundwinkel zuckte, erschlaffte wieder. Etwas löste sich in meiner Brust. Seine ehrliche Reaktion auf die Vorstellung, mir etwas anzutun, erleichterte mich.

»Aber ...« Er raufte sich die Haare. Beinahe war ich mir sicher, dass seine Augen gläsern waren. »Es war ein Fehler von mir, zu kommen.«

Ich schüttelte den Kopf, schenkte ihm ein Lächeln, ehe ich die Hand hob und mein Zeigefinger seine Faust berührte. Er zuckte kurz zusammen, rührte sich aber ansonsten nicht. Zittrig sog er Luft in seine Lunge, sein Ausdruck klärte sich etwas.

»Finde ich nicht. Ich bin froh, dass du gekommen bist.«

Nun ließ sein Blick nicht mehr von mir ab. Hatten vor wenigen Momenten noch Verzweiflung, Wut und Schmerz in ihm gewütet, war ich mir nun fast sicher, Sehnsucht darin aufblitzen zu sehen. Er schaute mich an, als hätte ich ihm etwas gegeben, das ihm stets verwehrt wurde. Als wäre etwas, das er sich immer gewünscht hatte, zum Greifen nahe.

Und er griff danach. Ein Moment verging, zehn Herzschläge lang starrten wir uns an. Dann, beim elften, behutsam und doch voller Überzeugung, legte er seine große Hand an meinen Hinterkopf, zog mich sehnsüchtig zu sich.

Ein Teil von mir versteifte sich, ein anderer brachte mich dazu, das Kinn zu recken. Er küsste mich stürmisch, dennoch sanft, als wäre ich aus Glas, das er nicht zerbrechen wollte. Während seine Lippen meine berührten, lauschte ich aufmerksam in mich hinein. Mein Herz raste bei der Innigkeit, die so plötzlich zwischen uns herrschte. Es war zu viel, es war zu aufregend, es war zu riskant – gleichzeitig merkte ich, dass es genau das war, wonach ich mich schon lange sehnte. Ich wusste nicht, wann ich das letzte Mal von einem Mann berührt – geschweige denn geküsst – worden war. Diese Intimität war mir von meiner Angst stets verwehrt geblieben und auch jetzt schrie sie laut auf, weil sie ein fester Teil von mir war. Doch das Vertrauen in mich, die Stärke, die ich besaß, und mein Wille waren ebenso feste Bestandteile meiner Selbst, und ich wollte mich verdammt noch mal nicht mehr von meiner Angst steuern lassen.

Also ließ ich den Kuss zu, kostete das Verbotene, das in meiner Vorstellung die letzten Jahre nach Hölle geschmeckt hatte. Doch seine Lippen waren weich, sein Griff schützend, seine Liebkosungen beinahe bittend. Die linke Hand lag an meinem

Nacken, seine rechte wanderte zu meinem Rücken. Jede Berührung schmerzte im ersten Moment wie eingerostete Gelenke, die man zu lange nicht benutzt hatte, dann wurden sie warm, angenehm.

Valentin atmete tief ein, als wäre dieser Kuss der erste Atemzug, nachdem er beinahe ertrunken war. Ein weiteres Mal zog er mich enger zu sich heran, kostete meine Lippen.

Ich schmeckte Pfefferminz und das Salz, das in der Luft und auf unserer Haut lag, ehe seine Lippen von mir abließen, seine Stirn an meiner verweilte. Wir waren gleichermaßen außer Atem, gleichermaßen überrumpelt von dem, was gerade geschehen war.

»Das sollte nicht passieren«, flüsterte er, wieder, als würden diese Worte nicht ihm gehören. »Ich sollte dich nicht berühren.«

Mein Mund machte sich selbstständig. Es war wie im Fiebertraum, ich war kaum mehr ich selbst. Jedenfalls nicht die Person, die ich stets gedacht hatte zu sein. Ich konnte mein Herz im ganzen Körper spüren und dieses Mal war ich felsenfest davon überzeugt, dass es keine Panik war. »Und was, wenn *ich dich* berühren möchte?«

Erneut tauchte brennende Sehnsucht in seinem Blick auf. Dann, mit dem nächsten Atemzug, verstärkte Valentin seinen Griff und presste ein weiteres Mal seine Lippen auf meine. Er hob mich in seinen Arm, doch diesmal war es anders. Diesmal schien es, als würde er mich nicht meinetwillen so fest an sich ziehen, sondern seinetwillen. Etwas sagte mir, dass er diesen Halt, diese Sicherheit noch mehr brauchte als ich. Wie von selbst schlang ich meine Beine um seinen Oberkörper. Er bewegte sich, trug mich zu einem Stein, auf dem er mich absetzte. In meiner Brust entflammte ein Feuer, ich drückte den Rücken durch, beugte mich ihm entgegen und ließ das Gefühl, das er mit jedem weiteren Kuss hinterließ, zu. Es war verrückt, es war das Verrückteste, das ich je getan hatte. Ich kannte diesen Mann nicht und doch wurden wir eins. Mit jeder Berührung offenbarte er mir seine Verletzlichkeit. Mit jedem Seufzen zeigte er mir, wie viel Sehnsucht nach Nähe in ihm steckte. Mit jedem Kuss ahnte ich, dass auch er seit Ewigkeiten keine Lippen mehr auf seinen hatte spüren dürfen. Wir führten eine stumme Unterhaltung.

Er umfasste meinen Oberschenkel mit der linken Hand und zog mich mit der rechten abermals näher zu sich heran, als würde er gegen den Impuls kämpfen, mich loszulassen. Beinahe fragend schlich sich seine Zunge zwischen meine Lippen und ich öffnete den Mund weiter für ihn. Ein Seufzen mischte sich unter das Rauschen des Meeres. Das zwischen uns war ein einziger Rausch.

Weil ich nicht genug davon bekam, schlang ich die Arme fester um Valentins Hüfte und krallte mich an seinem Rücken fest. Langsam strich ich mit meinen Fingernägeln über die breite Kuhle, in der sich seine Wirbelsäule versteckte. Ob ich wohl gerade eines seiner Tattoos berührte? An seinem Shirt hing der Geruch eines rauen Motoröls, an seinem Hals klebte ein würziges Parfüm. Erst jetzt, da ich ihm so nah war, nahm ich seinen Duft voll und ganz in mir auf: salzig, scharf, fast schon stechend. Ein letztes Mal drückte er mich an sich und raubte mir jeglichen Atem. Dann ließ er plötzlich ganz abrupt von mir ab, drehte mir den Rücken zu und raufte sich die Haare.

Noch etwas benommen versuchte ich, meine Atmung zu beruhigen, rappelte mich auf.

Schließlich drehte er sich wieder um. Sein Gesicht voller Schatten, und ich bekam den traurigen Gedanken, dass seine Atemlosigkeit nicht mir, sondern den Dämonen darin zuzuschreiben waren.

»Sorry, ich gehe jetzt lieber.« Das waren seine letzten Worte, ehe er in der Dunkelheit verschwand und mich mit pochendem Herzen zurückließ.

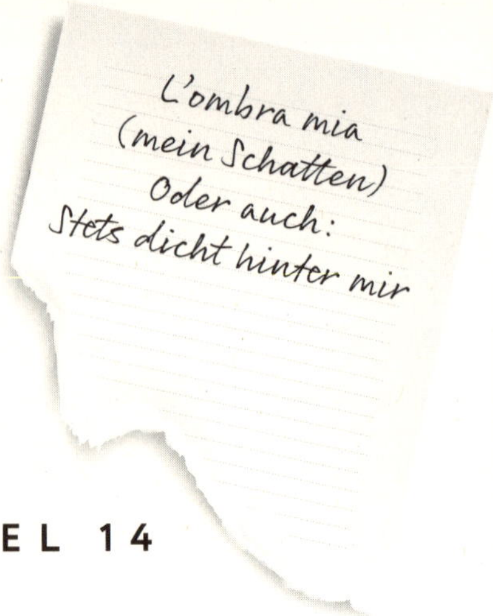

KAPITEL 14

Sofia

»Ich hol dich gegen achtzehn Uhr wieder ab.« Mimi blieb mitten auf der Straße stehen und winkte mir durchs Fenster zu, nachdem ich ausgestiegen war. Hinter uns hupten ein paar Autos und zwei Mofas schoben sich durch die Menge, die sie gekonnt ignorierte. Was normal war. Italiener hatten das Talent, selbst in einem Kreisel, der dazu da war, den Verkehr zu verflüssigen, Chaos anzurichten. Rechts vor links gab es nicht, im Allgemeinen hatte jeder Vorfahrt, der sich als Erstes reindrängte. Man musste sich anpassen, nur so kam man voran.

Meine Tante ließ mich an der *Quattro Canti* raus – italienisch für vier Ecken. Im Grunde eine Kreuzung zweier Gassen, in denen es Restaurants, Bars, Geschäfte und Tabaccherie gab und in die Fahrzeuge keine Zufahrt hatten. Der Boden war mit groben Steinen bepflastert, die Fassaden krumm und in Sandfarben gehalten. Einige Touristen schienen auf der Jagd nach Souvenirs und Postkarten zu sein, kauften sich bunte Boho-Kleider oder entspannten bei einem Espresso. Eine breite, antike und sehr lange Treppe führte hinter einem Geschäft hinab zum Hafen, an dessen Rand sich Bars hinabschlängelten, die erst in wenigen Stunden öffneten. Am Abend wurden die Stufen mit Kissen versehen und dienten als Sitzgelegenheit, um bei einem leckeren Cocktail den Tag ausklingen zu lassen.

Es war Montag und der Rest der Familie musste arbeiten, weshalb ich mir die Zeit nahm, um ein bisschen allein zu sein. Das tat ich gerne – allein sein –, vor allem, nachdem ich dieses Gefühl lange Zeit nicht haben durfte. Ab und an spürte ich immer noch *seine* Anwesenheit, doch ich wusste aus Erfahrung, dass ein Spaziergang durch den belebten Ort in der warmen Sonne befreiend auf mich wirken würde. Es war ein Privileg, einfach mal nicht denken zu müssen, die Gedanken stattdessen schweifen zu lassen und abzuschalten. Die letzten Wochen hatte in meinem Kopf viel zu viel Chaos geherrscht. Erst die Briefe, dann meine Zukunftspläne und seit wenigen Tagen nun auch noch Valentin.

Seit dem Abend auf der Party … seit unserem Kuss geisterte er unaufhaltsam durch meinen Kopf. Da war das große *Warum?* Warum, zur Hölle, war ich ihm nachgeeilt? Warum hatte ich zugelassen, dass er mich küsste und mein Inneres durcheinanderbrachte? Und warum hatten dabei gar keine Alarmglocken geläutet?

Sein abweisender Abgang hatte Spuren in mir hinterlassen, weshalb ich seit dem Morgen danach jedes noch so kleine Detail der Situation analysierte, um mir die vielen *Warums* beantworten zu können. Es war, als hätte ich ein Blackout gehabt und versuchte nun krampfhaft, die Puzzleteile wieder ineinanderzusetzen, mir zu erklären, was in mich gefahren war. Nur, dass ich kein Blackout hatte. Ich konnte mich an jedes einzelne Detail erinnern – verstehen tat ich sie dennoch nicht. Ich hätte mich vorsichtiger eingeschätzt.

Gedankenversunken überquerte ich die Via Zingaro, als Valentins schmerzerfüllter Ausdruck durch meine Erinnerungen huschte. Ein Ziehen in meiner Brust, weil seine traurigen Augen noch immer etwas mit mir machten. Gefühle, die ich am liebsten stumm gestellt hätte. Zum Beispiel das seiner weichen Lippen auf meinen, das seines Griffs, der energisch und gleichzeitig schützend gewesen war. Es gefiel mir ganz und gar nicht, dass er meine Wachsamkeit so schwinden ließ, ich unvorsichtig wurde und die Kontrolle verlor. Doch seine Worte, seine Blicke, seine Küsse hatten mich vollkommen unvorbereitet getroffen. War es nicht paradox, Zuneigung und Angst zur selben Zeit zu empfinden? Oder gehörten diese Emotionen vielleicht sogar zusammen? Selbstverständlich hatte Chiara ihre Fragen nicht für sich behalten können, als ich nach unserem Kuss irgendwann wieder auf der Party aufgetaucht war und sie gebeten hatte, mit mir heimzufahren. Weil ich nicht darüber reden wollte und hoffte, dass sich die Sache mit Valentin für mich in dem Moment erledigt hatte, als er abgehauen war, hatte ich den Vorfall für mich behalten. Valentin hatte das Weite gesucht, was mir signalisierte, dass es auch für ihn irgendeinen Grund gegeben hatte, mich nicht küssen zu wollen – oder zu dürfen. Vielleicht hatte er eine Freundin, die in Wessex auf ihn wartete? Vielleicht hatte er auch nur Dampf ablassen wollen und ich war eigentlich gar nicht sein Typ. Was es auch war – es würde kein zweites Mal passieren. Es durfte kein zweites Mal passieren.

Chiara hatte zum Glück nicht weiter nachgehakt, weil sie und die anderen Gäste zu sehr damit beschäftigt gewesen waren, das Chaos aufzuräumen und Claudios Schnittwunde, die er sich an einer Hand zugezogen hatte, zu versorgen. Nur Mariella eine Freundin von Claudio – hatte sichtlich aufgebracht in die Runde gefragt, wer Valentin war und ob ich ihn kannte. Nein, tat ich nicht. Auch wenn ein subtil vertrautes Gefühl seit Neuestem zu ihm da war, wurde mir in dem Moment erneut klar, dass ich diesen Mann kaum kannte.

Claudio hatte zum Glück nicht vor, Valentin anzuzeigen. Dafür war sein Stolz viel zu groß. Ich machte mir mehr Sorgen darum, dass er es ihm auf irgendeine andere Art und Weise heimzahlen wollen könnte.

Die nächsten anderthalb Stunden stöberte ich zwischen Schuhen, Taschen und Bikinis, kaufte mir ein luftiges Strandkleid mit Zitrusfrüchten darauf und unterhielt mich mit einer alten Freundin meiner Nonna, die ich im Ort traf. Zum Abschluss kaufte ich mir noch ein leckeres Eis der Sorte Setteveli, was übersetzt *sieben Lagen* hieß und aus ebenso vielen Schichten Schokolade unterschiedlicher Konsistenzen bestand. Den herben Geschmack auf der Zunge, schlenderte ich hinab zur Piazza Petrolo. Auf dem großen Platz, der sich auf einem Klippenvorsprung befand, wurde gerade ein Markt veranstaltet. Groß und Klein tummelte sich an den Ständen, die mit Obst, Gemüse, Fisch und Gewürzen gefüllt waren. Es roch herrlich nach gefüllten Oliven, Basilikum, Oregano und süßem Pfirsich.

Langsam bahnte ich mir meinen Weg über den Markt und verharrte am Geländer, das einen fantastischen Blick über die Klippen hinaus aufs Meer bot. Mindestens dreißig Meter ging es hier gefährlich hinab. Das Wasser brach sich an dem harten Gestein, krachte lautstark dagegen, ehe es sich wieder in einem leiser werdenden Rauschen zurückzog. Ich schloss die Augen, sog die salzige Luft in meine Lunge und hielt einen Moment inne, erlaubte mir einen Augenblick ohne Sorgen und ohne schwere Gedanken.

»Sofia? Das kann nicht wahr sein!« Eine piepsige Frauenstimme riss mich aus dem Moment. Überrascht drehte ich mich um und brauchte eine Sekunde, um zu realisieren, wer mir hier so grinsend entgegenstrahlte.

»Paula?« Ihre roten Haare waren unverkennbar. Luke hatte sie immer als Merida aus dem animierten Disney-Film bezeichnet, denn der Busch aus Haaren auf ihrem Kopf war nicht die einzige Gemeinsamkeit, die seine Schwester mit der Figur hatte. Sie war aufgeweckt, stark, stand für Gutes ein und ließ sich von niemandem etwas sagen. Ganz passend, bei einem Bruder wie Luke.

»Was machst du denn hier?« Mein Blick fiel auf den schlaksigen Mann neben ihr. Schwarze Haare, braune Brille, Hemd und beige Shorts. Freundlich lächelte er mir zu.

»Kyle und ich sind hier im Urlaub. Du hast doch immer so geschwärmt von Sizilien, weißt du noch? Und als wir zuletzt überlegt haben, wo der nächste Trip hingehen soll, hab ich gedacht, warum nicht endlich mal Sizilien. Und jetzt sind wir hier. Witzig, oder? Ach so, das ist übrigens Kyle, mein Freund.«

Überrascht von ihrem Redeschwall brauchte ich eine Sekunde, um ihre Worte zu verarbeiten.

»Hey, freut mich.« Freundlich lächelnd hielt er mir die Hand entgegen, die ich ebenso freudig ergriff und schüttelte.

»Hallo, wie schön«, antwortete ich, schaute zwischen Paula und ihm hin und her. »Krass, Paula, das ist so lange her. Ich hab die letzten Jahre kaum was von dir mitbekommen und ausgerechnet hier auf Sizilien sehen wir uns wieder!«

»Ja, ich kann es auch noch gar nicht fassen. Luke meinte zwar, dass du hier bist, aber ich hätte trotzdem nicht gedacht, dass wir uns über den Weg laufen. Du machst bestimmt auch Urlaub bei deiner Familie, oder?«

Mein Mund wurde trocken. Wie von selbst fielen mir sämtliche Emotionen aus dem Gesicht und etwas schlang sich um meine Lunge, schnürte mir jegliche Luft zum Atmen ab. »Luke?«, stammelte ich und versuchte, mir nichts anmerken zu lassen.

»Luke hat dir gesagt, dass ich hier bin?« Woher wusste mein Ex das?

Paula verzog nachdenklich den Mund und winkte belustigt ab. »Ja, bestimmt hat er dich auf Instagram gestalkt.«

Der Druck auf meiner Lunge nahm zu. Seit ich in Castellammare war, hatte ich kein einziges Mal etwas gepostet, und auch in Norwich nirgends erzählt, wo meine Reise hingehen würde. Geschweige denn, dass ich überhaupt verreisen würde. Luke konnte nicht wissen, dass ich hier war, es sei denn … Chiara hatte mit ihrer schrecklichen Vermutung recht.

Ich schluckte, rang um ein Lächeln, weil ich mir vor Paula nichts anmerken lassen wollte. Also griff ich ihre Frage wieder auf. »Ehrlich gesagt, weiß ich noch nicht, was ich hier mache. Ich wollte einfach nur hierher. Ob ich ganz bleibe oder zurück nach Norwich gehe, steht noch nicht fest.«

Sie nickte, starrte mich einen Moment lang wehmütig an. »Ja«, hauchte sie, »du wolltest ja schon immer zurück zu deiner Familie.«

Ich wandte den Blick ab. Paula und ich waren einst gute Freundinnen gewesen. Sie war die erste Person gewesen, die mich in England nach meinem Schulwechsel aufgenommen hatte. Ihr hatte ich zu verdanken, dass ich mich nach dem holprigen Start wieder wohler gefühlt hatte. Nur durch sie war ich mit ihrem Bruder zusammengekommen. Schade war nur, dass sich unsere Freundschaft durch die Trennung ebenfalls verflüchtigt hatte. Wir hatten uns auseinandergelebt. Plötzlich war es seltsam gewesen, Paula zu besuchen, wenn auch Luke anwesend war. Was extrem schade war. Paula war eine wirklich gute Freundin gewesen und jetzt, da sie vor mir stand, merkte ich, dass sie mir die letzten Jahre ziemlich gefehlt hatte. Mit ihr als Freundin hatte ich ein Stück weit in England ankommen, mich zu Hause fühlen können. Seit wir keinen Kontakt mehr hatten, war die Sehnsucht, nach Sizilien zurückzukehren, wieder stärker geworden.

»Wie gefällt es euch bisher?«

Nun meldete sich Kyle zu Wort. »Es ist wirklich traumhaft. Gestern waren wir in Scopello, morgen wollen wir mal Alcamo besuchen. Kaum zu fassen, dass du hier gelebt hast. Paula hat mir davon erzählt.«

Sie hakte sich grinsend bei ihm unter. »Ich hatte noch ein wenig die Orte in Erinnerung, die du mir damals empfohlen hast.« Traurigkeit schwang in ihrer Stimme mit und auch ich wurde wehmütig, als ich an *damals* dachte. Als wir unbedingt zu zweit hatten nach Sizilien fliegen wollen. Ich hatte davon geschwärmt, ihr alles zu zeigen, mir ausgemalt, dass wir mit Chiara eine Dreiergruppe bilden, schnorcheln, am Strand tanzen, uns um die Straßentiere kümmern und den Sommer unseres Lebens verbringen könnten. Leider war aus diesen Plänen nie etwas geworden. Den *Sommer unseres Lebens* hatten wir an anderen Orten, mit anderen Menschen verbracht. Manchmal fragte ich mich, ob es so einen Sommer für mich überhaupt gegeben hatte. Einen, der anders war als alle anderen. Ob er mir vielleicht noch bevorstand?

»Wir wohnen im *Marina Petr … Pertoll …* Schatz, hilf mir mal aus.« Kyle kratzte sich hilflos am Kopf, woraufhin Paula ebenfalls nachdachte.

Dann sah sie mich fragend an. »Ein kleines Hotel hier um die Ecke. Irgendwas mit *Marina…*«

»*Marina di Petrolo?*«, fragte ich und ihre Gesichter klärten sich.

»Ja genau! So eine tolle Lage. Wir müssen uns unbedingt mal dort treffen.«

»Gerne«, ich nickte, fischte mein Handy hervor, »hier, tipp deine Handynummer ein. Dann können wir uns verabreden.«

In wenigen Sekunden tauschten wir Nummern aus, klingelten gegenseitig kurz durch und eröffneten einen Chat auf WhatsApp, ehe wir uns wieder mit einem Lächeln gegenüberstanden.

»Es freut mich total, dich so glücklich zu sehen!« Ich deutete auf Kyle. Noch zu gut erinnerte ich mich daran, welche Schwierigkeiten Paula in der Liebe gehabt hatte. Umso glücklicher war ich, sie nun in festen Händen zu sehen.

»Danke dir.« Freundschaftlich griff sie nach meinem Arm und drückte ihn einmal. In ihrem Blick lag so viel Wärme. »Und wie geht es dir? Wie war der Abschlussball? Ich wäre so gern auch gekommen, war aber zu dem Zeitpunkt gerade bei Kyle. Er wohnt in London. Luke hat erzählt, dass es dir nicht gut ging und du schon früh gegangen bist.«

Der Kloß in meinem Hals wurde bei der Erwähnung seines Namens größer. *Luke*. Schon wieder wusste er etwas über mich, das er eigentlich nicht wissen konnte. Denn eigentlich hatte ich mir nach dem Brief nichts anmerken lassen. Dachte ich zumindest ... Was war, wenn mein Ex wusste, dass es mir während des Abschlussballs nicht gut gegangen war, weil eben *er* der Grund dafür gewesen war?

»Ich war an dem Abend etwas angeschlagen«, log ich mit kratziger Stimme, versuchte, die Angst, die immer einschneidender wurde, zu unterdrücken.

Paula nickte nur, blickte mich durchdringend an. Sie schien zu merken, dass ich nur die halbe Wahrheit sagte, ließ das Thema zum Glück aber fallen. »Solange es dir jetzt wieder gut geht«, antwortete sie. »Wir müssen leider weiter. Heute Abend besuchen wir einen Kochkurs und dafür müssen wir noch einkaufen. Total aufregend.« Fast schon krampfhaft krallte sie sich an Kyles Arm, blickte ihn mit Wärme im Blick an. Sie musste richtig auf Wolke sieben schweben.

»Na, dann wünsche ich euch ganz viel Spaß. Beim nächsten Mal erwarte ich ein festliches Menü.«

Wir verabschiedeten uns mit einem Lachen. Doch kurz bevor sie in der Menge verschwunden waren, machte sich mein Mund noch mal selbstständig. »Paula?« Meine Stimme war zittrig, als ich ihr nacheilte. Beinahe atemlos blickte ich sie an. »Wie ... wie geht es Luke denn? Weißt du, wo er ist ... also was er gerade so macht?«

Etwas verwirrt schaute sie mich an, studierte die Angst in meinem Gesicht, auch wenn ich mich bemühte, mir nichts anmerken zu lassen.

»Wir sehen uns nicht mehr so oft, seit ich ausgezogen bin, aber ich glaube, ihm geht es richtig gut. Er muss wohl verliebt sein, jedenfalls meinte Mum, er würde irgendeinem Mädchen nachjagen und wäre mit ihr verreist«, erklärte sie lachend.

Mein Atem setzte aus. In wenigen Momenten war die Innenseite meiner Wange blutig gebissen. Meine Augen brannten, mein Kopf begann zu schmerzen. Sich zu verlieben, seiner Liebe nachzujagen und mit ihr zu verreisen, klang romantisch. Nicht aber, wenn mit Nachjagen eigentlich Nachstellen gemeint war, er nicht verliebt, sondern besessen war, und nicht mit ihr zusammen verreiste, sondern sie verfolgte. Das durfte nicht wahr sein ...

»Soll ich ihm schöne Grüße ausrichten?« Paulas Stimme drang nur dumpf zu mir durch. »Er wird bestimmt Augen machen, wenn ich ihm erzähle, dass ich dich hier getroffen habe.«

»Nein!« Hastig trat ich einen Schritt auf sie zu, woraufhin sie mich überrascht anblickte. »Ich meine ... erzähl ihm lieber nichts ... wir sind damals nicht so gut auseinander ...«

Die Überraschung wich einem enttäuschten Ausdruck, dann nickte sie gedankenversunken. »Okay, das kann ich verstehen.«

Wenn sie nur wüsste ... sie verstand gar nichts.

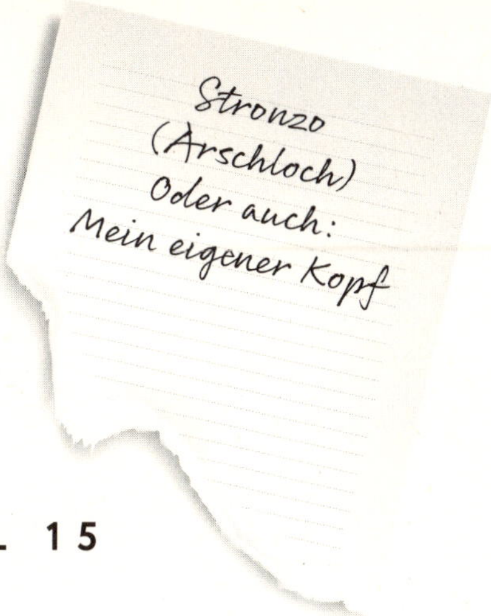

KAPITEL 15

Sofia

Verwirrt irrte ich durch leere Gassen, versuchte meinen Kopf freizubekommen. Im Schatten eng stehender Häuser kühlte sich meine Stirn nur mäßig ab, doch ich wusste, dass nicht nur die Hitze schuld an meinem Schweißausbruch war. Da war Angst. Ganz viel Angst. Mit einem Mal wurde mir bewusst, wie schlimm Lukes Verhalten, das ich damals mit einem Augenrollen abgetan hatte, wirklich gewesen war. Seine Eifersucht, der Kontrollwahn und die giftige Art, mich klein zu machen ... Nie aber hatte ich mir so große Gedanken darum gemacht wie jetzt.

Mein Versuch, runterzukommen, endete neben einem urigen Haus, das in die Klippen gebaut worden war, vor dem ein kleiner Vorsprung zum Verharren einlud. Eine Parkbank, auf der ich mit drei schon auf dem Schoß meines Nonnos gesessen hatte, stand unter einer alten Weide, dessen peitschenähnliche Äste bis zum Boden reichten. Hinter ihr rankte die bröckelige Fassade des alten Gebäudes empor. Es hatte dieselbe beige Farbe wie der sandige Boden zu meinen Füßen und wurde von wildem Efeu und violetten Drillingspflanzen verziert. Die Fensterläden waren grün und geschlossen, hielten die heiße Nachmittagssonne draußen. Ich nahm auf der Bank Platz, lehnte mich vor an das verschnörkelte Geländer des Klippenvorsprungs und ließ meine Gedanken über das Meer schweifen. In der Ferne konnte man schwach die Umrisse der Insel Ustica erkennen. Das war nicht immer möglich, nur an Tagen, an denen die Luft deutlich klarer war und das schwüle Wetter sie nicht hinter dem in der Hitze flimmernden Dunst versteckte. Nonno hatte stets gemeint, dass man daran am besten erkennen konnte, ob schlechtes Wetter bevorstand. Wenn die Insel sichtbar war, würde es in den kommenden Tagen regnen.

Ich schloss die Augen, reckte das Kinn zum Himmel. Sommerregen auf Sizilien gehörte zu den vielen Dingen, die ich hier am meisten liebte. Wenn die Tropfen auf den heißen Straßen verdunsteten, die Luft etwas abkühlte, das Meer aufgewühlt war und der ganze Ort sich für eine bestimmte Zeit zurückzog, alles auf Pause gestellt wurde. Der Duft von nassem Sand auf dem Land bei meiner Nonna, Petrichor, der in weit aufgerissene Fenster strömte, das Innere der Wohnung abkühlte und uns durchatmen ließ. Wenn es geschüttet hatte, hatte Nonno sich oft einen Regenschirm geschnappt, in der anderen Hand einen Besen, mit dem er die Terrasse schruppte und den Regen zum Putzen nutzte. Ich hatte währenddessen stets am Eingang gestanden, darüber gelacht, wie ulkig er dabei ausgesehen hatte. Jetzt und hier hätte ich alles dafür gegeben, ihn nur noch ein Mal so zu sehen, nur noch ein Mal sein Lachen zu hören, mich nur noch ein letztes Mal in seinen Arm zu schmiegen und mich zu fühlen, als könnte er alle Sorgen dieser Welt vor mir abschirmen.

Hinter mir knackste es. Von jetzt auf gleich wurde das Bild meines Nonnos von Lukes verdrängt. Hilflos schnappte ich nach Luft, riss die Augen auf und wurde von dem leisen Gedanken heimgesucht, dass das Geräusch sicherlich wieder nur einem Straßenhund zuzuschreiben war. Trotzdem drehte ich mich um, stand auf und taumelte zurück gegen die Balustrade, als ich einen hochgewachsenen Mann im Torbogen der nächstgelegenen Gasse stehen sah. Valentin. Castellammare war ein kleiner Ort, aber er war definitiv nicht klein genug, dass er immer zufällig am selben Platz auftauchte wie ich. War ich einerseits erleichtert, dass es nicht Luke war, zeigte sich andererseits wieder unbehagliches Misstrauen gegenüber dem Mann, der mir erst vor wenigen Tagen jeglichen Atem geraubt hatte. Die linke Hand in der Hosentasche vergraben, die rechte umfasste eine Kamera. Einen Moment lang stand er einfach nur da, musterte mich mit der altbekannten Falte zwischen seinen Brauen und schien zu analysieren, weshalb ich mich so atemlos an das Geländer hinter mir krallte.

»Ich wollte dich nicht erschrecken.« Seine Stimme war tief, irgendwie reuevoll und schuldbewusst.

Ich ließ die Schultern hängen, beruhigte mich etwas und verschränkte skeptisch die Arme vor der Brust. »Was machst du hier? Bist du mir etwa gefolgt?«

Etwas verhalten kam er näher, hielt dennoch wie üblich Abstand. Er lehnte sich mit beiden Ellbogen gegen die Brüstung und wandte mir den Rücken zu. Mein Blick fiel auf seinen Nacken. Unter dem Kragen seines Shirts lugten zwei etwas dickere Striche eines Tattoos hervor und ich überlegte, von was sie stammen könnten. Flammen? Die Enden zweier Schlangen? Tentakel? Ich konnte es nicht erkennen.

»Ja, ich bin dir gefolgt.«

Entsetzt blickte ich ihn an. Mein Herz raste, die Lunge brannte.

»Ich war an der Piazza Petrolo unterwegs.« Er hob die Kamera in seiner Hand, legte seinen Kopf zur Seite, sodass ich sein Profil sah, ehe er sich umdrehte und mich beinahe besorgt musterte. »Du bist panisch an mir vorbeigelaufen, hast mich gar nicht bemerkt. Ich wollte nur wissen, ob bei dir alles okay ist.« Er zuckte mit den Schultern. Gleichgültig und doch mit unübersehbarer Sorge im Blick.

Eine Zeit lang sagte ich nichts, versuchte vergebens, ihn zu analysieren. War seine Sorge nur ein Vorwand? Und wenn ja, warum fühlte sie sich dann so echt an? Mein Puls verlangsamte sich etwas, dennoch blieb ich skeptisch.

»Es ist nichts«, log ich und zwang mich zu einem Lächeln, das meine Aussage unterstreichen und meine Unsicherheit verstecken sollte. Der Ausdruck, der sich in seinem Gesicht abzeichnete, brannte sich in mein Gedächtnis. Er war durchdringlich, so als könnte er direkt in mein Inneres sehen, mich lesen wie ein Buch und erkennen, dass dort in großer Überschrift *Angst* geschrieben stand. Und *Lüge, Lüge, Lüge.* Nur das große *Warum?* blieb ihm verborgen.

»Bist du dir sicher?«

Weil sich schon wieder ein Kloß in meinem Hals bildete und ich das Gefühl bekam, dass wenn ich jetzt den Mund öffnete, die Tränen aus mir hinausströmen würden, wandte ich nur den Blick ab und fixierte die rostige Stelle an dem Geländer vor mir. Dass ich nervös war, war in der Tat kaum zu übersehen. Meine zappelnden Beine, das Knabbern auf meiner Unterlippe und mein zerknirschtes Gesicht verrieten mehr als genug.

»Hat Claudio noch mal etwas versucht?«, erkundigte Valentin sich, als ich nicht reagierte.

Ich hob den Blick. In seinen Augen tauchte neben der Sorge ein Funken desselben Zorns auf, der ihn dazu gebracht hatte, Claudio auf den Tisch zu werfen.

Ich musste traurig auflachen. Es wäre zu einfach gewesen, wenn Claudio das Problem gewesen wäre. Doch die Angst in meinem Inneren trug einen anderen Namen.

»Nein, hat er nicht.« Hastig erhob ich mich, trat um die Bank herum, um der Situation, die mir sichtlich die Luft zum Atmen nahm, zu entkommen. »Danke, dass du fragst, aber ich komme klar.«

Valentin hatte einen wunden Punkt getroffen. Falsch. *Er* war ein wunder Punkt. Das Thema, das er ansprach, die Art, wie er mich offensichtlich lesen konnte und sich ungeschönt nach mir erkundigte, versetzte mich in Panik, denn es holte die Angst, die ich soeben versucht hatte loszuwerden, wieder an die Oberfläche. Ich hatte mir über die Jahre hinweg beigebracht, meine Probleme ohne Hilfe anderer zu lösen. Schließlich hatte das immer gut geklappt – Liliana machte sich keine unnötigen Sorgen, ich fiel niemandem zur Last und blieb unabhängig. Gleichzeitig war Valentin derjenige, der mich durcheinanderbrachte. Sein Blick, die Finger, die die Kamera umklammerten und mich daran erinnerten, was sie auf meiner Haut ausgelöst hatten. Was sie *in mir* ausgelöst hatten. Dieses einfache Fallenlassen, mal nicht auf meine Ängste hören und nach außen hin die Starke spielen zu müssen, sondern mich in den Armen eines anderen entspannen zu können. Es war paradox, doch ich konnte nicht leugnen, dass es in mir ruhiger geworden war, als er mich gehalten hatte. Gleichzeitig machte mir genau das Angst. Der Kontrollverlust, die Möglichkeit, einen verheerenden Fehler zu begehen, gerade jetzt, da ich jeden meiner Schritte hinterfragen musste.

»Das weiß ich.« Seine Antwort ließ mich innehalten. Langsam drehte ich mich zu ihm um. »Arschlöcher wie Claudio sind nicht das Problem.«

Ich legte den Kopf fragend zur Seite, zog die Brauen zusammen und blickte ihn erwartungsvoll an, weil ich spürte, dass er noch nicht fertig war. Er wirkte abwesend, als würde er gedanklich gerade an einem unschönen Ort wandeln. »Nur ist der eigene Kopf manchmal ein ganz anderes Kaliber von Arschloch.«

Mit diesen Worten hatte ich nicht gerechnet. Überrascht zuckte mein Kinn zurück. Ich fühlte mich ertappt. Er schien deutlich sehen zu können, dass in meinem Inneren ein Problem herrschte, das weitaus größer war als Claudio oder Luke. Im Grunde vertraute ich sogar darauf, dass ich auch mit meinem Schatten zurechtkam, würde es hart auf hart kommen. Doch er allein war nicht das Problem. Mein Kopf war es. Mein Kopf hatte die einzigartige Gabe, jeden Funken Unsicherheit in die größte Panikattacke zu verwandeln. Er dichtete den Sorgen weitere hinzu, gaukelte mir vor, dass ich nicht klarkommen würde, und machte mich schwach. Mein größter Gegner, gegen den ich Tag für Tag kämpfte, war ich selbst. Und Valentin merkte das.

»Und du denkst, damit komme ich nicht klar?«, fragte ich, versuchte angestrengt, mir nichts anmerken zu lassen. Doch meine Stimme brach.

Valentin zuckte mit den Schultern, kam einen Schritt näher. »Ich weiß es nicht … ich halte es nur für gut möglich.«

»Warum?«

Er biss sichtlich den Kiefer zusammen, dann wandte er den Blick ab, fuhr sich mit einer Hand über den Hinterkopf, ehe er mich wieder ansah und ich Aufrichtigkeit und Verletzlichkeit in seinem Blick erkennen konnte. »Weil ich selbst weiß, wie scheiße es ist, in seinem eigenen Kopf festzustecken.«

Mein Herz wurde lauter, spürbarer. Je länger wir uns ansahen, nichts sagten und doch so viele Worte zwischen uns standen, desto unruhiger wurde ich. Mit seiner Antwort ließ er mich in ihm lesen. Er zeigte mir, dass auch er es kannte, in einem Strudel aus Angst festzustecken. Dass auch er, der sonst so kalte Eisblock, dazu imstande war, zu fühlen.

Steckte hinter seinem Wutausbruch dasselbe, was auch ich oft durchmachen musste? Eine Panikattacke? Offensichtlich rannte auch er weg vor all den Gefühlen, die in ihm vergraben zu sein schienen. Und irgendwie ließ ihn das weniger gefährlich wirken, sondern menschlich.

»War das der Grund, weshalb du mich geküsst hast, obwohl du es gar nicht wolltest?«, hauchte ich fragend. »Weil du in deinem Kopf festgesteckt hast? Weil du Frust ablassen musstest?« Mein Herz raste. Ich fürchtete mich vor seiner Reaktion, fürchtete mich vor seiner Antwort und davor, ihn so etwas Ehrliches zu fragen. Ich hasste es, dass dieser kurze Kuss so viel mit mir gemacht hatte, obwohl ich doch nie wieder jemandem die Kontrolle über mich geben wollte. Doch meine Hoffnung war, dass die Grübeleien in mir leiser werden würden, wenn ich die Wahrheit wusste. Auch wenn es irgendwo in mir bei der Vorstellung, meine Vermutung könnte stimmen, schmerzte.

Beinahe lächelnd schüttelte er den Kopf. »Du denkst, dieser Kuss war nur Frustrauslassen?« Sein Kiefer zuckte, dennoch wirkte sein Blick sehnsüchtig. »Wenn ich in meinem Kopf feststecke, entstehen keine schönen Dinge wie so ein Kuss, Sofia. Also nein, das war nicht der Grund, weshalb ich dich geküsst habe, sondern vielmehr, weshalb ich danach gegangen bin.«

Mein Blick klärte sich, gespannt sah ich zu ihm auf, weil er mir jetzt wieder näherkam. In mir prickelte, schrie, zerfloss und krampfte alles zur selben Zeit. Ich verstand kein Wort und doch so vieles.

Dass mich sein Lächeln schwachmachte.

Dass seine Antwort mein Inneres warm werden ließ.

Dass ich mich freute.

Und dass das alles noch immer angsteinflößend ungewohnt war.

Noch ein Schritt näher. Er war eine halbe Armlänge entfernt. Ich bekam eine unangenehme Gänsehaut, mein Puls schoss in die Höhe, weil die Panik noch frisch war. Dann erinnerte ich mich an ihn mit Nonna, an ihn mit Claudio, an ihn und seine Fürsorge für meine Familie. Und an ihn mit mir.

War es Angst davor, was er mit mir machen könnte, oder davor, was er schon längst mit mir gemacht hatte? Denn jetzt und hier wurde mir klar, dass die Unsicherheit, die ich ihm gegenüber empfand, nichts mit der zu tun hatte, die Luke gegenüber in mir herrschte.

Ohne dass sein Blick mich verließ, berührte sein kleiner Finger plötzlich meinen. Ich schnappte nach Luft und auch er reagierte, als wäre dieser kleine Kontakt auch für ihn überraschend.

Er beugte sich vor, ich mich ihm entgegen. Unsicherheit und Angst trübten seinen Blick, wurden von Sehnsucht verdrängt. Der Mund leicht geöffnet, seine Ozeannachtaugen verdunkelt. »Glaub mir«, flüsterte er rau, »ich bereue nichts an diesem Kuss, aber ...«

Offensichtlich mit sich ringend kniff er kurz die Augen zusammen, schüttelte den Kopf. Dann sah er mich wieder an, beinahe ergeben. Sein Atem streifte meine Wangen, meine Lippen, so nah war er mir mittlerweile. Mit jedem weiteren Zug war es, als würde sein Mund mich bereits berühren. Es kribbelte, wurde warm in meiner Brust und ich drückte mich noch ein Stück weiter zu ihm vor. Ein paar letzte Zentimeter nur noch und ...

»Aber es ist besser für dich, wenn ich dich nicht küsse. Du kennst mich nicht und du willst mich auch nicht kennen.« Langsam zog er sich zurück. Seine Worte waren dieselben, die er auch schon am Strand benutzt hatte. Und sie wirkten auch jetzt einstudiert. Als wären sie ihm zwanghaft eingeflößt worden, wie eine Strafarbeit, bei der man hundert Mal *Ich schwänze nicht den Unterricht* auf Papier schreiben musste. Neue Fragen meines Gedankensteckbriefs zu Valentin bildeten sich: *Wieso ist es besser, dich nicht zu küssen? Wer hat dich zu dem Monster gemacht, das du glaubst, zu sein? Was hast du erlebt, das dir Angst macht?* Ich hätte sie ihm am liebsten hier an diesem Ort und zu diesem Zeitpunkt gestellt. Doch irgendetwas sagte mir, dass er sie mir niemals beantworten würde, und ich wusste nicht, ob ich die Antworten überhaupt wissen wollte.

Noch etwas überrumpelt von der Situation, sammelte ich mich und senkte den Blick auf meine Füße. Dann nickte ich verständnisvoll, auch wenn ich gar nichts verstand. Doch mein Herz war wichtiger als die Gefühle, die er in mir geweckt hatte, und wenn er sich zurückziehen wollte, war es das Beste, dasselbe zu tun. Also hob ich das Kinn, schenkte ihm einen letzten Blick und verschwand in der nächsten Gasse.

Nur die Dinge, die seine Blicke, seine Worte und sein Kuss in mir hervorgerufen hatten, blieben zurück.

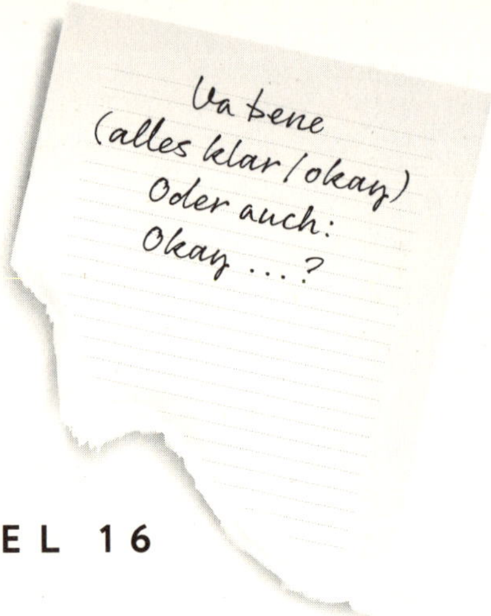

KAPITEL 16

Sofia

»Ihr glaubt nicht, was mir letzte Woche passiert ist.« Ein Lachen ging durch die Runde, das sich langsam auflöste, während Antonio eine seiner Abenteuergeschichten zu erzählen begann.

Mit vollen Bäuchen und leeren Weingläsern verharrten wir nach dem Abendessen noch einige Stunden am Tisch auf der Terrasse. Die meisten Gäste hatten sich längst in ihre Zimmer zurückgezogen oder ließen den Abend ebenfalls hier draußen ausklingen. Antonio war Chiaras Onkel väterlicherseits. Als alleinstehender Mann gehörte sein Herz ausschließlich seinem Segelboot, auf dem er den gesamten Sommer verbrachte. Ich erinnerte mich, dass ich als Kind stets gedacht hatte, er wäre ein Pirat. Mit der stark gebräunten Haut, den langen welligen Haaren und seinen vielen Geschichten, in denen es stets um sein Boot ging und von denen ich nun langsam ahnte, dass sie nicht alle der Wahrheit entsprachen, war das für mein zwölfjähriges Ich kein abwegiger Gedanke gewesen.

»Antonella und ich hatten eine weitere Nacht auf hoher See verbracht«, erzählte er weiter und brachte uns damit zum Schmunzeln. Antonella war sein Segelboot, er sprach oft davon, als wäre sie seine große Liebe. Was sie ganz sicher auch irgendwie war. »Kein Ton außer dem Rauschen des Meeres war zu hören, als sich plötzlich doch etwas neben uns regte.«

Angenehm gelöst von dem vielen Weißwein, lehnte ich mich in meinem Stuhl zurück und legte meinen Kopf in den Nacken. Über uns schwebte das sanfte Leuchten mehrerer Lichterketten, die in Palmen, Weiden und an dem Holzgestell über der Terrasse, an dem sich der Efeu hochrankte, befestigt waren. An der Hauswand entdeckte ich zwei Geckos, Motten lechzten nach dem schwachen Licht am Eingang, und wenn sich die Stimmenkulisse für einen Moment einstellte, konnte man ein Konzert tausender Insekten hören – überwiegend Grillen.

»Lass mich raten«, lachte Chiara. »Ihr wurdet von einem Monsterkraken angegriffen?«

Antonios Mund zuckte amüsiert, dann legte er Zeige- und Mittelfinger auf den Daumen und wedelte damit vor dem Gesicht seiner Nichte. »Ma, was denkst du von mir, Chia? Dass ich in Märchen lebe? Es war kein Krake, sondern ein Wal!«

Marco lachte laut los, während Mimi ihre Stirn in Falten legte. »Ein Wal? So nah an der Küste?«

»Ja, wenn ich es euch doch sage! Er hatte sich sicherlich verirrt. Ihr könnt euch nicht vorstellen, was für ein grausames Gefühl es war, als er wieder abgetaucht ist und ich nicht wusste, wo er das nächste Mal wieder auftauchen würde. Er hätte Antonella umwerfen können!«

»Wie kommt es, dass immer nur du diese Dinge erlebst?«, fragte ich mit einem Schmunzeln.

»Weil ich keine Angst habe. Erst, wenn ihr Dinge riskiert, werdet ihr auch etwas erleben.«

Wie aufs Sprichwort trat in dem Moment Valentin aus dem Haus, bereit, sich den Pullover überzuziehen und mit seinem Bike abzuhauen. Offensichtlich hatte er den Rest des Abends im Keller verbracht, um die Weine und ihre Produktion zu studieren.

Etwas riskieren. Das kam bei mir normalerweise nicht infrage. Denn Risiken bedeuteten Kontrollverlust. Es war paradox, dass ausgerechnet Valentin, der für mich ein großes Risiko darstellte, gleichzeitig in mir den Wunsch weckte, die Kontrolle gänzlich aufzugeben.

Sein Blick traf den meinen, woraufhin ich hastig den Kopf wegdrehte.

»Ah, Valentin, möchtest du ein Glas Wein mit uns trinken?«, fragte Marco und hielt ihn vom Gehen ab.

»Nein danke.« Valentin blieb stehen, winkte ab.

Ich merkte, dass Chiara ihn musterte. Obwohl sie am Tag nach der Party eingesehen hatte, dass Claudio Valentins Prügel verdient hatte, stand sie ihm immer noch skeptisch gegenüber. Sie vertraute ihm nicht, und eigentlich sollte ich das auch nicht. Eigentlich sollte vor allem ich diejenige sein, die ihm misstraute. Eigentlich.

»Dann morgen? Auf meinem Boot?« Nun richtete Antonio das Wort in brüchigem Englisch an Valentin. »Ich lade euch alle ein.«

Mimi lachte. »Nettes Angebot, aber du weißt, dass wir arbeiten müssen, Antonio.«

»Chiara?« Er deutete auf seine Nichte, dann sah er mich an. »Sofi, du auch? Und Valentin natürlich. Du musst mitkommen. Nur vom Wasser aus kannst du die wahre Schönheit Siziliens entdecken.«

Valentin verzog unentschlossen das Gesicht. Sein Blick zuckte in meine Richtung, ehe er ihn gen Boden wandte. »Ich denke, das ist keine gute Idee.«

»Wieso?«, fragte Marco und schenkte ihm ein Lächeln. »An der Arbeit soll es nicht scheitern. Du kannst gern früher Feierabend machen.«

Valentin wirkte sichtlich unentschlossen. »Ich muss noch einiges erledigen, ich weiß nicht, ob ...«

»Das kannst du wann anders immer noch tun!«

»Geh mit! So ein Ausflug ist einmalig!«

»Komm schon, Valentin!«

Die Stimmen von Antonio und Marco tönten protestierend über die Terrasse und überforderten ihn sichtlich. Immer wieder zwang er sich zu einem Lächeln, blickte hin und her.

»Lasst ihn doch mal atmen«, meinte ich, sah ihn aber mit Absicht nicht dabei an. Ich spürte deutlich, dass er mich musterte, und wusste, dass ich mich in seinem Blick nur verfangen würde, wenn ich zu tief hineinsah. Er war wie ein Netz. Ich kam nicht von ihm weg, wenn ich ihm nah war. Und das durfte nicht sein.

»Wie wäre es, wenn du einfach spontan schaust?«, schlug meine Tante vor.

Erst jetzt hob ich vorsichtig den Kopf. Und es war wahr. Valentin sah mich tatsächlich an. Sein Blick umhüllte mich. Er schien zu grübeln, die Lippen aufeinandergepresst. Schließlich holte er Luft und warf ein gestelltes Lächeln in die Runde.

»Vielleicht beim nächsten Mal. Einen schönen Abend noch!«

Stirnrunzelnd sah ich ihm nach, wie er von der Terrasse trat und in der Dunkelheit in Richtung Eingangstor verschwand. Während sich die anderen schon wieder anderen Themen widmeten, blieb ich gedanklich noch bei Valentin und seinen Worten.

Du kennst mich nicht und du willst mich auch nicht kennen.

Wie kam es, dass ein Mann, von dem jeder so viel hielt, so schlecht von sich dachte?

»Entschuldigt mich!«

Ich stand auf, eilte in Chiaras und mein Zimmer, um Valentins Lederjacke zu holen, ehe ich damit durch die Vordertür verschwand. Ich traf ihn am Eingangstor neben seinem Motorrad an. Er hockte mit dem Rücken zu mir vor einer Straßenkatze, die sich auf die Seite gelegt hatte, und streichelte ihr über den Bauch. Der Anblick ließ mich schlucken. Ein Mann von solcher Größe, der einen anderen über seine Schulter werfen und mit seinem wütenden Blick jeden zum Schweigen bringen konnte, schmuste mit einer Jungkatze – und mein Herz zerfloss.

Das kleine Wollknäuel entdeckte mich zuerst, schreckte hoch und starrte mich an, woraufhin sich auch Valentin umdrehte. Als er mich erblickte, ließ er von dem Tier ab und erhob sich.

»Dich muss man zum Spaßhaben wirklich überreden, was?« Ich versuchte, mit einem Lächeln die Stimmung aufzulockern, doch er blieb angespannt.

»Spaß sah bei mir immer etwas anders aus.«

»Und wie?« Behutsam trat ich einen Schritt näher.

Er schien zu überlegen, ob er mir antworten sollte, und blickte dabei düster in die Dunkelheit hinter mir, als würde darin eine Erinnerung lauern.

»Sagen wir es so: Für andere war es leider kein Spaß.«

Mühsam versuchte ich mir anhand der wenigen Dinge, die ich über ihn wusste, ein Bild zu malen. Doch er sprach wie immer in Rätseln. Wie sah seine Vergangenheit aus? Was hatte ihn geprägt?

»Du machst es einem ziemlich schwer, dich kennenzulernen.«

»Ich hab dir gesagt, warum –«

»Nein«, unterbrach ich ihn und kam noch etwas näher. »Du hast nie gesagt, dass *du* es nicht willst. Du hast nur davon gesprochen, dass es *für mich* das Beste wäre.« Je näher ich ihm kam, desto unruhiger wurde mein Inneres. Doch ich bemühte mich, standhaft zu bleiben, weil ich das alles loswerden musste. Für mich und für ihn. »Dabei kannst du gar nicht wissen, was für mich das Beste ist. Das weiß niemand außer mir, und ich habe es satt, von allem und jedem kontrolliert zu werden.«

Er wirkte überrascht.

Mittlerweile war ich ihm so nah, dass die Lederjacke, die ich zwischen meinen verschränkten Armen trug, seinen Bauch berührte. Alles in mir bebte vor Aufregung, vor Angst, vor der ungewohnten Situation und vor Anziehung. Doch ich ließ mir nichts anmerken. »Wenn es *dein* Wille ist, mir nicht näher zu kommen, dich nicht kennenzulernen, mich nicht zu küssen, dann respektiere ich das«, fuhr ich fort. Bei jedem weiteren Satz, den ich sprach, bröckelte etwas in seiner stählernen Fassade. »Aber wenn es um *meinen Willen* geht«, ich machte eine Pause, in der er gebannt an meinen Lippen hing, »dann entscheide ich, ob ich dich kennenlernen, dir nahe sein oder ... dich küssen möchte. Niemand anderes.«

Wir starrten einander an. Ich erforschte sein Gesicht und er das meine. In der Zwischenzeit hatten sich seine Züge beinahe vollkommen entspannt. Nun wechselte sein Blick etwas aufgewühlt zwischen meinem linken und meinem rechten Auge. Er zuckte hinab auf meine Lippen, auf denen sofort ein Prickeln entstand, ehe ich ihn hart schlucken sah und spürte, dass er wieder mit sich rang.

»Ich hab die Angst in deinen Augen gesehen. Willst du das wirklich?«

Der altbekannte Kloß machte sich in meiner Kehle bemerkbar, doch ich schluckte das Gefühl hinunter. Es war unausweichlich gewesen, dass er meine Ängste bemerkt hatte. Dass er sie auf sich selbst zurückführte, war ein Irrtum, den ich aus der Welt schaffen wollte.

Ungläubig schüttelte er den Kopf, als würde ich einen verheerenden Fehler machen. Und vielleicht tat ich das auch.

»Ja, ich hab Angst – vor vielen Dingen. Aber weißt du, vor was ich am meisten Angst habe?« Ich reckte das Kinn, spürte, dass meine Handgelenke leicht zitterten.

Gebannt starrte er auf meine Lippen, sicherlich hoffend, dass nicht sein Name fallen würde. »Vor dem Unbekannten. Erst wenn ich dich kennenlerne, kann ich einschätzen, ob du wirklich der Mensch bist, der du meinst zu sein.«

Irgendwann hob er langsam seine linke Hand. Ich hielt den Atem an, als er damit behutsam über eine meiner Locken fuhr, die mir ins Gesicht hing. Dabei berührte er meine Wange mit seiner warmen Fingerkuppe und ich erschauerte. Er bedachte mich mit einem Ausdruck, der es beinahe zu einem Lächeln schaffte. Wenn er mich mit diesem Blick ansah, wirkte er jedes Mal so verloren.

»Okay«, flüsterte er, als wäre dieses Wort schwer über die Lippen und die meinen schwer in seinen Kopf zu bekommen. Dann ließ er von mir ab und brachte Abstand zwischen uns.

»Okay«, wiederholte ich, nickte und reichte ihm seine Jacke.

Mit großen Schritten war ich wieder bei den Eingangsstufen angelangt, doch ich drehte mich noch mal zu ihm um. »Ach und Valentin?«

Aufmerksam sah er zu mir.

»Kommst du jetzt morgen mit oder brauchst du eine Extraeinladung?«

Sein Lächeln reichte als Antwort.

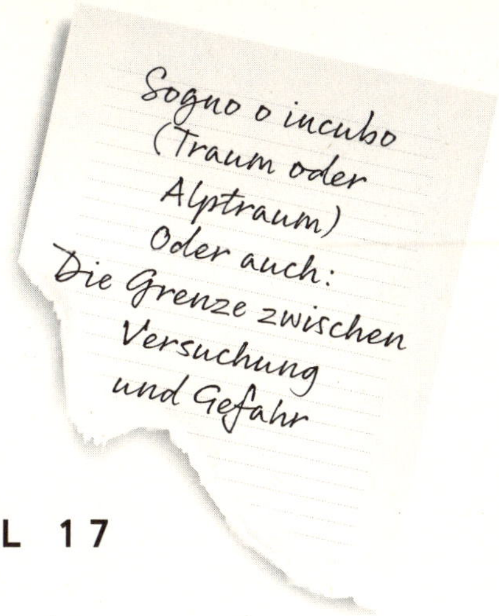

KAPITEL 17

Valentin

Fuck!

Auf der Heimfahrt wurde mir klar, wie tief ich mittlerweile in der Scheiße steckte. Dass ich Sofia so nah an mich rangelassen hatte, war schon schlimm genug, doch sie nun weiter in Gefahr zu bringen, konnte verheerend enden. Wie sollte ich sie von mir fernhalten, wenn mein Körper ganz anders reagierte? Wenn er sich ihr immer wieder wie von selbst näherte?

Ich raste durch die dunkle Nacht, das Panorama aus tausend Lichtern begleitete mich. Dabei ärgerte ich mich, dass ich nun doch zugesagt hatte, dass ich nun doch noch einen Tag mit ihr verbrachte. So gerne ich bei ihr war, wusste ich, dass es mich von meinen Plänen abhielt, und letztendlich würde es nur wehtun. Höllisch wehtun. Vor allem ihr. Ich konnte mit Schmerz umgehen, er wohnte in mir. Sofia schien jedoch von eigenen Dämonen heimgesucht zu werden, sie hatte sichtlich Angst, und jemand wie ich würde ihr da keine große Hilfe sein.

Als ich das Ortsinnere erreichte, war da mit einem Mal die

Erinnerung an sie in jener Strandnacht. Ich musste mich zusammenreißen, nicht die Kontrolle über mein Motorrad zu verlieren, weil die Gefühle mich dabei übermannten. Seit Ewigkeiten hatte mich niemand mehr so angesehen. Seit Ewigkeiten hatte niemand mehr etwas in mir erkannt, das gut sein könnte. Sie hatte mit ihren Worten, mit dem Verständnis und der Wärme, mit der sie mir begegnet war, eine längst erloschene Hoffnung geweckt. Hoffnung, dass sie recht hatte. Hoffnung, dass da doch mehr in mir war, als alle stets gedacht hatten. Die Sehnsucht, die in mir entflammt war, brannte lichterloh. Ich wusste nicht, wann ich mir die Nähe eines Menschen das letzte Mal so sehr gewünscht hatte, war ich allein doch eigentlich immer besser dran. Das war nun anders. Kaum war sie in Sichtweite, kaum war sie im Raum, zog mich etwas in ihre Richtung, und ich kämpfte angestrengt dagegen an.

Als ich in meinem Airbnb ankam und meine Gefühlslage sich langsam wieder ernüchterte, erkannte ich das ganze Ausmaß meiner Entscheidung. Eigentlich musste ich mich von Sofia und den Gefühlen, die sie in mir auslöste, fernhalten, aber aus irgendeinem Grund tat ich genau das eben nicht. Wie sollte ich mich da noch auf mein Hauptvorhaben konzentrieren können?

Ich fuhr mir mit beiden Händen übers Gesicht und ließ mich aufs Bett fallen, ehe ich drei Bücher aus meiner Tasche fischte. Gästebücher. Ich hatte ein schrecklich schlechtes Gewissen, dass ich sie aus dem Hotel entwendet hatte, doch die Bürotür hatte offen gestanden und mich förmlich angelacht, mal reinzuschauen. Bevor jemand etwas von ihrem Verschwinden bemerken würde, würde ich sie wieder zurückbringen. Schließlich waren die Bücher schon Jahrzehnte alt.

Ehe ich sie öffnete, fuhr ich mit den Fingerspitzen über einen der samtigen Einbände. Auf dem einen stand das Jahr 2008 – der letzte Sommer vor dem Unfall –, auf den anderen 2009 und

2010 – die Sommer, in denen die Erinnerungslücken einsetzten. Ich wusste nicht, wovor ich mehr Angst hatte, wenn ich sie öffnete: davor, fündig zu werden, oder sie nicht ausmachen zu können. Ich wusste nicht viel über sie, doch was ich wusste, war, dass diese Gegend schon immer ihr Safespace gewesen war.

Ich schlug das 2008er-Buch auf, las mir jeden einzelnen Eintrag durch, bis ich zu unserem kam. Jahrelang hatte ich die Worte vor meinem inneren Auge gesehen, wusste genau, an welcher Stelle bestimmte Buchstaben einen Schlenker machten und welche Farbe die Tinte gehabt hatte. Rot. Sie war rot. Und nun, da ich sie direkt vor mir hatte, bestätigte sich meine Erinnerung. Sie war also real gewesen, ich hatte sie mir nicht eingebildet. Vorsichtig fuhr ich über die verblassten Sätze. Noch immer sah ich ihr Lächeln vor mir, wie sie mich beim Schreiben angesehen hatte. Ich glaubte, das war seitdem das letzte Mal gewesen.

Plötzlich war da wieder diese Melodie, das Gedicht, dessen Worte ich nicht greifen konnte. War es etwas mit *ora veni lu patri tò?* Ich hatte keine Ahnung, was sie bedeuteten, geschweige denn, ob es überhaupt italienische Begriffe waren oder mir meine Fantasie nur einen Streich spielte. Ein neuer Flashback durchfuhr mich. Die Klangfolge hallte von leeren Wänden wider. Sie waren braun, hellbraun. Und durchlöchert; die einzelnen Öffnungen ließen mehrere feine Sonnenstrahlen rein. Unter meinen Füßen knarzte es. War es Sand? Oder waren es Scherben? Etwas ganz anderes? Dann ein grelles Licht über mir, irgendwo das monotone Piepen von Maschinen. Plötzlich fühlte ich mich wieder, als wäre ich in einem Körper gefangen, der gar nicht mir gehörte. Als hätte es bei der Schöpfung einen Programmierfehler gegeben und in mir wären Erinnerungen installiert worden, die einem anderen Menschen versprochen gewesen waren.

Weil es schmerzte, kniff ich die Lider zusammen und klappte das Buch zu. Anschließend durchsuchte ich die nächsten beiden Bücher, durchforstete jede Seite, um diese schmerzhafte Suche endlich hinter mich zu bringen. Doch ihr Name tauchte kein weiteres Mal auf. *Vielleicht ist in den Büchern der nächsten Jahre etwas,* kam mir der Gedanke, auch wenn meine Hoffnung nach und nach verblasste. Vielleicht verlor ich auch einfach den Verstand. Vielleicht war es verrückt zu denken, sie könnte noch irgendwo da draußen sein. Wenn ich sie im *Tenute Firriato* nicht fand, war sie wirklich verloren. Da war ich mir sicher.

»Ciao, Valentin!« Chiaras Freund Mattia war der Erste, der mich begrüßte, als wir uns am nächsten Nachmittag auf einem der vielen Holzstege am Hafen Castellammares trafen. Noch immer fragte ich mich, was ich hier eigentlich tat.

Er reichte mir die Hand, statt mir einen Backenkuss zu geben, was hier auf Sizilien üblich war, ich aber irgendwie nicht mochte. Mattia war cool, ich verstand mich gut mit ihm, auch wenn es zwischen ihm und Chiara in letzter Zeit zu kriseln schien. Das konnte jeder Blinde sehen, denn noch bis vor Kurzem war er dauerhaft Chiaras Schatten gewesen. Seit zwei Wochen nicht mehr. Nicht mal auf der Party letztens. Deswegen wunderte es mich umso mehr, dass er heute dabei war.

»Alles klar?«, fragte er mich, woraufhin ich nur knapp nickte. Mein Blick zuckte hinter ihn zum Anfang des Steges, von wo aus sich Chiara und Sofia näherten.

»Bei dir? Wo warst du in letzter Zeit?«, fragte ich ihn, ohne Sofia aus den Augen zu lassen. Mein Blick verfing sich in dem luftigen, bodenlangen Kleid, das sie trug. Es war türkis und mit pastelligen Blumen bedruckt, hatte einen V-Ausschnitt, der zeigte, dass sie einen weißen Bandeau-Bikini drunter trug. Die Vorstellung von ihr darin schüttelte ich hastig ab.

»War offenbar nicht eingeladen«, antwortete Mattia flüsternd. Ich warf ihm einen fragenden Blick zu. »Ist bisschen schwierig bei uns momentan.«

In dem Augenblick kamen Chiara und Sofia bei uns an.

»Hallo Valentin«, sagte Chiara und grinste mich an. Seit der Party war sie etwas verhaltener mir gegenüber, taute aber langsam wieder auf. »Bist du bereit, wieder Schläge zu verteilen?«

Ich wusste, dass sie scherzte. Dass dieser Scherz aber einen Schmerz und eine Wut in mir auslösten, ließ ich mir nicht anmerken. Stattdessen versteckte ich sie hinter einem gleichgültigen Schulterzucken, zermalmte sie zwischen den Zähnen, die nun knirschend aufeinanderkrachten, und schluckte alles runter.

»Wie kommt es, dass du dich doch umentschieden hast?«, warf sie nach.

Ein Blick zu Sofia zeigte mir, dass sie mich nachdenklich musterte. Sie wusste, warum.

»Vielleicht, weil er einfach Lust hat?«, antwortete Mattia für mich mit launischem Unterton und entfachte damit wieder eine Diskussion zwischen ihnen.

»Vielleicht kann er für sich selbst reden?« Chiara warf ihm einen wütenden Blick zu, woraufhin Mattia die Hände hob, seufzte und dann irgendetwas auf Italienisch sagte, das ich nicht verstand. Das musste ich auch nicht, denn es war deutlich, dass sie sich wieder stritten, ehe sie sich in einem lauten Wortaustausch von Sofia und mir entfernten.

Ich sah ihnen nach, beobachtete, wie sie wild fuchtelnd zum Ende des Steges liefen, wo Chiaras Onkel gerade anlegte, um uns abzuholen. Dann wandte ich den Blick zurück zu Sofia und merkte, dass sie mich nach wie vor musterte. Auf ihren Lippen ein allwissendes Lächeln.

»Und? Willst du Chiaras Frage noch beantworten?« Etwas Feuriges blitzte in ihren Augen auf. Ich musste schlucken. Für einen kurzen Moment wirkte sie wieder wie ein Magnet auf mich, ich spürte, wie alles in mir in ihre Richtung ziehen wollte. Stattdessen blieb ich stehen und ließ mich von ihrem Schmunzeln anstecken.

»Du weißt, warum.«

Eine Zeit lang starrten wir einander an. Zwischen uns tobte ein Wettbewerb, ein Kampf. Wer gab zuerst zu, dass uns das, was zwischen uns war, den Atem nahm – auch wenn es falsch war? Wer ließ sich zuerst fallen?

Jedenfalls war sie die Erste, die den Blickkontakt unterbrach. Sie ließ von mir ab und folgte den anderen zum Ende des Steges.

»Valentino!« Das war Antonios Stimme. »Vieni! Kommst du auch?«

Antonios Segelboot war riesig. Keine Yacht, aber eben groß genug, um darin wohnen und locker eine italienische Großfamilie zu einem Tagesausfug mitnehmen zu können.

»Normalerweise ist es am besten, ganz früh rauszufahren«, erklärte er mir durch das laute Pfeifen des Windes. Wir rauschten an hohen Bergen und gefährlichen Klippen, die ins Wasser ragten, vorbei. »So gegen acht. Dann ist das Meer noch sehr ruhig, es schläft quasi noch. Und die restlichen Badegäste auch. Um die Uhrzeit entdeckt man auch mal den ein oder anderen Delfin.«

Erstaunt ließ ich den Blick über das Meer gleiten und suchte die Wellen nach Meerestieren ab. Doch alles, was ich erkennen konnte, waren diverse andere Boote, die sich auf den Heimweg machten oder wie wir eben erst aufgebrochen waren.

»Ich erinnere mich noch gut, wie du Sofia und mich manchmal aus dem Bett geholt hast.« Chiara saß am Bug und lehnte mit dem Rücken am Geländer, während Mattia am anderen Ende des Bootes saß und ein kühles Bier schlürfte. Zwischen den beiden schien sich eine große Schlucht aufgetan zu haben.

»Wie sagt ihr das immer?«, fragte Antonio und fasste mir an die Schulter. »Nur der frühe Wurm …«

Chiara lachte. »Nur der frühe Vogel fängt den Wurm. Das ist aber trotzdem kein Grund, uns in den Ferien so früh aufzuscheuchen. Am Nachmittag ist es sowieso schöner. Gut, dafür vielleicht etwas voller, aber viele der Gäste gehen ja auch wieder, und ich liebe es, wenn sich der Himmel rosa färbt und mit dem dunklen Blau des Meeres verschmilzt.«

Chiaras Onkel machte eine abwertende Handbewegung, bei der ich sofort verstand, dass sie so viel wie *Du hast doch keine Ahnung* bedeutete.

Meine Aufmerksamkeit galt längst nicht mehr der Unterhaltung. Unauffällig suchte ich das Boot nach Sofia ab. Sie war vor wenigen Minuten im Inneren verschwunden.

»Wo genau fahren wir eigentlich hin?«, fragte ich.

Antonio deutete in die Ferne zu einem Berg, der das Ende der Küste markierte. »Zingaro«, antwortete er. »Ein wunderschönes Naturschutzgebiet, das man mit dem Auto gar nicht erreichen kann. Die Buchten haben türkisfarbenes Wasser, die Landschaft ist sattgrün, und man kann beim Tauchen so einiges entdecken. Bist du schon mal getaucht?«

Ich schüttelte den Kopf. »Nur als Kind geschnorchelt.«

»Die meiste Zeit gehe ich auch nur schnorcheln, aber in manchen Gebieten lohnt es sich, mit Flasche zu tauchen. Die Menschheit schmeißt so viel Müll in unsere Meere, ich habe es mir zur Aufgabe gemacht, jedes Mal ein bisschen aufzuräumen. Vor allem gibt es zwischen dem Zeug oft auch nützliche Dinge. Meine halbe Taucherausrüstung – sprich: Brillen, Flossen, Schnorchel – sind Fundstücke vom Meeresboden. Ich hab sogar mal eine GoPro gefunden, cool oder?«

Plötzlich vibrierte meine Hosentasche. Ich fischte mein Handy hervor und seufzte, als ich Dads Nummer darauf erkannte. Am liebsten hätte ich ihn weggedrückt, doch dann hätte er es nur noch penetranter versucht. Wir sprachen nicht viel, dafür aber oft. Die Male, in denen er sich nach mir erkundigte und in denen ich knappe Antworten gab, die ihn glücklich stimmen sollten, reichten mir.

»Kann ich kurz mal reingehen?« Ich deutete auf die kleine Treppe, die hinab ins Innere des Bootes führte, und zeigte Antonio den Anruf. Hier draußen war es eindeutig zu laut, um zu telefonieren.

»Na klar, fühl dich wie zu Hause.«

Ich eilte hinab, schloss die Tür hinter mir und genoss einen Moment lang die Ruhe, die hier unten herrschte. Dann ging ich ran.

»Hallo Dad.«

»Hallo Valentin, wie läuft dein Studium?«, war mal wieder das Erste, was er mich fragte. Kein *Wie geht es dir?* Kein *Hast du dich gut eingelebt?* Das Studium war ihm wichtiger als ich. Falsch, *ich* war ihm wichtiger als alles andere, aber eben nur, wenn ich das Familienunternehmen aufrechterhielt und ihn dabei unterstützte, noch mehr Geld zu verdienen.

»Gut«, antwortete ich knapp und kniff mir mit Zeigefinger und Daumen in den Nasenrücken.

»Wo bist du denn? Es ist so laut bei dir.«

»Ich bin mit ein paar Kommilitonen unterwegs, wir sind mit dem Boot rausgefahren.«

In der Leitung blieb es für einen Augenblick still. »Musst du nicht lernen?«

»Nein, *Dad*«, zischte ich angespannt. »Ich muss nicht rund um die Uhr lernen.«

»Na, wenn du meinst. Ich hoffe, deine Noten sehen auch dementsprechend aus.«

Ich seufzte lautstark, schloss die Augen und lehnte mich gegen die Wand neben mir. Er raubte mir echt noch jeden Nerv.

»Ich hab mit dem Chef von Tasca d'Almerita telefoniert. Das Weingut in Palermo, erinnerst du dich? Du kannst dich gern mal dort vorstellen.«

Ich öffnete Augen und Mund zugleich, um ihm zu antworten, verstummte aber, als ich Sofia am Ende des Ganges entdeckte. Überrascht sah sie mich an und ich erwiderte ihren Blick ebenso überrumpelt. Mein Mund wurde trocken, ich musste schlucken. Sie hatte ihr Kleid abgelegt und trug nichts bis auf ihren knappen Bikini. Die Haare hatte sie zu einem unordentlichen Dutt hochgebunden, auf ihrem Kopf thronte eine große Sonnenbrille mit dunklen Gläsern.

»Valentin?«, fragte mein Vater nach, weil ich immer noch nicht geantwortet hatte. »Valentin! Bist du noch da?«

»Ja«, gab ich hastig zurück, löste den Blick von Sofia und schüttelte den Kopf, um das Gefühl loszuwerden. »Ich schaue es mir mal an.«

In dem Moment konnte man Chiara am Bug laut ihrem Onkel etwas zurufen hören. »Qui fa ancora parte di Castellammare del Golfo?«

Weder mein Vater noch ich verstanden, was sie da von sich gab, doch Dad wurde bei den letzten drei Begriffen sofort hellhörig. *Castellammare del Golfo.* »Valentin ...« Er klang angespannt, weshalb auch ich wieder nervös wurde. »Was war das? Bist du in ...?«

»Nein, bin ich nicht.«

»Du weißt, dass ich nicht will, dass du dort hingehst. Du hast es mir versprochen. Dieser Ort ist ...«

Ich seufzte, wurde dann etwas lauter, woraufhin Sofia skeptisch die Stirn runzelte. »Ja, das hast du mir mehr als einmal klargemacht.«

Auch Dad wurde laut. Ich konnte mir gut vorstellen, dass man sein Gebrüll ohne Lautsprecher hören konnte. »Was war das dann eben? Halte dich von diesem Ort fern! Ich sage es dir nur noch ein Mal, wenn ich mitbekomme, dass du –«

»Dad!« Ich drehte mich von Sofia weg, in der Hoffnung, sie würde nicht mitbekommen, welche Wut mich nun mehr und mehr durchströmte. »Wir sind offenbar nur dran vorbeigefahren, reg dich wieder ab.«

»Pass auf, wie du mit mir redest! Sonst bist du ganz schnell wieder hier und kannst dir dein Auslandssemester in die Haare schmieren. Bei allem, was ich nach der Scheiße, die du gebaut hast, für dich tue.«

Mein Kiefer zuckte. Obwohl dieses Studium Dads Idee gewesen war und ich gerne darauf verzichtet hätte, machte es mir dieses Auslandssemester doch leichter. Hier hatte ich ihn nicht rund um die Uhr bei mir, musste mir nicht jeden Tag sein Gemecker anhören oder mitbekommen, wie viel besser es ein anderer Sohn hinbekommen hätte. Die Aussicht auf ein Auslandssemester in Italien hatte mir die Vorstellung von diesem Studium etwas versüßt, vor allem, weil ich hier noch anderen wichtigen Dingen nachgehen konnte, ohne dass Dad etwas davon mitbekam. Er durfte mich nicht wieder zurück nach Wessex holen.

»Ist gut, Dad«, gab ich leise nach, warf Sofia einen Blick über die Schulter zu, weil es mir ganz und gar nicht gefiel, dass sie ausgerechnet dieses Gespräch mit meinem Vater mitbekommen hatte. »Ich halte mich von Castellammare fern.«

Ohne sie noch mal anzusehen, beendete ich das Gespräch und trat hinaus auf die Außenfläche des Bootes. Ich musste ihr nicht ins Gesicht blicken, um zu wissen, wie viele Fragezeichen darin geschrieben standen.

La medusa
(die Qualle)
Oder auch:
Spuren auf mir,
Spuren in mir

KAPITEL 18

Sofia

Antonio warf in einer kleinen Bucht in Zingaro den Anker raus. Von hier aus konnte man in diverse weitere Steinbuchten oder Höhlen schwimmen. Nur drei weitere Boote trieben um uns herum, wobei eines sich nun langsam wieder auf den Heimweg zu machen schien. Ich schloss die Augen, sog die salzige Luft in meine Lunge, als der Motor verstummte und nur das leise Rauschen des Meeres zurückblieb. Nun, da der Fahrtwind fort war, konnte man die erbarmungslose Hitze der Nachmittagssonne auf den Schultern spüren. Ich warf einen Blick zum Monte Scardina. Gewaltig ragte der Berg vor uns aus dem Wasser, zeigte uns sattgrüne Grasflächen, Kakteen und Palmenbüsche. In der Ferne konnte man einen sandigen Wanderweg erkennen, der an einer einsamen Steinkapelle vorbeiführte. Weit und breit war kein Mensch zu sehen, was mich nicht wunderte. Bei 35 Grad kam niemand auf die Idee, sich auf eine schattenlose Wanderung zu begeben.

»Ich bin dann mal weg.« Antonio hatte sich seine Schnorchelausrüstung übergezogen, hob die Hand und war mit einem Satz im Wasser verschwunden.

Ich schaute zu Valentin, der nur angespannt ins türkisfarbene Wasser starrte. Sein Kiefer mahlte, ich konnte die Unruhe in ihm förmlich sehen.

Ich halte mich von Castellammare fern. Seine Worte hallten in meinem Inneren nach. Noch immer suchte mein Gehirn nach einer plausiblen Erklärung dafür, weshalb sein Vater deshalb so durchgedreht war. Noch immer tappte ich redlich im Dunkeln, wenn es darum ging, einen Sinn darin zu finden. Wieso zur Hölle sollte er sich von Castellammare fernhalten? Und wieso tat er es dann nicht?

Ohne Vorwarnung streifte Valentin sich schließlich das Shirt über den Kopf und ich bekam zum ersten Mal seinen Oberkörper zu Gesicht. Es waren nur wenige Sekunden, bis er mit einem gekonnten Kopfsprung im Wasser abtauchte, doch die reichten, um einen Blick auf seine Tattoos zu erhaschen. Sein gesamter Rücken war ein einziges Gemälde verschiedenster Motive, alle in schwarzer Tinte. Einen Überblick bekam ich bei der kurzen Zeit nicht. Trotzdem hatte ich zwei Polaroidfotos an seinen Lenden erkannt, oder jedenfalls ihren Rahmen, denn das Bild selbst war pechschwarz eingefärbt, als hätte es sich nicht entwickeln können. Die Fotos waren umgeben von schwarzen Flammen, er brannte sie nieder. Oder sie brannten ihn nieder. Die Zungen des Feuers reichten hoch bis zu seinen Schultern, schienen etwas zu überdecken. Bei genauem Hinsehen erkannte ich, dass es Narben waren, versteckt unter schwarzer Tinte. Weiter oben an seinem linken Schulterblatt stand die Zeichnung eines Briefes in Flammen. Darauf in unleserlicher Schreibschrift ein paar Worte. Ich erkannte nur den Anfang *My Valentin* und das letzte Wort *Valuable.* Was hatte es damit auf sich?

Sein Rücken war breit und durchtrainiert. Es gab genug Platz für das Gemälde, das eine Karte zu seinem Inneren zu sein schien. Der Moment, in dem er sich in meine Richtung drehte, um vom Boot zu springen, offenbarte mir, dass er auch von vorne nicht weniger gut aussah. Seine Brust war breit, das Sixpack darunter definiert. Ich hatte in meinem Leben schon einige durchtrainierte Männerkörper gesehen – sei es am Strand, im Schwimmbad oder bei Typen, die Zia Liliana manchmal mit heimbrachte und die dementsprechend oberkörperfrei zum Frühstück kamen. Valentins Körper spielte in einer ganz anderen Liga. Während ich ihn betrachtete, fragte ich mich gleichzeitig, was es war, das ihn zu dem gemacht hatte, der er war. Valentin wirkte auf mich nicht wie der typische Poser, der sich solche Muskeln antrainierte, um anderen zu imponieren. Ganz im Gegenteil, er war zurückhaltend, sprach und zeigte nicht viel. Ich musste an die Aggressivität und Wut denken, die in ihm gewütet hatten, als er Claudio über seine Schulter geworfen hatte. Die Wut, die er im Anschluss hatte verstecken wollen. Woher kam sie? Vor was schützte er sich? *Oder wen wollte er angreifen?*

Geschickt kraulte er in Richtung Ufer, ich beobachtete ihn dabei.

»Du regst dich mittlerweile bei jeder Kleinigkeit auf. Ich hab das Gefühl, ich kann gar nichts mehr richtig machen.« Je stiller es um mich herum wurde, desto mehr nahm ich den Streit zwischen Chiara und Mattia wahr. Ich drehte mich um und erkannte, dass sie am Heck standen und mit den Händen wild in der Gegend rumfuchtelten.

»Wie bitte?«, krächzte meine Cousine und ließ einen gehässigen Lacher los. »Tut mir leid, dass ich eben traurig darüber bin, dass du deine Zukunft ohne mich planst!«

»Das stimmt doch gar nicht!«

Weil mir die Situation unangenehm wurde, beschloss auch ich, mich vom Boot zu entfernen. Ich streifte mir die Sonnenbrille vom Kopf und hüpfte ins kühle Wasser, das nun, da es den ganzen Tag von der Sonne aufgeheizt worden war, angenehm warm war. Zielstrebig schwamm ich in Richtung der Bucht, die ruhig und verlassen wirkte, verharrte zwischen vereinzelten Felsen und ließ mich auf dem Rücken treiben. Unter mir strahlte der mit hellen Steinen übersäte Meeresboden in einem starken Türkis, über mir färbte die tiefstehende Nachmittagssonne das Himmelszelt in ein zartes Rosa. Für einen Moment fühlte es sich an, als wäre ich wieder zehn, mit meiner Familie auf einem Tagesausflug und meine einzige Sorge würde darin bestehen, welche Eissorte ich mir später aussuchen würde. Nonno war derjenige, der mir das Schwimmen beigebracht, mir das Fischen und Tauchen gezeigt hatte. Er war das Meer, hier fühlte ich mich ihm am verbundensten. Mit einem Mal musste ich versuchen, zu unterdrücken, dass sich das Salzwasser auch in meinen Augen zu einem Ozean zusammentat.

Ich fuhr mir über die feuchten Lider, ehe sich ein brennender Schmerz an meiner Wade ausbreitete. Reflexartig schrie ich auf, fasste mir ans Bein. Es dauerte nicht lange, da wurde aus dem Brennen ein Krampfen. *Scheiß Qualle!* Dieses Jahr kamen sie wieder vermehrt in der Nähe des Ufers vor. Ich hatte schon dutzende Male die Tentakel dieser Tiere zu spüren bekommen und jedes Mal war es aufs Neue derselbe höllische Schmerz.

Ich zappelte im Wasser, versuchte das Stechen irgendwie zu kompensieren und zu einem Felsen zu schwimmen, doch der Krampf machte die Sache nicht einfacher. Je mehr ich mich bewegte, desto mehr verspannte sich meine Wade, sodass ich mich bald gar nicht mehr rühren konnte. Wasser drang in meinen Mund im selben Moment, in dem ich einatmen wollte. Ich prustete laut los, hustete mir die Seele aus dem Leib, während ich gleichzeitig versuchte, über Wasser zu bleiben und in Richtung Ufer zu schwimmen, ohne mit den Beinen zu strampeln. Doch das funktionierte nicht, ich *musste* mich bewegen, sonst würde sich noch mehr Wasser in meine Luftröhre schleichen.

Also tat ich es, strampelte weiter ... was sich als verheerender Fehler entpuppte. Ein weiterer Schrei löste sich reflexartig aus meiner Kehle, der Krampf breitete sich aus bis in meinen Oberschenkel. Die Schmerzen waren so stark, dass ich die Verbrennung der Qualle gar nicht mehr wahrnahm. Ich zappelte im Wasser, versuchte einen Blick zum Boot zu werfen, doch es war zu weit weg. Chiara bekam von alldem nichts mit.

Das durfte nicht wahr sein. Nachdem der Ozean ein ganzes Jahrzehnt mein Zuhause gewesen war, konnte dies nicht der Ort sein, an dem ich starb, das stand fest! Zielstrebig hievte ich mich also ein letztes Mal in Richtung Felsen, als sich zwei Arme von hinten um meinen Körper schlangen. Im ersten Moment versteifte ich mich noch mehr.

»Bleib ruhig, nicht bewegen.« Valentins Stimme. Tief, leise, ruhig.

Reagierte im ersten Moment bei der überraschenden Berührung der Fluchtinstinkt, löste sich im nächsten ein Schluchzen vor Erleichterung, dass er mich hielt. Ich tat, was er sagte, versuchte, mich zu entspannen, meine Beine einfach im Wasser treiben zu lassen, während Valentin mich in Richtung Land zog. Viel Besserung brachte dies aber nicht. Meine Muskeln krampften weiter, ich hatte das Gefühl, mein Bein würde sich einmal um hundertachtzig Grad drehen.

Nach einer gefühlten Ewigkeit kamen wir am steinigen Ufer an. Valentin verfestigte seinen Griff um meinen Oberkörper und zog mich aus dem Wasser. Weil die Krämpfe, das Brennen und der Schock meinem Kreislauf zusetzten, ließ ich mich auf den Rücken fallen und presste meine Hände gegen die geschlossenen Lider.

Dann spürte ich einen Griff an meinem Bein. Schmerzerfüllt schreckte ich hoch, erkannte, dass Valentin dabei war, meinen Oberschenkel und meine Wade zu massieren. Zuerst wurde es schlimmer, doch irgendwann setzte endlich Besserung ein. Um die Gefühle zu kompensieren, versuchte ich mich an einer bestimmten Atemübung, die ich auch bei Panikattacken anwandte. Doch der Schmerz war nicht das Einzige, was ich auszublenden versuchte. Es war Valentins Griff. Seine Hände an meinem Bein, seine Massage zwischen meinen Schenkeln und seine Finger, die sich in mein Fleisch bohrten. Es war absolut absurd, in solch einem Moment an etwas anderes zu denken als an die Schmerzen. Und doch tat ich es.

»Besser?« Seine Stimme riss meinen Blick von seinen großen Händen los. Er zuckte hoch zu seinen Augen, in denen ich einen besorgten Ausdruck erkannte. Wassertropfen rannen sein Gesicht hinab, tropften von seinen Haaren auf seine Brust.

»Ja, danke.« Die Krämpfe ließen tatsächlich nach, dafür wurde das Stechen von der Verbrennung wieder stärker. Valentin ließ mein Bein los und zog sich zurück, woraufhin ich die Knie an die Brust zog und mit zerknirschtem Gesicht den roten Fleck an meiner Wade betrachtete. »Mistvieh!«, zischte ich und hielt die Stelle ins Wasser, um es zu kühlen.

»Tut es sehr weh?« Valentin setzte sich neben mich, zog die Knie zu sich heran und stützte die Unterarme darauf ab.

»Es geht schon. Ist mir schon hundert Mal passiert.« Ich sah ihn an und merkte, dass er mich nachdenklich musterte. »Der Krampf war schlimmer.«

Sein Mundwinkel zuckte. Schließlich fuhr er sich durch die nassen Haare und nickte.

»Woher kanntest du diese Massagetechnik?«, fragte ich und

blickte aufs Wasser hinaus. Das Rosa am Himmel hatte sich in der Zwischenzeit in ein kräftigeres Rot verwandelt. Die Meeresoberfläche war wellig, immer wieder stieß das Wasser unruhig gegen unsere Füße und zog die weißen Steine unter uns ein Stück weit mit sich.

»Vom Training. Solche Krämpfe sind da normal.«

Mein Blick scannte reflexartig seine Muskeln und blieb an einem Schriftzug auf seinem rechten Schulterblatt hängen. *Guilty.* Bei genauerem Hinsehen erkannte ich darunter eine ziemlich lange Narbe. Ich fragte mich, wofür er sich die Schuld gab.

»Eine bestimmte Sportart?« Aus irgendeinem Grund konnte ich ihn mir gut als Boxer vorstellen.

»Fitnessstudio«, erklärte er mir.

Ich nickte. »Gibt es irgendeinen Grund, weshalb du trainierst?«

Die Frage schien ihn zu verwirren und ich gab zu, dass meine Neugierde etwas zu offensichtlich war. Er runzelte die Stirn und wandte sich mir zu.

»Also«, ich hob die Schultern, »was ist dein Ziel? Trainierst du für irgendetwas?«

»Nein, ich tue es einfach so«, antwortete er ernst. Den Kiefer zusammengepresst, starrte er zum Horizont. »Wenn ich wütend bin oder mich aufrege, ist das Gym einer der wenigen Orte, an denen ich runterkommen und abschalten kann.«

Ich musste an meine Sorgen denken. An *ihn*, an all die Narben, die England in mir hinterlassen hatte. Nur ... welcher Ort war für mich der beste zum Runterkommen?

»Welche Orte zählen noch dazu?«

Valentin starrte weiter geradeaus, sagte eine gefühlte Ewigkeit lang nichts. Als ich schon das Gefühl hatte, er würde gar nicht mehr antworten, flüsterte er: »Das Meer. Genau genommen ... *dieses* Meer.«

Ich wusste nicht, ob er mit *diesem* Meer das Mittelmeer im Allgemeinen meinte oder sich auf die Nordküste Siziliens bezog. Nach dem Gespräch mit seinem Vater vermutete ich Letzteres. Nur, was verband er mit meiner Heimat?

»Und?«, traute ich mich, vorsichtig zu fragen. »Konnte dich das Meer jetzt etwas beruhigen? Sorry … ich hab das Gespräch mit deinem Dad mitbekommen und …«

Valentin sagte nichts, blickte mich einfach nur an. In seinen Augen blitzte Ärger auf, ich konnte deutlich erkennen, dass die Wut wieder ihren Platz in ihm einnahm. Ob sein Vater oder meine Frage nach ihm der Auslöser war, konnte ich nicht einschätzen. Vermutlich beides.

»Tut mir leid«, flüsterte ich, weil mir bewusst wurde, wie unangebracht meine Neugierde gewesen war. Wie unhöflich meine Unsicherheit mich erneut werden ließ. Ja, ich wollte mehr über ihn wissen, damit er kein seltsamer Unbekannter mehr für mich war. Doch dass seine Gefühle dafür den Preis bezahlten, wollte ich nicht.

Valentins Kiefer mahlte, die Falte zwischen seinen Brauen war tiefer als sonst. Als er sich dem Meer zuwandte, starrte er einen Moment lang ins Leere, ehe ich mir sicher war, Schmerz in seinen Zügen erkennen zu können.

»Ja, ich konnte mich etwas abregen«, antwortete er schließlich mit tiefer Stimme. »Und ja … es gibt nichts, was mich an meinem Vater nicht aufregt.«

Ich fühlte mich schlecht, dass meine Nachfragen für noch mehr Wut in ihm gesorgt hatten.

»Das kenne ich.« Meine Aussage brachte ihn dazu, mir den Blick zuzuwenden. »Mich hat mein Vater auch lange Zeit sehr wütend gemacht.«

»Jetzt nicht mehr?«

Ich wich ihm aus, betrachtete stattdessen meine Wade, ließ

die Finger durchs kühle, klare Wasser gleiten. Obwohl es dämmerte, war die Hitze der untergehenden Sonne noch immer deutlich zu spüren. Das Meer wurde dunkler, wirkte bedrohlicher – so wie unsere Gesprächsthemen. Es war seltsam, was für Emotionen eine Person, die man kaum kannte, in einem auslösen konnte. Das Thema Vater setzte auch mir stark zu, trotzdem hatte ich bei Valentin keine Hemmungen. Vielleicht wollte ich ihm so die Dankbarkeit und das Verständnis für seine Offenheit entgegenbringen, vielleicht wollte ich ihm zeigen, dass er nicht allein war. Vielleicht fühlte ich mich bei ihm aber auch einfach verstanden, weil wir ähnliche Gefühle unseren Erzeugern gegenüber hatten.

»Ich kenne meine Eltern nicht«, gab ich zu, ohne ihn anzusehen. Für den Bruchteil einer Sekunde überkam mich der Drang, ehrlich zu sein und ihm die Wahrheit über *den Briten* zu erzählen. »Sie sind beide tot.« Ich entschied mich trotzdem für die Lüge, die in den letzten Jahren zu *meiner* Wahrheit geworden war. Nun hob ich den Blick und bemerkte, dass Valentin mich eindringlich musterte. Seine Gesichtszüge wirkten weiterhin angespannt, nur ahnte ich jetzt, dass sein Dad nur noch zur Hälfte schuld daran war.

Ich zuckte mit den Schultern, ehe ich fortfuhr. »Es gab ein paar Sachen, über die ich mich sehr geärgert habe, was meinen Vater betrifft. Mittlerweile habe ich mich damit abgefunden.« Ein hoffnungsvolles Lächeln stahl sich auf meine Lippen, seins blieb aus.

Stattdessen musterte er mich skeptisch, irgendwie allwissend, als würde er mehr in mir lesen können, als ich selbst über mich wusste. Als wüsste er, dass ich nicht ehrlich war.

»Hast du das sicher?«

Eine unbestimmte Zeit lang sahen wir einander an. Er las in mir, ich ließ es zu. Gab ihm mit nur einem Blick die Antwort auf seine Frage: *Nein, habe ich nicht.* Ich hatte mich längst nicht damit abgefunden, dass mein Vater mich einfach allein gelassen hatte, dass ich seinetwegen die schlimmsten Jahre meines Lebens hatte erleben müssen und dass er nicht bei mir war, um mich vor den Schatten des Lebens zu schützen. Vor meinem Schatten. So oft hatte ich mich gefragt, was gewesen wäre, wenn er da wäre. Ob er mir den Rücken gestärkt hätte, ob er meinen Stalker in die Flucht geschlagen oder dafür gesorgt hätte, dass ich nie so eine Erfahrung hätte machen müssen? Sicherlich wäre mir viel Leid erspart gewesen, und dafür gab ich einzig und allein ihm die Schuld.

Ich hatte mich mit meiner gesamten Familiensituation nicht abgefunden. Damit, dass ich eigentlich kein festes Heim hatte, keine festen Freunde und überall nur Gast und nirgends zu Hause war. Ich wusste nicht, wo ich hingehörte, war über die Jahre zu einem Einzelgänger geworden. Nannte mich stark und feministisch, predigte, dass ich allein klarkommen würde, und im Grunde war ich auch stolz darauf. Tief im Inneren wusste ich aber, dass dies nicht die einzigen Gründe dafür waren und ich viel mehr dazu gezwungen worden war, allein zurechtzukommen. Nonno und Nonna waren die ersten zwölf Jahre super Ersatzeltern gewesen, aber eben keine Eltern. In meiner Zeit bei Liliana hatte sich nicht viel verändert. Sie war Anwältin, lebte für ihren Job, und auch wenn sie mich liebte, wusste ich, dass sie sich gerade wegen ihrer Kariere nie Kinder gewünscht hatte.

Valentin wandte sich mit einem Seufzen ab. »Mein Vater ist Winzer und möchte, dass ich in seine Fußstapfen trete.«

»Studierst du deshalb Önologie?«

Es dauerte ein paar Sekunden, ehe er nickte.

»Muss anstrengend sein.«

Fragend sah er auf. »Was?«

»Nur Dinge zu irgendeinem Zweck zu tun und nicht, weil du sie liebst.« Darauf schien er keine Antwort zu kennen, also sprach ich weiter. »Du trainierst, um Dampf abzulassen, studierst, um deinen Vater zu befriedigen. Und was machst du für dich? Was ist es, was dir richtig Spaß macht?«

Kurz dachte ich, einen Funken Leidenschaft in seinen Augen aufflackern zu sehen, ein winziges Körnchen Wehmut, als würde er an etwas denken, das ihm tatsächlich Freude bereitete und nach dem er sich sehnte. Doch dieser Eindruck verflüchtigte sich bereits nach wenigen Sekunden, wich einer kühlen Anspannung. Er schien nachzudenken, in Gedanken festzustecken, rappelte sich schließlich auf und lief ein paar Meter ins Wasser hinein.

»Wir sollten wieder zurückschwimmen, bevor es zu dunkel wird.«

Etwas geknickt darüber, dass er nach der ersten richtigen Unterhaltung zwischen uns nun wieder dichtmachte, nickte ich und versuchte, mich aufzurappeln. Ich schaffte es, mich hinzustellen, knickte jedoch sofort wieder weg, weil sich das Brennen bei der Bewegung verstärkte.

Schon war Valentin bei mir, griff nach meinem Arm und sorgte für einen sicheren Stand. Ich prallte gegen seine Brust, spürte seine nackte Haut an meiner. Wassertropfen perlten über sein Schlüsselbein, das nun auf Höhe meiner Augen lag. Langsam hob ich das Kinn, nahm jeden Winkel seines Körpers an meinem wahr, und als mein Blick den seinen traf, war daraus für einen winzigen Moment jegliche Anspannung verschwunden. Er wirkte außer Atem, fixierte mich mit einer Offenheit und Weite, dass mir beinahe schwindelig wurde. Sein Griff lag fest und sicher an meiner Taille, ich drückte mich intuitiv noch etwas fester gegen ihn. Als meine Brust seine Haut berührte, das kühle Wasser aus meinem Bikini gepresst wurde und über seinen Bauch lief, zuckte er kurz zusammen.

Am liebsten hätte ich in seinen Nacken gegriffen, seine Lippen wieder auf meine gelegt und das Gefühl des Fallenlassens noch mal ausgekostet. Etwas sagte mir, dass Valentin dasselbe dachte, trotzdem ließ er langsam von mir ab und brachte Abstand zwischen uns, ohne mich loszulassen.

»Brauchst du noch Hilfe? Soll ich –«

»Nein, alles gut«, unterbrach ich ihn und schüttelte ihn ab.

Im nächsten Moment drehte er sich um, wollte zurück zum Boot schwimmen, da machte sich mein Mund noch mal selbstständig. »Valentin?«

Er drehte sich um. »Ja?«

»Danke.« Ich deutete auf mein Bein, schenkte ihm ein Lächeln. »Das war echt lieb von dir.«

Sein Blick wich mir aus, ich konnte seinen Kiefer zucken sehen. »Tu dir das nicht an.«

»Was?«

Jetzt starrte er mich an, in seinem Blick so viel Kälte und Verbitterung, dass ich augenblicklich eine Gänsehaut bekam. »Mich anzusehen, als wäre ich *lieb*. In mir etwas zu sehen, das nicht existiert. Du hast keine Ahnung, zu was ich fähig bin. Also bitte … tu dir das nicht an.«

Mit einem Satz ließ er sich ins Wasser fallen und schwamm davon. Ich starrte ihm nach und spielte seine Worte in Dauerschleife innerlich immer und immer wieder ab. Die Worte, von denen er sich selbst überzeugen zu wollen schien. Die Worte, die noch immer klangen, als kämen sie ursprünglich nicht aus seinem, sondern dem Mund eines anderen. Die Worte, die schmerzten. Nicht weil er mich abwies, nicht, weil er mich nicht an sich ranlassen wollte, nicht meinetwegen. Nein, seinetwegen. Weil er wirklich dachte, er müsste andere vor sich schützen, weil er tatsächlich annahm, er wäre nicht gut genug. Wie finster musste es in ihm aussehen, wenn er nie jemanden nah genug an sich ranließ, um sich von dessen Licht wärmen zu lassen?

La luna (der Mond)
Oder auch:
Das Wiederfinden einer Erinnerung

KAPITEL 19

Sofia

Auch am nächsten Tag war die Verbrennung der Qualle trotz Sonnencreme und Kühlakkus nur minimal verheilt, weshalb ich den Morgen nutzte, um zur Apotheke zu fahren und mir dort frisches Aloe Vera zu besorgen.

Ich nahm Mimis Auto, die heute früh arbeitete, und bahnte mir meinen Weg runter in den Ort. Die Straßen waren völlig überfüllt. Einheimische wollten zur Arbeit, Rentner zum Supermarkt und Touristen zum Strand. Hier und da ertönte ein lautes Hupen, Arme wurden aus geöffneten Fahrerfenstern gestreckt und fuchtelten wild in der Luft herum. Der neu errichtete Kreisel an einer der großen Hauptstraßen, der eigentlich dazu da war, um den Verkehr zu verflüssigen, war von sechs Autos und zwei Mofas hoffnungslos verstopft worden.

Ich seufzte. In diesem Tempo würde ich es erst in ein paar Stunden zur Apotheke schaffen. Kurzerhand suchte ich in der Nähe nach einem Parkplatz und fand einen am Supermarkt. Zu Fuß dauerte es von hier aus zwar noch eine Viertelstunde, doch am Straßenrand boten große Palmen Schatten, und ich hatte Lust, meine Heimat zu Fuß ein wenig mehr aufzusaugen. Ich trug einen luftigen Jumpsuit, der bis zur Mitte des Oberschenkels ging und trägerlos war. Bei diesen Temperaturen war es nicht ungewöhnlich, dass manche sogar einfach im Bikini oder oberkörperfrei aus dem Haus gingen. Würde man das in England bei denselben Temperaturen machen, hätte man mit zahlreichen abwertenden oder obszönen Blicken rechnen müssen.

Zur Apotheke ging es bergab. Castellammare war ein einziger Hang. Entweder du schlepptest dich hoch oder wurdest von der Schwerkraft die Gassen hinab zum Meer geschoben. Manche Häuser standen so schief, dass ich nur beim Hinsehen erahnte, was ein Erdrutsch alles hätte auslösen können. Auf dem Berg bei meiner Familie war es etwas ebener, ihre Häuser nicht an einem steilen Hang gelegen. Im Grunde hatte mein Nonno das Haus, in dem meine Nonna lebte, selbst errichtet. In jedem Ziegelstein steckte sein Herzblut, sein Schweiß, sein Leben. Er war dieses Haus, er war dieses Zuhause, für mich war er Castellammare del Golfo.

Ich kam an diversen Obst- und Gemüseläden vorbei, aus denen mir die kühle Luft der Klimaanlagen entgegenströmte. Händler brüllten über die Straßen, priesen ihre Ware an und versuchten, sich gegenseitig zu übertönen. Es roch nach süßen Melonen, von der Sonne verbrannten Palmen und Motoröl.

Ich stockte. Für einen Moment hatte ich die Augen geschlossen und den Duft eingeatmet, den ich von klein auf mit Sizilien verband. Strenges Motoröl der Mofas war einer davon. Dennoch war das Erste, was mir in den Sinn kam, als eine laute Maschine an mir vorbeirauschte, das Gummi auf den heißen Straßen verbrannte und ein Geruch von Benzin in der Luft zurückblieb, nicht die vielen Nächte, die ich mit Chiara und anderen Freunden in Castellammare verbracht hatte. Nächte voller Lachen, Mofafahrten, in denen der Wind in meinen Haaren getanzt und wir als Jugendliche Wettrennen veranstaltet hatten. Nein, das, was nun vor meinem inneren Auge auftauchte, war das Bild von Valentin. Er auf seiner Honda, gekleidet in seine Lederjacke, mich mit diesen dunklen Augen niederstarrend, hinter seiner Iris eine brodelnde Tiefe. Wie kam es, dass etwas, das sich über zwanzig Jahre lang in mein Gedächtnis gebrannt hatte, von ein paar wenigen Begegnungen mit einer einzigen Person verdrängt werden konnte? Dass er meine Erinnerungen an Castellammare einfach mit denen an sich selbst ersetzte ...

Ein lautes Hupen ertönte direkt neben mir und ich schreckte auf dem Bürgersteig zurück. *Himmel*! Valentin steckte mich in gefährliche Tagträume, in denen ich vergaß, auf die Straße zu schauen. Ich vergewisserte mich gleich dreimal, dass sie frei war, ehe ich sie überquerte und in die lange Gasse einbog, die zur Apotheke führte und von der aus man bis hinab zum Meer blicken konnte.

»Oh Gott, du armes Ding!« Ich spitzte meine Ohren, als ich plötzlich eine britisch sprechende Stimme vernahm. Aufmerksam sah ich mich um und folgte ihr um einen Laden herum in eine schmalere, verlassene Seitenstraße. »Was machen wir jetzt mit dir?«

Eine schwarze Katze mit weißem Kopf lag auf dem Bürgersteig und hatte eine große Verletzung am Bein. Paula kauerte mit mitfühlendem Gesichtsausdruck über ihr und streichelte sie.

Schon zu Hochzeiten unserer Freundschaft waren wir, was Tiere anging, auf einer Wellenlänge gewesen, hatten irgendwann eine eigene Tierschutzorganisation eröffnen und Straßentieren auf der ganzen Welt helfen wollen. Wahrscheinlich war dies der ausschlaggebende Punkt gewesen, weshalb sie meine erste richtige Freundin in England geworden war.

Steine eines Schlaglochs knirschten unter meinen Füßen, was Paula aufblicken ließ.

»Sofia!«, begrüßte sie mich erleichtert. »Wie gut, dass du da bist. Ich hab diese verletzte Katze gefunden und keiner hier wollte mir helfen.«

Seufzend ging ich neben ihr in die Hocke. Es wunderte mich nicht, dass sie von den Einheimischen wenig Hilfe bekam. Die Straßentiere Siziliens gehörten zur Gesellschaft, doch niemand wollte sich engagieren oder etwas dagegen tun, dass sie sich noch weiter verbreiteten. Schließlich kostete eine Kastration oder Behandlung viel Geld. Das waren die wenigsten bereit, für ein fremdes Tier zu zahlen.

»Am besten bringen wir sie zu einem Tierarzt«, schlug ich vor und sah auf. In Paulas Augen erkannte ich Tränen, sie sorgte sich sichtlich. Hastig nahm ich sie in den Arm, weil ich ihren Schmerz kannte. Den Schmerz, ein hilfloses Tier zu finden und nicht zu wissen, was man tun konnte.

»Das bekommen wir hin. Mein Nonno kennt –« Ich stockte. »*Kannte* einen Tierarzt hier in der Nähe, der sich immer kostenlos um alle Streuner gekümmert hat.«

Weil ihr mitleidiger Blick mich durchbohrte, wich ich ihr aus, indem ich vorsichtig die Katze auf den Arm nahm und sie an mich drückte.

»Danke.« Schniefend lief sie neben mir her, nachdem wir beide uns erhoben hatten. »Ich war schon kurz davor gewesen, dich anzurufen, weil ich nicht mehr weiterwusste, aber ich wollte dich auch nicht stören und –«

»Hey«, unterbrach ich sie und schenkte ihr ein beruhigendes Lächeln. Ihre roten Haare hatten sich in einigen Strähnen aus ihrem Pferdeschwanz gelöst und hingen ihr ins Gesicht. »Alles gut, ruf mich bitte jederzeit an, wenn du auf ein verletztes Tier stößt. Ich helfe gerne, das weißt du doch.«

Lächelnd blickte sie auf und nickte. Auch sie schien sich zu erinnern.

»Und auch so«, fügte ich hinzu, »kannst du dich melden. Ich finde es schön, dass wir uns hier wiedergetroffen haben.« Das fand ich wirklich. Auch wenn ihre Anwesenheit mich an Luke erinnerte und ich mir immer noch nicht sicher sein konnte, ob nicht doch er hinter den Nachrichten steckte, freute ich mich, nach all den Jahren Paula wiederzusehen. Sie konnte nichts dafür, dass ihr Bruder nun mal so war, wie er eben war. *Sollte Chiara mit ihrer Vermutung wirklich recht behalten.*

»Das finde ich auch.« Langsam schien sie sich zu beruhigen. »Und dann auch noch hier, wo wir beide immer zusammen hinwollten.«

Das stimmte. Paula hatte mit ihrem leidenschaftlichen Helferherz immer strahlende Augen bekommen, wenn ich ihr von meinen Sommern mit Nonno und den Straßentieren erzählt und ihr Fotos davon gezeigt hatte. In einem Sommer war es sogar fast zu einem gemeinsamen Urlaub auf Sizilien gekommen, der dann doch abgeblasen werden musste, weil es meinem Großvater immer schlechter gegangen war und er nicht gewollt hatte, dass Fremde ihn so sahen.

»Ja«, hauchte ich. »Dann können wir jetzt alles nachholen, was wir immer zusammen tun wollten.«

Die Katze in meinem Arm krallte sich in meine Haut und ich zuckte kurz schmerzerfüllt zusammen, verzieh ihr aber sofort, als ich in ihre traurigen und dankbaren Augen blickte.

»Ich hab ihr den Namen Luna gegeben.« Ich schaute zu Paula, die das kleine Fellknäuel in meinen Armen anlächelte. »Keine Ahnung, für mich sieht sie aus wie eine Luna. Ein großer, heller Mond am schwarzen Nachthimmel.« Paula deutete auf ihren weißen Kopf und streichelte über das verdreckte Fell.

»Stimmt«, erkannte ich, ehe wir vor einem Haus drei Gassen

weiter stehen blieben. Die Tierarztpraxis von Dr. Esposito wirkte wie ein einfaches Wohnhaus. Es war ein schmales Gebäude, das von zwei weiteren eingerahmt wurde. Die Fassade rotbraun, die Tür aus Holz. Wie bei jedem anderen Haus auch waren seine Fensterläden geschlossen, um die Hitze draußen zu halten. Lediglich unter der Klingel war ein kleines Schild befestigt, das auf die Tierarztpraxis aufmerksam machte. Dr. Esposito behandelte in seiner eigenen Wohnung, in der er mit Mutter, Kindern und Frau lebte.

Als ich die Klingel betätigte, ertönte ein lautes »Maria, apri la porta!«, mit dem der Arzt seine Frau dazu aufforderte, uns die Tür zu öffnen.

Gerümpel war zu hören, irgendwo ein Kinderlachen und Hundegebell. »Muoviti tu, fannullone!«

Ich unterdrückte ein Lachen, woraufhin Paula mich verwirrt ansah. Sie verstand nicht, dass seine Frau ihn gerade als faulen Sack betitelt hatte.

»Ciao«, begrüßte ich Maria.

Es dauerte einen Moment, bis sie mich erkannte und ihre Augen groß wurden. »Sofi! Ma, che bella! Wie schön es ist, dich zu sehen!« Sie zog mich an ihre üppige Brust, klemmte Luna beinahe zwischen uns ein, schob mich dann wieder zurück, um mich genauer in Augenschein zu nehmen. »Meine Güte, schau dich an. Du bist eine Göttin von Frau geworden.«

Meine Wangen fingen Feuer und ich war heilfroh, dass Paula kein Wort verstand. Maria hatte mit den Komplimenten schon immer etwas übertrieben, was mir schmeichelte, mich aber oft auch in Verlegenheit gebracht hatte.

»Danke«, stammelte ich beschämt, was in ihrem »Was kann ich für euch tun?« aber sofort unterging. Ihr Blick glitt wie von selbst zu Luna, die ihr ein Miau entgegenwarf. »Ihr wollt bestimmt zu Roberto, oder?«

Ich nickte. »Maria, das ist meine Freundin Paula aus England, sie hat die Katze verletzt am Straßenrand gefunden. Du kennst mich ja, da kann ich nicht wegsehen.«

Liebevoll strich sie mir über die Wange, bekam einen wehmütigen Ausdruck. »Wie dein lieber Nonno.«

Weil ihre Worte in meiner Brust stachen, wandte ich den Blick ab. Paula schien es zu merken und schaute aufmerksam zwischen uns hin und her. Auch wenn sie nichts verstand, war ihr ein wichtiges Wort doch bekannt: *Nonno.*

»Ciao, Paula. Come stai?« Nun wandte sich Maria an Paula, die sie verwirrt anlächelte. Zum Glück ließ sie ihr keine Zeit zum Antworten und winkte uns hinein. »Roberto! Schau, wer zu uns gestoßen ist!«

Im Inneren war es dank der Klimaanlage angenehm kühl, und es roch köstlich nach Pasta mit Cucuzza. Der Flur war mit hellen Fließen ausgelegt, an den Wänden hingen gleich mehrere Jesuskreuze und diverse Familienportraits. Im ersten Stock rumpelte es, ehe Roberto auf der Treppe erschien, mich entdeckte und mir mit einem freudigen »Sofia!« entgegenkam. Seine schwarzen Haare waren lockig und gingen ihm etwas länger über die Ohren. Das letzte Mal, dass ich ihn gesehen hatte, war viele Jahre her. Er war älter, grauer geworden – und die Erkenntnis, wie schnell die Zeit raste, machte sich in Form eines schweren Steins in meinem Magen bemerkbar.

Er schmatzte mir ein paar Küsse auf die Wangen, machte dasselbe anschließend bei der vollkommen überforderten Paula, nachdem ich sie einander vorgestellt hatte.

»Was ist denn passiert?« Ich musste nicht erklären, um was es ging. Er verstand sofort, sobald er Luna sah, und nahm sie an sich. Mit einem Kopfnicken bedeutete er uns, ihm zu folgen. Er führte uns in sein Behandlungszimmer im ersten Stock, wo er Luna auf einer Liege platzierte, diagnostizierte, dass ihr Bein gebrochen war, ihr Medikamente gab und einen Verband anlegte.

»Sie braucht Ruhe und Aufsicht.« Sein Blick blieb an mir haften. Er wusste, dass mein Großvater nie ein verletztes Tier zurück auf die Straße gelassen hätte. Bis zur Genesung waren sie alle bei ihm untergekommen. Weil mein Herz für Tiere ebenso groß war wie Nonnos und auch Paula mich hoffnungsvoll anschaute, nickte ich.

»Ich nehme sie mit ins Hotel. Nonna und Mimi werden zwar nicht begeistert sein, aber da müssen sie jetzt durch.«

Roberto nickte, ehe er ein paar weitere Medikamente für Luna in eine Tüte packte, die er mir reichte.

Paula hob in der Zwischenzeit das kleine Kätzchen hoch und nahm sie behutsam auf den Arm.

Zum Abschied klopfte Roberto mir auf die Schulter, presste die Lippen aufeinander und sah mich mit solch einer Trauer im Blick an, dass ich direkt wusste, welches Thema er ansprechen würde. »Dein Nonno wäre stolz auf dich.«

Langsam hielt ich es nicht mehr aus. Ich hatte gewusst, dass mein Großvater mir auf Sizilien an allen Ecken begegnen würde. Ich war mir im Klaren darüber gewesen, dass es hart werden würde und ich meinen geliebten Nonno in Castellammare noch mehr vermissen würde als sonst wo. Doch nachdem die ersten Wochen bei Nonna und Mimi fast reibungslos verlaufen waren, kam hier in Robertos Behandlungszimmer, in dem ich als Kind so oft mit ihm gesessen hatte, alles wieder hoch. Der Tierschutz, die Liebe zur Natur und zu allem Leben, das darin herrschte, verbanden meinen Großvater und mich am meisten. Ich hatte immer gehofft, dass er mir helfen würde, wenn ich eines Tages tatsächlich eine eigene Tierschutzorganisation auf Sizilien gründen würde. Er war mein Antrieb gewesen, ich hatte ihn immer stolz machen wollen und wusste, dass ich das auch getan hätte.

Nur wusste ich nicht, ob das immer noch so war. Jetzt, da ich keine Ahnung hatte, wer ich war, wo ich hingehörte und was ich mit meiner Zukunft anfangen wollte. Als er ging, war auch ein großer Teil von mir selbst verloren gegangen. Und ich wusste nicht, ob ich diesen Teil jemals wiederfinden würde.

»Grazie, Roberto«, brachte ich noch hervor, ehe ich mit der Tüte die Treppe runtereilte und den Erinnerungen zu entfliehen versuchte.

Una amica perduta (eine verloren gegangene Freundin) Oder auch: Wie ich sie wiederfand

KAPITEL 20

Sofia

»Sofia!«

Paula eilte mir nach, als ich aus der Wohnung stürmte und die Panikattacke, die sich in meinem Inneren anbahnte, zu unterdrücken versuchte. Tränen brannten mir in den Augen, immer wieder wischte ich mir über die Lider. Ich bog um das Haus, bahnte mir meinen Weg zurück zur Via Mamiani, wo ich noch die Aloe Vera besorgen musste, um dann endlich heimzukönnen. Aber ... Luna! *Scheiße*, ich hatte eingewilligt, mich um das Kätzchen zu kümmern.

»Sofia«, rief Paula erneut, packte mich an der Schulter und brachte mich dazu, anzuhalten. Ich drehte mich um, starrte sie durch den Schleier aus Tränen an.

Ihre Brauen waren mitleidig zusammengezogen. Sie fackelte nicht lang und zog mich in ihre Arme, in denen ich laut losschluchzte. Es war egal, dass wir nicht mehr befreundet waren, es war egal, dass wir uns auseinandergelebt hatten. Was auch immer da zwischen uns gestanden und uns auseinandergetrieben hatte, war in dem Moment nicht wichtig, denn jetzt war sie einfach nur eine Freundin, die meinen Schmerz kannte und ihn in sich aufnahm.

Luna miaute zwischen uns, als wüsste auch sie, dass es mir nicht gut ging, während ich mich an Paulas Schulter festkrallte und eine nasse Spur auf ihrem Shirt hinterließ.

Mit ihrer freien Hand fuhr sie sanfte Kreise über meinen Rücken, ließ mir den Moment, den ich brauchte. Und *Himmel* ich brauchte einen ganz schön langen Moment. Niemals hätte ich vermutet, dass noch so viel Trauer in mir steckte, die ich nie rausgelassen hatte. Mein Leben lang hatte ich gedacht, ich wäre ein Mensch, der für sich trauerte, den Kampf mit sich selbst ausmachte und andere lieber nicht um Hilfe bat, um ihnen nicht zur Last zu fallen. Diese Eigenschaft hatten viele – mich eingeschlossen – mit einem starken Selbstbewusstsein verwechselt. Nun merkte ich, dass ich die Gefühle einfach nur unterdrückt hatte, so lange, bis das Fass eben übergelaufen war.

»Geht's wieder?«

Ich löste mich von Paula, fuhr mir über das gerötete und nasse Gesicht. Ausweichend wandte ich den Blick zu Boden und nickte.

Sie zückte ein Taschentuch, das ich dankend annahm. »Oh Mann«, seufzte ich und schob einen Lacher hinterher. Typisch für mich, wenn ich weinte: die Gefühle hinter einem Lachen zu verstecken, mich über mich selbst zuerst lustig zu machen, bevor andere es tun konnten. »Tut mir leid, ich weiß nicht, was los ist. Das war wohl alles etwas viel eben.«

»Mach dir gar keinen Kopf.« Beruhigend strich sie mir über den Arm. »Ich verstehe das, mein Opa ist auch vor einem Jahr gestorben. Jedes deiner Gefühle ist wichtig.«

Überrascht hob ich den Blick, weil mich der Tod ihres Großvaters schockierte. Ralph hatte bei Paulas und Lukes Eltern gewohnt, weswegen auch ich ihn gekannt hatte. »Tut mir so leid, Paula.«

Sie winkte ab, zog mich ein weiteres Mal an sich, und ich spürte, dass sie diese Nähe, diese Umarmung ebenso sehr brauchte – wenn nicht sogar mehr. Einen Moment lang verharrten wir so, dann lösten wir uns voneinander, und als wir schließlich beide mit Tränen in den Augen voreinander standen, mussten wir plötzlich anfangen zu lachen. Kein *Ich-verstecke-meinen-Schmerz-Lachen*, kein *Das-ist-mir-so-unangenehm-Lachen*. Nein, dieses Lachen war echt, es war befreiend und erleichternd, und es fühlte sich an, als hätte ich eine verloren gegangene Freundin wiedergefunden. Als hätte ich einen Teil von mir selbst wiedergefunden.

»Okay, wie wär's damit: Wir bringen Luna jetzt erst mal zu dir und dann waschen wir sie. Kyle ist sowieso noch einkaufen. Wie klingt das?«

»Perfekt.«

Wir erledigten noch meine Besorgungen in der Apotheke und retteten uns dann vor der immer heißer werdenden Sonne in Mimis Fiat. Auf der Heimfahrt erzählten wir uns von den letzten Jahren.

Ich erfuhr, dass Paula nach dem Abschluss letztes Jahr nach London gezogen und dort ein freiwilliges Soziales Jahr im örtlichen Tierheim absolviert hatte und nun überlegte, in die Veterinärmedizin zu gehen, während ich ihr von meinen nicht vorhandenen Zukunftsträumen erzählte und davon, dass ich noch nicht so ganz wusste, was ich tun wollte – geschweige denn, an welchem Ort.

»Das mit der Zukunft wird von den Älteren immer zu eng gesehen«, erklärte sie mir, als ich in die Einfahrt des Hotels einbog. »Ich meine, damals zu Teenagerzeiten unserer Großeltern und

Eltern war es ein Riesending. Unsere Generation legt viel mehr Wert darauf, sich wohlzufühlen, was ich richtig cool finde. Wenn du noch nicht weißt, was du machen willst, probier dich aus, beginne eine Ausbildung oder ein Studium oder jobbe einfach nur nebenher – ganz egal. Du kannst zur Not immer noch abbrechen und was Neues anfangen.«

Ich schnallte mich ab, stieg aus dem klimatisierten Wagen. Und lief in eine Wand aus Hitze. »Erzähl das mal Lili«, seufzte ich. Paula kannte meine Tante noch gut, sie wusste, was für eine ambitionierte Karrierefrau sie war.

»Ich sag ja: andere Generation, andere Werte.« Mit diesen Worten sah sie sich auf der großen Terrasse um und auch Luna zappelte in ihrem Arm, weil sie die neue Umgebung erkunden wollte.

Ich zeigte Paula das Gelände, stellte sie Chiara und Mimi vor, und erklärte meiner Familie die Situation mit Luna. Wie geahnt, waren sie nicht begeistert davon, dass eine Straßenkatze ins Haus kam – und somit natürlich auch ins Hotel und Weingut. Doch letztendlich boten sie mir im Geräteschuppen des Gartens ein Plätzchen für sie an. Luna durfte sich sowieso vorerst nicht viel bewegen, weshalb Auslauf nicht infrage kam, und im Geräteschuppen war es wenigstens angenehm kühl.

Chiara gesellte sich nach der Arbeit zu Paula und mir, half uns, Luna zu säubern und ihr Bett herzurichten. Weil Kyle nach Paula fragte, erklärte sie ihrem Freund, dass sie den Tag mit mir verbrachte und er sich anderweitig Beschäftigung suchen sollte. Wir aßen zusammen und ich zeigte ihr, wo ich die ersten zwölf Jahre meines Lebens gelebt hatte. Im Grunde holten wir alles nach, was wir vor Jahren als Freundinnen geplant hatten.

Bis wir es uns am frühen Abend zu dritt mit einem Glas Wein in den Liegen auf der Terrasse gemütlich gemacht hatten und nur die sanfte Poolbeleuchtung die Dunkelheit von uns fernhielt. Im Essbereich, der durch hohe Palmen von dem großen

Becken abgegrenzt wurde, saß noch der ein oder andere Gast und ließ sich von Valentin oder Marco mit Wein verwöhnen. Irgendwann kam auch Mimi zu uns und gönnte sich eine Pause.

»Meine Beine sterben gleich ab«, jammerte sie und fiel in die Liege wie ein nasser Fisch auf dem Trockenen. »Schafft euch niemals ein eigenes Hotel an.«

»Das war doch dein Traum«, erinnerte ich sie lachend.

»Ja, und ich liebe es. Aber gleichzeitig hasse ich es auch. Es ist so anstrengend.«

Als zwischen den Palmen Valentin auftauchte und im hinteren Teil des Geländes verschwand – sicherlich, um für Marco irgendetwas zu besorgen –, sah ich ihm nach. Er trug ein weißes Shirt, dazu schwarze Shorts und wirkte schon den ganzen Tag über schlecht gelaunt. Ich meinte, das wirkte er oft, aber heute fiel es mir irgendwie mehr auf als sonst. Er sah niemanden an, sah *mich* nicht an, obwohl er das in letzter Zeit oft mit einer Verbundenheit im Blick getan hatte. Dazu bohrte sich die Falte zwischen seinen Brauen heute besonders tief in seine Haut. Er schien wütend, irgendetwas hatte ihm stark zugesetzt, nur was?

Ich riss meinen Blick von ihm los und bemerkte, dass Paula mich aufmerksam musterte. Fast schon konzentriert starrte sie mich an. Wenige Momente später schien sie sich gefasst zu haben und grinste mich an.

»Sag mal«, begann sie. »Wer ist das eigentlich, den du da die ganze Zeit so anschmachtest?«

»Das ist Valentin«, antworteten meine Tante und Cousine im Chor, und ich schaute überrascht hoch, weil ich nicht geahnt hatte, dass sie etwas von Valentins und meinem häufigen Blickkontakt mitbekommen hatten.

»Amore, es ist nicht zu übersehen, dass er dir gefällt«, erklärte Mimi, weil ich sie noch immer sprachlos anstarrte. »Ich kann es verstehen. Er sieht gefährlich gut aus.«

»*Gefährlich*«, wiederholte Chiara. »Ja, das ist er wirklich.« Für den Spruch kassierte sie von mir einen Seitenhieb.

»Wieso? Was hat er gemacht?«, fragte Paula alarmiert.

»Er hat einem Freund von uns die Nase gebrochen.«

»Weil *dieser Freund* eine Frau sexuell belästigt hat«, fügte ich hinzu. »Claudio ist kein Freund. Er hatte es verdient.«

In dem Moment kam er wieder zurück, lief um das Haus herum, schaute auf, sodass unsere Blicke sich das erste Mal an diesem Tag streiften. In seinen Zügen lag noch mehr Dunkelheit, noch mehr Anspannung, als vermutet. Ich schluckte. Das letzte Mal, als ich diese Anspannung an ihm wahrgenommen hatte, hatte er Claudio auf den Tisch geworfen.

»Ich glaube auch nicht, dass er gefährlich ist«, stimmte meine Tante mir zu. »Er strahlt das nur immer ein wenig aus. Aber zu uns ist er stets sehr zuvorkommend, höflich und zurückhaltend. Ich frage mich nur ...« Sie hielt inne, starrte ihm gedankenversunken nach. »Seit er sich hier vorgestellt hat, frage ich mich, woher ich sein Gesicht kenne.«

»Denkst du, er war schon mal Gast hier?«, fragte Chiara.

»Ich glaube nicht. An meine Gäste kann ich mich eigentlich immer erinnern. Wahrscheinlich sieht er nur irgendjemandem ähnlich, ich weiß nur nicht, wem ...«

Ein mulmiges Gefühl überkam mich. Dass er Mimi bekannt vorkam, war vielleicht kein Zufall. Ich erinnerte mich an die Worte, die er an seinen Vater gerichtet hatte: *Ich halte mich von Castellammare fern.* War es vielleicht wirklich möglich, dass Valentin das *Tenute Firriato* zuvor schon mal betreten hatte?

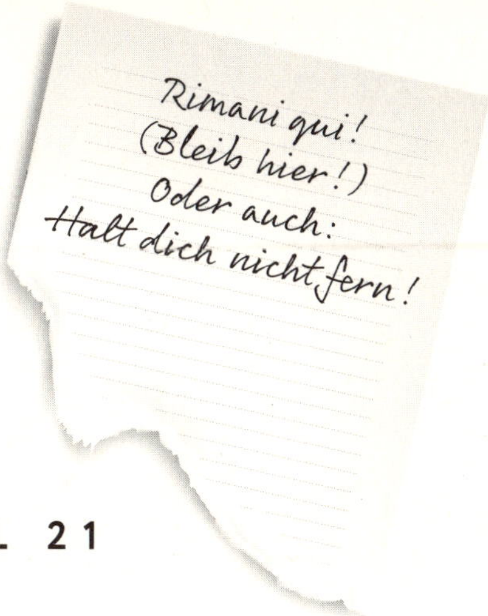

KAPITEL 21

Valentin

»Du hast mich angelogen.« Die angespannte Stimme meines Vaters drang durch den Hörer.

Ich lehnte mich gegen die Hauswand und blickte in den pechschwarzen Himmel. Hier oben auf dem Land, weit entfernt von den grellen Lichtern, konnte man tatsächlich jeden einzelnen Stern sehen. Beinahe nahmen sie mehr Fläche ein als der Himmel selbst.

»Ich hab mit Luigi vom Weingut Tasca d'Almerita in Palermo gesprochen«, sprach Dad weiter, auch wenn ich schon gar nicht mehr richtig zuhörte. Der Tag heute hatte so beschissen begonnen wie lange nicht mehr. Und nun endete er vermutlich noch schlimmer. Schon vor seinem Anruf war meine Laune nicht die beste gewesen. In keinem der gestohlenen Gästebücher hatte ich irgendeinen Hinweis auf *sie* finden können, was hieß, dass ich noch mal tiefer graben musste. Dabei wollte ich das gar nicht, ich wollte die Pizzolatos nicht hintergehen. Gleichzeitig *musste* ich die Infos über sie irgendwie beschaffen, um meine Schuld zu begleichen. Diese Suche machte mich so fertig.

»Er sagt, du hast dich noch nicht bei ihm gemeldet. Du meintest in deiner letzten Nachricht, dass du angerufen hast, Valentin?! Nach allem, was ich dir ermögliche, obwohl du so viel Scheiße angestellt hast!«

Meine Nasenlöcher bliesen sich angespannt auf. Mit *so viel Scheiße* meinte er einen ganz bestimmten Fehler, der schwer zwischen uns, zwischen unserer ganzen Familie lag. Ich hatte alles zerstört, das wusste ich, und doch musste er es mir immer wieder aufs Brot schmieren.

»*Noch* nicht«, log ich, um ihn zu besänftigen. »Bevor ich hier ein Praktikum beginne, will ich mich erst mal in die Theorie einfinden.« Dass ich nie vorhatte, beim Winzer seines Vertrauens zu arbeiten, verschwieg ich. Auch wenn ich noch nicht wusste, wie ich ihn auch in Zukunft hinhalten und vertrösten sollte.

»Ist das dein Ernst?!«, brüllte er in den Hörer. »Warum zur Hölle lügst du mich dann an?!«

»Weil ich wusste, dass du so reagierst.«

»Wie reagiere ich denn? Wie ein Vater, der seinem Sohn die besten Chancen ermöglicht, die er haben kann, obwohl er sich immer wie ein Stück Scheiße verhalten hat?!«

Mein Kiefer mahlte, Zähne knirschten. Ich musste das Handy vom Ohr weghalten, um mich zu beherrschen. In der Stille hörte ich seine weit entfernte und doch schmerzhaft blechern klingende Stimme weiterbrüllen. Sie rief die altbekannten Floskeln: dass ich undankbar war zum Beispiel oder dass ich alles kaputt gemacht hatte. Obwohl es in mir brodelte, versuchte ich mich zu beruhigen. Ich war es ihm schuldig. Ich war ihm so vieles schuldig, denn Dad hatte recht: Ich hatte wirklich alles zerstört.

»Es tut mir leid«, gab ich wie mechanisch von mir, als ich den Hörer wieder ans Ohr presste. Diese Entschuldigung ging nach so vielen Jahren über meine Lippen wie die Luft, die ich atmete. Zu oft hatte ich es bereits getan und würde es noch tun müssen.

Er atmete hörbar aus, wurde wieder etwas ruhiger. Doch der Sturm, der in mir tobte, war nicht mehr lange aufzuhalten. Meine Glieder zitterten, die Innenseite meiner Wange war blutig gebissen.

»Gut, der Unistoff geht vor«, gestand er irgendwo weit entfernt, weil die Wut in meinem Inneren alles nur dumpf zu mir durchließ. »Aber du musst dich zusammenreißen. Ich erwarte mehr von dir. Allem voran, dass du mich nicht anlügst!«

Mit einem knappen »Ja« beendete ich das Gespräch, lehnte mich ein letztes Mal gegen die Hauswand hinter mir und atmete tief durch. Schließlich stieß ich mich ab, machte mich zurück an die Arbeit, die zum Glück bald beendet sein würde.

Als ich am Pool vorbeikam, hielt ich den Blick mit Absicht gesenkt. Sofia lag mit Chiara, Miriam und einer weiteren Freundin auf den Liegen. Ich ging ihr wegen meiner schlechten Laune schon den ganzen Tag über aus dem Weg. Als sie heute Vormittag heimgekommen war, waren ihre Augen blutunterlaufen gewesen, die Wangen gerötet. Mir war sofort aufgefallen, dass sie geweint hatte, und die Frage nach dem Warum machte mich verrückt. Vielleicht hatten ihre Tränen meine schlechte Stimmung sogar noch geschürt. Die Vorstellung, dieser widerliche Claudio oder irgendein anderer Mann hätte sie zum Weinen gebracht, löste eine rasende Wut in mir aus. Hinter der Stärke, die sie umgab, verbarg sich Angst. Ich hatte sie gesehen.

Den ganzen Tag über hatte ich ihrem Blick ausweichen können, nun zuckte meiner doch noch hoch zu ihren Augen. Sie sah mich stirnrunzelnd an, fixierte mich gedankenversunken und ich wich ihr sofort wieder aus. Ich war in keiner guten Verfassung, konnte mit so viel Druck in mir jederzeit wieder die Beherrschung verlieren. Es war besser, mich vor allem jetzt von Sofia fernzuhalten, sie zu schützen, indem ich sie abwies.

Obwohl er sich immer wie ein Stück Scheiße verhalten hat?!

Auch als ich eine Stunde später zu meinem Motorrad ging und endlich heimkonnte, hallte Dads Stimme in meinem Kopf wider. Seine Worte, die mich an Geräusche von krachendem Metall denken ließen, das sich in mein Fleisch bohrte, mich an einen Schrei erinnerten und ...

Ich schüttelte den Kopf, schüttelte alles ab. Vergebens. *Ihr* Blut klebte an jedem Winkel meines Körpers. An meinen Fingern, meinen Narben, die ich mit Tattoos zu verdecken versucht hatte, an der Stimme in meinem Inneren, die mir immer wieder *schuldig, schuldig, schuldig* zurief.

Scheiße! »Verdammte Scheiße!«, brüllte ich laut, als meine Handschuhe im Helm hängen blieben und bei mir der letzte Geduldsfaden riss.

Mit einem Ächzen feuerte ich meinen Helm ins Gebüsch und lehnte mich mit hängendem Kopf gegen den Sitz meiner Honda. Zum Glück waren die meisten Gäste schon auf ihren Zimmern, die Einfahrt des Weinhotels etwas vom Geschehen entfernt, sodass niemand etwas mitbekam, und ... *fast niemand.*

»Geht's dir gut?«

Ich musste nicht den Blick heben, um zu wissen, wer da neben mir stand. Sofias Stimme war unverkennbar, sie hatte sich in mein Hirn gebrannt. Tief und glatt, ohne Kratzer, wenn sie ruhig redete, etwas höher, wenn sie sich aufregte.

Obwohl ihre Frage den Impuls in mir auslöste, mich noch mehr zu ärgern, beruhigte sie mich im nächsten Moment auch schon wieder. Ihre gesamte Aura strahlte Ruhe und Geduld aus. Ich verstand zwar nicht, weshalb sie mich nach allem noch immer an sich ranließ, gleichzeitig war das Vertrauen, das sie in mich hatte – warum auch immer es überhaupt da war –, etwas, das mir Trost und Hoffnung spendete. Ich wusste, dass es ein fataler Fehler von ihr war, mir zu vertrauen, trotzdem war es ein schönes Gefühl, dass überhaupt jemand Hoffnung in dem von Schuldgefühlen zerfressenen Mistkerl sah, der ich war.

»Ja.« Ich atmete tief durch, rappelte mich auf und sah sie an. In ihren Augen lag eine Tiefe, die deutlich machte, dass sie heute irgendetwas durchgemacht hatte.

»Wirkt aber nicht so, Grumpy.« *Hat sie mich gerade wirklich Grumpy genannt?* Ihr Mundwinkel zuckte, was ich ehrlicherweise ziemlich süß fand. Doch die Wut in meinem Inneren verbot es mir, zurückzulächeln. Erst jetzt fiel mir auf, dass sie einen Rucksack trug und offensichtlich auf dem Weg irgendwohin war.

»Wohin gehst du?« Ich deutete auf ihren Rücken. »Wieder zu Claudio?«

Die Wut in mir brachte mich dazu, Dinge zu sagen, die ich selbst nicht verstand. Wieso fragte ich sie das? Wieso nutzte ich sie als meinen Boxsack? Mein Ventil, um Frust abzulassen. Und wieso machte der Gedanke, dass sie sich mit irgendeinem Typen treffen könnte – ganz egal, ob es Claudio war oder nicht –, so viel mit mir, dass ich um mich schlagen wollte? Sie hatte es nicht verdient, meine Aggressionen abzubekommen.

Verwundert machte sie einen Schritt zurück, kam dann jedoch näher, starrte mich nieder. Ich konnte genau sehen, dass meine Frage sie verletzt hatte. Es war klar, dass sie sich mit diesem Mistkerl nicht mehr treffen würde. Trotzdem blitzte in ihren Augen eine Herausforderung auf.

»Was wäre, wenn?« Nun wirkte sie angespannt.

»Dann wärst du ziemlich bescheuert.«

»So bescheuert wie du gerade?« Sie trat noch einen Schritt näher, uns trennte nur noch eine halbe Armlänge. Finster blickte sie zu mir hoch. »Ich hab keine Ahnung, was du für Probleme hast, aber lass deine Wut nicht an mir aus.«

»Ich bin nicht wütend«, belog ich mich selbst. Wahrscheinlich wollte ich, dass es so war. Wollte mir einreden, dass ich diese extreme Emotion nicht fühlte – zumindest nicht mehr – und somit Sofia vor mir schützen. Es war besser, wenn diese Lüge wahr wurde und meine Wut tatsächlich abflaute.

Sie schnaufte lachend. »Ist klar. Wenn das stimmt, bin ich Medusa höchstpersönlich.« Nun wurde sie etwas ernster, atmete tief durch, ehe sich ehrliches Mitgefühl in ihrem Blick niederlegte. »Ist es wieder wegen deinem Vater?«

Ihre Stimme war ruhig, aus ihrer ganzen Körpersprache konnte ich keine bösen Intentionen rauslesen. Sie meinte es gut. Trotzdem reagierte die dunkle Seite in mir anders. Ohne es wirklich zu steuern, trat ich einen Schritt auf sie zu, woraufhin sie zurückwich und mit dem Rücken gegen das Tor hinter sich stieß. Kurz blitzte Angst in ihren Augen auf, ihr Atem ging genauso stoßweise wie meiner.

»Lass dieses Thema!« Meine Stimme war nur ein Zischen. Eine gefühlte Ewigkeit starrten wir uns angespannt an. Langsam bekam ich das Gefühl, dass mir das Herz aus der Brust sprang, so schnell schlug es. Mit großen Augen blickte Sofia mich an, bis irgendwann auch in ihrem Blick Verärgerung auftauchte und sie mich so eisern und entschlossen ansah, dass ich das Gefühl bekam, sie würde in den Kampf treten.

Schließlich hob sie das Kinn. »Ich hab keine Angst vor dir, Valentin. Ich habe es satt, mich zu fürchten.« Bestimmend drückte sie mich fort. »Ich weiß, dass du das willst. Ich weiß, dass du mir Angst machen willst, wahrscheinlich, um dir deine eigenen Worte zu bestätigen. Vielleicht, damit man dich in Ruhe lässt, damit man sich von dir fernhält. Aber da ist nichts in mir – rein gar nichts –, das sich vor dir fürchtet. Also – wenn du tatsächlich willst, dass ich dich in Ruhe lasse, dann tu es auf die einfache Art und sag es mir, statt immer wieder mit mir emotionales Pingpong zu spielen.«

Überraschung machte sich in mir breit, die meine Aggressionen ein Stück verdrängte. Sie hatte recht. Mein Leben lang hatte man mir eingeflößt, dass ich nicht gut wäre – was in manchen vergangenen Situationen auch komplett plausibel gewesen war. Ich war es gewohnt, dass niemand etwas mit mir zu tun haben wollte, weil ich nach und nach alles zerstörte. Wenn dann doch mal jemand meine Nähe suchte, schreckte ich die Person spätestens beim nächsten Wutausbruch ab. Nicht selten verlor ich die Beherrschung und bemerkte erst später, was ich angerichtet hatte. Es war besser, allein zu sein, denn so konnte ich niemanden verletzen. Zwar etwas einsam, aber sicherer.

Bei Sofia war das anders. Ich wollte sie nicht von mir stoßen, ihr aber gleichzeitig auch nicht wehtun. Vielleicht wollte ich es mir einfach machen und sie dazu bringen, sich aus Panik selbst von mir zu entfernen. Wenn sie sich vor mir fürchtete, war es ihre Entscheidung, sich von mir fernzuhalten. Nicht meine.

»Ich bin keine Frau, die man hin und her schiebt. Ich hab klare Grenzen. Und wenn du mich an einem Tag bis zur Besinnungslosigkeit küsst und am nächsten wutentbrannt von dir weist, hört bei mir der Spaß auf. Also«, sie machte eine Pause, drückte ihre Hand gegen meine Brust, sodass ich einen Schritt zurücktreten musste, »das ist deine letzte Chance, mir zu sagen, ob ich mich von dir fernhalten soll. Sag es, und du siehst mich nicht wieder.«

Fuck! Sie war so verdammt attraktiv, wenn sie mich in die Schranken wies. So sehr, dass mit einem Mal jegliche Wut verrauchte.

Ihr Kopf lag noch immer in ihrem Nacken, gewährte mir einen Blick auf ihren schönen Hals, auf ihr zierliches Kinn und die feinen Konturen ihres Gesichts. Ich beugte mich ein Stück runter, studierte sie. Im Licht des Mondes wirkte ihre Haut noch gebräunter, die Sommersprossen noch dunkler. Der Drang, meine Hand an ihre Wange zu legen, sie an mich zu ziehen und sie noch mal zu küssen, überkam mich. Ihr zu sagen *Nein, ich will verdammt noch mal nicht, dass du dich von mir fernhältst. Ich will dich bei mir haben, dich spüren.*

Stattdessen straffte ich die Schultern, brachte etwas Abstand zwischen uns und schüttelte den Kopf, weil ich ihre Worte immer noch nicht ganz verstand. »Wieso hast du keine Angst vor mir? Du hast gesehen, was ich anrichten kann.«

Ausweichend wandte sie den Blick gen Boden und zuckte mit den Schultern. »Es gibt Dinge in meinem Leben, die furchteinflößender sind als du.«

Es stach in meiner Brust, denn ich ahnte, dass sie nicht übertrieb. Irgendetwas in ihrem Leben machte ihr so zu schaffen, dass sie nicht mal vor einem Monster wie mir zurückschreckte. Und einfach so stand meine Entscheidung fest.

»Nein«, antwortete ich. Sie hob aufmerksam den Blick. »Ich möchte nicht, dass du dich von mir fernhältst.«

Ich wollte nicht, dass sie Abstand zwischen uns brachte, wollte sie stattdessen kennenlernen, alles über sie erfahren. Was machte sie aus? Was hielt sie nachts wach? Was war es, das ihr solche Panik machte? *Wer war sie?* Ich wollte all diese Dinge erfahren, und gleichzeitig hätte ich den Teil von mir, der diesen Wunsch hatte, am liebsten hinter meterhohen Mauern versteckt. Denn es war egoistisch von mir, sie in meine Nähe zu lassen, nur weil ich mich nach ihr sehnte. Früher oder später würde ich ihr damit nur schaden.

»Dann ist ja gut.« Mit einem langsamen Schritt verringerte sie den Abstand zwischen uns wieder, kam mir gefährlich nahe. Vorsichtig ließ sie ihre Fingernägel über meine Brust und meinen Bauch fahren, verfolgte diese Berührung gierig mit ihrem Blick.

Ich zuckte kaum merklich zusammen und musste schlucken, als es in meinem Schritt eng wurde.

»Ich will mich nämlich auch nicht fernhalten.«

Verdammt. Die Begierde, die in ihrer flüsternden Stimme, ihrer Körperhaltung und dem Blick, mit dem sie mich nun wieder fixierte, lag, brachte mich fast um den Verstand. Ein freches Lächeln auf ihren Lippen, ehe sie hineinbiss und ich mir vorstellte, dass es meine waren.

Bevor ich diese Vorstellung wahr werden lassen konnte, löste sie sich von mir und lief Richtung Straße. »Kommst du?«

Verwirrt runzelte ich die Stirn.

Sie drehte sich um, sah in mein fragendes Gesicht. »Du wolltest doch wissen, wohin ich gehe.«

L'oasi di benessere
(die Wohlfühloase)
Oder auch:
Unser Wunsch-
universumsmoment

KAPITEL 22

Sofia

Stumm folgte Valentin mir entlang der verlassenen und dunklen Straße in Richtung der Bergfelsen, die hinter den Weinreben begannen.

Noch immer raste mein Herz, doch ich ließ mir nichts anmerken. Als ich die Aggression in Valentins Blick erkannt hatte, war ich kurz davor gewesen, eine Panikattacke zu bekommen. Es war ein Automatismus. Doch diesmal hatte ich dagegen angekämpft, diesmal hatte ich sie weggeschlagen und ihr den Kampf angesagt. Mit Erfolg. Die Worte, die ich an Valentin gerichtet hatte, waren auch an mich selbst gewesen. Denn ich hatte es satt, in Angst zu versinken. Ich wollte so nicht mehr leben.

Ich musste zugeben, auch wenn meine Ansage gutgetan und Wirkung gezeigt hatte, merkte ich, dass die Unsicherheit und Unruhe nach wie vor in meinem Körper feststeckten. Der Kampf gegen meinen Angstkopf war noch nicht rum.

Ja, Valentins Wut hatte mich eingeschüchtert. Schließlich kannte ich die Gründe für seinen Zorn nicht. Doch das wollte ich mir nicht gefallen lassen. Ich wusste mittlerweile, dass diese Wut nur Symptom einer unterdrückten Angst war, die den harten und kalten Eisblock in seinem Inneren menschlich machte, *warm* machte. Und daran wollte ich mich stets erinnern.

Ich hatte es gesehen. Hatte erkannt, als er mich aus dem Wasser gezogen und wir über unsere Väter gesprochen hatten, dass es an ihm auch sanfte Seiten gab. Aus irgendeinem Grund war um diese Sanftheit eine dicke Schicht Verbitterung gewickelt, deren Erforschung und Durchbrechen ich mir zum Ziel machen wollte. Wollte wissen, welche Uremotionen Grund seiner Wut waren. Leid? Hass? Schmerz? Oder sogar Liebe?

»Willst du mir jetzt sagen, wo wir hingehen?« Valentin war schon längst nicht mehr so angespannt wie eben, trotzdem merkte ich, dass er noch auf der Hut war – ich vermutete, vor allem vor sich selbst. Die Brauen zusammengezogen, seine Hände tief in den Hosentaschen vergraben, zuckte sein Kiefer ab und an – ein Nachwirken seiner Emotionen.

Ich deutete die Straße hinab. Sie mündete in einen sandigen und mit Schlaglöchern übersäten Weg, der uns an Palmen, Kakteen und hohen Felsen vorbei unserem Ziel näherbrachte. »Siehst du die hohe Felswand dahinten?« Zugegeben, im Dunkeln konnte man nicht viel erkennen. Doch ich wusste ganz genau, wie der Berg, der vor uns lag, aussah. An welcher Stelle der Fels ein großes Loch hatte und eine Höhle ins Innere führte, an welcher Wasser aus dem harten Gestein drang und in einen warmen Fluss lief, und wo Nonno den Straßenhunden der Umgebung einen Unterschlupf gebaut hatte.

»Willst du mit mir klettern gehen?«

Ich lachte. »Nein, wir wollen zum Fuß des Felsens.«

Paula war vor wenigen Stunden von ihrem Freund abgeholt worden, während Chiara sich für einen Barabend mit Freundinnen fertig gemacht hatte. Nach dem aufwühlenden Morgen hatte ich den ganzen Tag über immer wieder an meinen Großvater denken müssen. Für mich stand fest, dass ich den Abend ruhig und für mich verbringen wollte. Auch wenn ich jetzt doch nicht allein war. Dass Valentin dabei war, machte mir seltsamerweise gar nichts aus – eher im Gegenteil. Es freute mich, dass er Interesse an mir zeigte.

Nachdem ich Luna in ihr Körbchen gebracht und ihr die Schmerzmittel verabreicht hatte, war sie relativ schnell weggeschlummert. Der Tag war auch für sie anstrengend gewesen und die Medikamente schlauchten sie. Nun war es an der Zeit, dass ich nach den anderen Herzenstieren meines Großvaters sah.

Zwischen hohem Schilf führte der Fiume caldo, ein schmaler Vulkanbach, entlang, den wir über aus dem Wasser ragende Steine passierten. Dann tauchte auch schon die Höhle und die morsche Holzhütte auf, die mein Nonno vor seinem Tod errichtet hatte. Hier und da lag eine zerfetzte Mülltüte, der Inhalt in der Natur verteilt. Die Hunde wussten nicht, was sie sonst essen sollten, weshalb sie alles klauten, das ihnen essbar erschien.

Ich fischte eine Tüte Trockenfutter aus dem Rucksack, die Paula und ich im Ort gekauft hatten. Als ich damit raschelte, machte sich im dunklen Schilf bereits der erste Hund bemerkbar. Ein ängstlicher Cane Corso mit Verbrennungsnarben an der Schulter. Nur langsam näherte er sich, knurrte mich aggressiv an. Ich ging in die Hocke, gab ihm den Raum und die Zeit, die er brauchte, denn ich wusste, wie gefährlich der Umgang mit Straßentieren sein konnte. Mein Großvater war nicht nur einmal von einem Hund gebissen worden, bis dieser sich am Ende doch als das treuste und verschmuste Wesen überhaupt entpuppt hatte. Er hatte diese armen Seelen niemals aufgegeben, sie nicht für ihr Verhalten verurteilt. Während andere sie als dreckige und gefährliche Biester abgestempelt hatten, war er bei ihnen geblieben.

Es dauerte Minuten, bis der Hund nur noch wenige Zentimeter von mir entfernt war. Immer wieder wich er ängstlich zurück, knurrte und wurde dann doch neugierig auf meine Liebe, die ich ihm offen präsentierte. Die Anspannung, die auch in mir einen kleinen Platz einnahm, wurde von Glücksgefühlen verdrängt, als er sich endlich traute, mir ein paar Leckerlies aus der Hand zu fressen und seine Rute hin- und herschwang.

»Beeindruckend«, flüsterte Valentin. »Du hast echt gar keine Angst, oder?«

Ich schluckte, weil ich ahnte, dass er seine Frage nicht nur auf die Hunde bezog.

Wieso hast du keine vor mir?

»Na ja«, antwortete ich. »Ein aggressives Tier ist nicht mehr als das Resultat fehlenden Vertrauens und jahrelanger Misshandlung. Sei es körperlich oder seelisch. Beim Menschen ist es nicht anders. Im Grunde sind es einfach traurige Wesen, die es nicht anders gelernt haben.« Behutsam fuhr ich mit den Fingerspitzen meiner freien Hand über das raue Fell und betrachtete den Hund liebevoll. »Ich glaube, ich nenne dich Blacky.«

Als zwei weitere Hunde auftauchten, leerte ich meinen Rucksack und stellte vier Näpfe in die offene Hütte, die ich ab sofort regelmäßig mit Futter füllen wollte. Während sie fraßen, schaute ich sie mir näher an und untersuchte, ob sie ernstere Verletzungen hatten. Weil alles in Ordnung zu sein schien, begann ich, den umliegenden Müll wegzuräumen, und erkannte, dass Valentin mich eingehend musterte.

Fassungslos schüttelte er den Kopf, als würde er meine Worte noch immer nicht verstehen. Das *Warum?* stand ihm deutlich ins Gesicht geschrieben. Dann lächelte er und ich hatte das Gefühl, dass sich ein bleischwerer Stein von meinem Herz löste.

»Mein Nonno und ich haben uns früher immer um die Tiere gekümmert. Ich hab von ihm gelernt. Er hat sie uns Menschen gleichgestellt, sie nicht verurteilt für das Verhalten, das sie sich durch die Narben der Zeit angeeignet haben. Er hat mir gezeigt, dass jeder Einzelne von ihnen es wert ist, geliebt und verstanden zu werden. Diese Hütte hier hat er für sie gebaut, um ihnen einen Unterschlupf zu gewähren. Jeden Tag kam er her und hat sie gefüttert, sich um sie gekümmert und sie zur Not zum Tierarzt gebracht. *L'oasi di benessere* hat er immer gesagt. Wohlfühloase.«

»Klingt nach einem tollen Mann.«

Bei seinen Worten stockte ich, weil der Kloß von heute Morgen sich noch immer nicht ganz aufgelöst hatte. Ich versuchte, mich zusammenzureißen und nicht wieder zu weinen. »Das war er ...«, krächzte ich. Valentin bückte sich nach einer Plastikgabel und sah zu mir auf. Sofort wandte ich das Gesicht ab.

Irgendwann ließ ich mich ausgelaugt, aber glücklich auf einem Stein nieder. Einen Moment lang konnte man nur das leise Plätschern des Bachs und das genüssliche Kauen der Hunde hören. Blacky kam zu mir und lechzte dankbar nach meiner Nähe. Ich strich ihm über das weiche Fell und dachte daran, dass Nonna nun sicherlich schimpfen würde, weil er so dreckig war. Valentin beobachtete mich aufmerksam.

»Ich bin bei ihnen aufgewachsen. Nonno ist mein bester Freund gewesen«, begann ich zu erzählen und blickte Blacky nach, als er mit den zwei anderen im Dunkeln der Umgebung verschwand. »Ich hab in jeglicher Hinsicht zu ihm aufgesehen. Er war mein Zuhause. Die Tiere haben uns ganz besonders verbunden, wir haben uns gemeinsam um sie gekümmert. Als ich zehn war, ist er an Parkinson erkrankt. Mit zwölf musste ich zu meiner Tante nach Norwich ziehen, weil meine Nonna sich nicht um uns beide kümmern konnte und es in Großbritannien angeblich bessere schulische Möglichkeiten gab. Für mich ist damals eine Welt zusammengebrochen, vor allem, weil ich England kaum kannte und die Sprache nicht beherrschte.« Obwohl ich mich mit aller Kraft dagegen wehrte, kullerte nun doch eine Träne über meine Wange. Ich senkte das Gesicht, hielt angespannt die Luft an, als könnte ich so meine Gefühle unterdrücken. Doch es war zwecklos. Hier, an diesem Ort, der für meinen Nonno so besonders war, an dem so viele Erinnerungen an sein Lachen und seine Liebe steckten, war es unmöglich, mich vor der Wahrheit zu verstecken.

Valentin machte einen Schritt auf mich zu und ging vor mir in die Hocke. Seine Hand legte sich auf mein Knie, der Daumen zog sanfte Kreise darüber. Ich war ihm dankbar, dass er mir Trost spendete. Gleichzeitig wollte ich nicht, dass er mich so verletzlich sah.

»Ich dachte immer, dass ich mein Zuhause verloren habe, weil ich wegziehen musste.« Eine Atempause schlich sich zwischen meine Sätze. Ich blickte auf und in ein Gesicht, das meinen Schmerz spiegelte. Voller Mitgefühl sah er mich an, seine Züge waren so sanft, dass ich fast vergaß, welche Härte sie normalerweise formte. »In Wahrheit hab ich mein Zuhause verloren, weil ich ihn verloren habe.« Mit dieser Erkenntnis lösten sich weitere Tränen und tropften auf mein Knie, auf seinen Handrücken.

Valentin streichelte mich weiter, ließ mir die Zeit, die ich brauchte. Bis er sich schließlich neben mir niederließ. Gedankenversunken starrte er ins Leere. »Ich kenne das«, flüsterte er, als würde er das Wort gar nicht an mich richten. »Jemanden zu verlieren ... und das Gefühl zu haben, man ist an keinem Ort mehr zu Hause.«

Aufmerksam studierte ich sein Profil. »Wen hast du verloren?«

»Meine Mutter. Da war ich acht. Es war ein Autounfall, ich …« Er brach ab, wandte sein Gesicht zur anderen Seite, weg von mir.

Fassungslos und voller Mitgefühl schüttelte ich den Kopf. In ihm steckte so viel Trauer, so viel Sehnsucht nach Liebe und Verbundenheit.

»Das tut mir leid.« Meine Hand fand die seine und drückte sie.

Er spannte sich an, ließ den Blick jedoch auf unsere Finger sinken und nickte dankbar.

»Möchtest du darüber –«

»Nein.« Seine Antwort kam so schnell, war so deutlich, dass ich mich sofort zurückzog und seine Entscheidung respektierte. Sicherlich war es für ihn Überwindung genug gewesen, mir überhaupt etwas von seiner Trauer anzuvertrauen.

Während er sich wieder abwandte, stellte ich mir vor, wie ihn eine Gedankenwolke umgab, in der es gewitterte. Vielleicht *war* er auch einfach eine Gedankengewitterwolke wie in diesen Comics, wenn ein Charakter schlecht gelaunt war und es ständig auf ihn hinabregnete. Nur hatten wir Sommer – wenn es regnete, versteckten wir uns nicht, sondern blieben draußen, reckten unsere Gesichter gen Himmel. Sommergewitter hatten immer etwas vom Zeitanhalten. Ich liebte den Regen viel zu sehr und ich liebte, wie Valentin meine Zeit anhalten konnte.

»Ich hatte heute Morgen eine Panikattacke, nachdem ich Paula mit diesem Kätzchen gefunden und es versorgt habe«, erzählte ich stattdessen, um das Thema zu wechseln und ihn von dem schrecklichen Ort, an dem er gedanklich gerade wandelte, fortzuholen. »Alles hat mich wieder an meinen Nonno erinnert und die Trauerflut hat mich richtig überrollt. Mein erster Impuls war, dem Thema zu entfliehen. Mich nicht mehr mit Straßentieren und Tierschutz auseinanderzusetzen, weil es so wehtut. Jetzt hier, mit den Hunden, merke ich aber, dass es genau das ist, was mir ihn wieder näherbringt.«

Stille legte sich zwischen uns. Komischerweise fühlte sie sich nicht unangenehm an, eher heilsam. Valentin lächelte leicht, schien sich für mich zu freuen und mitzufühlen. Es war schön, schweigen zu können, nachdenken zu können und einfach miteinander zu verharren.

»Fotografieren«, kam nach einiger Zeit aus seinem Mund.

»Was?«

Als ich ihm den Blick zuwandte, entdeckte ich, dass er mit einem verträumten Lächeln an etwas dachte. »Du hast mich gefragt, was ich nur für mich tue. Letztens in der Bucht ... Ich fotografiere gerne.« Er machte eine Pause, ehe er fortfuhr. »Bei dir ist es die Liebe zu den Tieren, die du mit deinem Nonno geteilt hast. Bei mir sind es Aufnahmen. Meine Mutter war eine begnadete Fotografin.«

Bei dem Ausdruck, der sich in sein Gesicht schlich, wenn er über sie sprach, wurde mir warm ums Herz. Alles an ihm war mit einem Mal so sanft, nicht mehr so zerknirscht und angespannt wie sonst. Ich hätte ihn stundenlang ansehen können.

»Was nimmst du am liebsten auf?« Ich zog mein Knie an die Brust, drehte mich mit dem gesamten Oberkörper in seine Richtung.

Er strahlte. »Zufälle«, kam er zu dem Entschluss und nickte. »Der Alltag kann so hektisch, so schnelllebig sein. Momente vergehen, ohne dass wir sie mitbekommen. Aber wenn ich sie fotografiere ... den Trubel der Londoner Straßen zum Beispiel, in dem einzelne Individuen verschiedene Gedanken, verschiedene Vorlieben, verschiedene Ängste besitzen, dann ist es, als würde dieser Moment nie zu Ende gehen. Dann kann ich mir vorstellen, dass sich die zwei Unbekannten, die sich in der Menge angesehen haben, nun nicht mehr fremd sind und nicht nur ab und an einen flüchtigen Gedanken zurück zu dem Tag werfen, an dem sie sich für wenige Sekunden gegenübergestanden und gedacht haben: *Was wäre wenn?* Dann stelle ich mir vor, dass die alte Dame mit ihrem Enkel auch noch in zehn Jahren an seiner Seite sein, ihn nicht verlassen wird. Und ... dass manches vielleicht wirklich so bleibt, wie es ist.«

Während er erzählte, wandelte sich seine Stimme von verträumt über begeistert und endete in einer traurigen Melancholie. Ich studierte sein Profil, bemerkte, dass sein Kiefer zuckte, und fragte mich, welches Foto, *welcher Moment* es war, dem er so nachtrauerte. Welchen Jungen würde mir ein Foto von ihm von vor zehn Jahren zeigen?

»Fotografieren ist wie Geschichten erzählen. Das hat meine Mutter immer gesagt.« Er hob den Blick. Beinahe war ich mir sicher, einen schwachen Tränenfilm in seinen Augen flimmern gesehen zu haben, doch es war zu dunkel. »Wir können uns selbst ausmalen, was die Menschen auf den Bildern für Leben führen, was sie denken, was sie fühlen. Sie sind nur Charaktere in unseren Köpfen, die in einem Wunschuniversum so leben, wie wir es uns vorstellen.«

»Wunschuniversumsmomente. Du fotografierst dir die Welt, wie du sie haben möchtest«, stellte ich mit einem Lächeln fest.

Sein Mundwinkel zuckte bei dem Wort, das ich kreiert hatte. »Hast du auch solche Momente? Momente, die du am liebsten festgehalten hättest, für die das Leben aber eine andere Geschichte vorgesehen hat?«

Sein Blick war so leer, so weit weg. Er starrte in die Dunkelheit, schien vor seinem inneren Auge aber ganz andere Dinge zu sehen. *Jemand anderes?*

»Ja, da gibt es einige.« Mehr wollte er nicht sagen. Und das war okay.

Ich fühlte, was er fühlte. Hilflosigkeit, dem Wandel der Zeit ausgeliefert und nicht Herr über sein eigenes Schicksal sein zu können. Wir dachten, es wäre unser Leben, unsere Geschichte, doch das war falsch. Ganz im Gegenteil: Nicht wir hatten das Leben im Griff. Es war genau umgekehrt.

»Ich finde, du solltest deiner Leidenschaft nachgehen«, schlug ich vor. »Warum tust du das, was dein Vater für dich will? Warum studierst du nicht das, was du liebst?«

Ich bereute meine Frage sofort, denn von jetzt auf gleich verschwand sein Lächeln. Seine Augen verdunkelten sich und er stand ausweichend auf, um ein paar Schritte zu gehen. Seine Hände tief in den Hosentaschen vergraben, ließ er den Blick umherschweifen, als würde er in der Umgebung nach Antworten suchen. »Weil ich es ihm schuldig bin.« Das war alles. Mehr wollte ich auch nicht aus ihm rauskitzeln. Er hatte mir deutlich gemacht, dass er nicht über seinen Vater sprechen wollte. Ich respektierte das, obwohl ich mich fragte, was seine Worte bedeuteten. Wieso war er seinem Vater seine ganze Zukunft schuldig?

Statt ihn zu einer Antwort zu drängen und ihn noch tiefer in diese Beklemmung zu drücken, entschied ich mich für etwas anderes. Ich erhob mich, näherte mich seinem Rücken und legte meine Finger um seinen rechten Ellenbogen. Überrascht zeigte er sein Profil und sah mich über die Schulter hinweg an.

»Soll ich dir etwas zeigen?«

Er brauchte ein paar Sekunden, um sich aus dem Tunnelblick seiner Trauer zu befreien. Der harte Zug um seine Lippen wurde ein wenig weicher, ehe er sich von mir leiten ließ.

Wie von selbst rutschten meine Finger von seinem Ellenbogen hinab in seine große Hand und ich zog ihn hinter mir her in Richtung Bach. Je weiter wir an der feuchten Felswand entlangliefen, desto lauter wurde das Plätschern. Wir schlängelten uns durch hohes Bambusgras, vorbei an Kakteen und Stellen, an denen große Steine aus dem Vulkanfels gebrochen waren.

Ein Blick zurück, um nach Valentin zu sehen. In seinen Augen tanzte Dankbarkeit, Aufregung und Interesse – irgendwo ein Lächeln. Es wurde breiter, als wir das Ziel endlich erreichten und vor einem leicht rauschenden Wasserfall standen, der heiß aus dem Vulkangestein drang und in einer Quelle mündete. Das Wasser hatte im Schnitt eine Temperatur von 45 Grad, besaß heilende Wirkungen und war im Winter oder nachts, wenn sich die Luft abkühlte, ein beliebtes Ziel für meine Familie gewesen. Seit ich das letzte Mal hier gewesen war, waren Jahre vergangen, doch es sah noch genauso aus wie damals.

»Acqua calda«, erklärte ich. »Das bedeutet heißes Wasser. Eine Art natürliche Therme.«

Im hellen Mondlicht konnte man deutlich den Dampf sehen, der vom Wasser emporstieg. Ich löste meine Finger aus Valentins, hob die Spaghettiträger meines Kleides und ließ sie über meine Arme hinabgleiten. Mein Blick fand den seinen, in dem nun ein Feuer tanzte, das Wärme über meinen nur noch in Unterwäsche bekleideten Körper sandte. Trotzdem ließ er nicht von meinen Augen ab, sah mir weiterhin ins Gesicht. Denn auch wenn wir uns noch nicht berührten, schienen wir einander zu spüren. Meine Nacktheit, meine Verletzlichkeit, mein Vertrauen.

Während wir uns ansahen, trat ich einen Schritt zurück und tauchte meinen Fuß ins heiße Wasser. Valentin beobachtete mich mit einem verträumten Lächeln, ehe auch er sich Shirt und Hose auszog und mir folgte. Mein Atem wurde zittrig, weil mir bewusst wurde, wie viel nackte Haut zwischen uns war. Doch auch ich ließ meinen Blick nicht von seinem ab, konzentrierte mich auf die Anwesenheit seines Körpers. Seiner Brust, die sich hob und senkte, seiner Hände, deren Berührung an meinen Fingern nachhallte, seiner Statur, die mich überragte. Unser Blickkontakt war ein Vorspiel. Ohne uns zu berühren, fühlten wir einander, nur war es eben nicht körperlich.

Das Wasser brannte an meiner Wade, schürte das Feuer in meinem Inneren. Ich lief rückwärts, Valentin folgte mir. Unsere Blicke ein unsichtbares Band, das ihn in die Richtung zog, die ich vorgab.

Als der Wasserspiegel meine Hüfte und Valentins Oberschenkel erreichte, blieb ich stehen und ließ zu, dass er näherkam. So nah, dass meine Brust beim Einatmen seine berührte. Mein Körper reagierte sofort. Für den Bruchteil einer Sekunde wusste ich nicht, wie man wieder ausatmete. Valentin schien es ähnlich zu gehen, denn auch sein Atem stockte.

Langsam hob ich schließlich die Hand aus dem Wasser, legte sie an sein Schlüsselbein und streichelte mit meinen nassen Fingern über seine steinharte Brust. Dabei beobachtete ich ihn weiter, wollte sehen, wie er auf mich reagierte.

Sein verträumtes Lächeln war verschwunden. Nun folgte er mit angespanntem Gesichtsausdruck meinen Bewegungen. Er schluckte hörbar. Sein Blick wurde dunkler, je tiefer meine Hand wanderte. Ich lächelte, weil es mich freute, wie er auf mich reagierte.

Nun umfasste er meine Taille, zog mich zu sich heran und übernahm die Führung. Ich reagierte auf seine Nähe mindestens genauso empfindlich wie er auf meine und sog zittrig den Atem ein. Meine Hände auf seiner Brust, seine linke an meiner Taille, während seine rechte mir eine Strähne aus dem Gesicht fischte.

»*Fuck*, ich möchte wirklich nicht, dass du dich fernhältst«, flüsterte er ganz nah an meinem Ohr. »Lass dich fallen.«

Dann hinterließ er einen sanften Kuss an meinem Hals. Seine Lippen strichen über meine Schulter und ich schloss die

Augen. Etwas in meinem Inneren sträubte sich gegen seine Anweisung. *Fallen lassen.* Konnte ich das überhaupt? Die Zeit, darüber nachzudenken, blieb mir nicht, denn mit einem schnellen Griff hob er mich in seinen Arm und raubte mir jeglichen Funken Verstand. Eine geschlagene Sekunde lang starrte er auf meinen Mund, bis er ihn endlich mit seinem zusammenbrachte.

Wir küssten uns erst zaghaft, fragend, forschend. Doch die Hitze zwischen uns wurde immer siedender, unser Verlangen ungestümer.

Ein Seufzen löste sich aus meiner Kehle, als Valentin meine Unterlippe zwischen seine Zähne zog. Sein Griff an meinem Oberschenkel wurde fester, er krallte sich in meinen Po. Mit mir in seinem Arm ging er ein paar Schritte und setzte mich auf einem Felsen ab, der aus dem Wasser ragte.

Er unterbrach den Kuss, lehnte sich über mich. Meine Beine um seine Taille geschwungen, rangen wir nach Atem, als wären wir eben einen Marathon gelaufen. Schließlich küsste er mich von Neuem. Seine Zunge suchte nach meiner, wir ließen sie tanzen und fanden einen gemeinsamen Rhythmus.

Und je mehr ich losließ, den Gefühlen, die Valentin in mir auslöste, Raum gewährte und ihm die Kontrolle überließ, desto intensiver wurde mein Empfinden. Ich nahm jede seiner Bewegungen, jeden seiner Küsse, jedes Streicheln wahr, als wären sie Stromschläge unter meiner Haut.

Seine Finger suchten meinen BH. Ich lehnte mich ihm entgegen, woraufhin er ihn mit einem geschickten Griff öffnete und mich von dem Stück Stoff befreite.

Er nahm sich einen Moment, um mich zu betrachten. Meine Nippel, die sich vorfreudig aufstellten und nach ihm lechzten, meine Lippen, die von seinen Küssen pochten, mein Brustkorb, der sich heftig hob und senkte, weil er mir den Atem raubte.

Als er behutsam mit dem Daumen über meine Brustwarze strich, schnappte ich nach Luft. Als hätte er nur auf diese Reaktion von mir gewartet, griff er nach ihr, nahm die andere zwischen seine Lippen und knabberte vorsichtig daran. Mit der freien Hand fuhr er meinen nackten Bauch hinab bis zu meinem Höschen, streichelte über meine pochende Mitte und entlockte mir damit ein Seufzen. Ich ließ mich zurückfallen, krallte mich in die Haare an seinem Hinterkopf, ehe er von meiner Brust abließ, sich aufrichtete und mir mit einem kleinen Lächeln den Slip von den Beinen zog.

Vollkommen ausgeliefert und verletzlich lag ich vor ihm. Sein Blick war das Einzige, das mich umgab. Ohne mich aus den Augen zu lassen, näherte er sich meiner Mitte und verteilte Küsse auf den Innenseiten meiner Schenkel. Ich hob die Hüfte und drückte mich ihm entgegen.

»Valentin«, wimmerte ich kaum hörbar und krallte mich in seine Schulter, in dem Moment, in dem seine Zunge diese eine besondere Stelle erreichte. Er küsste mich, ließ einen Finger hineingleiten, brachte alles in mir zum Pulsieren. Jede Bewegung seiner Zunge, jedes Zucken seines Fingers schickte ein Brennen durch meinen Körper, das mich in Wellen umspülte.

Irgendwo über uns grollte es, dann setzte sanfter Regen ein, der sich mit jeder Minute verstärkte. Doch das hinderte Valentin nicht daran, mich weiter um den Verstand zu bringen. Als der Druck in meinem Unterleib kaum noch auszuhalten war, nahm er einen weiteren Finger dazu, ließ seine Zunge schneller tanzen. Ich spürte die Regentropfen auf meiner nackten Haut, meine Glieder glühten und zitterten zugleich. Ein letztes Mal drückte ich mich ihm entgegen, ein letztes Mal berührte er einen ganz bestimmten empfindlichen Punkt in mir, dann entkam meinem Mund ein lusterfülltes Stöhnen und meine Beine sackten vibrierend in sich zusammen.

Valentin ließ von meiner Mitte ab, lehnte sich wieder über mich und sah benommen und zufrieden auf mich hinab. Sanft hauchte er mir einen Kuss auf die Lippen, vereinte seine Stirn mit meiner. Wir brauchten ein paar Sekunden, um unsere Atmung wieder unter Kontrolle zu kriegen. Um uns herum das laute Prasseln des Regens, Tropfen, die von seinen Haaren auf meine Lippen fielen, und seine Hände, die mich hielten und schützten.

»Das hier«, raunte er, hob seine Stirn und betrachtete mich, mein Gesicht, mein Inneres, »ist einer dieser Momente, die ich am liebsten festhalten würde. *Wunschuniversumsmomente.*«

Ich legte die Hand an seine Wange und streichelte über die Narbe an seinem Kinn. Fast schon liebevoll, als wäre das zwischen uns nicht nur etwas rein Sexuelles, hauchte ich ihm einen Kuss auf den Wangenkochen.

»Dann halte stattdessen mich fest.« Meine Stimme war nur ein Flüstern, weil ich unsicher war, ob dies die richtigen Worte waren. In mir hallte die Frage, was das zwischen uns war. Was er in mir sah. Ich wusste nicht, ob er meinen Körper oder *mich* wollte, ob er mir auch emotional näherkommen, mich halten und von mir gehalten werden wollte. Doch alles, was ich in diesem Moment wusste, war, dass ich es tat. So sehr wie schon lange nichts mehr.

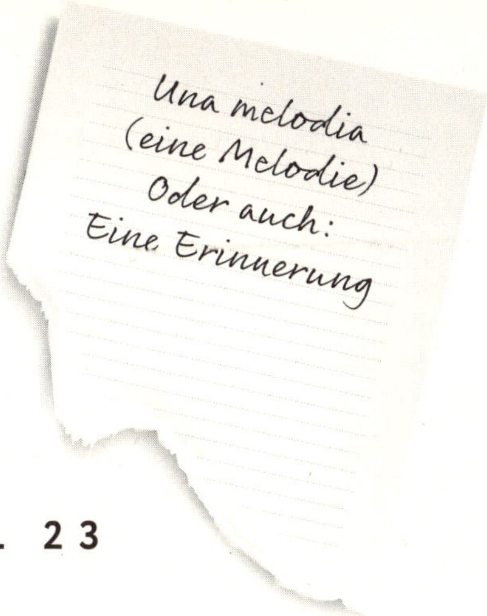

KAPITEL 23

Valentin

Wunschuniversumsmomente.

Mein Blick fiel auf den Wecker neben meinem Bett. Vier Uhr in der Früh und ich hatte noch immer keinen Versuch unternommen, schlafen zu gehen. Stattdessen saß ich am Schreibtisch, starrte die vielen Tabs auf meinem geöffneten Laptop und die Rechercheunterlagen aus dem Hotel und dem Archiv an, die mich in meiner Suche weiterbringen sollten. Statt zu arbeiten, für eine Hausarbeit zu lernen oder mich auf das zu konzentrieren, weswegen ich überhaupt nach Castellammare del Golfo gekommen war, schweiften meine Gedanken immer wieder ab. Zu Sofia. Zu ihr und unserem *Wunschuniversumsmoment.*

Ich ärgerte mich. Genau das, was ich in jedem Fall hatte verhindern wollen, war passiert. Ich ließ mich ablenken, verlor mein Ziel aus den Augen, und das wegen einer Frau. *Ausgerechnet wegen einer Frau.* Obwohl ich mich mein Leben lang davor hatte drücken können, passierte es mir ausgerechnet hier, dass ich keinen klaren Gedanken mehr fassen konnte. Dabei brauchte ich diese Gedanken, ich brauchte meine Konzentration, um meiner Suche nachzugehen, hinter mich zu bringen, was notwendig war, um endlich abzuschließen.

Ich startete einen neuen Versuch, blätterte durch Dokumente der Bücherei und suchte nach ihrem Namen oder einem Foto von ihr. Doch der Versuch scheiterte schon wenige Sekunden später. Es waren Stunden vergangen, seit Sofia und ich an den heißen Quellen gewesen waren. Seit ich sie geschmeckt, sie gespürt und sie anschließend gehalten hatte. Und obwohl ich mich gegen diesen Wunsch, gegen diese Vorstellung sträubte, wollte ich unsere Zweisamkeit wiederholen. Mehr von ihr erforschen. Sowohl von ihrem Körper als auch von dem, was in ihr lag.

In meinem ganzen Leben hatte mir noch keine Person das Gefühl solcher Sicherheit vermittelt wie sie. Sein zu können, wie ich bin, ohne verurteilt zu werden. Sie sah irgendwas in mir, und auch wenn ich noch immer der festen Überzeugung war, dass dies ein verheerender Fehler sein könnte, gefiel es mir. Vielleicht war dieser gute Mann, den sie in mir entdeckte, auch nur ein Wunschuniversumsmoment. Eine Geschichte, die sie sich für mich ausgedacht hatte, um auszublenden, wie schrecklich ich in Wirklichkeit war.

»Wahrscheinlich versuchen wir es bei dir mit einem dunkelblauen Anzug.« Marco strich über das edle Jackett, das er trug, und betrachtete sich im Spiegel. Sein Cousin Francesco war Herrenausstatter und nahm gerade meine Maße.

Sein Laden war herrlich klimatisiert. Brutzelten draußen fünfunddreißig Grad, war es hier drin beinahe eisig.

»Marco«, seufzte ich, als Francesco in einem Hinterzimmer verschwand, und trat zu meinem Chef an den Spiegel heran. »Das ist echt nicht nötig. Ich kann mir auch selbst einen Anzug besorgen.«

»Ma perché?« Er fuchtelte in der Luft herum. »Ich hab doch meinen Cugino, der das erledigt. Wieso solltest du dir einen eigenen Anzug besorgen müssen?«

»Weil es zu viel verlangt ist.«

»Zu viel, zu viel.« Er wandte sich vom Spiegel ab, hob die Schultern. »Ich weiß nicht, wie das bei dir in England gehandhabt wird, aber hier in Sicilia ist es ein Geben und Nehmen. Im Norden geht es immer nur um Geld, um Ordnung, um Regeln. Ihr macht euch Problemi, wo keine sind, zerdenkt alles bis ins kleinste Detail. L'italiano hat schon genug zu denken, muss sich nicht noch mehr Gedanken machen. Du machst gute Arbeit für mich, also biete ich dir auch etwas an. Tutto qua.«

Ein Schmunzeln legte sich auf meine Lippen.

»Na gut«, seufzte ich und nickte, woraufhin mir Francesco ein dunkelblaues Jackett reichte, das ich überzog. »Was ist das überhaupt für eine Party?«

»Valentino, Mamma mia.« Mein Chef warf mir einen warnenden Blick zu. »Das ist doch keine Party. Die *Gala di Beneficenza per salvare il Mare* ist eine Spendengala vom Bürgermeister von Castellammare, die alle paar Jahre im Hotel Belvedere veranstaltet wird und auf der zugunsten der Säuberung des Ozeans gesammelt wird. Als Stamm-Weinlieferant ist das Tenute Firriato selbstverständlich eingeladen.«

Ich überlegte. Das Hotel Belvedere hatte ich bisher nur von Weitem sehen können. Es lag direkt am Berg, von dem aus man über den ganzen Hafen blicken konnte und der – wie der Name Belvedere schon sagte – eine wunderschöne Aussicht über die Küste und Stadt bot. Alles, was ich darüber wusste, war, dass es sehr nobel und teuer sein musste und so schick, wie wir uns machen würden, würde die Gala sicherlich sehr pompös ausfallen.

»Das heißt, es findet eine Auktion statt?«

»Esatto.« Marco legte sich eine karierte Krawatte um, die er naserümpfend sofort wieder weglegte. Francesco fummelte an meinen Ärmeln herum. »Von elektrischen Yachten von Mantovani über eine Sammlung unserer besten Weine bis hin zu Gemälden von Rosa Siminzina wird es alles geben.«

Etwas in meinem Gedächtnis reagierte, ich spitzte die Ohren und hielt inne. *Siminzina.* Weder der Name Mantovani noch jener der Künstlerin sagten mir etwas. Ich hörte sie zum ersten Mal. Trotzdem klingelte etwas bei Letzterem in mir, die altbekannte Melodie setzte ein, ich hörte die Worte des Gedichts durch mein Inneres hallen.

E iu ci dissi: La bedda durmìa. E dormi figlia di l'arma mia

»Rosa Siminzina?«

Marco lief zu einem Ständer, suchte sich zwei weitere Jacketts raus – ein braunes und ein weißes –, die er nacheinander anprobierte, ehe er seinen Cousin bat, ihm weitere Modelle zu zeigen. »Eine große, begabte Künstlerin«, erklärte mein Chef, ohne mich anzusehen. »Ihre Kunstwerke sono fantastiche. So realitätsnah, so roh, fast wie eine Fotografia.«

Nun legte Francesco mir eine blaue Krawatte um, schüttelte den Kopf und versuchte das Ganze noch mal mit einer Fliege. Ich schluckte, als ich in den Spiegel sah. So elegant glich ich viel zu sehr meinem Vater, der seine heißgeliebten Anzüge bei jedem noch so kleinen Anlass trug.

»Wird sie auch dort sein?« Ich hatte keine Ahnung, warum mich das interessierte. Nichts an dem Namen dieser Frau oder ihrer Tätigkeit war mir bekannt. Außer ... diese eine vergrabene Erinnerung, die ich seit Jahren einzuordnen versuchte.

Marco und Francesco lachten angesichts meiner Frage. »Rosa Siminzina ist ein Künstlername, niemand weiß, wer sie ist. Sie hält sich gern im Hintergrund auf, bleibt anonym. Keine Ahnung, ob sie kommen wird. Wenn ja, wird sie sowieso niemand erkennen. Wer weiß, vielleicht ist sie ja schon uralt.«

»Oder eigentlich ein Mann«, warf Francesco mit einem Schmunzeln ein, das ich spiegelte.

»Mach dir aber keine Sorgen.« Marco klopfte mir auf die Schulter und sah väterlich zu mir auf. Er war über einen Kopf kleiner als ich, trotzdem besaß er in meinen Augen mehr Autorität als mein eigener Vater. Weil er mich wertschätzte, weil er mich wie einen Freund und nicht wie einen Praktikanten behandelte. Obwohl Önologie eigentlich nichts war, das mich interessierte, machte mir die Arbeit bei Marco Spaß. »Es werden genug andere hübsche Frauen anwesend sein. Vielleicht öffnest du harter Kerl dann endlich mal dein Herz.«

Ich unterdrückte ein Lächeln, wandte den Blick ausweichend ab.

Wenn du wüsstest, dass die Tür für eine bestimmte Frau schon längst offen steht.

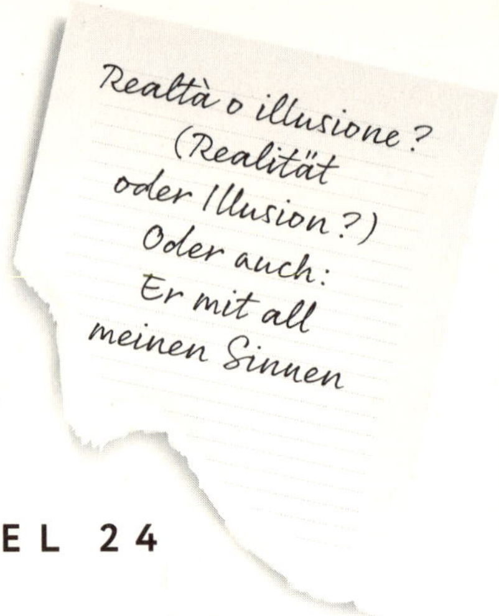

KAPITEL 24

Sofia

Herrlicher Duft nach nasser Erde und Regen auf heißem Asphalt, der langsam verdampfte, lag in der Luft, als ich am nächsten Morgen das Weingut verließ und in Richtung Tor schlenderte. Solche Sommergewitter wie jenes, das Valentin und mich letzte Nacht überrascht hatte, waren auf Sizilien bitter nötig. Nicht selten breiteten sich auf den Hügeln direkt neben uns Buschfeuer aus, die meine Familie zwar nie ernsthaft bedroht hatten, aber in den letzten Jahren durch den Klimawandel, der zunehmende Trockenheit mit sich brachte, öfter zu beobachten gewesen waren. Der Plastikverbrauch, der auf Sizilien herrschte, machte es nicht unbedingt besser. Der Italiener war ein Mensch von Gemütlichkeit, was ich liebte. Man machte sich seinen Alltag hier schön, hetzte nicht durch die Gegend, widmete sich den hellen Seiten des Lebens. Doch diese Gemütlichkeit hatte auch Schattenseiten. Denn sie sorgte auch dafür, dass unser Leben in naher Zukunft sicherlich nicht mehr ganz so schön und bequem sein würde. Vieles hier war in Plastik verpackt. Einige Supermärkte verteilten noch keine Mehrwegtüten und ging man in ein Café, bekam man zu seinem Espresso ein kleines Plastikglas Wasser dazu. Ein Pfandsystem existierte nicht, Mülltrennung gab es hier erst seit ein paar Jahren. Auch wenn ich meine Heimat liebte, hatte ich schon als kleines Kind hinterfragt, warum hier nicht mehr auf den Erhalt der wunderschönen Flora und Fauna geachtet wurde.

Ich trat an das rostige Eingangstor, fixierte die Stelle, an der Valentin sich letzten Abend über mich gelehnt hatte. Die Gitterstäbe in meinem Rücken, sein Atem auf meinen Wangen ... dann unsere Nacht an den heißen Quellen. Eine Flut glühender Erinnerungen überkam mich, mein Körper erschauderte und ich verlor mich einen Moment lang in Gedanken an ihn. So liebevoll, so behutsam, wie er mit mir umgegangen war, bestätigte mir, dass er eine sanfte Seite besaß. Doch genau das machte mir Angst. Ich fürchtete mich weder vor seinen Aggressionen noch vor dem Menschen, der er glaubte zu sein. Aber die Gefühle, die sein inniger Blick und seine Arme, in die ich mich geschmiegt hatte, in mir auslösten, jagten mir eine Heidenangst ein. Ich wusste nicht, ob es richtig war, ihn so tief in mich hineinzulassen. Wusste nicht, ob es richtig war, Gefühle für ihn zu entwickeln. Dafür war Castellammare del Golfo nicht da, war es noch nie gewesen, denn in keinem meiner langen Sommer hier hatte ich jemals solche Dinge empfunden. In seinen Armen hatte ich mich nach so vielen Jahren endlich mal wieder fallen lassen können – und entgegen jeglicher Vernunft wollte ich auch in Zukunft nicht darauf verzichten, mich noch mal darin niederzulassen.

Ein roter Fiat tauchte in der Ferne auf und näherte sich. Ich winkte ihm zu. Paula und ich hatten uns letzten Abend verabredet, den heutigen Vormittag damit zu verbringen, nach weiteren Straßentieren zu sehen. Weil Marco und Valentin am Nachmittag nach einem Anzug für die Gala schauen wollten, musste ich Mimi und Chiara später unter die Arme greifen. Ich hatte bis dreizehn Uhr Zeit.

Paula bog in die Einfahrt und parkte ihren Wagen neben dem Tor. Sie stieg aus und strahlte mir freudig entgegen.

»Hey, hey«, rief sie mit einem Schmunzeln und beförderte mich damit zurück in alte Zeiten. *Hey, hey*. So hatte sie mich schon damals immer begrüßt.

»Hey, hey«, gab ich zurück und umarmte sie. Sie trug weite, helle Shorts, dazu Sneaker und ein einfaches Spaghettiträger-Top. Ihre orangefarbenen Locken hatte sie in einen Dutt gebunden und auf ihrer Nase thronte eine braune Sonnenbrille.

»Was sagt Kyle eigentlich dazu, dass du euren Urlaub nun bei mir verbringst?« Ich warf ein Lachen ein, ehe sie mir in den Garten und in Richtung Schuppen folgte.

Sie winkte ab. »Damit kommt er klar. Er nutzt den Vormittag und ist zum Strand gefahren.«

»Da wird er mit anderen Touristen wahrscheinlich der Einzige sein.« Weil ich merkte, dass sie mich fragend anschaute, erklärte ich: »Nach so einem Regen wie letzte Nacht ist das Meer immer besonders aufgewühlt und trüb.«

»Ich glaube, das macht ihm nichts aus«, meinte sie. »Kyle ist da hart im Nehmen.«

Einen Moment lang schwiegen wir, auf meiner Zunge eine Frage, die ich mir schon seit ihrer Ankunft hier stellte. »Paula ...«, begann ich und spürte ihren Blick auf meinem Profil, »ich will dir nicht zu nahe treten, aber ... du und Kyle, seid ihr glücklich?«

»Ja«, kam es wie aus der Pistole geschossen aus ihr raus und sie nickte.

Vorsichtig legte ich meine Hand auf ihre Schulter. »Das freut mich wirklich sehr. Ich hab so oft nach damals an dich denken müssen, mich gefragt, was aus dir und Jules geworden ist, und gehofft, dass ihr euren Weg gefunden –«

»Wirklich?« Ungläubig sah sie auf und mein Herz krampfte, weil ich an die Zeit erinnert wurde, in der sie sich in ihrer Haut immer schlecht gefühlt hatte. Sie hatte ebenfalls schlimme Erfahrungen hinter sich.

»Ja, ich meine ... du warst mir immer wichtig. Es ist schön, zu wissen, dass du endlich du selbst sein kannst und deine Eltern dich akzeptieren.«

»Ja«, hauchte sie und lächelte mir zuversichtlich zu. »Ich bin wirklich glücklich. Danke, dass du das sagst.« Dann legte sie ihren Arm um meine Taille und zog mich freundschaftlich an sich. »Wie ist es bei dir? Gibt es auch jemanden in deinem Leben?«

Ich schluckte, weil sofort zwei Gesichter in meinem Kopf aufflackerten, die meine Gedanken heimsuchten. Sowohl auf negative als auch auf positive Art. Luke und ...

»Dieser Valentin, oder?«, warf sie ein, bevor ich antworten konnte.

Etwas beschämt unterdrückte ich ein Lächeln und schüttelte alle Angst von mir ab. Luke sollte verdammt noch mal keinen Platz in meinem Leben einnehmen. »Ich weiß nicht, was du meinst«, antwortete ich mit einem Grinsen, das ihr verriet, dass ich es sehr wohl wusste.

»Hab ich's doch gewusst. Wie ihr euch gestern Abend angestarrt habt, da merkt jeder Blinde, dass da etwas läuft.«

Verwundert wirbelte ich herum. »Denkst du echt? Ich glaube, meine Familie hat noch nichts gemerkt. Ich meine, sie haben mitbekommen, dass ich ihn mag, aber dass da etwas läuft ...«

»Vielleicht wollen sie nur nichts sagen.«

Das konnte ich mir nicht vorstellen. Mimi und Marco waren bei solchen Dingen nicht gut darin, sich zurückzuhalten. Chiara wusste zwar von meinem Interesse an Valentin, schien aber selbst genug mit Liebesdrama beschäftigt zu sein, weshalb sie nicht merkte, wie viel sich zwischen uns entwickelt hatte. Vielleicht war es an der Zeit, meine Cousine einzuweihen. Gerade jetzt, da mich diese neuen Gefühle heimsuchten. Gleichzeitig liebte ich es, dass das, was zwischen Valentin und mir war, so unausgesprochen blieb. Wenn wir in einem Raum voller Menschen Blicke austauschten, die allessagende Botschaften beinhalteten, eigentlich aber meinten: *Das hier gehört nur uns, niemand anderem.*

»Ist auf jeden Fall schön für dich. Du hast immer so ein Glück«, meinte Paula mit abgewandtem Blick. Dann hob sie staunend die Brauen. »Valentin sieht schon gut aus, ich kann verstehen, dass du auf ihn stehst.«

»Ich stehe nicht auf …«, versuchte ich mir selbst einzureden, weil es seltsam war, zu realisieren, dass ich es doch tat. »Okay … vielleicht ein bisschen.« Ergeben rollte ich mit den Augen.

Paula lachte, wurde dann aber wieder ernst. »Pass nur auf … Ich weiß nicht, er wirkte gestern so, als könnte er ganz schön unfreundlich werden. Sein Blick war stählern.«

Ich nickte, ließ sie in dem Glauben, weil ich es schön fand, dass ich es besser wusste. Dass *nur ich* es besser wusste und *nur ich* Valentins weiche Seite kannte. Sie alle hatten keine Ahnung, was er in einem auslösen konnte, wie warm er unter seiner eiskalten Fassade war und dass zwar sein Blick unfreundlich wirkte, er zu meinem Körper letzte Nacht aber mehr als freundlich gewesen war.

Ich versicherte ihr, dass ich aufpassen würde. Dann gelangten wir zu dem Schuppen und schauten nach Luna. Schon letzte Nacht, als ich von Valentins und meinem Ausflug zurückgekommen war, hatte ich mich noch mal zu ihr gesetzt und ihr Gesellschaft geleistet. Heute wirkte sie bereits viel gesünder und aufgeweckter. Mit einem genüsslichen Miau versuchte sie aufzustehen und sich an uns zu schmiegen. Paula setzte sich auf den Boden und streichelte ihr über den Kopf, während ich ihr Futter und einen Medikamentencocktail vorbereitete. Anschließend säuberten wir noch ihren Schlafplatz und schenkten ihr ein wenig Liebe.

Knapp zwei Stunden später führte ich Paula zu Nonnas Haus. Auf dem Weg dorthin entdeckte Sciro uns von Weitem und kam uns freudig entgegen. Aufgeregt hechelnd ließ er sich vor unseren Füßen nieder und forderte uns stumm dazu auf, ihn zu streicheln. Der Regen hatte auch ihm gutgetan, die Luft und die Straßen hatten sich deutlich abgekühlt. Ich wusste, diese Erfrischung würde nicht lange anhalten. Spätestens heute Nachmittag würden wir uns wieder zu Tode schwitzen, weshalb diese kleine Verschnaufpause wie ein Geschenk war.

»Paula, darf ich vorstellen: Das ist Sciro. Unser Haustier-Straßenhund«, erklärte ich lachend, woraufhin wir beide in die Hocke gingen und unsere Finger in seinem Fell vergruben. Genüsslich legte er sich auf den Rücken, präsentierte uns seinen weichen Bauch und schloss die Augen.

»Gott, ist der niedlich!«

Ich nickte. »Mein Nonno hat ihn damals gefunden. Seitdem lebt er hier bei uns. Das dort ist das Haus meiner Nonna.«

Paula folgte meinem Nicken, das auf die Palmen und rotbraunen Ziegel meines ehemaligen Zuhauses deutete. Nachdem wir uns erhoben hatten, führte ich sie durch das schwarz gestrichene schmiedeeiserne Gartentor, Sciro folgte uns, um sich wieder an seinem altbekannten Schattenplatz niederzulassen.

»Wir haben im Schuppen bestimmt noch ganz viele Leinen und Halsbänder aufbewahrt. Die können wir mitnehmen, nur falls ein Tier so stark verletzt ist, dass wir es einfangen und zum Arzt bringen müssen.«

»Ciao, Sofi!« Nonna saß auf der Terrasse, rauchte eine Zigarette und trank einen Kaffee.

»Buongiorno«, begrüßte ich sie ebenfalls und ging auf sie zu. Sie schmatzte mir einen Kuss auf die Wange, ehe sie sich an Paula wandte, die sie auf die gleiche Weise willkommen hieß.

»Nonna, das ist Paula, eine Freundin aus Norwich.« Dass sie Lukes Schwester war, ließ ich mit Absicht aus. Meine Großmutter mochte meinen Exfreund nicht, was ich ihr nicht verübeln konnte. Trotzdem wollte ich nicht, dass sie Paula nur wegen ihm direkt mit Vorurteilen begegnete.

»Willkommen in Castellammare. Machst du hier Urlaub?«

Sie nickte. »Ja, Sofia hat früher immer so davon geschwärmt. Sizilien steht schon seit Jahren auf meiner Liste.«

Nonna nickte einmal, zeigte sonst aber keine Regungen. »Und wie gefällt es dir bisher?«

»Ich finde es wunderschön. Am meisten Spaß macht es mir aber, den Tieren zu helfen, und dass Sofia und ich uns hier begegnet sind, ist ein wirklich lustiger Zufall, aber genauso schön!«

Wieder nur ein Nicken, einen Moment fixierte sie Paula, ehe sie schließlich lächelte. »Na, da haben sich zwei gefunden. Beide total verrückt nach Tieren.« Sie hob die Arme. »Für mich ist das Ganze ja nichts, daher möchte ich euch nicht weiter aufhalten.«

»Wir wollten im Schuppen nach Nonnos alten Leinen sehen.«

Bei der Erwähnung meines Großvaters erschlafften jegliche Muskeln in ihrem Gesicht. Eine Sekunde lang schien sie nicht zu wissen, was sie mit ihren Händen tun sollte. Ausweichend strich sie sich damit über die Haare, als wollte sie nachsehen, ob alles an Ort und Stelle saß. Ihre goldenen Armreifen klimperten, eine blonde Strähne hing ihr in die Stirn und sie wandte den

Blick ab. »Ja«, mit einer lockeren Handbewegung deutete sie auf den Garten, wandte sich dabei jedoch bereits um, »schaut mal im Schuppen nach. Viel Spaß.«

Paula setzte sich schon in Bewegung, doch ich sah meiner Nonna mit krampfendem Herzen nach. Ich spürte ihre Trauer, ihre Einsamkeit. Auch sie hatte vor vielen Jahren ihr Zuhause verloren, lebte in dieser leeren Hülle aus Stein, erbaut von den Händen der Liebe ihres Lebens.

»Nonna?«

An der Terrassentür blieb sie stehen und sah mich mit einem Lächeln an, bei dem ich sofort wusste, dass es nicht echt war.

»Kommst du ... kommst du eigentlich mit zur Gala?«

Ihr Blick zuckte zu Boden. »Sofi, das ist mir alles zu anstrengend ... Ich denke nicht.«

Zu anstrengend. Ich wusste, dass das nicht stimmte. Nonna war trotz ihres hohen Alters nach wie vor eine begnadete Tänzerin, liebte es, sich hübsch zu machen und auszugehen, vor allem zu solch noblen Veranstaltungen wie dieser. Anstrengend war es also nicht. Nur ohne Nonno. Ohne ihn fiel ihr nichts mehr leicht.

»Okay«, hauchte ich, um ihr den Raum zu geben, den sie benötigte. »Und beim Kleider anprobieren? Kannst du mir dabei helfen?«

Nun lächelte sie aufrichtig. In ihren Augen blitzte das mütterliche Strahlen auf, das ich in meinen ersten zwölf Jahren jeden Tag zu Gesicht bekommen hatte. In meiner Brust wurde es warm. »Ja, da helfe ich dir gern.«

Paula und ich fuhren mit Nonnas altem Jeep tiefer in die ländliche Gegend, von der ich wusste, dass sich dort viele Straßentiere tummelten. Wir fütterten sie, befreiten einige von Zecken und untersuchten sie nach ernsthafteren Verletzungen. In einer verlasseneren Gegend fanden wir eine humpelnde Hundedame mit drei ihrer Welpen im Schlepptau. Paula und ich gewannen ziemlich bald ihr Vertrauen. Schwanzwedelnd und ein wenig unsicher kam sie auf uns zu und ließ sich vor uns auf dem Boden nieder. Ihre Babys sprangen munter um uns herum.

»Sie scheint etwas in der Pfote stecken zu haben«, meinte Paula und begutachtete ihr Bein, an dem man durch das goldhelle Fell getrocknetes Blut erkennen konnte. Relativ schnell wurde uns klar, dass es sich um einen verrosteten Nagel handelte.

»Wie schrecklich«, murmelte ich. »Wer weiß, wie lang sie damit schon rumläuft und trotzdem weiterhin für ihre Jungen stark bleibt.«

Paula holte aus dem Jeep ihren Rucksack, in den sie Verbandszeug, Desinfektionsmittel und andere hilfreiche Dinge gesteckt hatte. Vorsichtig träufelte sie etwas von dem alkoholhaltigen Mittel auf die Stelle. Die Hündin schreckte schmerzhaft zusammen, ich streichelte ihren Kopf, damit sie ruhig blieb.

Aufmerksam beobachtete ich Paula, wie sie den Nagel entfernte und die Wunde säuberte. »Du wirst eine tolle Tierärztin sein«, warf ich ein.

Lächelnd sah sie auf, deutete auf die Hündin, die kraftsuchend zu mir aufsah. »Und du eine gute Tierpflegerin.«

Ich wandte den Blick ab, weil genau dies der Beruf war, den ich schon von klein auf hatte ausüben wollen. Nur war ich in meiner Vorstellung nicht allein gewesen. Ohne meinen Großvater hatte ich diesen Traum in eine Schublade gesteckt, *vernünftige* Zukunftsvorstellungen meiner Zia Liliana draufgepackt und die Schublade seitdem nicht mehr geöffnet. Nun lag er irgendwo darin, mittlerweile wahrscheinlich zerknittert und verstaubt, und ich wusste nicht, ob ich ihn überhaupt noch mal rausholen sollte.

»Weißt du schon, in welche Richtung du beruflich gehen willst?« Als hätte Paula gemerkt, dass mich meine Zukunft beschäftigte, stellte sie mir ausgerechnet diese Frage. Ich dachte an den Flyer meiner Tante und daran, dass ich ihr versprochen hatte, mal reinzulesen. Seit Tagen schlummerten mehrere Nachrichten von ihr auf meinem Handy, vor deren Beantwortung ich mich drückte.

Ich schüttelte den Kopf. »Nein, ich ... Meine Tante Liliana möchte am liebsten, dass ich studiere. Wenn nicht in England, dann wenigstens hier in Palermo. Für sie ist es die schlimmste Vorstellung überhaupt, dass ich eine Lücke in meinem Lebenslauf haben könnte. Mimi hingegen ist da lockerer. Was meine Mutter mir raten würde, weiß ich leider nicht ...« Mein Blick fand den ihren, sie sah mich mitfühlend an. »Ich hab manchmal das Gefühl, nicht zu wissen, wer ich bin, weil die einzelnen Mitglieder meiner Familie so unterschiedlich sind. Ich bin irgendwo dazwischen, irgendwie ein bisschen von allem und doch trotzdem gar nichts davon. In solchen Situationen hätte ich gern meinen Nonno bei mir. Er wüsste genau, was er mir raten sollte.«

»Und was denkst du, was das wäre?«

Meine Mundwinkel zuckten wehmütig. »Er hat mich immer bei den Tieren gesehen.«

»Dann weißt du doch, was du tun solltest.«

Meine Gedanken schweiften umher. Ja, ich wusste, was er zu mir gesagt hätte, ja, ich wusste sogar genau, wie seine Stimme geklungen, seine Mimik und seine Gestik dabei ausgesehen hätten. Doch bei jedem Rat, den er mir gegeben hatte, fragte ich ihn stets: »Bist du dir sicher?« Sein Nicken, seine Umarmung, seine Sicherheit waren für mich der Startschuss ins Unbekannte gewesen. Auch wenn ich wusste, was Nonno mir raten würde, würde ich ihm nie wieder diese Frage stellen und somit niemals wirklich wissen können, ob es das Richtige war.

Paula merkte, dass mich das Thema belastete, und ließ es schließlich fallen, wofür ich ihr dankbar war. Nun befestigte sie einen Verband um die Pfote und fixierte ihn mit Tape. »Besser werden wir ihr nicht helfen können. Ich glaube kaum, dass deine Tante noch eine ganze Hundefamilie zur Pflege aufnimmt«, meinte sie lachend. »Wir werden wahrscheinlich einfach noch mal nach ihr sehen müssen und hoffen, dass sie klarkommt.«

Ich nickte, strich der Hündin, die ich gedanklich Ronja die Räubertochter getauft hatte, ein letztes Mal über den Bauch und blickte ihr und ihren Babys nach.

Nachdem wir alle medizinischen Utensilien wieder eingepackt hatten, ließen wir uns im Wagen nieder. Kurz bevor ich den Motor starten konnte, berührte Paula meinen Arm und sah mich voller Überzeugung an. »Ich glaube, dass die Arbeit mit Tieren dir alles geben kann, was dir im Leben fehlt. Wir wären ein gutes Team und ich bin mir sicher, dass dein Nonno sich dasselbe für dich wünschen würde. Er ist ganz bestimmt mächtig stolz auf dich.«

Der Krampf in meinem Herzen verstärkte sich, ich wandte den Blick ab, weil sich Tränen in meinen Augenwinkeln sammelten. Tränen der Sehnsucht, Tränen der Angst, Tränen der Vergangenheit und Tränen der Zukunft.

Paula zog mich in eine Umarmung. »Alles wird so kommen, wie es soll.«

Und während sie mich hielt, bekam ich das drängende Gefühl, dass nicht nur ich diese Umarmung brauchte. Paula schien sie noch nötiger zu haben. Nur wieso?

Es dämmerte, als ich am frühen Abend mit einem Handtuch in den Garten lief und die freistehende Dusche anpeilte. Ich fühlte mich so dreckig wie schon lange nicht mehr, nachdem ich mich den ganzen Tag um die Streuner in der Umgebung gekümmert hatte.

Am beleuchteten Pool entdeckte ich Valentin, der offenbar gerade dabei war, einem Gast etwas über einen Wein zu erzählen, den er in der Hand hielt. Er trug weiße Shorts und ein Hemd, das das Logo des Tenute Firriato trug. Sein Redefluss wurde unterbrochen, als er mich entdeckte und ich ihm beim Vorbeigehen ein vielsagendes Lächeln zuwarf. Ich spürte, dass sein Blick über meinen Körper glitt, er schluckte und sich schließlich offensichtlich aus dem Konzept gebracht wieder seinem Gast widmete. Mein Lächeln hallte noch nach, als ich um die Ecke trat, weil die Endorphine, die die Erinnerung an ihn auslöste, meinen gesamten Körper durchzuckten.

Kurz bevor ich an der Dusche ankam, knackte es in der Dunkelheit zwischen den Büschen. Einen Atemzug lang blieb ich stehen und starrte ins Dunkle. Dabei merkte ich, dass ich längst nicht mehr so schreckhaft wie früher war. Dennoch schluckte ich und musste mich daran erinnern, dass es hier häufiger knackte. Allein schon durch die Vögel, Streuner, Nagetiere und den Wind, der einige Geräusche zu verantworten hatte. Also kämpfte ich erneut gegen meine Paranoia an, schüttelte den Kopf und verschwand unter der Dusche.

Das lauwarme Wasser prasselte auf meine Haut wie der Regen letzte Nacht. Je mehr ich mich darunter fallen ließ, desto empfindsamer wurde jeder Winkel meines Körpers. Über mir der dunkelblaue Abendhimmel, in mir ein prickelndes Ziehen, das sich nach ihm sehnte. Ich schloss die Augen und erinnerte mich. Seine Küsse auf meinen Brüsten, seine Hände an meiner Hüfte, seine Zunge an meiner Mitte.

Und mit einem Mal spürte ich ihn. Er war bei mir.

Seine Hände schlangen sich um meine Taille, er drückte sich von hinten gegen meinen Körper. Die Augen noch immer geschlossen, lehnte ich mich zurück, weil er nach meinem Kinn griff, um meinen Hinterkopf an seine Brust zu legen. Ein Seufzen löste sich aus meinem Mund, als ich seine Lippen auf meiner Schulter, meinem Nacken und meiner Schläfe fühlte. Ich fasste ihn am Hinterkopf, um ihn näher zu ziehen. Erneut wurden wir unter prasselnden Wassertropfen eins. An meinem Rücken spürte ich auch seine Nacktheit. Als er mich mit seiner Härte berührte, begann es unaufhaltsam in meiner Mitte zu pochen. Träge wanderten seine Hände über meine Brüste, liebkosten meine Rundungen und ertasteten meine harten Nippel. Bis seine rechte Hand hinab zwischen meine Schenkel glitt.

Nach Luft schnappend öffnete ich den Mund, in den das Wasser der warmen Dusche floss. Dann folgten seine Lippen. Noch immer hinter mir stehend, presste er die seinen gegen meine. Obwohl ich unter dem lauten Prasseln nichts hörte, konnte ich am Vibrieren seiner Brust erkennen, dass auch er tief seufzte. Es war dunkel um mich herum, ich hielt nach wie vor die Augen fest geschlossen, weil ich ihn mit all den anderen Sinnen spüren wollte. Sein Finger fuhr über meine empfindlichste Stelle, in dem Moment, in dem seine Zunge in meinen Mund glitt. Jeder Winkel seiner nackten Haut, die meine am Rücken berührte, sandte warme Impulse durch meinen Körper. Langsam fuhr sein Finger zwischen meine Beine, streichelte mich und brachte mich beinahe um den Verstand. Bis er ihn endlich in mich stieß und ich laut in seinen Mund seufzte. Ich presste mich enger an ihn, weil ich seinen ganzen Körper an mir spüren wollte. In mir spüren wollte.

»Valentin.« Ich ließ von seinem Mund ab, lehnte den Kopf gegen seine Schulter und kniff die Augen noch fester zusammen, weil mich die Gefühle überrumpelten. Meine Stimme war nur ein Keuchen.

Mit jeder Sekunde, in der ich seinen Finger in mir spürte, bahnte sich ein Orgasmus in meinem Inneren an. Seufzend umfasste ich ein letztes Mal seinen Hinterkopf, um nach Halt zu suchen, bis alles in mir zuckte und vibrierte.

Ich stöhnte laut auf, meine Beine zitterten und ich ließ mich nach vorn gegen die Wand sinken, um durchzuatmen. Valentins Hände verließen meinen Körper, Schritte entfernten sich. Ein Atemzug, ein weiteres Luftschnappen, ehe ich endlich die Augen öffnete, mich umdrehte und keuchend in eine leere Duschkabine starrte. Ob dieser Moment zwischen ihm und mir real gewesen war oder ich in einem Fiebertraum gesteckt hatte, wusste ich nicht. Was ich wusste, war, dass dieser Mann meinen Körper besaß und tiefe Spuren auf und in ihm hinterließ.

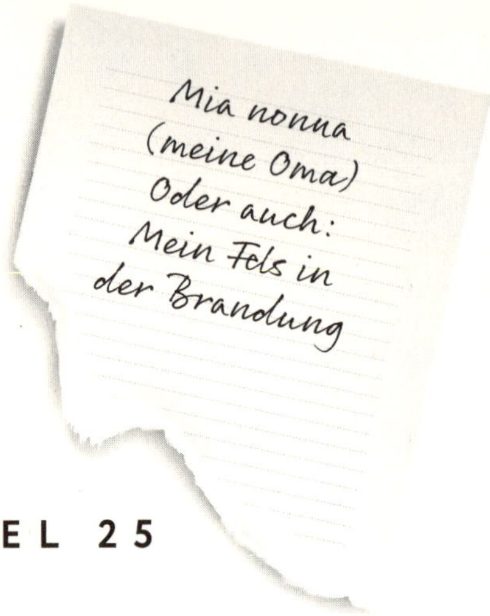

KAPITEL 25

Sofia

»Lieber rot oder schwarz?« Chiara kam mit zwei Kleidern aus Nonnas Badezimmer. Ersteres trug sie bereits, zweiteres hielt sie sich vor den Körper und sah uns fragend an. Nonna und ich legten für einen Moment unsere Spielkarten beiseite und beäugten Chiara aufmerksam.

»Ich finde ja, Rot ist deine Farbe«, warf ich ein. »Aber der Schlitz an dem schwarzen betont deine schlanken Beine. Und mit High Heels sieht das sicherlich umwerfend aus.«

»Wer sagt, dass ich Absätze tragen werde?« Chiara hob skeptisch eine Braue.

»Willst du dazu Sneaker anziehen?«, fragte Nonna entsetzt.

Ich lachte stattdessen. »Stimmt, Chiara und High Heels passt irgendwie nicht zusammen.«

»Nonna«, hauchte Chiara, hing das kleine Schwarze auf einen Bügel und beäugte es noch einmal eingehend. »High Heels sind Sofias Ding. Ich tu mir diese Schmerzen nicht an.« Langsam fuhr sie über den Wasserfallausschnitt des Kleides und betrachtete sich anschließend im Spiegel. Der rote Stoff war knielang und etwas ausgestellt, mit Sneakern würde das Outfit sicherlich auch toll aussehen.

»Ja, aber du kannst auf einer Gala doch kein solches Schuhwerk anziehen. Dein Vater wird das nicht gut finden. Dann zieh wenigstens ein paar hübsche Sandalen an.«

Chiara warf mir einen Hilfe suchenden Blick zu.

»Was würdest du tragen?«, fragte ich Nonna also, um das Thema zu wechseln. »Hast du noch alte Kleider aus deiner Jugend? Du warst eine begnadete Tänzerin, oder?«

Nonnas Blick wurde wehmütig, eine Zeit lang nickte sie gedankenversunken, ehe sie sich vom Küchentisch erhob und im Schlafzimmer verschwand. Zurück kam sie mit einem silbern schimmernden, knielangen Cocktailkleid. Umschmeichelt wurde es von edel aussehenden Fäden, die fransenartig daran hinabhingen. Es wirkte, als könnte man sehen, was sich dahinter verbarg, wenn man nur den Vorhang zur Seite schob. Am unteren Saum waren schlichte silberne Federn befestigt, die dem Kleid den letzten Schliff gaben.

Staunend kam ich auf sie zu, fuhr über die samtigen Fasern. Ich schüttelte fassungslos den Kopf. Nonnas Kleid war Glamour pur und trotzdem so einfach. Als wäre man in einen Silberregen geraten, nackt und doch schimmernd.

»Das ist wunderschön«, hauchte ich. Auch Chiara ließ ihre Finger durch die Fransen gleiten.

»Möchtest du es mal anprobieren?« Mein Blick fand den meiner Großmutter, die mir das Kleidungsstück fragend entgegenhielt.

»Oh, nein, das kann ich nicht. Es gehört dir.«

»Glaub mir, ich werde sowieso niemals wieder einen Anlass finden, um es anzuziehen. Außerdem passt es mir nicht mehr.«

Chiara meldete sich ebenfalls zu Wort. »Du hast die Wahl

zwischen meinem schwarzen oder dem hier. Die Gala ist schon nächste Woche, wo willst du so schnell noch etwas anderes herholen? Ich glaube, ich wüsste, für welches ich mich entscheiden würde.« Ihre Augen strahlten, als sie es Nonna aus der Hand nahm und mir an den Körper hielt. »Du würdest sicherlich atemberaubend darin aussehen.«

Weil es mir tatsächlich in den Fingern kribbelte, fuhr ich noch mal über die silbernen Federn. »Bist du dir ganz sicher?«

Nonna nickte erneut und lachte. »Jetzt nimm das Kleid und zieh es gefälligst über.«

Nach ihrer Bestätigung fackelte ich nicht lange und verschwand damit im Badezimmer. Der Stoff schmiegte sich weich an meine Haut, die Federn kitzelten an meinen Oberschenkeln und der tiefe V-Ausschnitt setzte meine Oberweite elegant in Szene.

Chiara schnappte theatralisch nach Luft, als ich aus dem Badezimmer kam und mich vor den Ganzkörperspiegel stellte. »Dieses Kleid bist so *du!* Du siehst wunderschön aus! Manchmal denke ich, du und Nonna seid ein und dieselbe Person. Dieselbe wunderschöne, kurvige Figur, dieselbe Eleganz, derselbe Sinn für Geschmack. Ich bin da, glaube ich, mehr wie Nonno: etwas pragmatischer.« Mit einem Lachen ließ Chiara sich auf das Sofa fallen, das im Wohnzimmer direkt an die Küche grenzte.

Meine Großmutter stellte sich hinter mich und betrachtete mich mit Tränen in den Augen durch den Spiegel.

Chiara hatte recht. In all meiner Trauer um Nonno, in meinen Erinnerungen und den Gedanken an die Dinge, die ich verloren hatte, hatte ich meine Nonna vergessen: Sie war nicht nur meine zweite Mutter, sondern auch meine beste Freundin. Der Gedanke hing mit einem weiteren viel wichtigeren zusammen: Ich musste lernen, mehr in der Gegenwart zu leben. Nonna war die wichtigste Person für mich, und so, wie Chiara es ausgedrückt hatte, *war ich ein Teil von ihr.* Nicht nur die Dinge, die ich von meinem Nonno übernommen hatte, machten mich aus. Ich war auch Nonnas Schlagfertigkeit, ihr Sinn für Humor, ihre unverblümte Ehrlichkeit und die unfassbar starke Hingebung für die Dinge, die sie liebte.

Die Erkenntnis, die mich mit einem Mal flutete, gab mir die Sicherheit, von der ich gedacht hatte, dass sie mir abhandengekommen war. Weil Nonna sie mir gab. Früher oder später würde sie mir raten können, welchen Weg ich einschlagen sollte, denn sie kannte mich besser, als es jemals jemand anderes tun könnte.

»Chiara hat recht. Du siehst wunderschön darin aus.« Nonna streifte mir die Haare von der Schulter, knotete sie in eine lockere Hochsteckfrisur und deutete mir dadurch an, wie ich an dem Galaabend aussehen könnte. »Für einen kurzen Moment dachte ich, mein eigenes Spiegelbild zu betrachten ... naja, das vor über vierzig Jahren zumindest.«

Nonna legte ihr Kinn auf meine Schulter, woraufhin ich ihr liebevoll über die Wange strich. »Du bist immer noch eine absolute Granate, Nonna!«

Ihr Lachen schallte durch den Raum. »Ach Sofi, du sollst doch nicht lügen.«

»Tu ich nicht.«

»Tut sie wirklich nicht«, meinte auch Chiara. »Du siehst immer noch umwerfend aus. Auf der Gala könntest du so viele Hälse verdrehen.«

Einen Moment lang leuchteten ihre Augen auf. Ich wusste, dass unsere Großmutter viel Wert auf ihr Äußeres legte und es sie daher umso glücklicher machte, wenn sie dafür von uns Komplimente bekam. Doch ihr Strahlen erlosch sofort wieder, als sie sich ihrer Realität bewusst zu werden schien: Der, dem sie am meisten gefallen wollte, war nicht mehr da.

Ausweichend begann sie wieder an dem Kleid zu fummeln. »Ich kann es dir am Rücken etwas enger machen, wenn du möchtest.«

Mitfühlend presste ich die Lippen zusammen, ehe mein Blick den meiner Cousine fand, die mich genauso traurig ansah. Die Trauer, die Nonna durchlebte und vor der sie sich in Anwesenheit anderer drückte, lag schwer im Raum.

»Ja«, hauchte ich. »Es wäre mir eine Ehre, dein Kleid tragen zu dürfen.«

KAPITEL 26

Mit einem Lächeln verlässt sie das Haus ihrer Großmutter und läuft durch die Dunkelheit.
Ich blicke ihr nach, folge ihr. Sie wirkt ausgelassen und sorglos, und ich kann nicht fassen, dass sie das alles ohne mich erleben darf. Dieses Glück, diese Freiheit.
Nach allem, was sie angerichtet hat. Und dann wird auch noch dieser Mistkerl bei ihr sein, sie zum Lachen bringen und ihr etwas geben, das ihr gar nicht zusteht.
Er wird sie ansehen, sie halten, küssen –
und sie wird glücklich sein, obwohl sie es nicht verdient hat.
Ich lasse das nicht zu und folge ihr auf Schritt und Tritt.
Egal, wohin. Egal, wann. Egal, wie.
Fassungslos schüttele ich den Kopf. »Wie du mir, so ich dir.«

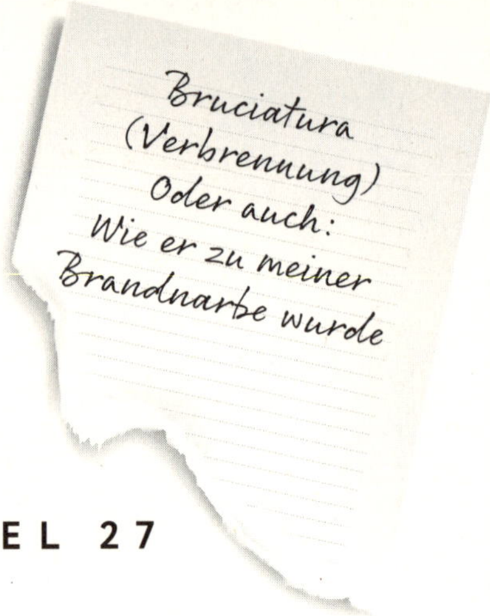

KAPITEL 27

Sofia

Am späten Nachmittag, als es bereits dämmerte, verließen Chiara und ich Nonnas Haus. Während meine Cousine noch eine Verabredung mit einer Freundin hatte, wollte ich mich endlich mal hinsetzen und dem Wunsch von Zia Liliana nachkommen, mir den Flyer der Universität in Palermo anzusehen.

»Ach, Mädels«, rief Nonna uns noch von der Terrasse aus zu. Wir drehten uns um. »Eine Bekannte von mir hat morgen Geburtstag. Ich hab überlegt, ihr einen guten Wein zu schenken. Könnt ihr Marco mal fragen?«

Chiara verzog das Gesicht, weil sie unter Zeitdruck zu stehen schien, also nickte ich. »Kann ich machen. Ich hab den ganzen Abend nicht mehr viel vor.«

Mit diesen Worten machten wir uns auf den Weg in Richtung Weingut.

»Wie geht es dir?«, fragte ich meine Cousine, weil ich seit dem Streit auf Antonios Boot nichts mehr von ihr und Mattia gehört hatte.

Gedankenversunken starrte sie auf ihre Füße und zuckte mit den Schultern. »Es ist immer noch seltsam. Langsam hab ich das Gefühl, wir führen eine On-Off-Beziehung. Momentan ist sie off, aber übermorgen fallen wir bestimmt wieder übereinander her. Vielleicht ist es wirklich besser, wenn er nach Rom geht.«

»Wieso denkst du das?«

»Na ja«, sie atmete tief durch, als würden ihr die nächsten Worte nicht leichtfallen, »wir tun einander nicht gut. Das weiß ich, das weiß auch er. Nur sind wir zu schwach, um das einzusehen. Eine räumliche Trennung würde es uns wahrscheinlich leichter machen.« Ihre Stimme wurde kratzig, was mich vermuten ließ, dass sie einen großen Kloß in der Kehle hatte.

Ich fackelte nicht lange und zog sie in meinen Arm, in dem sie leise schluchzend zusammenzuckte. »Der Schmerz wird vorübergehen. Du wirst wieder lachen«, beruhigte ich sie. »Es wirkt jetzt vielleicht alles aussichtslos und als ob es auf ewig so wehtun würde. Aber wenn du auf all die Dinge und Situationen zurückblickst, die dir so vieles abverlangt haben und bei denen du dachtest, du würdest sie emotional niemals durchstehen, ... sie sind vorbei. Du hast sie gemeistert. Und das ist der Beweis, dass du auch das meistern wirst.«

Schniefend löste sie sich aus meinem Arm, ehe wir unseren Weg fortsetzten. »Ja, wahrscheinlich hast du recht ... Danke.«

Eine Zeit lang schwiegen wir, bis uns am Tor zum Hotel Sciro begegnete.

»Und wie geht es dir?«, fragte Chiara und strich ihm über das dreckige Fell. »Ich meine, wegen der Tiere ... und Nonno.«

»Es geht schon. Mit Paula macht die Arbeit wieder richtig Spaß.«

Die Mundwinkel meiner Cousine zuckten zufrieden, ehe sie wieder ernster wurde. »Und ihr Bruder? Kam von Luke noch mal etwas?« Ich schüttelte den Kopf. »Wenn das passieren sollte, solltest du vielleicht mit Paula sprechen, oder?«

»Ja«, flüsterte ich und bekam mit einem Mal wieder ein ganz beklemmendes Gefühl in der Brust. Das Luke-Problem hatte ich die letzten Tage über gut ausblenden und meine Ängste unterdrücken können. Jetzt, da Chiara mich wieder daran erinnerte, flammte leise Panik in mir auf. Ich ging die letzten Tage durch, fragte mich, ob ich in meinem Gedankenkarussell um Valentin irgendetwas übersehen oder nicht richtig aufgepasst hatte. War *er* mir dicht auf den Fersen, ohne dass ich es merkte? Oder würden sich seine Nachrichten nun wirklich einstellen, sodass ich durchatmen konnte?

Chiara verschwand im Hotel, um sich fertig zu machen, während ich mich auf die Suche nach Marco begab. In der Küche und im Büro war er nicht, weshalb ich hinab in den dunklen Weinkeller stieg. Der Knoten in meiner Brust wurde stärker, als ich zwischen die hohen Weinregale trat und mir in der Stille, die hier unten herrschte, fremde Bewegungen und Schritte ausmalte. Ich blieb in der Mitte stehen, lauschte ins Leere hinein, doch alles, was ich hören konnte, war mein lauter Herzschlag.

»Marco?«

Das Licht hier unten war gedimmt, von dem kleinen Fenster am Ende des Ganges aus, das direkt unter der Decke angebracht war, konnte man nur die Dunkelheit der Nacht erkennen. Niemand antwortete mir, dafür machte ich erneut Schritte in dem Gang neben meinem aus, wusste gleichzeitig aber auch nicht, ob ich sie mir einbildete.

Ganz ruhig, Sofia. Es ist nur die Angst, die dir diese Streiche spielt.

Doch die mir in den letzten Wochen angeeignete Ruhe blieb aus. Diesmal schaffte ich es nicht, mich wieder zu beruhigen. Mein Kopf siegte.

Ängstlich wirbelte ich herum, spähte zwischen den Fässern und Flaschen hindurch, die mir mittels kleiner Lücken einen Blick in den Nebengang ermöglichten. Dann war da eine Bewegung. Ein Schatten. Erschrocken wich ich zurück, krallte mich an das Fass hinter mir. Erinnerungen huschten vor mein inneres Auge. Ich hatte diese Situation schon mal erlebt, nur nicht hier. Sie hatte sich in England abgespielt. Ich zwischen meterhoch gestapelten Büchern, dunkle Regale, eine einschneidende Stille und jemand, der mich verfolgte.

Scheiße! Nicht schon wieder! War es wirklich möglich? War Luke mir schon die ganze Zeit über dicht auf den Fersen gewesen und ich einfach nur zu abgelenkt, um es zu realisieren? Und war er jetzt tatsächlich hier unten im Keller mit mir? Ganz allein?

Meine Gedanken setzten aus, die Panik übernahm, warf mir Szenarien vors innere Auge, die das Schlimmste vorhersahen. Ich erinnerte mich daran, wie ich in der Schulbibliothek gesessen und einen Brief in meinem Rucksack gefunden hatte. *Du bekommst noch, was du verdienst!*, hatte drauf gestanden. Plötzlich war alles dunkel geworden, die Stille der Bibliothek bedrohlich und die Ecken voller Schatten. Jetzt war er hier. Schon wieder. Gleich würde er hinter den Fässern hervortreten und mir näherkommen, und das Gefährlichste war, dass ich bis heute nicht wusste, was er von mir wollte. War er besessen von mir und wollte mich zurück? Hasste er mich und wollte mir wehtun?

Mein Herzschlag hallte laut in meinem Inneren wider. Hitze breitete sich in meiner Brust aus, ließ meinen Magen rebellieren. Ein Taubheitsgefühl legte sich auf meine Zunge, Schwere auf meine Lunge. Langsam hielt ich es nicht mehr aus.

»Luke, verschwinde!«, zischte ich unter Tränen und entfernte mich rückwärts in Richtung Ausgang. Ein Schritt, zwei Schritte, drei –

Mein Rücken knallte gegen einen Körper, Lukes Körper. Beinahe ohnmächtig vor Panik wirbelte ich herum, sah ihn sich gefährlich über mich beugen und holte aus, bevor mich die Realität wieder wachrüttelte.

»Sofia!« Valentin hatte nach meinem Handgelenk gegriffen, ehe die Faust gegen seine Brust schlagen konnte. Besorgt und gleichzeitig geschockt starrte er mich an. Mein Atem ging stoßweise, doch je länger ich in seine vertrauten Augen sah, die hier unten im Dunkeln so ozeantief und ruhig wirkten, desto mehr flaute die Angst in mir ab. Mit der Erkenntnis kam Erleichterung. Das abebbende Adrenalin brachte meine entkräfteten Muskeln zum Zittern.

Es ist Valentin, redete ich mir innerlich gut zu. *Valentin ist hier, bei mir. Ich bin sicher.*

»Tut mir …«, stammelte ich, woraufhin sich meine Tränendrüsen selbstständig machten. »Ich dachte, da ist jemand, der … da war jemand hinter den Fässern … ich …«

»Okay.« Das war alles, was er sagte, bevor er mich ohne Umschweife an sich zog und auf den Beinen hielt. Seine Hand fuhr beruhigende Kreise über meinen Rücken, während ich sein Hemd mit meinen Tränen tränkte. Weil meine Knie wegsackten, hob er mich auf seinen Arm, um mich anschließend auf einer Anrichte abzusetzen. Sein Körper entfernte sich ein Stück, er sah mich mit zusammengezogenen Brauen an. In seinem Blick lag Anspannung und Sorge zugleich. Beinahe wütend zuckte sein Kiefer. Doch seine Wut schien nicht mir zu gelten. Vorsichtig berührte er mich am Kinn, hob es mit seinem Zeigefinger an und strich mir eine tränennasse Strähne aus dem Gesicht.

»Luke?«, fragte er behutsam nach. Doch ich war immer noch nicht ganz bei mir, war zu durcheinander, um vernünftig zu antworten. Und ich *wollte* auch gar nicht ehrlich antworten.

»Ja … er …«, ich deutete zum Regal, »… er war dahinter … ich …«

»Verstehe«, unterbrach mich Valentin. »Ich werde jetzt nachsehen, ob da jemand ist, okay?«

Weil ich nicht wollte, dass er mich allein ließ, krallte ich mich an seinem Hemd fest.

Er schien meine Panik zu merken und beruhigte mich weiter. »Ich bin hier.« Seine Stimme war ruhig. Sanft strich er mir über die Wange, blickte direkt in mein Inneres. »Ich bin hier, okay?« Nun ließ er langsam von mir ab, trat ein paar Schritte zurück, ohne mich aus den Augen zu lassen. »Ich schaue nur nach, ob da jemand ist.«

Mein Herzschlag beschleunigte sich wieder, der Tränenfilm vor meiner Iris wurde dichter. Ein Wimmern entkam meiner Kehle, als Valentin hinter besagtem Regal verschwand und die Gänge absuchte. Der Moment, in dem ich ihn nicht mehr sehen konnte, schnürte mir die Luft ab.

»Valentin«, krächzte ich. Er antwortete nicht. »Valentin!« Meine Stimme wurde lauter, panischer. Ich fühlte mich wie ein Kind, das nachts nach einem Albtraum durch das dunkle Zimmer tappte, in jeder Ecke Monster ausmachte und hilflos nach seinen Eltern rief. Nur war dies kein Albtraum. Dies war meine schreckliche Realität. Eine Realität, die in meinem Kopf herrschte und bei der ich nicht mehr unterscheiden konnte, was Wirklichkeit und was Traum war.

Weil ich es nicht mehr aushielt, rutschte ich von der Anrichte und näherte mich auf der Suche nach Valentin dem Regal. Zum Glück tauchte er in der nächsten Sekunde wieder auf. Erleichtert sackte ich erneut in seinem Arm zusammen und schluchzte gegen seine Brust.

»Da ist niemand, Sofia. Es ist alles in Ordnung«, versuchte er mir zu versichern, doch die Angst saß zu tief. Noch immer spürte ich von irgendwo einen Blick auf mir, noch immer hörte ich in den Ecken des Kellers Schritte, noch immer war da *seine* Präsenz, die mir jegliche Luft zum Atmen nahm.

»Komm«, er reichte mir die Hand, »ich zeige es dir.«

Meine Finger vergruben sich in seinen, mit der anderen Hand hielt ich mich schutzsuchend an seinem Arm fest, während er mich durch die dunklen Gänge führte, um mir zu zeigen, dass wirklich niemand außer uns beiden hier unten war.

Je mehr ich vom Keller sah und realisierte, dass ich mir Luke nur eingebildet und mich eine längst verdrängte Erinnerung heimgesucht hatte, desto ruhiger wurde ich wieder. Gleichzeitig lag da eine Schwere auf meiner Brust, die auch auf meine Tränendrüsen drückte. Denn wenn Luke nicht hier war, hieß es, dass er in meinem Kopf war, und dort bekam ich ihn schwerer wieder weg, als wenn er vor mir gestanden hätte. Luke selbst war nicht das Problem. Mein Kopf war es. Mein Kopf war mein Endgegner.

»Tut mir leid«, krächzte ich, als wir wieder an der kalten Steintreppe ankamen und ich beschämt von Valentin abließ, um mich auf die erste Stufe zu setzen. Ich vergrub mein Gesicht zwischen den Händen.

»Hast du das öfter?« Valentins Stimme war rau und leise. Wären wir hier unten nicht allein, hätte ich ihn wahrscheinlich gar nicht verstanden. Ich hob den Blick, er sah angespannt auf mich hinab und schien zu überlegen.

»Eigentlich nicht mehr so oft. Die Panikattacken sind vor Kurzem wieder zurückgekommen ...« *Seit dem Abschlussball, um genau zu sein.*

Er nickte knapp, wandte sich anschließend ab, als müsse er sich wegen etwas beruhigen. Seine Lunge leerte er mit einem Seufzen, ehe er sich die Haare raufte. »Wer hat dir das angetan? Welcher Mistkerl hat dir solche Angst gemacht?« Im schwachen Schein des Kellerlichts konnte ich deutlich sehen, dass er seine Hand zu einer Faust ballte und sie wieder lockerte. »Dieser Luke …« Er machte eine Pause. »Hat er dir mal wehgetan?«

Ich schüttelte den Kopf. »Nein«, *noch nicht*. Mehr wollte ich zu dem Thema nicht sagen. Es war mir nicht nur deutlich unangenehm und belastete mich, es schien auch Valentin zu beschäftigen, und ich wollte ihm diese Sorgen ersparen.

Seine Anspannung flaute sichtlich ab. Ich war ihm dankbar, dass er nicht weiter nachfragte. Sein Blick, der mich analysierte, verriet allerdings, dass ihn mein Zustand weiter beschäftigte. Der Name *Luke* schien ihm schwer auf der Zunge zu liegen. »Was hast du eigentlich hier unten gesucht?«

Ich überlegte einen Moment, ehe mir wieder einfiel, dass ich nach Marco gesucht hatte. »Meine Nonna möchte einen guten Wein verschenken, ich sollte Marco danach fragen. Vielleicht einen Pinot Noir?«

Valentins Blick schweifte umher, er überlegte. »Komm mal mit.« Mit einer lockeren Handbewegung forderte er mich auf, ihm zu folgen.

Weil meine Knie immer noch zitterten, half er mir hoch, indem er nach meiner Hand griff. Meine Finger wurden warm, ich hob das Gesicht, wurde mir seiner Nähe bewusst. Erst jetzt realisierte ich richtig, wie behutsam er sich um mich gekümmert hatte. Die Sicherheit, die sein Körper ausgestrahlt hatte, seine breiten Arme, die mich von meinen eigenen Ängsten abgeschirmt hatten, seine sanfte Stimme an meinem Ohr, die mir versichert hatte, dass er bei mir war. Mein Herz pumpte schneller. Die Reaktion auf seine Gesten kam verspätet. Das Adrenalin hatte verhindert, dass ich es richtig wahrnahm. *Ihn* richtig wahrnahm. Doch nun, da ich endlich wieder ruhiger wurde, hallten seine Berührungen, seine Worte, *er* intensiv nach. So intensiv, dass ich nicht wollte, dass er aufhörte. Aufhörte, bei mir zu sein.

Als wäre es das Normalste der Welt, schmiegte ich mich wieder in seine Arme, legte den Kopf auf seinen Bizeps. Er dirigierte mich zu einem Regal und bedeutete mir, mich auf einen Barhocker zu setzen, der an einem aufgestellten Fass stand, das als Tisch diente. Schließlich zog er einen eingestaubten Rotwein hervor.

»Ich würde Ihnen einen Nero d'Avola empfehlen«, meinte er mit gespielt hochnäsiger Stimme und präsentierte mir die Flasche, als wäre ich in einem noblen Restaurant. Meine Mundwinkel zuckten und ein kleines Stück Dunkelheit in mir wich einem hellen Lachen.

»So so, werter Herr«, gab ich ebenso gekünstelt, wenn auch noch leicht verweint, zurück. »Ist das etwa Ihr Lieblingswein?«

Valentin zückte ein Weinglas und schenkte mir einen Schluck ein. »Nein, eigentlich halte ich mich, soweit es geht, von Alkohol fern.« Für den Bruchteil einer Sekunde zeigte sich wieder diese kleine Falte zwischen seinen Brauen. »Aber mein Vater meinte immer: *Der Wurm muss dem Fisch schmecken und nicht dem Angler.*« In der Tonlage, mit der er seinen Vater zitierte, konnte man deutlich seine Abneigung gegenüber diesem Mann heraushören.

Valentin hielt mir das Glas entgegen. »In diesem Sinne, muss es *dir* schmecken.«

Zögerlich nahm ich das Glas entgegen und betrachtete die dunkle, fast schwarze Flüssigkeit darin. Ich war zwar mit einem Winzer als Onkel aufgewachsen, kannte mich, was Weine anging, trotzdem kaum aus. »Wie mache ich das jetzt?«, fragte ich mit einem Schmunzeln. »Lernt man das in einem Önologiestudium auch? Wie man richtig Wein trinkt? Und diese Begriffe? *Es mundet fruchtig und warm mit einer Holznote im Abgang.*«

Aus Valentins Mund drang ein lautes Lachen, er warf den Kopf in den Nacken. Kurz hielt ich in meiner Bewegung inne, verlor mich in seinem Anblick und der Tatsache, dass ich ihn zuvor noch nie lachen gehört hatte. *Richtig lachen.* Ich meinte, er hatte verschiedene Arten zu lächeln. Und allesamt hatten die Fähigkeit, mich um den Verstand zu bringen. Wenn er mich musterte, zum Beispiel, seinen Blick mit einem hungrigen Grinsen über mich gleiten ließ und zwischen uns Worte schwebten, die für Außenstehende unsichtbar waren. Wenn er in einer Erinnerung feststeckte, die ihn traurig und glücklich zugleich zu machen schien und auf seinen Lippen Melancholie klebte. Oder aber, wenn er mich eine Sekunde zu lange ansah, seine Brauen sich angespannt zusammenzogen, sein Körper *Komm lieber nicht näher,* seine Augen aber *Bleib bei mir* schrien. Das Lächeln, das sich in einem Wimpernaufschlag zeigte, wenn zwischen uns nichts und gleichzeitig alles, alles, alles war.

Jetzt, da er lachte, *wirklich lachte,* wurde mir klar, was für eine Seltenheit das war, und ich hätte den Moment am liebsten in einem Foto festgehalten. *Wunschuniversumsmoment.*

»Ja, das lernt man zum Teil auch dort«, antwortete er. Auf seinen Wangen eine zarte Röte, sein Mund noch immer grinsend. »Das meiste hab ich aber schon seit klein auf von meinem Vater mitbekommen.« Er hob das Glas, hielt es gegen das Licht, ehe er ein Mal daran roch und einen Schluck nahm. Eine Sekunde überlegte er. »Mein Vater hätte nun gesagt: *Purpurnes Rubinrot im Auge, aber in der Nase überrascht er mit einem Bouquet aus herben Noten von Waldbeeren und Gewürzen. Am Gaumen verwöhnt er einen mit einem Hauch Veilchen, während eine feurige Säure zurückbleibt. Ein spannender Gegensatz, Feuer trifft auf Sanftheit und hinterlässt im Abgang einen lang anhaltenden Eindruck.*«

Während er sprach, fixierte er mich und kam etwas näher. War seine Stimmlage zu Beginn noch sachlich gewesen, wurde sie im Laufe des Beschreibens leiser, stockender, fesselnder.

Sein Blick sank auf meine Lippen, zuckte wieder hoch zu meinen Augen. Je länger er vom Geschmack erzählte, desto mehr bekam ich das Gefühl, dass er dabei gar nicht vom Wein sprach.

»Dein Onkel Marco hingegen«, fuhr er fort, reichte mir das Glas und bedeutete mir mit einem sanften Nicken, einen Schluck zu nehmen. Ich folgte seiner Aufforderung. »... meinte zu mir, Wein muss man genießen, fühlen, schmecken. Worte können dem, was man erlebt, nicht gerecht werden. Es ist nur zwischen dir und ... dem Wein.«

Zwischen dir und mir, dachte ich, schluckte die rote Flüssigkeit runter und fühlte die feurige Explosion in meinem Rachen, von der Valentin eben erzählt hatte. Nur wusste ich nicht, ob mir nun wirklich von dem Wein oder auch von ihm warm wurde.

Genießen. Valentin trat näher, schenkte mir einen sanften Blick. Ich genoss, wie er mich damit streichelte.

Fühlen. Nun hob er seine Hand, fuhr mit dem Daumen über meine Unterlippe, an der noch ein Tropfen Rotwein zu haften schien. Ergeben öffnete ich den Mund, reckte ihm das Kinn entgegen und fühlte seine zarte Berührung im ganzen Körper.

Schmecken. Er beugte sich vor, zog mich näher zu sich heran. Eine Sekunde lang lehnte er seine Stirn gegen meine und hielt mich fest, ehe er fast zögerlich seine Lippen auf meine legte. Unser Kuss war anders als bisher: fragender, sanfter, langsamer. Er nahm nur eine kurze Kostprobe, liebkoste meinen Mund und streichelte mir dabei übers Haar. Ich schmeckte dunkle Waldfrüchte, der Geschmack herber Gewürznelken breitete sich auf meiner Zunge aus. Und als Valentin sich zurückzog, mit seiner Stirn an meiner verweilte und mich hielt, als würde er mich schützen wollen, musste ich schlucken und fühlte die feurige Glut des Weines – Valentins Glut – in der Kehle nachhallen.

»Und …«, begann ich zu flüstern. Valentins Kiefer zuckte, er schien innerlich zu kämpfen. Gegen mich? Gegen unsere Nähe? Gegen eine Erinnerung? »Und … was ist das zwischen dir und mir?«

Meine Frage jagte meinen Puls in die Höhe. Ich fürchtete und sehnte mich zugleich nach seiner Antwort.

Auch Valentin reagierte angespannt, ich spürte, wie sich seine Stirn an meiner in Falten legte. »Ich wünschte, es wäre nichts.«

Nun hob ich den Blick, er zog seinen Kopf ein paar Zentimeter zurück, blieb mir aber weiterhin nahe. Bedrohlich und sanft zugleich fixierte er mich.

»Wieso wünschst du dir das?«

Er brauchte eine Zeit lang, um zu antworten. »Du magst furchtlos sein, was mich betrifft. Aber ich habe Angst.«

»Wovor?«

Er drehte den Kopf zur Seite, wollte mir nicht in die Augen sehen. »Vor mir, Sofia. Ich hab Angst vor mir.« Nun entfernte er sich, trat einen Schritt zurück und sah mich ein letztes Mal an. Bei der Einsamkeit, die ich in ihm erkannte, wurde mir eiskalt.

»Davor, dich zu verletzen. Davor, dass es wehtun wird.« Und dann verschwand er aus dem Keller. Das Feuer in meiner Brust verwandelte sich in eine schmerzende Brandnarbe.

Das tut es schon längst.

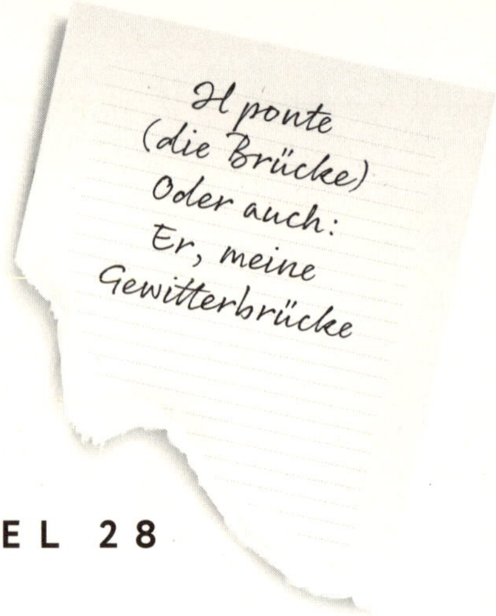

KAPITEL 28

Sofia

»Geht ihr nach der Gala noch irgendwohin?« Paulas Blick traf meinen durch den großen Spiegel vor meiner Nase. »In eine Bar oder in einen Club?«

Mimis Frisörin Manuela befestigte gerade eine Spange an meinem Hinterkopf, woraufhin es kurz ziepte. Schmerzerfüllt verzog ich das Gesicht. »Ich weiß nicht.« Mein Blick fand den meiner Cousine, die in einem Stuhl neben mir saß und ebenfalls die Haare gemacht bekam.

Manuelas Salon lag in einer Gasse mitten im Ort, nicht weit vom Hafen und somit von Paulas Hotel entfernt. Als ich ihr geschrieben hatte, dass wir hier waren, war sie ebenfalls kurzfristig hergekommen, um uns beim Fertigmachen zu helfen. Manuela war Mimis beste Freundin und hatte unsere Haare schon frisiert, als wir noch ganz klein gewesen waren. Ihre Hände waren magisch. Ohne große Mühe zauberte sie Frisuren, die elegant, aber nicht zu streng und nicht zu *gemacht* aussahen.

»Wahrscheinlich eher nicht«, antwortete Chiara. »Aber wir

können dir ja schreiben, falls doch. Dann gehen wir noch mal zusammen weg.«

Paula nickte und lächelte, auch wenn ich darin einen Funken Enttäuschung erkennen konnte. Ich hatte die letzten Tage immer mal wieder von der Gala erzählt und ihrem Strahlen nach zu urteilen, wäre sie wahrscheinlich gerne dabei gewesen. Wenn es nach mir gegangen wäre, hätte ich sie sofort mitgenommen, doch es gab eine Gästeliste, an die sich strikt gehalten wurde.

»So betrunken, wie ihr das letzte Mal die Gala verlassen habt, gehe ich nicht davon aus, dass ihr danach noch was macht«, warf Mimi ein und erntete von Manuela ein zustimmendes Lachen.

Chiara und ich sahen uns beschämt an. »Da waren wir sechzehn.«

»Da wart ihr absolut peinlich und habt Marco blamiert. Es ist ein Wunder, dass ihr überhaupt wieder eingeladen wurdet.«

»Was ist passiert?«, fragte Paula neugierig nach.

»In dem Sommer hatte ich mit Luke einen schrecklichen Streit gehabt, das weiß ich noch«, ich hielt kurz inne, unterdrückte das ungute Gefühl, das sich wieder an die Oberfläche schieben wollte, »ich hatte also eine kleine Ausraster-Phase. Chiara war gerade siebzehn geworden, ich war kurz davor, und Mimi hatte uns ein Glas Wein erlaubt. Na ja ... auf so einer Veranstaltung gibt es eben alles gratis und die Erwachsenen haben irgendwann keinen Überblick mehr darüber gehabt, was wir trinken.«

»Den hatten wir selbst irgendwann nicht mehr«, warf Chiara ein und lachte laut.

»Wir kannten eben noch nicht unsere Grenzen, und als wir sie überschritten hatten, war es zu spät gewesen. Wir hatten beide die ganze Nacht lang über der Kloschüssel gehangen.«

»Klingt nach einer lustigen Erinnerung.« Paula lächelte wieder und erneut machte ich darin einen Funken Traurigkeit aus. Sie wich meinem Blick aus und wandte ihren zu Boden. Irgendetwas machte ihr zu schaffen. Hatte sie sich mit Kyle gestritten und war deshalb so oft bei uns statt bei ihm? Was es auch war, es beschäftigte mich ebenso sehr. Paula war mir in der Zwischenzeit wieder stark ans Herz gewachsen.

Bevor ich nachhaken konnte, meldete sich Manuela zu Wort. »Wie kommt ihr eigentlich hin? Holt Marco euch ab?« Chiara verzog schmerzerfüllt das Gesicht, als Manuela ihren strengen Pferdeschwanz noch enger zog und ihn mit Haarspray fixierte. In Kombination mit dem scharfen Cateye-Make-up sah sie aus, als käme sie direkt vom Laufsteg.

Zia schüttelte den Kopf. »Mattia bringt uns hoch ins Belvedere. Marco ist mit den anderen schon dort.«

Manuelas Blick traf Chiaras durch den Spiegel, die sich in dem Moment vom Stuhl erhob, weil sie fertig war. »Kommt Mattia nicht mit?«

Auch mein Haar und Make-up waren fertig. Manuelas Make-up-Artistin hatte bei mir, im Gegensatz zu meiner Cousine, auf dezente Brauntöne gesetzt. Das bewegliche Lid war hellbeige, ein dunkelbrauner Lidstrich betonte den äußeren Wimpernkranz und an der Innenseite des Auges schimmerte es passend zu meinem Kleid silbern. Meine Haare hingen in großen Locken am Rücken hinab, nur der vordere Teil war am Hinterkopf befestigt und befreite zwei lockige Strähnen von meiner Stirn.

»Nein, kommt er nicht«, antwortete Chiara nur knapp, weil sie offensichtlich immer noch nicht darüber reden wollte, schnappte sich ihr Kleid und verschwand damit hinter einem aufgestellten Raumtrenner. »Können wir bitte über andere Männer sprechen?«

Wie von selbst trafen sich Paulas und mein Blick.

»Liebend gern.« Manuela wackelte mit ihren perfekt gemachten Brauen und warf sich das blondierte Haar über die Schulter, ehe sie auch ihrer besten Freundin den letzten Schliff verpasste. »Wer wird alles anwesend sein? Irgendwelche süßen Schnuckelchen? Ich will alles wissen.«

Selbst mit dreiundvierzig war Manuela noch genauso wild, wie sie es zu Teenagerjahren vermutlich gewesen war. Sie war *die* Singlefrau überhaupt, genoss ihr Leben in vollen Zügen, ging jeden Abend aus und hatte ein unvergleichliches Selbstbewusstsein. Was sie auch haben konnte – schließlich sah sie umwerfend aus, hatte bei den Männern freie Auswahl und ließ nie etwas anbrennen. Als Teenagerin hatte ich sie oft mit Samantha Jones aus *Sex and the City* verglichen und der Vergleich hinkte bis heute nicht.

»Ach, da wird es einige geben. Rafaele Caruso, Andrea Como und die Mantovanis werden auch da sein.«

»Oh, Leano Mantovani ist wirklich ein Leckerbissen«, meinte Manuela.

»Wer?« Chiara trat um den Raumtrenner herum und bedeutete mir, ihr Kleid am Rücken zu schließen.

»Leano Mantovani«, wiederholte Mimi. »Er ist, soweit ich weiß, der Sohn von Stefano Mantovani. Größter Yachthändler Siziliens. Aber ob Leano da sein wird, wage ich zu bezweifeln. Was ich so mitbekommen habe, macht er angeblich ständig Ärger.«

»Noch nie gehört«, bemerkte Chiara, und auch ich kannte diesen Leano nicht.

»Wird Valentin auch dort sein?«, fragte Paula. Mein Blick zuckte in ihre Richtung, sie funkelte mich vielsagend an. Sofort wich ich ihr wieder aus, indem ich mir Nonnas Kleid krallte und ebenfalls hinter dem Raumtrenner verschwand.

Mimi gab einen zustimmenden Laut von sich. »Wieso fragst du? Gefällt er dir?«

Manuela lachte. »Wem gefällt er nicht?«

»Nein, ich hab nur so gefragt.« Ich spähte durch einen Schlitz des Raumteilers hindurch und erkannte, dass Paula abwesend den Blick zu Boden wandte. »Ich hab ihn letztens bei uns im Hotel gesehen. Er hat an der Rezeption das Foto einer Frau hochgehalten und nach ihr gefragt. Später hab ich ihn auch im Ort gesehen. Keine Ahnung, wer die Frau ist, aber er scheint sie unbedingt finden zu wollen.«

Ein mulmiges Gefühl machte sich in meiner Magengegend breit. Vor allem, weil ich selbst von einem besessenen Stalker gesucht wurde. Nach wem suchte er? Und vor allem hier in Castellammare del Golfo? *Ich halte mich von Castellammare fern.* Seine Worte, die er an seinen Vater gerichtet hatte, waren wieder in meinem Kopf. Valentin war ein riesiges Fragezeichen. Auf jede Antwort, bei der ich dachte, sie würde ihn mir greifbarer, verständlicher machen, folgte eine weitere Frage.

»Eine Frau?« Mimi überlegte. »Komisch. Bist du dir sicher, dass es nicht irgendein Flyer war und er einfach nach dem Weg gefragt hat?«

Paula schüttelte den Kopf. »Nein, ganz sicher. Es war ein Polaroid.«

»Sehr seltsam.« Chiara lachte leise. »Ich hab doch gesagt, er ist komisch.«

»So schlimm wird es nicht sein«, sagte meine Zia. »Bestimmt ist das einfach ein Missverständnis. Außerdem geht uns das alles gar nichts an.«

Ihre Worte machten es mir leichter, mich hinter dem Raumteiler hervorzuwagen.

»Wow, du siehst echt aus wie deine Großmutter in jungen Jahren.« Mimi stand auf und fuhr über die silbernen Fäden, ehe Paula sich erhob, um den Reißverschluss am Rücken für mich zu schließen.

»Echt wunderschön«, sagte sie und strich mir das Haar aus dem Nacken. Als ich das Zippen des Reißverschlusses hörte, drehte ich mich zu ihr um, raffte die Schultern und strahlte ihr entgegen. In Nonnas Kleid fühlte ich mich selbstbewusst, elegant und sexy zugleich. Sie musterte mich erneut, schüttelte fassungslos den Kopf.

»Ihr alle seht toll aus!« Manuela lief durch den Raum. Kurzerhand zückte die beste Freundin meiner Tante eine Champagnerflasche und verteilte Gläser an uns alle. »Auf einen tollen Abend!«, begann sie, nachdem sie allen eingeschenkt hatte. Wir ließen die Gläser klirren. »Lasst es krachen!«

Der Himmel war babyblau und wurde von pinker Watte geschmückt. Die letzten Sonnenstrahlen färbten den Horizont pastellig, als wir uns auf den Weg hoch zum Hotel Belvedere machten. Je höher wir fuhren, desto mehr breiteten sich am Hang neben uns die Lichter der Stadt aus. Es dämmerte und das Meer schien bedrohlich dunkel, während die Küste golden glitzerte. Um zur Gala zu kommen, musste man die serpentinenartige Straße am Hang nehmen, an der sich bereits einige große, auf Hochglanz polierte Wagen stauten.

Oben angekommen ließ Mattia uns am Haupteingang raus. Das Gebäude, dessen Gemäuer aus beigem Stein bestand, ragte pompös zwischen Palmen, Kakteen und perfekt gepflegten Drillingspflanzen hervor. Die antike Fassade mit ihren drei Meter hohen Fenstern und den prunkvollen Säulen erweckte den Anschein, als sei das Hotel direkt dem Römischen Reich entsprungen. Ich drehte dem Gebäude den Rücken zu und wandte mich zum Abhang. Ein Steingeländer sorgte für sicheren Halt. Ich lehnte mich darüber, sog die frische Luft ein, die hier oben herrschte, und verinnerlichte die atemberaubende Aussicht auf meine Heimat.

»Sofi! Vieni!«, rief Mimi, woraufhin ich mich wieder zu ihr und

Chiara gesellte, um reinzugehen. Zwischen aufwendigen Kleidern und teuren Parfümwolken passierten wir den langen Eingangsbereich, in dem uns ein pompöser Kronleuchter begrüßte. Die Empfangsdame prüfte unsere Einladungen und hakte unsere Namen auf der Liste ab. Anschließend wurden wir in die große Veranstaltungshalle geführt. Die Fenster hier waren bodentief, wurden von langen weißen Vorhängen verziert und große goldene Blumenkübel sowie diverse Marmorstatuen verliehen dem glanzvollen Ambiente den letzten Schliff. Am Ende des Raumes war ein Podest aufgestellt, davor luden runde und aufwendig gedeckte Tische zum Niederlassen ein. Jeder hatte einen festen Platz, auf den Tellern waren Namenskärtchen verteilt. Ich verharrte mit Chiara und Mimi im Eingangsbereich und sog die vielen Eindrücke auf.

»Wow, ist das schon immer so pompös gewesen?«

»Ich glaube, dieses Jahr haben sie sogar noch mal einen draufgesetzt«, antwortete Mimi.

»Irgendwie widersprüchlich«, merkte ich an. »Sie veranstalten eine teure Spendengala, um Geld zur Rettung des Meeres zu sammeln, dabei könnten sie auch ganz einfach das Geld nutzen, das sie in diese Veranstaltung gesteckt haben.«

Mimi warf mir einen zustimmenden Blick zu, zuckte aber gleichzeitig mit den Schultern. »Um den Reichen für einen guten Zweck Geld aus der Tasche zu ziehen, muss man ihnen auch etwas Schönes bieten.«

Wo sie recht hat.

Wir entdeckten Marco in der Menschenmenge mit zwei weiteren Männern in teuren Anzügen.

»Stefano Mantovani, der Yachthändler«, erklärte Mimi uns, ehe wir uns ihnen näherten. »Und der andere ist Castellammares Bürgermeister, Franco Colomba. Man sieht Marco richtig an, wie aufgeregt er ist.«

Das stimmte. Mein Onkel rieb sich immer wieder die Hände, fuhr sich über die glänzende Stirn und grinste so breit, dass mir allein beim Hinsehen die Wangenmuskeln schmerzten. Als wir bei ihnen ankamen, stellte Marco uns vor, wobei Mimi dem Bürgermeister schon bekannt war.

»Buonasera, Mantovani.« Besagter Yachthändler griff nach der Hand meiner Zia und hauchte ihr shakespearelike einen Kuss auf den Handrücken. Typisch italienisch eben. »Piacere.«

Während sie sich über Wein, Yachten, das Meer und die Veranstaltung unterhielten, schweifte mein Blick durch den Raum, um die anderen Gäste zu bewundern. Manche trugen weiße Anzüge, manche Jacketts waren mit modischen Verzierungen bestickt, andere wiederum hatten an diesem Abend zu auffälligeren, pastelligen Farben gegriffen.

Ich sah mich weiter um, entdeckte Kleider, die bis zum Boden gingen, nackte Beine, die mit goldenen Riemchenpumps geschmückt waren, Arme voller silberner Reifen und Kettchen und auffällige Kopfbedeckungen. Die Eindrücke prasselten auf mich ein wie ein sanfter Regenschauer. Von überall waren Stimmen zu hören, irgendwo klapperte ein Silbertablett, das zu Boden gegangen war, und ein Frauenlachen hallte durch den Raum. Absätze klackerten, Stuhlbeine wurden über die Fliesen gezogen, Champagnergläser klirrten und –

Ich blieb mit dem Blick an einem dunkelblauen Jackett hängen. Es gehörte zu einem Oberkörper, den ich sofort wiedererkannte. Langsam sah ich auf, landete in Valentins blauen Augen, die mich vom Ende des Raumes aus fixierten. Um uns herum brandete die Menschenmenge gegen unsere Verbindung, Gäste passierten das unsichtbare Band unseres Blickkontakts, doch wir ließen uns nicht los. Nichts trennte uns. Wie von selbst lösten sich all die vielen Eindrücke, die mich bis vor einer Sekunde noch überfordert hatten, in Luft auf. Die Geräuschkulisse wurde leiser, die vielen Leute um uns herum verschwanden. Nun waren nur noch wir hier.

Valentins Mundwinkel zuckte. Ich war mir nicht sicher, aber als sein Blick über mein Kleid und meinen Körper glitt, wurden seine Augen minimal größer. Auch ich musterte ihn, musste schlucken, weil er in diesem Anzug so unverschämt gut aussah. Wie gern ich losgestürmt wäre, meine Arme um ihn geschlungen und ihm das Hemd vom Leib gerissen hätte. Sein Mustern endete wieder in meinen Augen, auch er schien zu schlucken. Im Funkeln seines Blicks erahnte ich, dass er sich ebenfalls nach mir sehnte.

Ich wünschte, es wäre nichts zwischen uns.

Während wir uns so intensiv betrachteten, spürte ich, dass auch er wusste, dass das zwischen uns längst nicht mehr *nichts* war. Es war alles und noch viel mehr. Doch gleichzeitig schien es auch etwas zu sein, das ihm eine Heidenangst einjagte.

Es war wie eine Brücke, unter der man im härtesten Gewitter durchfuhr. Für einen Moment herrschte pure Stille, man konnte durchatmen, pausieren, ehe man zurück im Sturm war und der Regen sogar noch härter auf einen hinabprasselte als vorher. Valentins und mein Blickkontakt, unser geheimer Moment war jene Brücke in diesem menschenüberfluteten Raum. Und als er sich abwandte, war es, als hätte man mit einem Mal die Lautstärkeregler auf Hundert gedreht. Meine Trommelfelle vibrierten, Luft entwich aus meiner Lunge und wurde nicht mehr gefüllt, und mein Herz ertrank in den Tränen, die ich mir nicht erlaubte zu weinen.

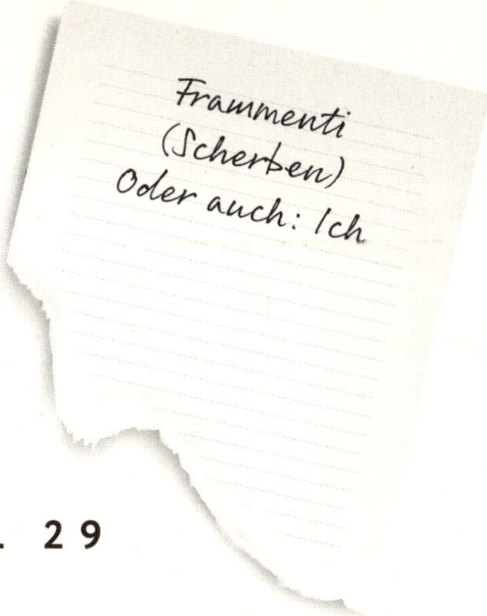

KAPITEL 29

Valentin

»Come secondo le serviamo tagliata di angus con fonduta di pecorino siciliano al rosmarino.«

Mein persönlicher Kellner – offensichtlich hatte hier jeder einen eigenen, damit die Gerichte gleichzeitig serviert werden konnten – tischte einen großen Teller mit einem kleinen Steak vor mir auf. Verziert wurde das Ganze von einer Haube Pecorino, Rosmarinzweigen und Olivenöltropfen.

Mein Blick ging durch die Runde an unserem Tisch, die alle hungrig den zweiten Gang beäugten. Keine Ahnung, ob ich davon satt wurde. Es wurde jedenfalls reichlich mehr Wein nachgeschenkt als Essen angeboten. Vermutlich, um für einen Pegel zu sorgen, der für die reichen Gäste genügte, um locker mit ihrem Geldbeutel umzugehen.

»Und? Gefällt es dir auf Sizilien? Ist besser als im kalten England, oder?« Marcos Cousin Guiseppe lehnte sich zu mir rüber und schenkte mir ein breites Grinsen. Schon den ganzen Abend über versuchte er, durch Unterhaltungen mit mir sein Englisch aufzubessern. Er machte sich gar nicht mal so schlecht, trotzdem hingen mir die vielen Small-Talk-Themen langsam zu den Ohren raus.

»Ja, es ist schön hier«, antwortete ich, schob mir anschließend das erste Stück Steak in den Mund und ließ den Blick weiter umherschweifen. Die Tische waren riesig, um die fünfzehn Personen passten an eine Tafel. Umso schwieriger war es, sich mit allen zu unterhalten. Im Saal herrschte ein monotones Gemurmel. Manche tauschten sich aus, die meisten wiederum widmeten ihre Aufmerksamkeit der Auktion, die während des Essens stattfand.

Ich schielte zu Sofia, die mir zwar genau gegenübersaß, aber dennoch zu weit weg war. Viel zu weit weg. Sie unterhielt sich angeregt mit dem Sohn des Bürgermeisters, der neben ihr saß und nicht nur gebannt an ihren Lippen, sondern auch an ihrem Ausschnitt hing.

Etwas zog sich in mir zusammen. Sie in diesem atemberaubenden Kleid zu sehen – sanftes Silber auf goldbrauner Haut, verziert von den Sprenkeln ihrer Sommersprossen auf Schultern, Dekolleté und Armen, umrahmt von ihren Locken, die auf ihrem Schlüsselbein lagen und sich in den Fäden ihres Kleides verfingen –, das alles machte etwas mit mir. Ihr Anblick nahm mir jegliche Konzentration, ich musste mich abwenden, um nicht nervös mit dem Bein auf und ab zu wippen. Seit die Veranstaltung begonnen hatte, hatte sie mir keinen einzigen Blick mehr geschenkt. Und ich konnte es ihr nicht verübeln, schließlich war ich es gewesen, der sich abgewandt hatte. Es hätte mich nicht gewundert, wenn ich mir selbst damit mehr Schmerz zufügte als ihr. Das Problem war, dass ich mich in ihr schon längst viel zu sehr verloren hatte. Mein Aufenthalt in Castellammare galt meinem Studium und meiner Suche. Mittlerweile war es aber nur noch Sofia, die ich mit diesem Ort verband. Sie nahm meinen Kopf, meinen Körper ein, besaß die volle Kontrolle über mich. Und das durfte einfach nicht sein. Nicht nur, weil es mich von meinem eigentlichen Vorhaben ablenkte, sondern auch, weil ich sie nicht in Gefahr bringen wollte

Ein helles Männerlachen ertönte, ließ meinen Blick zurück zu Sofia und diesem Typen zucken. Er gackerte über irgendetwas, das sie erzählt hatte, fasste ihr dabei ans Handgelenk und kam ihr viel zu nahe. Mein Kiefer machte sich selbstständig, Fingernägel bohrten sich in die Innenfläche meiner Hand. Seit ich wusste, dass sie mal etwas mit diesem frauenverachtenden Kerl namens Claudio gehabt und ganz eindeutig Angst vor irgendeinem Luke hatte, war in meinem Inneren eine Sorge um sie entfacht, die mich dazu bringen wollte, sie von allen Männern fernzuhalten. Gleichzeitig war genau ich die Art von Mann, vor der ich sie beschützen sollte, und der Sohn des Bürgermeisters sicherlich besser für sie als ich.

Ich musste an ihre Panikattacke denken, die Angst, die sie im Weinkeller durchströmt hatte, und die Art, wie sie mich nicht mehr hatte loslassen wollen. Mir auszumalen, wie hilflos sie sich in solchen Situationen fühlen könnte, und ich würde nicht bei ihr sein ...

»... *un dipinto di Rosa Siminzina.*« Mit einem Mal wurde meine Aufmerksamkeit zur Bühne gezogen, wo im selben Moment ein Gemälde besagter Künstlerin vorgestellt wurde. Der Künstlerin, bei dessen Namen nach wie vor irgendetwas in mir klingelte. Ich wusste nur nicht, was.

Das Gemälde stand auf einer Staffelei, im Hintergrund wurde auf einem Bildschirm eine Sammlung ihrer bisherigen Werke angezeigt. Auf jedem Einzelnen war dieselbe Finca zu sehen. Ein verlassenes steinernes Gebäude, umgeben von unberührter Natur. Hier und da eine Palme, am Rande von der Sonne verbranntes Gras und Orangensträucher, die vereinsamt wirkten. Mal war die Ruine von der Frontseite, mal etwas weiter entfernt aus der Vogelperspektive und mal von innen heraus gemalt worden. Sie bestand aus rostroten Ziegeln, hatte eine braune Tür, die halb aus den Angeln gerissen worden war. In der steinigen Fassade prangten Löcher für Fenster, die nie eingebaut worden waren. Im Grunde zeigten all ihre Gemälde dasselbe einsame Haus auf eine gestochen scharfe Art, bei der man hätte denken können, es wäre fotografiert worden. Ich fixierte das Gemälde, suchte die Umgebung der Ruine nach Dingen ab, die in meinem Inneren vielleicht wieder meine Alarmglocken zum Klingen bringen würden. Irgendetwas, das mir wie bei ihrem Namen sagte, dass ich es kennen sollte. Doch da war nichts. Dieses Haus war mir vollkommen fremd. Und die Künstlerin sicherlich auch. Wahrscheinlich spielte mir meine Erinnerung mittlerweile nur noch Streiche. Ich war nicht konzentriert genug, hatte längst den roten Faden verloren – und sie damit wahrscheinlich auch.

Marco wirbelte seine Frau auf der Tanzfläche umher, zog sie dann lachend wieder zu sich heran. Die Stimmung war ausgelassen, beinahe jeder Gast tanzte oder durchsuchte den Saal, um sich zu einem neuen Gesprächspartner zu gesellen.

Mein Blick fiel auf die silberne Armbanduhr an meinem Handgelenk: kurz vor zehn. Die Auktion war längst beendet, alles hatte für viel Geld verkauft werden können. Nun lag der Fokus auf angeregten Gesprächen, geschäftlichem Austausch beim vierten Glas Wein und darauf, neue Kontakte zu knüpfen. Ich war einer der wenigen, die am Tisch saßen und alles von Weitem beobachteten. So war das nicht immer gewesen. Bis vor einigen Jahren hatte ich auf jeder Party, bei jeder Gelegenheit im Mittelpunkt gestanden. Immer dazu bereit, nachzuschenken, meine Wut in Alkohol, Drogen und Schlägereien auszulassen und meinen Vater noch weiter zu enttäuschen.

Wenn du so weitermachst, wirst du noch mehr zerstören, als du es ohnehin schon getan hast! Du hast mir alles genommen, was mir lieb war! Wenn du im Hinblick auf deine Zukunft so motiviert wärst, wie du es beim Trinken bist, gäbe es wenigstens Hoffnung für dich.

Seitdem wusste ich, dass er recht hatte. Ich konnte nichts außer Zerstören. Eine menschgewordene Abrissbirne, die allen wehtat, weshalb es besser war, wenn ich seinen Wünschen nachging, im Hintergrund verweilte und einfach meine Klappe hielt.

Als ein kleiner Spalt in der tanzenden Menge entstand, kam Sofias schimmerndes Kleid zum Vorschein. Sie stand an einem Stehtisch und unterhielt sich lachend mit Chiara. Mein Mund wurde trocken, je länger ich sie betrachtete. Ihre Beine in den geschnürten Pumps, die Federn ihres Kleides, die ihre Oberschenkel umschmeichelten, die Fäden eng an ihrem Körper. Sie sah sich im Raum um, nahm einen Schluck Wein und streifte meinen Blick. Für einen kurzen Augenblick wich jegliche Freude aus ihrem Gesicht, der Ausdruck darin wurde traurig, kühler. Dann zuckten ihre Mundwinkel und sie wandte sich wieder ab.

Scheiße! Die Enttäuschung, die sie offensichtlich mit mir verband, schnürte mir die Kehle zu. So konnte das nicht weitergehen, ich musste mit ihr reden, mich entschuldigen und ... ihr irgendwie erklären, was in mir vorging. Nur, wie sollte ich das tun? Was sollte ich ihr sagen?

Ohne konkreten Plan erhob ich mich, drückte mich durch die Menge, die mir immer wieder die Sicht auf Sofia verwehrte. Mein Blick ging umher, suchte sie, als er plötzlich an einer ganz anderen Person hängen blieb.

Ich stockte, taumelte zurück. Die blonden Haare, der zierliche Rücken, ihre langen Finger, die sich durch die Strähnen am

Hinterkopf fuhren, das typische Zucken ihrer Schultern, wenn sie lachte. Konnte es wirklich möglich sein?

Eine halbe Ewigkeit lang stand ich zwischen tanzenden Pärchen, die mich anrempelten, Kellnern, die mir einen weiteren Drink anboten, und Menschen, die mich aufforderten, Platz zu machen, und starrte auf ihren Rücken. Sie, die ich so lange gesucht hatte, die mir nie wieder aus dem Kopf gegangen war und als um deren Suche sich in meinem Leben nichts anderes mehr gedreht hatte. Sie war hier. Wenige Meter von mir entfernt. Ich trat einen Schritt näher, stockte dann wieder und drehte um. Unschlüssig darüber, ob ich mich wirklich bemerkbar machen sollte. Vielleicht wollte sie mich nicht sehen, vielleicht hasste sie mich, nach allem, was ich getan hatte ...

Gleichzeitig war das hier meine Chance, jetzt konnte ich diese Dämonen endlich hinter mir lassen. Ohne groß darüber nachzudenken, war ich mit einem Schritt bei ihr und fasste ihr an die Schulter. Sie drehte sich um und ich lächelte ihr erleichtert entgegen. Sie lächelte ebenfalls, nur ... war es nicht *ihr* Lächeln. Es war nicht *ihr* Gesicht. *Es war nicht sie.*

»Posso aiutarla?« Die Stimme dieser Frau war viel dunkler als *ihre.*

Erschrocken wich ich zurück, schüttelte fassungslos den Kopf. Nun wurde mir klar, dass nichts an dieser Frau ihr ähnelte und ich langsam Geister sah. Mein Verstand setzte aus, ich konnte nicht mehr klar denken, nicht mehr klar sehen. Denn sie war überall, ihr Geist schwebte durch den Saal, war präsent in allem, was ich tat. Ich hörte sie im Lachen einer Touristin in den Gassen Castellammares, sah sie in der Schrift eines Einkaufszettels, der im Supermarkt auf dem Boden lag, roch sie in Miriams Garten zwischen all dem Rosmarin und Basilikum. Sie war überall, nur nicht hier bei mir.

»Scusi«, entschuldigte ich mich und taumelte weiter zurück.

Weil ich keine Luft mehr bekam, drehte ich mich um und wollte hinauseilen, als plötzlich Sofia vor mir stand und mich mit gerunzelter Stirn ansah. In der einen Sekunde wusste sie nicht, was los war, in der nächsten schien sie zu verstehen, dass nun ich derjenige war, den eine Panikattacke heimsuchte.

»Valentin?« Ihre Stimme drang nur dumpf zu mir durch, ehe ich sie hinter mir ließ, mich durch die Menge drückte und hinauseilte. Ich schnappte hilflos nach Luft, taumelte gegen die Steinmauer am Abgrund und starrte auf das dunkle Meer. Mein Herz pochte heftig, ich spürte es in meinen Schläfen, in meinen Ohren und in meiner Brust. Tränen fluteten meine Sicht, als ich erkannte, dass ich sie niemals finden würde. Sie war weg. Für immer. Ich rannte im Kreis, jagte einem Geist nach. Mein Vater hatte recht gehabt: Es wäre besser gewesen, wenn ich mich von Castellammare ferngehalten hätte.

Die plötzlich aufglimmende Wut veranlasste mich dazu, mir hastig über die tränennassen Augen zu wischen. Ich war so wütend, so unendlich traurig. Verzweifelt lehnte ich mich abermals über das Steingeländer, ließ den Kopf hängen. Es war meine verdammte Schuld, dass ich nun hier war. Ich war dafür verantwortlich, dass sie fort war, also hatte ich kein Recht, zu trauern. Es stand mir in keiner Hinsicht zu. Dass ich es trotzdem tat, dass diese Emotionen dennoch an die Oberfläche kamen, machte mich fuchsteufelswild. Ich hatte es so sehr verdient, nun verrückt zu werden, den Verstand zu verlieren und auszurasten. Das Schicksal lachte mich aus, indem es mir stets eine neue Hoffnung vor die Füße warf, nur um sie mir mit einem Wimpernschlag wieder zu entziehen. Angespannt krallte ich mich an das raue Gestein, ließ die Ruhe, die hier draußen herrschte, auf mich wirken.

In der Ferne unterhielten sich leise ein paar Gäste, die Musik von drinnen drang dumpf zu mir hinaus und weiter entfernt hörte man das Rauschen der Autos, die sich ihren Weg am Berggestein entlang in Richtung Scopello schlängelten. Über allem schwebte eine beinahe friedliche Melancholie, trotzdem reichte sie nicht, um mein aufgewühltes Inneres zu beruhigen.

Bis sich eine warme Hand auf meine Schulter legte. Ich hob den Kopf und entdeckte Sofia neben mir. Mit besorgtem Gesichtsausdruck fixierte sie mich. Ihre Anwesenheit schenkte mir Wärme, ihre Berührung lenkte meine Konzentration um. Von jetzt auf gleich spürte ich nur noch sie, sah und hörte nur noch sie. Ihre Atmung, die so natürlich und ruhig war, die Wärme ihrer Hand, ihr besänftigendes Lächeln, das mir zuflüsterte: *Es ist alles in Ordnung.*

Sie sagte nichts, sah mich nur an. Ich antwortete mit einem ebenso intensiven Blick. Und es genügte. Unser Blickkontakt genügte, um meinen Puls zu verlangsamen, wieder normal werden zu lassen. Das zwischen uns war mehr als eine einfache Konversation.

Ich stieß mich von der Mauer ab, ließ den Kopf hängen, woraufhin sie die Hand von meiner Schulter entfernte. Mein Inneres bäumte sich auf, weshalb mein Arm wie von selbst reagierte. Hilfe suchend umfasste ich ihr Handgelenk und rief ihr mit einem Blick ein hilfloses *Lass mich nicht los* zu.

Sie verstand, legte ihre Finger in meine und lächelte sanft. Ihre Augen waren dunkel, an der Innenseite ihres Lids schimmerte es silbern. Fasziniert betrachtete ich sie nun von Nahem und entdeckte Dinge, die mir vorher im schummrigen Saal nicht aufgefallen waren. Wie sehr das Glitzern des Kleides im Grün ihrer Augen glänzte und ich nur denken konnte, dass ihr ganzes Wesen funkelte. Nicht wie das eines perfekt polierten Weinglases. Mehr wie jenes einer Discokugel. Tausende Scherben, zerbrochen und doch bemüht, sich immer wieder zusammenzusetzen und für andere zu scheinen.

Nun zuckte mein Blick zum Eingang. Ich konnte da nicht mehr rein, konnte nicht mehr zurück. Für mich stand fest, dass ich hier wegmusste. Nur wusste ich ebenso gut, dass ich ohne sie – ohne Sofia – nicht weit kommen würde.

»Wollen wir abhauen?« Ich sprach es aus, sie antwortete mit einem breiten Lächeln.

Bring mich weg von hier, Valentin.

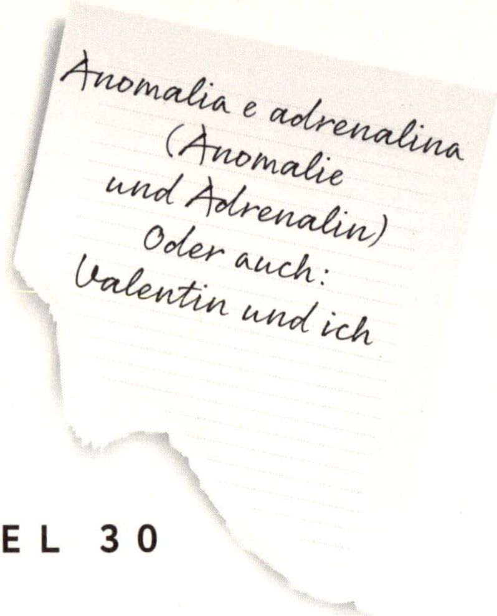

KAPITEL 30

Sofia

»Soll ich Marcos Wagen holen?« Ich deutete zum Parkplatz.

Aufgebracht, wie Valentin war, eilte er voraus und entfernte sich vom Belvedere. »Nein«, antwortete er nur, hetzte bereits weiter. »Ich steig in kein Auto.«

Keine Ahnung, was das bedeuten sollte, ich hinterfragte es nicht. Hinterfragte gar nichts mehr an diesem Abend. Die Hilflosigkeit, mit der Valentin sich an mich geklammert hatte, reichte mir, um, ohne groß nachzufragen, für ihn da zu sein. Schließlich hatte er dasselbe für mich getan.

Sein Motorrad stand etwas weiter vom Eingang entfernt auf dem Parkplatz. Er reichte mir seinen Helm und saß in der nächsten Sekunde auf seiner Maschine. Als würden wir verfolgt werden, stülpte ich den Helm in Windeseile über meinen Kopf und schwang mich schließlich hinter ihm auf das weiche Sitzpolster.

Der Motor der Honda lief bereits und wartete nur darauf, dass ich richtig Platz genommen hatte. In der nächsten Sekunde peilten wir die Straße an. Ich wusste nicht, wo diese

Fahrt enden würde – in schmerzhaften Brandnarben oder dem Paradies. Wir standen beide in einem Buschfeuer. Ob wir heil wieder rauskommen oder darin verbrennen würden, war etwas, das nur die Zeit sagen konnte.

Ich drückte mich fester gegen Valentin, als wir auf der Hauptstraße ankamen, die entweder rechts zurück nach Castellammare oder links am Meer entlang in Richtung des weiter entfernten Scopellos führte.

Valentin wählte links, was ich geahnt hatte. Er wollte fort. Kaum war er abgebogen, beschleunigte er unser Tempo und ich krallte mich an dem Hemdstoff an seinem Bauch fest. Der Fahrtwind und das Mondsilber umhüllte meine Haut, hinter uns Gedankengewitterwolken, die Valentin abhängen wollte. Solange wir fuhren, war alles andere egal. Solange wir fuhren, konnten seine Probleme uns nicht einholen. Nur wir, das glimmrige Goldleuchten der Küste und Meeressalzluft in unseren Nasen. Ich spürte das Stolpern meines Herzschlags, vor Aufregung schlug es unregelmäßig, während es in seiner Brust spürbar pumpte.

Meiner eine Anomalie, seiner pures Adrenalin. Je weiter wir uns von den hellen Lichtern Castellammares entfernten, desto mehr wurde der Ozean zu unserem Nachthimmel. Irgendwann waren wir so nachtumhüllt, dass sich der Horizont mit dem Meer vermischte. Hier draußen legte sich eine Stille auf das laute Vibrieren seiner Maschine, machte sie zu einem monotonen, beinahe beruhigenden Rauschen.

Ich begann zu zittern und konnte nicht einordnen, ob das am Fahrtwind, am Adrenalin oder an Valentin selbst lag. Also drückte ich mich noch fester gegen ihn und streichelte über sein Hemd. Ich musste an unsere Begegnung vorhin im Saal denken, den Ausdruck in seinen dunkelblauen Augen: erst sanft, einen Moment später voller Panik.

Unsere Blicke hatten sich in der Menge getroffen, er noch am Esstisch, ich mit Chiara etwas weiter weg. Ich hatte Überraschung und Neugierde in seinem Gesicht erkannt. Dann hatten ihn die anderen Gäste verschlungen. Kaum hatte ich mich wieder zu ihm gedreht, hatte er mich mit tränengetränkten Augen angestarrt. Was war in diesen wenigen Momenten passiert? Wen oder was hatte er gesehen?

Die Umgebung huschte an uns vorbei. Links die gewaltige Felsfassade des Monte Passo del Lupo, darüber schattiges Grün. Rechts blaues Dunkel, gesprenkelt vom Sternenschimmer. Es war, als wären wir so schnell, dass Zeit und Raum uns nicht mehr greifen konnten. Wir mittendrin, in unserer eigenen Zeitspanne. Wir fuhren und fuhren, bis uns die Zeit wieder einholte und Valentin langsamer wurde.

Erst jetzt realisierte ich, wie weit wir vom Belvedere entfernt waren. Er peilte einen sandigen Weg an, der uns von der Hauptstraße wegbrachte. Hohe Sträucher, hier und da der ein oder andere Kaktus. Je weiter wir fuhren, desto näher kamen wir dem Meer.

Ich kannte die Gegend, wusste, dass dieser Weg direkt zur Grotta Azzurra führte, die wir normalerweise am liebsten mit dem Boot anpeilten. Die wenigsten Touristen kannten diesen Ort. Er war nur unter Einheimischen bekannt und ich fragte mich, ob es Zufall war, dass Valentin uns hierhergebracht hatte, oder er Sizilien besser kannte, als ich geahnt hatte.

Wie vorhergesagt, hielt er an dem gefährlichen Steinvorsprung, an dem man hinab in die azurblaue Grotte klettern konnte. Sobald sein Motorrad aus, sein Licht erloschen war, nahm ich meine neue Umgebung deutlicher wahr. Das Meer rauschte leise vor sich hin, meine Augen gewöhnten sich an die Dunkelheit und ich konnte dessen sanfte Wellen erkennen. Die Stille, die plötzlich herrschte, war einschneidend. Ich schwang mich vom Sitz, Valentin machte es mir gleich. Ich erkannte, dass mein Zittern tatsächlich von dem kalten Fahrtwind gekommen war. Für eine nächtliche Motorradfahrt war ich selbst auf Sizilien zu dünn angezogen.

Valentin entfernte sich ein paar Schritte von mir und raufte sich aufgebracht die Haare. Mit dem Rücken zu mir blieb er an der Klippe stehen, ehe ich mir seinen Helm vom Kopf zog, meine Haare richtete und mir anschließend über die kalten Arme fuhr. Langsam kam ich näher.

Als es unter meinem High Heel knackte, fuhr Valentin herum. Eine gefühlte Ewigkeit lang starrte er mich an, als würde er in einem anderen Moment feststecken und nur langsam realisieren, wo und wer wir waren. Erkenntnis machte sich in seinem Blick breit. »Du zitterst«, hauchte er, noch während er sich sein Jackett vom Körper zog, es über meine Schultern legte und mich in seine Arme schloss. Wärmend rieb er über meinen Rücken und ich schmiegte mich an ihn. Seine Jacke reichte mir bis zum Oberschenkel, versteckte mein gesamtes Kleid. Es war nicht wirklich kalt, wir hatten trotzdem noch knappe achtundzwanzig Grad, doch der Fahrtwind war so frisch gewesen, dass wir eine ganze Weile so dastehen mussten, bis ich nicht mehr zitterte.

Irgendwann trat ich einen Schritt zurück und sah zu ihm auf. In seinem Blick herrschte nach wie vor ein Gewitter, es hatte uns eingeholt.

»Warst du schon mal hier?« Meine Frage ließ seinen Kiefer zucken, die Wolken in seinem Blick verdunkelten sich weiter. Ich hob mein Bein und streifte mir einen High Heel nach dem anderen vom Fuß, ehe ich meine Arme in seine Ärmel stülpte und in Richtung Abhang lief. Durch einen Zugang im Felsen konnte man hinab in die Grotte klettern. Ich sprang auf den ersten Stein unter mir, sah dann zu Valentin auf, der mich etwas entgeistert anblickte.

»Komm mit.«

Mit vier weiteren Sprüngen kam ich schließlich auf einem Felsen auf, der aus dem Wasser ragte. Dort, wo die Gischt das Gestein streichelte, ruhten einige Seeigel, und das Mondlicht war so hell, dass man selbst nachts das türkise Schimmern des sandigen Bodens erkennen konnte.

Valentin trat hinter mich, lehnte an der Felswand in seinem Rücken. Ich setzte mich auf einen weiteren Vorsprung. Ein paar Wellen lang blickten wir stumm auf den Ozean. In der Ferne glühten die Lichter zweier Yachten, rechts sah man die Küste der Insel, links nur vereinzelte Lichter Scopellos. Plötzlich erkannte ich weit auf dem Meer ein stummes, monotones Aufleuchten, das die Umrisse von Wolken nachzeichnete.

»Wetterleuchten«, warf ich ein und deutete zum Himmel, ehe ich zurück zu Valentin blickte.

Er folgte meinem ausgestreckten Finger und erkannte ebenfalls das Glimmen eines Gewitters, das so weit entfernt war, dass wir es theoretisch nicht hätten sehen dürfen. »Das Flackern gehört den Blitzen eines Gewitters, das hinter dem Horizont liegt. Wir sehen sozusagen nur die Luftschichten, die davon erleuchtet werden. Deshalb hören wir auch keinen Donner und deswegen ist es nur ein Flackern. Als Kind hab ich mich während solcher Wetterleuchten stundenlang auf die Terrasse gesetzt und dem für mich Unvorstellbaren zugesehen. Dass wir etwas sehen können, was hinter dem Horizont liegt, ist, als könnten wir in ein anderes Universum blicken.«

Valentin stieß sich von der Wand ab und setzte sich neben mich, ohne den Blick von der Ferne zu lösen.

»Mein Nonno meinte immer«, fuhr ich etwas weniger euphorisch fort, »dass das Meer uns dieses Leuchten ermöglicht. Das Meer zeigt uns Dinge, die wir sonst nicht sehen. Es lässt uns Dinge fühlen, die sonst nicht da sind.«

Ich spürte seinen Blick auf meinem Profil. Er verharrte dort eine ganze Ewigkeit, ehe auch ich aufschaute.

»Ich weiß seltsamerweise genau, was dein Nonno damit gemeint hat.« Seine Stimme war roh und ehrlich, zwischen den Worten ein unsicheres Kratzen.

Meine Wangen fingen Feuer, in meiner Brust war ein Band, das sich um mein Herz zog. Denn ich verstand ihn noch immer nicht. Wusste nach wie vor nicht, weshalb er diese Dinge sagte, diese Dinge *fühlte*, und mich dann wieder abwies.

Das kleine silberne Beutelchen, das an meinem Handgelenk befestigt war und in dem ich Schlüssel und Handy verstaute, vibrierte. Hastig fischte ich mein Smartphone hervor und sah eine Nachricht von meiner Cousine aufleuchten.

Wo bist du?

Ich tippte ein *Bin schon weg, wartet nicht auf mich. Bacio :** ein und steckte es zurück in die Tasche.

»Ja, ich war tatsächlich schon mal hier«, ertönte plötzlich Valentins Stimme neben mir. Abwesend starrte er weiter in die Ferne. »Als Kind hab ich hier Urlaub gemacht. Aber daran kann ich mich kaum erinnern.« Er hielt inne, lächelte schließlich und atmete einmal tief aus. »Ich hab immer zwischen den Felsen an der Küste gespielt. Das weiß ich noch. Im Gegensatz zu den anderen Kindern hab ich mich nie für Sandburgen oder Löchergraben interessiert. Die Felsen, die Steine, das war mein Spielplatz. Mum hatte immer solche Angst um mich.«

Sein Kiefer zuckte. Kurz dachte ich, das Wetterleuchten als Spiegelung in einem Tränenfilm in seinen Augen entdeckt zu haben.

»Ich hab sie gesehen, vorhin ... auf der Gala ... das dachte ich zumindest.« Der Funken Freude in seinen Zügen wurde von bitterer Enttäuschung abgelöst.

Jetzt verstand ich, weshalb er so panisch rausgerannt war, nun ergab mein Gefühl, dass er einen Geist gesehen haben könnte, Sinn. Denn genau das schien passiert zu sein. »Du vermisst sie«, stellte ich fest.

Ein tiefer Atemzug hob seine Brust. »Es ist mehr als das.« Fragend neigte ich den Kopf zur Seite, ehe er sich mir zögerlich zuwandte. »Ich vermisse, wer ich war, als sie noch da war.«

Seine Lider schlossen sich, als wäre er erschöpft.

»Wer warst du denn?«

Er brauchte eine ganze Weile, um zu antworten. Ehe er etwas sagte, starrte er mit einem melancholischen Lächeln ins Leere. »Bedeutend.« Das war alles. Ein einziges Adjektiv, neun Buchstaben. Und doch so vielsagend, wie der Brief auf seinem Schulterblatt. *My Valentin.*

Rückblickend sah ich es genau vor mir. Die Worte unter seiner Haut, die ich damals auf Antonios Boot noch nicht hatte entschlüsseln können. Nun wusste ich, dass das Ende jenes Briefes *You are valuable* gelautet hatte. Ein Brief von seiner Mutter.

»Wer sagt dir, dass du das jetzt nicht mehr bist?«

Sein Lächeln verblasste augenblicklich. Er schaute hinunter auf seine Hände, zuckte mit den Schultern. »Du kennst mich nicht, Sofia. Du weißt nicht, was ich alles schon hinter mir habe, wie viel *Scheiße* ich gebaut habe.« Mein Herz brach gleich mehrmals bei der Verzweiflung, die sich in diesem Moment in ihn fraß. Als hätten seine Mauern den Gefühlen nicht mehr standhalten können, sackten seine Schultern hinab, er verzog schmerzerfüllt das Gesicht. Alles in ihm krachte zusammen.

»Manchmal fühlt es sich an, als hinge über meiner ganzen Jugend ein dichter Schleier, weil ich nicht wirklich bei mir gewesen bin. Ich kann mich kaum an etwas erinnern, weiß nur, dass ich zu wenig geschlafen und dafür viel zu viel getrunken habe. Wodka war schlichtweg einfacher zu schlucken als die simple Wahrheit, dass meine Mutter nicht mehr zurückkommt. Jeden Abend eine neue Party, nicht, um zu feiern, sondern um einfach alles zu betäuben. Auf manchen gleich mehrere Schlägereien, ich provozierte, um mich selbst zu verletzen, um Narben zu sammeln. Für jeden scheiß Tag ohne sie eine. Ich war nicht nur wütend, ich war aggressiv, hatte mich manchmal gar nicht unter Kontrolle und erst später gemerkt, was ich angerichtet habe. Ich hab meinem Dad so viel Leid angetan, das ich wahrscheinlich nie wiedergutmachen kann.« Er hielt einen Moment inne, atemlos, rastlos. Dann schüttelte er den Kopf. »Diese Wut ist immer noch in mir, Sofia.« Ängstlich sah er mich an. »Und das ist der Grund, weshalb ich mich manchmal wie das letzte Arschloch verhalte und dich abweise. Ich will nicht, dass du sie am eigenen Leib erfährst.«

Valentin lehnte die Ellenbogen auf seine Knie, raufte sich die Haare und ließ anschließend den Kopf hängen. Wie er da so saß, wirkte er so verloren, seine Worte über sich selbst so einschneidend.

»Weißt du«, begann ich nach einer langen, stillen Pause. »Wut ist nur der Mantel tiefgreifenderer Emotionen. Ein Schutzschild, der dich vor deinen wahren Gefühlen abschirmen soll.«

Er drehte den Kopf in meine Richtung. Seine dunklen Augen fixierten mich mutlos.

»Statt diesen Mantel abzulegen, ziehst du aber ständig noch einen weiteren drüber, der die Wut und alles darunter überdecken soll. Denkst du, es ist nicht einfacher, ihn auszuziehen und dich deinem Schmerz zu stellen? Du leidest, Valentin.«

»Ich hab aber keine Berechtigung, zu leiden.« Sein Widerspruch kam so schnell und klang so kalt und abweisend, dass ich stockte.

»Du hast deine Mutter verloren. Wieso denkst du, dass du keine Berecht-«

»Weil ich selbst dran schuld bin. Ich bin verantwortlich für diesen Unfall, hab meinem Vater seine Frau genommen, und als wäre das nicht genug, hab ich meine gesamte Jugend über noch mehr Scheiße angestellt.«

Meine Welt stand einen Moment lang still, weil ich seine Worte verarbeitete und sie doch nicht verstand. Etwas drückte in meiner Kehle, meine Augen brannten. Mitzubekommen, wie Valentin sich immer und immer wieder bestrafte, sich für etwas die Schuld zusprach, für das er gar nichts konnte, schmerzte mehr, als ich gedacht hatte. »Du warst ein Kind, Valentin. Was auch immer du damals getan hast, es ist nicht deine Schuld.«

Er schüttelte den Kopf, als würde das nicht zählen. »Warum kommt sie dann nicht zurück? Warum verzeiht sie mir dann nicht?« Sein Gesicht verzerrte sich, seine Gedanken offenbar auch. Er schien nicht mehr richtig denken zu können, ging davon aus, seine Mutter würde aus Hass ihm gegenüber nicht wieder von den Toten auferstehen. »Ich packe etwas an und es zerbricht. Wie darf ich da trauern? Wie kann ich mir da das Recht rausnehmen, zu leiden?«

Ein trauriges Lächeln legte sich auf meine Lippen. »Ich sage es dir nur ungern, aber ... das tust du schon längst.« Behutsam legte ich die Hand auf seine zitternde. Er zuckte zusammen, sah hoffnungslos auf. »Und wenn du diese Trauer nicht zulässt, dich nicht davon befreist, wirst du darin ertrinken.«

Die Traurigkeit in seinen Augen umhüllte mich, als wir uns ansahen. Sein Blick orientierungslos. So, als würde er ganz genau wissen, dass ich recht hatte, aber keine Ahnung haben, wie er meinem Rat folgen sollte. Wie er zwischen heilender Realität und dem Netz aus Hass unterscheiden sollte. Das Wasser in seinen Augen färbte seine blauen Iriden silbrig, wie das Spiegelbild des Mondes in den Wellen. Tief und dunkel, ein Ozean bei Nacht. Während er in seiner Trauer ertrank, ertrank ich in ihm und den Worten, die er nicht sagte, aber mir gleichzeitig offenlegte.

Irgendwann schüttelte er den Kopf, als hätte er eine Erkenntnis erlangt, die ihn fassungslos machte. »Das Ding ist, nach meiner rebellischen Phase habe ich mit allen Mitteln versucht, es wiedergutzumachen, mir die Anerkennung meines Vaters zurückzuholen, wieder *bedeutend* zu werden.« Er hielt inne, verzog das Gesicht wieder, als würde er Schmerzen leiden, und ich spürte die Anspannung, die ihn durchströmte, als er eine Hand zur Faust ballte. »Nichts hat funktioniert. Also wurde ich immer stiller, um keinen Ärger zu machen und bedingungslos dem nachzugehen, was man von mir verlangte.« Sein Mund blieb offen stehen, ich sah seine Lippen zittern, als er die Faust löste und sich damit übers Gesicht fuhr. Bis er mich wieder mit blutunterlaufenen Augen fixierte und ich Verwirrung darin erkannte. »Um mich herum ist es immer so verflucht still, in mir drin herrscht aber weiterhin so viel Chaos. Und mitten in diesem Durcheinander warst plötzlich du.« Er schüttelte den Kopf, in seinem Blick Unverständnis. »Wie *Furcht einflößend schön* es ist, plötzlich wieder den Drang zu haben, für jemanden *bedeutend* zu sein. Ich verstehe es nicht, und es macht mir Angst.«

Mein Atem stockte. Ich hielt die Luft an, als könnte ich den Moment festhalten. Doch die positive Regung in seinem Gesicht wurde im nächsten Atemzug von derselben traurigen Erkenntnis zunichtegemacht, die ihm auch vorgaukelte, er hätte kein Recht, das zu fühlen, was er nun mal fühlte. Ich spürte, dass er abdriftete, wieder in Selbsthass versank, weil er sich selbst nicht mehr zu verstehen schien.

Ich erinnerte mich an meine Panikattacke. Luke, Weinkeller, *Valentins Worte. »Ich bin hier«*, hatte er gesagt, meine Welt dadurch wieder ins Gleichgewicht gebracht. Also drehte ich mich in seine Richtung, griff nach seinem Gesicht und ließ das Zittern seines Körpers in meinen übergehen. Seine Wangen in meinen Händen starrte er mich verständnislos an. Ich konnte an seinen Schläfen seinen rasenden Herzschlag spüren.

»Ich bin hier.« Nun war ich diejenige, die ihm das klarmachte. »Ich bin hier, in deinem Chaos, obwohl ich selbst eins bin. Ich hab keine Ahnung, wer ich bin oder sein möchte, hab Angst vor meinem eigenen Kopf und bin immer mehr im Zwischendrin als im Mittendrin, weil ich nicht weiß, was *mein* Mittendrin ist. Aber in deinem Chaos, in *deinem Mittendrin* bin ich gerne und in diesem Augenblick bleibe ich auch. Denn ich selbst entscheide, welches Risiko ich eingehe und welches nicht.«

Valentins Kiefer zuckte. »Ich weiß nicht, was du in diesem Chaos willst.« Behutsam strich er mir über die Wange, während er verwirrt den Kopf schüttelte. »Ich hasse es darin, ich hasse diesen Ort in meinen Gedanken. Weil ich keine Ahnung habe, was dort vor sich geht. Es ist zu viel, zu durcheinander, zu unsicher, zu zu zu. Mir nahezukommen, muss so *verflucht* wehtun, und das tut mir so verdammt leid.«

Mein Herz brach zum hundertsten Mal an diesem Abend, weil in ihm dieser Junge gefangen war, der noch immer am Unfallort stand, dem man nie erlaubt hatte, zu trauern, und der sich mit jedem Tag neu bestrafte. Langsam fuhr ich über sein Kinn, berührte die Narbe darauf, ehe ich die Hand hinab zu seiner Schulter gleiten ließ und über das Wundmal darauf strich.

Guilty. Er hatte sich tatsächlich als schuldig gebrandmarkt.

»Dir nahezukommen«, begann ich und drang mit meinem Blick tief in das Meer aus Tränen ein, das er in sich trug, aber nicht rausließ, »war das Beste, was mir seit Langem passiert ist.« Meine Stirn sank gegen seine. »Du sagst, es wäre gefährlich mit dir. Warum fühle ich mich dann so sicher?«

Nur einen zittrigen Atemzug später waren seine Hände an meiner Taille, zogen mich näher zu ihm heran. Einmal ausatmen, dann hatte er die übrigen Zentimeter zwischen uns überbrückt und küsste mich, als wäre ich für ihn die Luft, nach der er so verzweifelt rang.

In einer fließenden Bewegung hob er mich rittlings auf seinen Schoß und krallte sich an mir fest wie an den letzten Hoffnungsschimmer, den er in sich trug. Mit jedem weiteren Kuss schob ich mich ihm noch einen Millimeter entgegen, versuchte ihm klarzumachen, wie sehr ich seine Nähe brauchte und dass es für mich keinen Grund gab, seinem Chaos zu entfliehen. *Wir waren ein Chaos.* Sah er das nicht? Sah er nicht, dass es längst zu spät war, um zu gehen? Dass wir verloren waren?

Mein Handy vibrierte zweimal hintereinander, doch ich ignorierte es. Nun gab es nur noch Valentin, mich, die Nacht und den Ozean. Seine Zunge schlich sich in meinen Mund, seine Hände fuhren über meinen Rücken und streichelten über meine nackte Haut. In diesem Kuss interessierte er sich nicht für meine Rundungen, er suchte weder nach meinen Oberschenkeln noch nach meiner Brust. Nur nach mir und allem, was ich in mir trug.

Ein leises Seufzen vibrierte in seiner Kehle, das verzweifelt und gleichzeitig erlösend klang. Als könnte er sich mit mir in seinem Arm endlich fallen lassen und die Gefühle rauslassen. Sie flossen aus ihm raus, er befreite sie und entließ sie in die Nacht, wo sie wie das Wetterleuchten hinterm Horizont verschwanden. Ich tat es ihm gleich und gestand mir ein, dass ich ihn mindestens genauso brauchte wie er mich.

Wieder erschütterte eine Nachricht mein Handy, wieder ignorierte ich sie. Ich wollte nicht, dass dieser Moment endete.

Ich weiß nicht, was du in diesem Chaos willst. Seine Stimme hallte an den Wänden meines Inneren wider. Im selben Moment, in dem mir klar wurde, dass es hierbei schon längst nicht mehr um meinen Willen ging. Valentin war keine Sache des Wollens, er war eine Notwendigkeit.

Nun wurde das Vibrieren penetranter, ich wurde angerufen und mich überkam der Gedanke, dass es vielleicht doch etwas Wichtiges sein könnte. Atemlos ließ ich von Valentin ab, seine Stirn an meiner. Wir sahen uns einen Moment lang an, auf unseren Lippen klebte ein verhaltenes Lächeln. Er wirkte nun viel ruhiger, was mein Herz erwärmte.

»Sorry«, hauchte ich und wandte mich dem Beutel an meinem Handgelenk zu, um dem Vibrieren endlich ein Ende zu bereiten.

Mit dem Lächeln, das Valentin auf mein Gesicht geküsst hatte, blickte ich auf den Bildschirm. Eine Sekunde, zwei Atemzüge, drei Tode, die ich starb. Dann spürte ich jegliches Blut aus meinem Gesicht sacken, alle Muskeln erstarrten.

Luke.

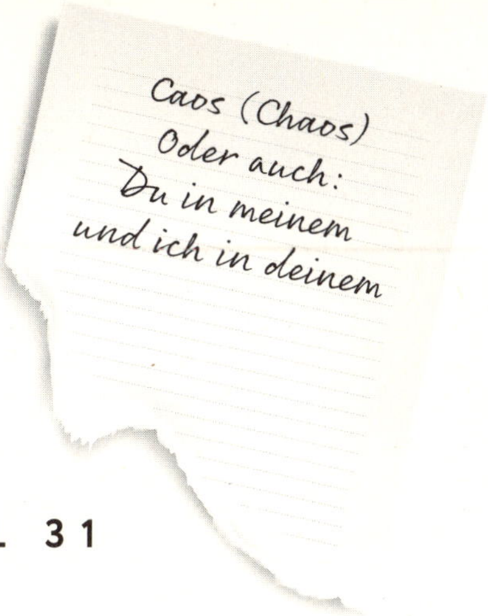

KAPITEL 31

Valentin

Warum fühle ich mich dann so sicher?

Ich zog Sofia noch näher zu mir heran und krallte mich an sie. Weil sie *meine* Sicherheit war, weil sie *meine* Hoffnung war. Dieser Moment war intimer als alle anderen, die wir bisher miteinander geteilt hatten. In meinem Kopf rannten die Gefühle Amok, es herrschte pures Chaos. Das Chaos, in das sie sich freiwillig niederließ, weil sie mir nahe sein wollte. So ganz verstand ich es immer noch nicht.

Ich war ein Gefühlsmessi. Bewahrte jede meiner Emotionen in einem Kopfzimmer auf, um sie ja nicht rauslassen zu müssen, stattdessen schloss ich sie in mir ein. Das musste enden. Ihre Worte, ihre Nähe, ihr Kuss sorgten für etwas frischen Wind, brachten Ordnung hinein, während sie gleichzeitig noch mehr durcheinanderwirbelten. Sie hatte recht. Mich zu öffnen, hatte gutgetan. Auch wenn ich ihr nicht die ganze Wahrheit erzählt hatte. Doch für heute reichte es. Vielleicht reichte es auch für immer, vielleicht war es besser, wenn ich nicht alles laut aussprach.

Etwas vibrierte an meiner Schulter, zum dritten Mal. Die kleine Tasche baumelte an Sofias Handgelenk, doch sie ignorierte es, schlang ihre Arme stattdessen noch enger um meinen Hals. Unser Kuss wurde sanfter, langsamer, ehe eine weitere Benachrichtigung ihr Handy erschütterte und es nicht mehr aufhörte zu vibrieren.

Sie seufzte, weil sie die Störung genauso zu nerven schien wie mich. Ihre Lippen berührten ein letztes Mal die meinen, ehe sie nach ihrem Beutel griff.

»Sorry«, meinte sie, woraufhin ich ihr eine wirre Strähne aus dem Gesicht fischte. Ich ließ sie seidig durch meine Finger gleiten, fuhr über die nackte Haut an ihrem Rücken und sog den Duft nach Salz, Sonnencreme und Fahrtwind, der noch immer an ihr haftete, ein. Erst als sich ihre Muskeln anspannten, das Vibrieren des Handys in ein Zittern ihres Körpers überging, merkte ich, dass die Leichtigkeit aus ihrem Gesicht verschwunden war.

Skeptisch lehnte ich mich ein Stück zurück, um sie besser ansehen zu können. Ihre Augen waren tränennass, ihr Mund stand offen und zitterte. Mit derselben Panik, mit der ich sie im Weinkeller vorgefunden hatte, starrte sie auch jetzt auf das Display. Normalerweise weigerte ich mich, auf die Handys anderer zu linsen, doch meine Alarmglocken läuteten laut. Sie so zu sehen, war unerträglich für mich. Also griff ich nach ihrer Hand, riskierte einen Blick auf das, was ihr solche Angst zu machen schien.

Ein verpasster Anruf einer unbekannten Nummer mit britischer Vorwahl war zu sehen, darunter vier Nachrichten. Meine Hände wurden schweißnass, eine schlimme Vorahnung schoss durch meinen Kopf. Eine Träne tropfte lautlos auf den Touchscreen, Sofia schien es kaum zu bemerken.

»Sofia.« Meine Stimme klang fremd. Ich legte meinen Daumen an ihr Kinn und hob es an, um sie von diesem Albtraum wegzuholen. »Wem gehört die Nummer?«

Ihr Blick wirkte wie Glassplitter, durch die sie mich ansah. Statt mir zu antworten, entsperrte sie das Telefon und reichte es mir. Anschließend drehte sie den Kopf zur Seite, als fürchtete sie, die SMS könnten sich in meinem Blick spiegeln.

Du Schlampe

Wenn du schon mit irgendeinem Touristen
rummachen musst, dann lass dir von ihm
wenigstens ordentliches Englisch beibringen,
schließlich hat es dein Vater ja nie auf die Reihe
bekommen.

Ich fasse es nicht, wie du dich verhältst
Du warst mal so ruhig, süß und zurückhaltend.
Und dann hast du alles zerstört

Denk ja nicht, dass du einfach so davonkommst,
nach allem, was du getan hast

Etwas zuckte in meinen Muskeln. Ich las mir die Nachrichten vier Mal durch. Beim fünften Mal legte sich ein roter Film über die Worte, weil mir das Blut zu Kopf stieg. Sofia saß nach wie vor auf meinem Schoß. Sie weinte. Doch statt sie in eine Umarmung zu ziehen und zu trösten, reagierte die vertraute Rage in mir. Ohne nachzudenken, drückte ich auf die Nummer, das Freizeichen ertönte, dann wurde abgehoben, doch es blieb still. Im selben Moment drehte Sofia ihren Kopf in meine Richtung, starrte mich durch große Augen an. Sie zitterte vor Angst. Ich zitterte vor Wut.

Die Stille, die in der Leitung herrschte, war einschneidend. Jetzt hatte er plötzlich keine so große Klappe mehr, konnte den Mund nicht aufmachen. *Wem auch immer die Nummer gehörte.* Aber das war in diesem Moment auch nicht wichtig. Alles, was zählte, war, dass er Sofia belästigte, und wenn sie in mir eine Sicherheit sah, wollte ich auch genau das für sie sein.

Hastig riss Sofia mir das Handy aus der Hand, drückte auf die rote Taste und feuerte es mit einem Ächzen in die nasse Dunkelheit. Mit dem Plätschern ließ sie die Schultern hängen, das Zittern ließ ein wenig nach. Mein Zorn blieb derselbe. Und das Schlimmste: Es war nicht nur Wut, so wie ich sie kannte. Es war Hilflosigkeit, es war Sorge, es war Orientierungslosigkeit. Ich konnte nicht einfach um mich schlagen, so, wie ich es wollte, konnte mir diese Person nicht einfach schnappen und ihr eine verpassen. Denn erstens wusste ich nicht, wer sie war, und zweitens war das nicht mehr die Art Mann, die ich sein wollte und die Sofia brauchte. Sie war stark, sie hatte keinen Helden nötig. Wenn es hart auf hart kam, würde sie sicherlich mit allem zurechtkommen. Meine Lust, um mich zu schlagen, hatte nichts damit zu tun, sie zu retten. Nicht in erster Linie. Es war einfach das Einzige, was ich in solchen Momenten kannte. Eine Angewohnheit.

Ein Schluchzen erschütterte ihren Körper. Ich kam in der Gegenwart an und realisierte, dass *meine* Gefühle zurzeit nicht zählten. Sofia zählte und sie brauchte mich jetzt.

Intuitiv schlang ich die Arme um sie und fuhr Kreise über ihren Rücken, bis sie sich beruhigt hatte und endlich wieder zur Sprache zurückfand.

»Ich bekomme solche Nachrichten schon länger.« Ich hatte es geahnt, das Wutfeuer flammte mit neuer Intensität wieder auf. Dennoch unterdrückte ich die Glut, ihr zuliebe. »Zwar wusste ich die ganze Zeit nicht, von wem sie kamen, aber …« Ich verbrannte von innen, weil die Pause, die sie machte, einschneidend war. »Du musst wissen … Mein Vater ist kein Italiener, er ist Engländer und ist nach meiner Geburt abgehauen. Ich kam erst mit zwölf nach England und wurde jahrelang für meinen Akzent gemobbt. Ich hab mich so dafür geschämt, dass er mich einfach im Stich gelassen und es mir nie beigebracht hat. Ich hab mich einfach nicht … als gut genug empfunden, schließlich hat nichts an mir gereicht, um ihn dazu zu bringen, zu bleiben. Weil es leichter für mich war, hab ich allen erzählt, dass mein Vater Italiener und ebenfalls tot sei. Sonst wäre mir mein schlechtes Englisch noch peinlicher gewesen. Sonst hätten sie Fragen gestellt, warum ich es nicht besser konnte, warum er mich verlassen hat.

Nach den schlimmen Mobbingattacken ist Zia Lili mit mir umgezogen, auf der neuen Schule konnte ich endlich alles hinter mir lassen und habe Anschluss gefunden. Bis heute gehört meine Aussprache zu meiner größten Unsicherheit, was ich aber nie jemandem anvertraut habe. Niemand außer meiner Familie weiß, dass ich deswegen den Hass aller möglichen Leute abbekommen hab, niemand kennt die Wahrheit über meinen Vater, niemand kann das, was in dieser SMS steht, wissen … nur mein Exfreund Luke. Ihm hab ich es eines Tages anvertraut. Ich will ihn nicht beschuldigen, aber … nach dieser Nachricht … ich weiß nicht mehr, was ich denken soll.«

Exfreund. Irgendwo tief in mir war es mir klar gewesen. Die Liebe trieb einen zu den schlimmsten Dingen. Ich wusste das aus – zwar anderer – aber doch eigener Erfahrung.

»Hat er dir wehgetan?«

Sie löste ihren Kopf von meiner Schulter, legte die Finger an die Knopfleiste meines Hemdes und fummelte daran herum. Das Mondlicht glitzerte auf ihren nassen Wangen. »Nein. Nicht körperlich. Ich meine, er war sehr narzisstisch, konnte manipulativ und verletzend sein. Ich hab ihm immer dann am besten gefallen, wenn mein Selbstwertgefühl am niedrigsten gewesen ist: still, schüchtern, unterwürfig. Je offener ich auf der neuen Schule wurde, je mehr ich heilte und zu der Sofia heranwuchs, die ich heute bin, desto mehr hat er mich abgelehnt. Aber ich hätte diese Trennung nie als wirklich schrecklich oder *gefährlich* bezeichnet. Wir waren junge Erwachsene, die zwar im Streit auseinandergegangen, aber in wenigen Wochen auch schon wieder mit den Gedanken ganz woanders gewesen waren.«

»Was will er dann jetzt von dir?«

Sie zuckte mit den Schultern. »Ich weiß es nicht. Ich versteh nicht, was er mit *Nach allem, was du getan hast* meint. Ob ihn diese Trennung doch mehr verletzt hat, als ich geahnt habe?« Kurz wandte sie den Blick zur Seite und hielt inne. Ihre Lippen zitterten. »Wir waren ein knappes Jahr lang zusammen. Nach der Trennung habe ich angefangen, die Zettel zu bekommen. Sie waren in meinem Schließfach und im Briefkasten. Von Anfang an waren sie hasserfüllt gewesen, als wäre ich der schlimmste Mensch auf Erden. *Checkst du eigentlich nicht, was du angerichtet hast? Du wirst für all das büßen. Schlampe, Fotze,* und so weiter und so fort. Wir waren bei der Polizei, doch die hat das nicht ernst genommen. Hinzu kam, dass ich mich immer mehr beobachtet gefühlt habe. Zwei Mal waren meine Fahrradreifen aufgeschnitten, ein paar Mal mein Spind und Rucksack verwüstet. Selbst als die Nachrichten aufgehört haben, litt ich weiterhin unter Panikattacken und weiß bis heute nicht, ob ich mir bestimmte Dinge nur eingebildet habe oder sie wirklich passiert sind. Die Situation im Weinkeller zum Beispiel ... Das gedimmte Licht und die hohen Regale hatten mich an einen Vorfall in der Schulbibliothek erinnert, in der ich einen Brief in meinem Rucksack gefunden und plötzlich zwischen den Regalen überall Schatten gesehen hatte. Das war eine der schlimmsten Panikattacken, die ich je gehabt hatte. Meine Unsicherheit hatte sich etwas gelegt, als dann wirklich lange Zeit nichts mehr kam, doch ich hatte mich so schlecht und alleingelassen gefühlt. Die Polizei hat das Ganze nur als einen dummen Streich abgetan und selbst ich hatte irgendwann angefangen, mir selbst nicht mehr zu vertrauen und zu glauben, ich würde halluzinieren. Das war der Grund, weshalb ich mich danach kaum mehr jemandem anvertraut habe. Ich wollte niemandem zur Last fallen mit Dingen, die vielleicht nur in meinem Kopf stattfinden. Doch während meines Abschlussballs vor einigen Wochen hat es dann wieder nach Jahren der Ruhe begonnen. Eine Nachricht lag in meinem Briefkasten, geschrieben mit einer Schreibmaschine. Ich hab sie, kurz bevor ich zur Schule aufgebrochen bin, gefunden, sie trotzdem für mich behalten. *Wie gut du in deinem Abschlusskleid aussiehst, verdient hast du es trotzdem nicht.*«

Innerlich legte ich meine Gefühle in Ketten, weil sie in diesem Moment vulkanartig aus mir rausschießen wollten. Am liebsten wäre ich auf mein Bike gesprungen und hätte Castellammare – ach, scheiß drauf, die ganze Insel! – nach diesem Mistkerl abgesucht. Nur, dass ihr das nicht geholfen hätte. Und mir auch nicht. Ich hätte an ihrem Exfreund nur ein Bedürfnis gestillt, das die eigene Unzufriedenheit in mir ausgelöst hatte. Das Bedürfnis, jeden zu schützen, der mir wichtig war, und alle Gefahren aus dem Weg schaffen, damit ihnen niemals wieder etwas passieren konnte. Sofia war mir wichtig, doch ich war nicht ihr Bodyguard, ich war nicht ihr Held. Ich schützte sie so, wie sie beschützt werden wollte. Und in diesem Moment war das hier bei mir, mit meinen Armen um sie und meiner Aufmerksamkeit auf ihren Lippen.

»Meiner Tante in Norwich hab ich auch nichts gesagt. Ich möchte nicht, dass sie sich Sorgen macht. Außerdem hab ich gehofft, dass die Nachrichten aufhören würden. Vor allem, wenn ich hier auf Sizilien bin. Doch …«, sie erschauderte erneut und ich zog sie an mich, woraufhin sie ihren Kopf an meine Brust schmiegte, »dass er mir jetzt auch SMS schreibt oder mich anruft … ich hätte nicht gedacht, dass er mir das noch mal antut. Chiara ist die Einzige, die davon weiß. Und sie hat direkt auf Luke getippt, aber ich … irgendwo in mir drin hab ich wirklich an das Gute in ihm geglaubt.«

Ich drückte sie noch enger an mich, hätte sie am liebsten nie wieder losgelassen. »Was kann ich tun?« Auf Anhieb fielen mir tausende Dinge ein: ihn zusammenschlagen, ihn terrorisieren, sie an einen sicheren Ort bringen, sie dazu drängen, erneut zur Polizei zu gehen und es ihrer Familie zu erzählen. Das waren Dinge, die *ich* tun wollte. Hier ging es aber nicht um mich. Hier ging es um sie.

»Kannst du mich einfach halten?« Sie hob ihren Kopf, um mich anzusehen, und legte die Finger an meinen Nacken. Ich streichelte ihre Wange. »Ich hab keine Ahnung, was ich tun werde. Ob ich ihn anzeigen, zur Polizei gehen, ihn kontaktieren und ihm eine reinhauen werde.« Für eine Millisekunde zuckten bei letzterem Vorschlag sogar ihre Mundwinkel. Ich hingegen konnte mich selbst ihr zuliebe nicht zu einem Lächeln durchringen, weil ich rein gar nichts an der Vorstellung, er könnte ihr etwas antun, lustig fand. »Jetzt, in diesem Moment, weiß ich nicht, was ich tun werde oder tun soll. Ich brauch einfach einen Moment, um runterzukommen.«

Im selben Atemzug hauchte ich einen Kuss auf ihre Stirn und nahm sie wieder in den Arm. Meine Hand lag schützend auf ihrem Hinterkopf, die andere auf ihrem Rücken.

»Es ist ein Schock und es ist immer noch Furcht einflößend«, fuhr sie an meiner Schulter fort. »Aber jetzt, da ich mir sicher bin, dass er es ist, der die Nachrichten schickt, bin ich beruhigter. Jetzt hab ich ein Gesicht zu meinem Stalker, jetzt ist es nicht mehr nur ein namenloser Geist, der mir durchs Hirn schwirrt und bei dem ich nicht weiß, ob ich mit ihm klarkommen würde. Die ganze Zeit über hatte ich Angst, nun bin ich einfach nur enttäuscht von ihm. Du hattest recht. Mein Kopf war das Problem, mein Kopf war das Arschloch.«

»Es ist eigentlich egal, wer dieser jemand ist. Luke oder irgendein anderer Mistkerl«, begann ich. »Du würdest mit ihnen allen klarkommen, da bin ich mir sicher. Du bist stärker als ich.«

Ein gedämpftes Lachen tönte durch ihre tränenerstickte Stimme hindurch. Mein Herz wurde warm, die Welt um uns herum wieder etwas ruhiger. Worte waren ausgesprochen worden, Gefühle mit Tränen rausgespült. Ich wünschte, ich hätte meine Wut ebenso einfach und schnell loswerden können, dabei verhöhnte sie mich weiter, drückte mir gegen die Kehle und gegen die Lunge.

»Und zur Not …« Ich stockte, weil ich mir nicht sicher war, ob ich das Folgende sagen konnte. Ob ich es sagen *durfte*. *Ich*, der die größte Gefahr für sie darstellte, wollte für sie da sein. Doch könnte ich tatsächlich jemals für sie eine Sicherheit darstellen? Eine konstante Sicherheit?

Weil ich nicht weitersprach, hob sie den Kopf. Ihre Augen sahen mich liebevoll an und ich konnte nicht anders, als es auszusprechen.

»Zur Not bin ich da.« Ich hoffte, dass es wirklich die Wahrheit sein würde. »Du in meinem Chaos und ich in deinem.«

Ein Lächeln legte sich in ihren Zügen nieder. Überall. Auf ihren Lippen, auf ihren Wangenknochen, den Falten um ihre Augen. Ja, sogar in dem wässrigen Film vor ihren Iriden, der mir nun ein wenig entgegenstrahlte. »Meinst du das ernst?«

Ich stellte mir die Frage noch mal selbst. Meinte ich es ernst? Gedanklich sortierte ich die vielen Gefühle in meinem Inneren fein säuberlich in ein Regal, um nach so vielen Jahren endlich mal einen Überblick zu bekommen. Da war Sorge, Wut, Angst, Schuld, *irgendwie auch Freude.* Aber Zweifel ... nein, Zweifel waren da keine. Und selbst wenn, war es schlichtweg zu spät, *uns* aus Angst vor dem Ende wie einen Roman zuzuklappen und zurück in die Schublade zu stecken. Wir lebten bereits, waren ausgereifte Charaktere, mit Gefühlen, einer Storyline und Dingen, die noch ausgesprochen werden mussten. Wir waren nicht mehr nur ein Klappentext, sondern endlos lange Kapitel. Es war zu spät, dieses *Wir* zuzuklappen, weiterzuziehen und nichts davon zu fühlen.

Also nickte ich und lächelte. Sie lächelte zurück und eine Träne verfing sich in den tiefen Lachfältchen in ihrem Augenwinkel. Ihre Wangen waren gerötet, die Nase ebenfalls. Das Salz ihrer Tränen hatte sie roh gezeichnet, das Make-up dezent verschmiert und ihre Sommersprossen in rote Flecke verwandelt. Sie war echt und ehrlich – und so schön wie noch nie zuvor. So schön, dass mich der Drang überkam, sie in einem ewigen Moment festzuhalten.

»Darf ich dir etwas zeigen?« Mein Herz pumpte laut bei der Frage, weil ich noch nie jemandem zuvor meine Leidenschaft offengelegt hatte. Sofia wollte ich meine Fotos, *meine Momente* zeigen.

Vielleicht weil auch sie *mein Moment* war.

KAPITEL 32

Sofia

Valentin parkte seine Maschine im Innenhof des Airbnbs. Ich stieg vom Motorrad und scannte sofort die Umgebung. *Via Cornicetta.* Ohne dass ich es wirklich ansehen musste, wusste ich sofort, was auf dem mit Staub bedeckten Straßenschild stand. Es war dieselbe Gasse, in der ich mit ihm das erste Mal gesprochen hatte, derselbe Hinterhof, in dem ich das erste Mal auf seine Honda gestiegen war. *CL77 Honda Scrambler* schoss es mir durch den Kopf und ich erinnerte mich an das Gefühl von damals, als er mir noch komplett fremd gewesen war. Rein gar nichts davon war vergleichbar mit dem, das mich nun durchströmte.

Wie selbstverständlich reichte er mir seine Hand, zog mich an sich, als ich mich ein paar Mal prüfend umsah. Luke war hier irgendwo. Er beobachtete mich, wusste ganz genau, dass ich mit Valentin zusammen war. Auch wenn die Erkenntnis, dass er derjenige war, meine Angst beinahe vertrieben hatte, stand ich dennoch permanent unter Strom. Ich hatte keine Angst vor

Luke. Am liebsten wäre ich nun sogar zu ihm hingegangen, hätte ihn zur Rede gestellt und ihm eine verpasst. Er konnte ruhig aus seinem Versteck kommen und mir gegenübertreten.

Doch er schien mir einen Schritt voraus zu sein, kannte jede meiner Bewegungen. Und das gefiel mir ganz und gar nicht. Sein Blick in meinem Nacken, seine Worte in meinem Kopf. Ich verstand es nicht. Verstand nicht, warum er mir das antun musste. Die Entscheidung, Schluss zu machen, hatte mehr bei ihm als bei mir gelegen. Schließlich war er derjenige gewesen, dem meine selbstbewusste Art nicht mehr gefallen hatte. Es war nicht so, dass ich ihm das Herz gebrochen hatte – dachte ich zumindest. Was sich mir außerdem nicht erklärte: Warum jetzt? Wäre es bei den Nachrichten nach unserer Trennung geblieben – als noch alles frisch und wund und wir beide jung und dumm gewesen waren –, hätte ich vielleicht noch verstanden, dass er aus einem wütenden Impuls heraus gehandelt hatte. Doch wieso er nun wieder damit anfing, mich auf solche Weise heimsuchte, verstand ich nicht.

»Kommst du?«

Ich wirbelte zu Valentin herum. Er drückte meine Hand, sah mit vorsichtiger Zuversicht auf mich hinab. Dann lächelte er. »Er wird sich sowieso nicht trauen, dir näherzukommen.«

»Weil du ihn sonst umbringst?«, fragte ich und verdrehte grinsend die Augen.

Valentin zuckte mit den Schultern. »Zur Not, ja. Aber was ich eigentlich gemeint habe: Wenn er dich beobachtet, bekommt er auch deinen Killerblick mit, mit dem du die Umgebung scannst. Da würde ich an seiner Stelle nichts riskieren.«

Ich liebte es, dass Valentin mich ermutigte, mir Stärke zusprach und nicht den Helden spielte. Ich wusste, dass ich stark war und dennoch Valentins Rückendeckung hatte. Somit konnte ich mich ein wenig entspannen. Auch wenn ganz leise und versteckt in mir ein *Was, wenn doch?* nachhallte. *Was, wenn er sich doch traut? Was, wenn ich doch nicht so stark bin, wie ich denke, und nur die Wut und Enttäuschung, die ich gerade fühle, mich naiverweise glauben lassen, ich würde mit ihm klarkommen? Was, wenn ich nicht mit Luke klarkommen werde? Was, … wenn er gefährlich ist? Und was, wenn Valentin doch nicht bei mir sein sollte?*

Ein letzter Blick die Gasse hinab, ehe ich mit Valentin das Treppenhaus betrat. Als die Tür hinter uns ins Schloss fiel, wurde mein Herz ein wenig leichter. Im Halbdunkeln tappten wir ins oberste Stockwerk, wo Valentin die Tür aufschloss und ich eintrat.

Ich ließ meine silbernen High Heels im Flur stehen, streifte sein Jackett ab. Eine Holzkommode wurde von einem antiken Spiegel mit Goldrahmen verziert, daneben hing ein Jesuskreuz an der Wand und eine hohe Vase mit unechten Lilien schmückte den Boden. Typisch italienisches Apartment, bei dem man merkte, dass Valentin nur Gast war.

Neugierig folgte ich ihm vorbei an einer kleinen Küche ins große Schlafzimmer. Die Türen zum Balkon standen offen, weiße Vorhänge tanzten im Wind. Auf einem kleinen Schreibtisch entdeckte ich einen Laptop mit diversen Unterlagen – wahrscheinlich von der Uni. Auf dem Bett ein einfaches, zerknittertes Laken, weil die Sommernächte in der Stadt viel zu warm und stickig waren.

Intuitiv zog es mich zum Balkon, ich trat zwischen den Vorhängen hindurch und umfasste das Geländer. Es roch nach Motoröl, heißem Sand und den violetten Drillingspflanzen, die an der Außenwand emporkletterten. Erneut entdeckte ich das Straßenschild, erneut hallte *Via Cornicetta* und all die anderen Dinge, die sich von Valentin in mein Gedächtnis gebrannt hatten, durch meinen Kopf. Ob schon damals, als ich auf sein Motorrad gestiegen war, ein kleiner Teil in mir gewusst hatte, dass es unmöglich sein würde, ihn vergessen zu können? Dass er und alles, was ihn umgab, an mir haften bleiben würde? Sei es diese Gasse, seine Honda, der Nero d'Avola, der Duft nach Leder und Pfefferminz. Für einen Moment vergaß ich meine Sorgen. Luke, die Zukunft, Valentins Worte über sich selbst, mein Handy am Meeresgrund. In diesem Augenblick sah und spürte ich nur meine Heimat, die sich golden vor mir auftat, in den Pailletten meines Kleides reflektierte und meine Haut wärmte.

Etwas Mechanisches klickte hinter mir. Ich drehte mich um, woraufhin ein weiteres Klicken ertönte. Valentin hielt sich eine Kamera vors Auge, lichtete mich mit einem Lächeln ab. Schließlich trat er näher, die Polaroids in seiner Hand.

»Sei mozzafiata, Sofia Pizzolato«, flüsterte er und für eine Sekunde fühlte es sich an, als würde sich der Blutstrom in meinen Adern beschleunigen. Seine Stimme so tief, die Aussprache beinahe perfekt, und seine Worte ...

Du bist atemberaubend, Sofia Pizzolato.

Nun war ich diejenige, der der Atem geraubt wurde. Alles an diesem Satz raubte *mir* den Atem. Die Art, wie er meinen Namen aussprach, langsam nähertrat und mich nicht aus den Augen ließ.

»Ich würde diesen Moment am liebsten auf ewig einfangen und festhalten.«

Meine Mundwinkel zuckten und ich musste mit glühenden Wangen den Blick abwenden. Er fiel auf seine Kamera. Mit fragendem Blick streckte ich die Hand danach aus, woraufhin er sie mir überließ.

»*Dieser* Moment?«, fragte ich. »Denkst du nicht, es wird noch weitere schöne geben?«

In seinen Augen blitzte etwas auf, während er mich ansah, woraufhin ich die Kamera hob und ein Foto von ihm schoss.

Mit einem Lachen wandte er sich ab, hielt sich verunsichert die Hand vors Gesicht und nahm den Apparat wieder an sich, nachdem mir das Bild in die Finger gefallen war. »Ich mag mich nicht auf Fotos.«

»Ich dich schon.« *Aber in echt mag ich dich noch lieber, Valentin.*

Grinsend beobachtete ich den Abzug in meiner Hand, dessen Oberfläche noch schwarz war. Nur langsam tauchte er darauf auf. Sein Lächeln, das einst so selten gewesen war und nun auf ewig eingefangen sein würde. Ich friemelte mein Handgelenk aus meiner Tasche und verstaute es darin, ehe ich sie auf einer Anrichte neben der Balkontür ablegte. Dabei fiel mein Blick auf einen Stapel weiterer Polaroids.

Ich griff nach dem obersten. Es zeigte eine alte Dame in einer engen Gasse. Sie saß in der Nachmittagssonne auf einem Klappstuhl vor einer Wohnungstür und reckte das Kinn gen Himmel. Auf einem anderen Polaroid war der große Felsen am westlichen Ende des Spiaggias abgebildet. Schaumige Wellen streichelten das harte Gestein, in ihnen glitzerte das Sonnenlicht. Je mehr Fotos ich mir ansah, desto mehr bekam ich das Gefühl, in ihnen festzuhängen.

»Die sind ...« Ich stammelte, schnappte nach Luft, als sich Valentin hinter mich stellte und meine Haare zur Seite strich. Seine Finger berührten mein Schlüsselbein, sein Atem streifte meine Schulter. Während ich durch seine Kunst blätterte, blätterte er in mir, als wäre *ich* seine Kunst. »Du hast solches Talent, Valentin. Es ist schade, dass du dem nicht nachgehst.«

Ich spürte, dass er innehielt, ehe er sich abwandte und auf die Bettkante sank. In seinem Ausdruck traurige Sehnsucht.

»Warum zeigst du dein Talent nicht der Welt? Ich meine ... wenn du für deinen Vater dieses Studium absolvieren möchtest, okay ... Aber du kannst nebenbei doch auch Fotograf sein. Deine

Bilder erzählen Geschichten, in denen man sich verlieren möchte, ich –«

»Es ist nicht nur mein Vater«, unterbrach er mich, ohne mich anzusehen. Dann schüttelte er ratlos den Kopf. »Ich kann meine Bilder niemandem zeigen, ohne *ihren* Zuspruch. Ohne *ihre* Meinung. Ich würde alles dafür tun, von meiner Mutter zu hören, dass sie gut genug sind. Dass *ich* gut genug bin.«

Tränen sammelten sich in meinen Augen an. Ich ließ die Fotos auf die Anrichte sinken und stellte mich zwischen seine Knie, legte meine Finger in seinen Nacken. »Du wirst es niemals jemand anderem glauben außer ihr, oder? Dass du bedeutend bist.«

»Ich weiß nicht ... tief im Inneren weiß ich es vielleicht selbst. Ich weiß, dass sie stolz wäre. Aber ... es ist etwas anderes, es von ihr zu hören.« Er hielt inne, dachte einen Moment lang nach, ehe er den Blick hob und mich an den Oberschenkeln näher zu sich zog. »Was ist mit dir?«

Fragend legte ich den Kopf schief. »Was meinst du?«

»Warum tust du nicht das, was dir am meisten liegt?«

Obwohl ich ahnte, wovon er sprach, stellte ich mich dumm und runzelte die Stirn. War es so offensichtlich, wie planlos ich war?

»Die Tiere«, fügte er hinzu. »Du bist wie für sie geschaffen.«

Urplötzlich kam mir mein eigener Konflikt in den Kopf. Meine Sehnsucht nach Nonnos Zuspruch. Seufzend zuckte ich mit den Schultern. »Ich glaube, es ist wie bei dir. Ohne dass mir mein Großvater bestätigt, dass es das Richtige ist, weiß ich nicht, wie ich weitermachen soll.«

»Du weißt, dass es das Richtige ist. Du solltest das nicht aufgeben.«

»So wie du deine Fotos der Welt zeigen solltest.«

Er schien zu realisieren, dass ich recht hatte. Dass wir beide recht hatten. Es war Quatsch, unsere Leidenschaften aufzuschieben, sie nicht voll und ganz in unser Leben zu lassen. Doch der Mensch traf eben oft dumme Entscheidungen, musste erst hinfallen, um sich fallen lassen zu können.

»Lass uns nicht drüber reden«, sagte er.

Lass uns lieber drüber küssen, dachte ich.

Ich sprach gern mit Valentin über Dinge, die ich sonst lieber verschwieg. Er schien dasselbe zu fühlen. Doch er hatte recht: Es war bereits so vieles gesagt worden, wir sollten die Themen fürs Erste ruhen lassen.

»Was willst du lieber tun?« Grinsend biss ich mir auf die Unterlippe und trat ein paar Schritte zurück. Valentins Blick strich einmal über meinen Körper, verharrte an meinen Beinen und scannte ganz genau meinen Ausschnitt. Ich spürte ihn in dem Kribbeln, das mich von Kopf bis Fuß heimsuchte. Ein Windstoß vergrößerte den Spalt zwischen den Vorhängen, sodass das Mondlicht auf den Holzboden fiel. Es legte sich in einem Funkeln in seinen Augen nieder, als sein Blick bei meinem Gesicht ankam und er sichtlich schluckte. Sein rechter Mundwinkel zuckte, ich fühlte mich nackt, ausgeliefert und geborgen zugleich. Schließlich hob er erneut den Fotoapparat.

»Darf ich dich fotografieren?«

Eine wärmende Röte breitete sich in meinem Körper aus. Ich nickte, woraufhin er abdrückte und mich anschließend ansah, als wäre ich Medusa höchstpersönlich. Er stand auf, ich musste meinen Kopf in den Nacken legen, weil er mich so hoch überragte. Ohne ihn aus den Augen zu lassen, trat ich zurück, bis ich mit meinem Po gegen die Anrichte stieß. Er drückte erneut ab und der Blitz auf meiner Haut entfachte eine Sehnsucht in mir, die in jederlei Hinsicht blitzartig einschlug. Nach seinen Küssen, nach seinen Berührungen, nach ihm. Mit pochendem Herzen hob ich schließlich meine Träger, löste sie von meinen Schultern und ließ das Kleid zu Boden sinken.

Valentin schnappte hörbar nach Luft, als der Stoff an meinen Füßen raschelte. Sein Blick glänzend vor Sehnsucht und Begierde. Ich trug schwarze Spitzenunterwäsche, einen Hauch von Nichts. Und doch immer noch zu viel. Valentin hob die Kamera, blickte mich vorher fragend an.

Ich gab ihm die Bestätigung und nickte, woraufhin er erneut abdrückte und näherkam. Sein Atem war abgehakt, seine Brust hob und senkte sich schnell. Mein Herzschlag im selben Takt. Um ihn herum die Polaroids mit meinem halbnackten Körper darauf. Unter seinem Blick fühlte ich mich selbstbewusst, stark und schön.

Ich setzte mich auf die Kante der Anrichte, spreizte langsam die Beine und spürte das Pochen meiner Mitte in Oberschenkel, Po und Finger, die ich auf mein Bein legte. Die Erinnerung daran, was seine Zunge mit mir gemacht hatte, trieb mich in den Wahnsinn. Ich wollte ihn wieder spüren, seine Küsse, ihn in mir. Also ging ich noch einen Schritt weiter, fasste mir an den Rücken und öffnete den BH.

Valentin umklammerte seine Kamera, starrte mich an und schien vergessen zu haben, abzudrücken. Die BH-Träger fielen in Richtung Ellenbogen, ich hielt mir die Körbchen noch eine Weile an die Brust, ehe ich sie ganz entblößte. Ein kühler Windstoß streifte meine Nippel, oder war es Valentins Keuchen? Wie von selbst stellten sie sich auf, verziert von meinen Locken, die sie streichelten. Auch sie lechzten nach ihm, auch sie wollten ihn wieder spüren.

Valentin kam einen letzten Schritt näher, drückte erneut ab. Theoretisch konnte ich den Blitz auf meinen Brüsten nicht spüren, praktisch tat ich es doch. Jedes Molekül, das zwischen uns zu viel war, jedes Staubkorn, das im Mondlicht tanzte und sich auf meiner Haut niederließ, jede Berührung von Valentins Blick.

Weil meine Geduld am Ende war und das Pochen in meiner Mitte zunahm, drückte ich den Rücken durch, meine Brust ihm entgegen. »Ich will, dass du mich berührst.«

Valentin legte seine Kamera auf den Tisch, anschließend seine Finger an mein Schlüsselbein. Langsam und sanft ließ er die Fingerkuppen hinab über meinen Körper fahren, streifte für den Hauch einer Sekunde meine Nippel und tastete sich weiter vor zu meinem Bauchnabel.

Voller Sehnsucht legte ich den Kopf in den Nacken und schloss die Lider. Ich spürte, dass er fordernder wurde, schob mich mit einem Ruck näher an ihn heran. So nah, dass meine Mitte seinen prall gefüllten Schritt berührte. Ich seufzte. In seinem Blick lag so viel Feuer, ich war ihm hoffnungslos ausgeliefert. Valentin strich mir die Haare hinter die Schultern und entblößte so meinen gesamten Oberkörper, nur um anschließend seine Lippen an meinen Hals zu legen. Ich lehnte mich zurück auf die Handflächen. Seine Zunge erforschte mein Schlüsselbein, meine Kinnlinie und mein Dekolleté, während seine Hände meine Oberschenkel umfassten und die Innenseiten massierten. Jede Bewegung, die er machte, sandte eine Welle aus prickelnder Wärme durch meine Mitte. Seine rechte Hand legte sich zwischen meine Schulterblätter und zog mich näher zu sich heran.

Ich öffnete die Augen, sah ihn an. Ihn und all die Gefühle, die seine Ozeaniriden verschluckt hatten. Seine linke Hand wanderte an meine Wange, er umfasste meinen Kiefer und hob mein Kinn. Valentins Griff war fordernd, gleichzeitig so behütend, dass ich vollkommen vergaß, Luke könnte uns von irgendwo aus beobachten. Er legte seine Hände auf mich und ich fühlte mich stark, unantastbar und geborgen. Ich wollte nicht mehr zulassen, dass Luke mir Angst machte, ich wollte nicht mehr zulassen, dass er mir alle schönen Momente zerstörte. *Dieser* Moment gehörte nur Valentin und mir, für Luke gab es keinen Platz. Weder in meinem Leben noch in meinem Kopf.

Valentin hielt eine Sekunde lang inne, betrachtete mich von oben bis unten und starrte dann auf meine Lippen, an denen ich bereits ungeduldig knabberte. Bis er die seinen schließlich mit einem sehnsüchtigen Atemzug auf meine presste. Als wäre ich sein Sauerstoff, als würde er ertrinken und nun endlich wieder atmen können.

Plötzlich ging alles ganz schnell. Ich tastete nach seinem Hemd und öffnete die Knöpfe, um seine Haut darunter freizulegen. Sein Bauchnabel zuckte unter der Berührung meiner Finger, seine Brustmuskeln spannten sich spürbar an. Ich streifte ihm den Stoff von den Schultern, weshalb er kurz von mir ablassen musste, mich aber anschließend noch fester in seine Arme schloss. Meine Unterlippe wurde zwischen seine Zähne gezogen. Ich erschauerte warm von dem Gefühl, das durch den Biss ausgelöst wurde, und drückte mich näher an ihn heran. Mit einem Seufzen ließ er von meinen Lippen ab, um meinen Hals und mein Schlüsselbein zu liebkosen. Langsam glitt sein Mund hinab zu meinen Brüsten.

Ich lehnte mich zurück auf den Tisch und drückte ihm meinen Oberkörper entgegen. Als seine Zunge Kreise um meinen Nippel malte und er sie schließlich ganz umschloss, entkam meiner Kehle ein leises Stöhnen.

Meine Hand landete an seinem Hinterkopf, ich spürte die rauen Stoppeln unter meinen Fingerkuppen und zog ihn zu mir. Während er die linke Brust mit dem Mund verwöhnte, massierte er die rechte mit seinen Fingerspitzen. Im nächsten Augenblick wanderte seine Hand hinab zu meinem Höschen und streichelte darüber. Allein diese Berührung sandte wohlige Stromschläge durch meinen Körper. Mit dem Daumen bewegte er meinen empfindlichsten Punkt, mein Herz schlug im doppelten Takt. Ich glaubte, er spürte es auch.

Weil ich nach mehr von ihm lechzte, drückte ich mich vom Tisch ab, um seinen Körper zu erforschen. Meine Hand landete auf seiner Brust, schob ihn einen Schritt zurück, damit ich aufstehen konnte. Er folgte meiner Führung, bis sich die Bettkante in seine Kniekehlen bohrte und er auf die Matratze sank. Nun war ich dran. Mit einem gierigen Lächeln beobachtete er mich, wie ich auf seinen Schoß stieg und meine Finger über seine Tintenhaut auf den Schultern wandern ließ. Ich berührte Worte, Narben und Narben, die zu Bildern geworden waren. Seine Muskeln zuckten, als ich seine Schultern küsste, seine Wunden liebte und seinen Schmerz schmeckte.

Je schwerer ich mich machte, desto fester drückte sich sein Schritt gegen meine feuchte Mitte. Ich griff nach seinem Gürtel, öffnete ihn samt Hose und erhob mich, um sie ihm von den Beinen zu streifen. Sein Schritt war eng, seine Härte zeichnete sich deutlich unter dem Stoff ab. Im nächsten Moment saß ich wieder auf ihm und beobachtete voller Begierde den Hunger, der sich in seinem Gesicht abzeichnete.

Er wurde sichtlich ungeduldig und zog mich erneut in einen innigen Kuss. Seine Zunge suchte nach meiner, seine Hand nach meiner Pobacke. Langsam strich sie an meinem Gesäß hinab zwischen meine Beine. Er schob sie unter meinen Tanga und tauchte mit seinen Fingerspitzen in mich ein. Ich stöhnte in seinen Mund und spürte auch ihn dabei vibrieren. Während er meine Nässe erforschte, mich massierte, schob auch ich meine Hand zwischen uns und legte sie auf seine Härte.

Er stockte, spannte sich spürbar unter meinem Griff an, ehe er von mir abließ, sich in meine Oberschenkel krallte und mit mir in seinem Arm aufstand, nur um mich rücklings auf das Bett zu legen. Mit dem nächsten Griff streifte er mir das Höschen von den Beinen, kam anschließend jedoch nicht zurück zu mir. Stattdessen nutzte er den Moment, um mich zu betrachten. Er kniete vor mir, betrachtete meinen Körper und biss sich dabei hungrig auf die Unterlippe. Als sein Blick bei meinen Augen ankam, verflog der Hunger nicht. Trotzdem zeigte sich noch eine andere Emotion. Etwas Sanftes, etwas Liebevolles. Er lächelte mich beinahe verträumt an, schien seinen Blick nicht mehr von mir loszubekommen.

»Ich verstehe es immer noch nicht«, flüsterte er mehr zu sich selbst als zu mir.

Ich griff nach seiner Hand und zog seinen Körper über mich, denn ich wusste ganz genau, was ihm wieder durch den Kopf ging: *Mir nahezukommen, muss so verflucht wehtun, und das tut mir so verdammt leid.* Meine Hand streichelte seine Wange. »Jetzt ist nicht die Zeit, um zu verstehen. Jetzt ist die Zeit, um zu fühlen.« Es war beinahe, als würde ich das Wort auch an mich selbst richten. Denn auch ich verstand noch immer nicht, was zwischen Valentin und mir vorging. Was *in mir* vorging. Das zwischen uns war weitaus mehr als ein Sommerflirt, doch ob es reichte, wusste ich nicht.

Er schien dasselbe zu wollen und küsste mich erneut. Ohne unsere Lippen voneinander zu trennen, zog ich an seinen Boxershorts, woraufhin er sie sich abstreifte. Unsere Münder ließen voneinander ab und ich erhaschte einen Blick auf seine Härte. Allein bei der Vorstellung, wie er mich damit ausfüllen könnte, beschleunigte sich das Pochen in meiner Mitte.

Kurzerhand fischte er aus dem Nachttisch ein Kondom, streifte es sich über, ehe ich mich auf meinen Ellbogen hochdrückte, ihn auf den Rücken drehte und auf die Matratze drückte.

Das Mondlicht schob sich durch die Vorhänge neben uns und legte sich wie eine Decke auf seinen Oberkörper. Die Hälfte seines Gesichts lag im Schatten, die andere war hell und silbrig erleuchtet. Dunkelheit und Licht. Düsteres Verlangen und leuchtende Hingabe. Zwei Seiten, eine Person.

Langsam ließ ich mich auf ihm nieder, schob die Spitze seiner Härte zwischen meine Beine und beobachtete, wie er den Kopf zurücklegte und leise aufstöhnte, je tiefer ich ihn in mir aufnahm. Als er mich bis zum Anschlag ausfüllte, brauchte ich einen Moment, um das Gefühl voll und ganz zuzulassen.

Valentin griff nach meinen Händen, wir verschränkten unsere Finger miteinander und sahen uns in die Augen, während ich langsam begann, mich zu bewegen. Sein Mund stand offen, sein Keuchen klang atemlos. Er löste unseren Griff, legte die eine Hand auf meine Brust und zog meinen Nacken mit der anderen zu sich hinab. Wir endeten in einem fordernden Kuss und fanden einen gemeinsamen Takt. Immer wieder erforschten seine Finger meinen Körper, wanderten von meinen Brüsten zu meinem Po und schließlich zu meiner empfindlichsten Stelle. Ich stöhnte laut auf, weil sich mit seiner Härte in mir und seinem Daumen auf mir allmählich etwas Großes aufbaute.

Valentin merkte das, umfasste meinen Oberkörper mit seinem Arm und wirbelte mich in einer geschickten Bewegung auf den Rücken. Nun war er über mir und legte mein linkes Bein auf seine Schulter, während er immer wieder in mich stieß. Stöhnend fuhr ich seinen Oberkörper ab, weil ich mehr brauchte. Ich berührte seine muskulösen Oberschenkel, spürte das Zucken seiner Bauchmuskeln an meinen Fingerkuppen und kratzte ihm sachte über den Rücken.

Irgendwann drückte ich mich ihm entgegen, was ihm das Zeichen gab, seinen Takt zu beschleunigen. Ich stöhnte laut auf, spürte das Feuer in meiner Mitte größer werden. Ich war kurz davor zu kommen. Meine Nägel in seiner Schulter, das laute Stöhnen und meine Atemlosigkeit verrieten mich. Also richtete er sich auf, um mich ansehen zu können, während er mich zum

Höhepunkt brachte. Er wurde schneller, keuchte, stöhnte auf, und ließ mich dabei kein einziges Mal aus den Augen.

Im nächsten Moment explodierte ich. Voller Hilflosigkeit ging ich in ihm unter, ertrank und wurde gleichzeitig in Flammen gesteckt. Valentin kam wenige Sekunden später. Seine Muskeln zuckten, er stöhnte tief und vibrierte an meiner Brust. Atemlos sahen wir uns an und ließen unseren gemeinsamen Moment ausklingen.

Irgendwann hauchte er mir einen letzten Kuss auf die Lippen, löste sich von mir und umhüllte meinen nackten Körper mit dem Laken, das sonst nur ihm gehörte. Die Müdigkeit machte sich urplötzlich in all meinen Gliedern bemerkbar.

Valentin sank neben mir auf die Matratze, nahm mich in den Arm und fuhr sanfte Kreise über meine nackte Haut. Und während wir langsam in den Schlaf überglitten, verstand ich endlich, wieso. Verstand, weshalb mir diese Dinge ins Gedächtnis tätowiert waren. Sein Scrambler, sein Duft, seine Stimme, die Gasse, in der sein Airbnb lag.

Via Cornicetta.

Diese Dinge waren stumme Alarmglocken. Denn ich wusste, würde das mit ihm enden, würde ich die *Via Cornicetta* nie mehr passieren können, ohne Narben davonzutragen.

Fosfeni (Phosphene – die Lichter, die man sieht, wenn man die Lider zu fest zusammendrückt) Oder auch: Wie ich Herzphosphene bekam

KAPITEL 33

Sofia

Ich wurde von einer Melodie geweckt. Die frühe Morgensonne brannte sich stechend in meine Wange. Ich blinzelte einmal, blinzelte zweimal, ehe sich der Vorhang vor dem Balkon dimmend vor die Sonnenstrahlen legte und meine Augen sich langsam an die Umgebung gewöhnten.

»… *la rivò* …« Valentins Stimme war tief und leise. Kaum verständlich murmelte er irgendeine Melodie vor sich hin. Er schien zu träumen, sang die Wörter irgendeines Songs und verdrehte deren Aussprache.

»*Veni lu patri* …«

Auf meine Lippen stahl sich ein Lächeln, weil er nun so verletzlich, so nahbar wirkte. Ich rappelte mich auf und musterte seinen schlafenden Körper neben mir. Er lag auf dem Bauch, die Hände unter dem Kissen vergraben und den Kopf zur anderen Seite gedreht. Ich betrachtete seinen Rücken, blieb mit dem Blick an dem Tattoo des brennenden Briefs hängen. Erst jetzt verstand ich die Worte, die darauf standen.

My beloved Valentin. You are valuable. Der Rest ging in Flammen unter und war nicht mehr leserlich. Meine Brust zog sich zusammen bei dem Gedanken, dass dies die Zeichnung eines Briefes seiner Mutter sein könnte und er sich ihre Worte als Erinnerung unter die Haut hatte brennen lassen. Ganz offensichtlich hatte es nicht gereicht, um ihn Tag für Tag daran zu erinnern. Stattdessen fokussierte er sich lieber auf die Bedeutung des Wortes *guilty*, das abgestempelt auf einer größeren Narbe an der Schulter prangte. Ich hob die Hand, ließ den Finger auf jene Stelle sinken, verharrte jedoch wenige Millimeter darüber, um ihn nicht zu wecken. Trotzdem fühlte ich ihn. Fühlte alles. Alles, was er dachte zu sein, alles, was er nicht war, und alles, was er für immer sein würde.

Mein Blick fiel erneut zur Balkontür. Weil der Tag begonnen hatte, wurde es allmählich heißer. Also stand ich auf, schloss die verdunkelnden Holzläden und anschließend die Balkontür von innen. Von jetzt auf gleich wurde es gespenstisch ruhig im Raum. Hatte man eben noch das entfernte Hupen ungeduldiger Italiener und das laute Diskutieren zweier Obsthändler hören können, war da nun nur noch Valentins Atem. Und wieder seine Stimme.

»… porta la siminzina …« Ich stockte, weil mir Worte und Melodie doch langsam bekannt vorkamen, und realisierte, … dass er sie gar nicht falsch aussprach. *»… la rosamarina e lu basilicò.«*

Ja, ganz klar, er sang die Strophen eines versunkenen sizilianischen Schlafliedes. Die Worte waren doch richtig, sie hatten eben nur einen uralten Dialekt. Verwundert starrte ich ihn an, lauschte, ob noch etwas kommen würde, doch er blieb stumm. Dieses Lied hatte ich seit Ewigkeiten nicht mehr gehört. Es war keines, das im Radio lief oder das er von irgendwo hätte aufschnappen können, also … woher kannte er es und wie war es möglich, dass er den Text auswendig konnte?

Ich trat einen Schritt näher ans Bett, fühlte plötzlich etwas Kaltes an meinen nackten Zehen. Der Boden war übersät mit zahlreichen Polaroids. Auf jedem ich in Unterwäsche. Ich bückte mich nach einem und spürte sofort wieder das Pochen in meiner noch immer nackten Mitte. Das Einzige, was ich trug, war ein übergroßes Shirt von Valentin, das mir bis zu den Knien reichte. Flashbacks unserer gemeinsamen Nacht suchten mich heim. Ich von schimmerndem Silber umhüllt, ich von nichts als Valentins Blick umhüllt. Lusttrunken, *Valentintrunken.*

Hastig sammelte ich die Polaroids ein. Meine Wangen fingen Feuer, je länger ich mich darauf betrachtete. Ob Valentin sie nun, da die Nacht und all seine Lust vergangen war, noch immer schön finden würde?

Das Laken an Valentins Beinen raschelte, anschließend gab er ein leises Stöhnen von sich, rieb sich über die Augen und blinzelte mich verschlafen an. Mit einem Lächeln ließ ich mich neben ihm auf der Bettkante nieder. Ohne zu zögern, legte er seinen Arm um meine Hüfte und zog mich an sich, sodass ich auf seinen Oberkörper fiel.

»Buongiorno«, begrüßte ich ihn, kurz unsicher darüber, ob an diesem Morgen alles anders sein würde.

Valentin bemerkte meine Unsicherheit nicht, sondern strich mir über die Wange und hauchte einen Kuss auf meine Schläfe. »Hi«, antwortete er nur verschlafen. Er träumte nicht mehr, das Lied hatte seinen Körper verlassen.

»Ich wusste gar nicht, dass du so gut Sizilianisch kannst.« Grinsend biss ich mir auf die Unterlippe. Er runzelte die Stirn. »Und singen kannst du auch ganz gut.«

»Wovon redest du?«

»Du hast im Schlaf immer wieder *La Siminzina* gesungen, ein sizilianisches Schlaflied. War ziemlich süß.«

Er fixierte mich eine Zeit lang unschlüssig. Sein Blick wechselte sprunghaft zwischen meinem linken und meinem rechten Auge. Wahrscheinlich war es ihm einfach peinlich.

»Aber keine Sorge.« Mein Blick fiel auf die Bilder in meiner Hand. »Mich hat das nicht gestört. Nach letzter Nacht«, ich wedelte mit den Polaroids vor seiner Nase, »hab ich geschlafen wie ein Stein.«

Nun kehrte auch sein Lächeln zurück. Zwar noch etwas schwach, irgendwie schief und beklemmt, aber es war da. »Wenigstens etwas.« Bedächtig nahm er eins der Polaroids in die Hand, verlor sich in dem eingefangenen Moment. In seinen Augen konnte ich all die Erinnerungen an gestern wie einen Film ablaufen sehen.

»Komisch«, überlegte er laut. »Jetzt hab ich all diese Augenblicke mit dir eingefangen, und dennoch reicht es nicht. Es wird nie reichen. Ich will immer mehr von dir.«

Mein Herz setzte kurz aus, stolperte und startete mit doppelter Kraft. Ich strich ihm über die Wange und drückte mich noch enger an ihn. »Wir haben Zeit, um noch mehr davon zu sammeln.«

Er schenkte mir ein weiteres Lächeln, auch wenn es leicht verwackelte. War es die Angst in ihm oder doch etwas anderes, das ihm den Optimismus am heutigen Morgen zu nehmen schien? Dachte er immer noch, dass ich mich lieber von ihm fernhalten sollte?

»Ich mach uns mal Kaffee.« Bevor er sich zu tief in seinem Gewitter verlieren konnte, wechselte ich das Thema und schälte mich aus seinen Armen. Mit einem müden Stöhnen drehte er sich um und presste das Gesicht noch mal schläfrig ins Kissen. Währenddessen packte ich die Polaroids zu den anderen Unterlagen auf seinem Schreibtisch, wollte anschließend in die Küche, stockte aber, weil ich an einem Buch hängen blieb. Um genau zu drei Büchern. Sie alle besaßen das Wappen des Weinhotels meiner Tante.

Vorsichtig öffnete ich den Buchdeckel. Durch die Bewegung strömten mir sofort mehrere Blätter und Dokumente entgegen, glitten mit einem leisen Rascheln zu Boden. Was zur Hölle hatte Valentin mit den Gästebüchern unseres Hotels vor?

Keine Ahnung, warum sich mein Herzschlag plötzlich rasant beschleunigte, doch er tat es und ich war nicht mehr Herrscherin über meinen Körper. Wie benommen bückte ich mich nach den Unterlagen. Fand eine Auflistung aller Autounfälle von 2009, etliche Adressen im Umkreis Palermos und alle von Eigentümerinnen mit Vornamen Rosalie. Ein Post-it klebte in einem der Gästebücher. Ich schlug die Seite auf, fand einen Eintrag von 2007. *Das Tenute Firriato ist kein Hotel, es ist ein Zuhause. Ich komme wieder,* stand dort geschrieben. *Immer und immer wieder. R.R.*

R.R. Konnten dies die Initialen seiner Mutter sein? Und war es wirklich wahr, dass Valentin wie besessen einem Geist nachjagte?

Gebannt starrte ich auf die Schrift und zuckte zusammen, weil der Buchdeckel mit einem Ruck geschlossen wurde. Ich wich zurück, starrte in Valentins wütendes Gesicht. In meiner Schockstarre hatte ich nicht mitbekommen, dass er aufgestanden war.

»Was ist das, Valentin?« Verwirrt schüttelte ich den Kopf. Mit einem Mal verschlossen sich in ihm wieder alle Tore. Er wirkte wütend, der Kiefer zuckte, die Adern an seinen Schläfen wurden sichtbar. Er wich meinem Blick aus und presste die Lippen aufeinander. Als wäre er nicht wirklich anwesend, scannte er die Unterlagen ab. Mit jedem Moment, der verging, ging sein Atem schneller.

»Rosalie ...?«, presste ich fragend hervor.

»Am besten fragst du nicht.« Seine Antwort fiel knapp, irgendwie panisch aus, atemlos. Angespannt stützte er sich mit beiden Händen auf dem Tisch ab und ließ den Kopf hängen, konnte mir nicht in die Augen sehen.

»Ich werde aber fragen. Die Bücher gehören meiner Familie.« Bedacht trat ich einen Schritt näher, weil ich spürte, dass sich in ihm etwas anbahnte. Panik? Trauer, die nie rausgelassen wurde?

Noch ein Schritt, meine Hand landete auf seiner Schulter, doch er drehte sich hastig weg und raufte sich die Haare.

»Wieso hast du diese Unterlagen? Wen oder was suchst du?«

»Bitte, lass es.« Endlich drehte er sich um und sah mich an. Seine Augenränder blutunterlaufen, die Stimme angespannt, doch in seinen Iriden lag so viel kraftlose Wärme. Er flehte mich an. »Bitte.«

»Was? Was soll ich lassen?«

»Fragen zu stellen, die ich selbst nicht beantworten kann. Ich kann dir darüber nichts sagen.«

»Kannst du oder willst du nicht?«

Sein Kiefer verspannte sich. Schon als er den Blick ausweichend abwandte, kannte ich die Antwort. »Beides.«

Allmählich begannen meine Glieder zu zittern. In meiner Kehle ein dicker Kloß. Waren wir letzte Nacht noch so verbunden und ehrlich miteinander gewesen, stand zwischen uns nun wieder diese meterhohe Mauer. Ich hatte gedacht, ich hätte sie durchbrechen können, dabei war sie dicker als geahnt.

»Rosalie ist deine Mutter, oder?«

Er reagierte scharf. Atmete tief ein und ging sichtlich angespannt ein paar abgehackte Schritte durchs Zimmer. Ich wusste, seine Reaktion galt nicht mir, sie galt nicht diesem Tag oder dem heutigen Valentin. Sie war ein Schatten vergangener Tage.

Ich realisierte, dass sein Schweigen Ja bedeutete. Es war also wahr. Valentin suchte verzweifelt nach seiner verstorbenen Mutter.

»Valentin …« Meine Stimme brach, weil ich mit ihm mitfühlte und es mich zerstörte, seine Hoffnung zunichtezumachen.

»Es ist komplizierter, als du denkst.« Verbitterung schwang in seiner Stimme mit. Nur zögerlich hob er den Blick, fixierte mich felsenfest. Ich konnte das Mahlen seines Kiefers durch den Raum bis zu mir spüren.

»Okay.« Ich nickte verständnisvoll und ruhig. »Dann erklär's mir. Ich verurteile dich nicht. Ich bin für dich da. Du musst nicht immer alles in dir vergraben. Lass es endlich raus. Rede mit mir über sie, erzähl mir von ihr. Erzähl mir, was du dir von dieser Suche erhoffst. Vielleicht kann ich helfen.«

Die Falte zwischen seinen Brauen wurde tiefer. Er schnaufte und schüttelte den Kopf. »Nein, kannst du nicht.« Er war so aufgebracht, dass er beinahe brüllte. »Und das sollte dich auch nicht interessieren. Das ist meine Sache!«

Eine Träne sammelte sich in meinem Auge. Ich verstand seinen Schmerz. Ich verstand, dass es höllisch wehtun musste, sich für den Tod der eigenen Mutter verantwortlich zu fühlen. Ich verstand, dass er nicht wahrhaben wollte, dass sie fort war, und nun um sich schlug. Doch Verstehen und Fühlen waren zwei verschiedene Dinge. Auch wenn ich sein Verhalten verstehen konnte, tat es doch so höllisch weh, dass er mich wieder wegdrückte und ausschloss. Er hatte mir von seinen Dämonen erzählt, ich ihm von Luke. Er kannte meine tiefste Unsicherheit. Ich hatte gedacht, ich würde die seine auch langsam kennen. Doch offenbar war er noch immer nicht bereit dazu, mich voll und ganz reinzulassen.

»Deine Sache?«, fragte ich ungläubig. »*Du in meinem Chaos und ich in deinem.*« Als ich die Worte wiederholte, die er erst gestern Abend zu mir gesagt hatte, zuckte sein Kiefer. Er wandte den Blick ab. »War das gestern also komplett gelogen?«

Er schluckte, sah mich nicht mehr an. »Scheint so.« Fassungslos schüttelte ich den Kopf, die erste Träne kullerte über meine Wange. »Das meinst du nicht ernst«, sagte ich ein letztes Mal, bevor es viel zu still zwischen uns wurde. Da war nichts mehr. Als wäre letzte Nacht nie passiert. Als wären *wir* nie passiert.

Endlich sah er mich an. Doch bei der Kälte, die in seinem Blick lag, ahnte ich, dass seine nächste Antwort nicht liebevoller ausfallen würde. »*Mein* Chaos«, er trat einen Schritt auf mich zu, den Finger gegen die eigene Brust gedrückt, »ist eine Nummer zu groß für dich.« Seine Stimme war so fremd, dass ich ihn kaum wiedererkannte. »Ich hab dich gewarnt. Ich kann dir nicht das geben, was du verdienst. Ich bin nicht der, den du willst. Wahrscheinlich ist es besser, wenn du jetzt gehst.«

Meine Gefühlslage wandelte sich. Aus Schmerz wurde Verzweiflung, aus Verzweiflung Panik und auf diese Panik legte sich letztendlich Wut. Ein Schutzmechanismus, um mich von seinen Worten und deren Bedeutung abzuschirmen. Klappte nur leider nicht ganz so gut.

»Du hast recht«, presste ich enttäuscht hervor und nickte. »Ich hab es nicht verdient, wie du mit mir umgehst.« Noch während ich sprach, zog ich mich an, sammelte mein Kleid und meine Tasche ein und ging in Richtung Flur. Im Türrahmen blieb ich stehen und sah ein letztes Mal zurück. »Was ich dir aber sagen kann, ist:«, ich hielt inne, betrachtete Valentin, der an der Bettkante saß und erschöpft den Kopf hängen ließ, »das Problem ist nicht, was ich verdiene, sondern was du verdienst. Du denkst, du bist es nicht wert, also zerstörst du alles Gute, das dir über den Weg läuft, und bestätigst dadurch die Meinungen anderer über dich. Es ist ein Kreislauf. Ich war bereit, diesen Kreislauf zu durchbrechen. Für dich. Aber allein kann ich das nicht. Du musst schon mitarbeiten. Ich kann dich nur bitten, wenn dir das nächste Mal etwas Schönes in die Hände fällt, es nicht zu hinterfragen, es nicht zu überdenken. Nimm es an, freu dich darüber, sieh ein, dass du es verdienst. Mach. Es. Nicht. Kaputt.«

Sein Blick hatte sich geklärt. Mit offen stehendem Mund sah er mich an, auf seiner Wange eine glitzernde Träne. Oder war es einfach nur eine Lichtreflexion?

Ich kniff die Lider zusammen, rieb mir über die nassen Augen, hastete blind durch die Via Cornicetta und öffnete sie erst wieder so richtig, als ich am Hafen angekommen war. Valentin war fort, zurück blieben bunte Phosphene, die durch mein Sichtfeld tanzten. Eine Reaktion auf zu viel Druck gegen die Augäpfel. Beim Druck gegen mein Herz war ich mir sicher, dass jene Phosphene auch durch mein Blut rauschten. Herzphosphene. *Das, was von mir übrig blieb, als Valentin sich gewalttätig rausriss.*

Molte domande
(viele Fragen)
Oder auch:
Er als ein einziges
Fragezeichen

KAPITEL 34

Sofia

Diesmal nahm ich wirklich ein Taxi.

Kein Valentin, der um die Ecke kam und mir anbot, auf seinem Motorrad mitzufahren. Niemand, der lächelte und mich belehren wollte, wie schwierig es doch wäre, in Castellammare überhaupt eine verlässliche Mitfahrgelegenheit zu finden. Doch ich fand eine. Und der Fahrer hieß Ricardo – nicht Valentin –, in einem Fiat 500 – nicht auf einer *CL77 Honda Scrambler* –, und die Tränen in meinen Augen kamen von dem Schmerz in meinem Inneren – nicht von dem starken Fahrtwind.

Ricardo knallte mir nicht nur einmal ein besorgtes *Tutto bene?* ins Gesicht. Ich nickte jedes Mal, bis ich nur noch nickte, um die Gefühle abzuschütteln. Was Valentin konnte, konnte ich schon lange. *Lüge.* Meinen Schmerz hinter Gitter bringen und ihn zu kaltem Eis erstarren lassen. Vielleicht konnte mir das Ganze nun tatsächlich gleichgültig werden. Valentin, sein *Nichts,* das *Alles* war, und all die Dinge, die eigentlich meiner Heimat, aber von nun an auch den Erinnerungen an ihn gehörten.

Ricardo ließ mich mit einem mitfühlenden Blick an der Einfahrt zum Hotel raus. Insgeheim wünschte ich mir die kühle Art der Engländer her, die meinen elendigen Anblick weder kommentieren noch hinterfragen würden.

Chiara kam im genau richtigen Moment aus dem Haus. Ich hatte gehofft, dass ich weder sie noch jemand anderen antreffen würde. Zumal ich nach wie vor Valentins übergroßes Shirt trug und so jedem klar werden würde, was zwischen uns beiden war. Oder nun nicht mehr war.

»Was ist mit deinem Handy los? Ich hab mir Sorgen –« Chiara fuchtelte wild in der Luft herum, stockte, als sie mich genauer betrachtete, und starrte mich überrascht an.

Ich starrte zurück, verdeutlichte ihr mit einem kurzen Kopfschütteln und den Tränen, die sich in meinen Augen vermehrten, dass ich eine Umarmung brauchte. Sie verstand sofort.

»Oh Madonna.« Hastig zog sie mich an sich. »Bitte sag mir nicht, dass dir wehgetan wurde.«

Ich schüttelte den Kopf, krächzte gleichzeitig: »Tut nur bisschen weh.« Obwohl es sehr wehtat.

»Komm mit.« Meine Cousine hakte sich bei mir unter, sah sich prüfend nach Gästen oder ihren Eltern um und zog mich ins Haus und in ihr Zimmer, wo ich schließlich komplett zusammenbrach.

»Okay. Erst mal von vorne.« Sie verfrachtete mich auf ihre Bettkante, wobei ihr Blick erstmals an meinem Shirt hängen blieb und sie zu verstehen schien. Mitfühlend verzog sie das Gesicht, ehe sie sich vor mich kniete. »Valentin?«

Ich musste den Blick abwenden, weil ich ihren nicht ertrug. Er schrie *Ich weiß, du willst das nicht hören, aber ich habe es dir leider von Anfang an gesagt.*

Ja, Chiara hatte mir gesagt, dass Valentin mir wehtun könnte. Ja, auch Valentin hatte gemeint, dass ich mich von ihm fernhalten sollte. Selbst in mir war eine unsichere Stimme gewesen, die sich gefragt hatte, ob ich ihm wirklich hätte näherkommen sollen. War ich wirklich das naive Dummchen gewesen, über das ich normalerweise nur den Kopf schüttelte?

»Va bene.« Mit einem entschlossenen Nicken stand meine Cousine auf und klatschte in die Hände. »Du kannst gleich alles bei mir rauslassen, aber erst mal musst du dich *da* rauslassen.« Sie deutete mitfühlend auf Valentins Shirt, woraufhin ich es mir über den Kopf zog und in ein lockeres Strandkleid schlüpfte. Währenddessen holte Chiara aus der Küche zwei Gläser gekühlten Eistee, ehe wir uns an ihrem geöffneten Fenstererker im Schatten niederließen und auf die Weinberge blickten.

»Ich weiß, was du denkst«, hauchte ich, ohne sie anzusehen.

»Und das wäre?«

»Dass du es mir gleich gesagt hast. Du denkst bestimmt, dass das zwischen Valentin und mir nur eine Affäre ist.« Ich hob den Blick und schüttelte den Kopf. »Aber du irrst dich. Da ist –«, ich stockte, »*war* mehr zwischen uns.«

Sie presste die Lippen zu einem Lächeln zusammen, griff nach meiner Hand und drückte sie. »Das glaube ich dir. Ich hab gesehen, wie er dich angeschaut hat.« Ihre Zustimmung gab mir Mut. Dafür, dass ich vielleicht wirklich kein naives Dummchen war, das mehr in das Ganze reininterpretiert hatte, als es war.

»Magst du erzählen, was passiert ist?«

Mein Herz wollte nicht. Es wollte krampfen, unterdrücken, die starke Frau raushängen lassen, die ich versuchte zu sein, und einfach weitermachen, als wäre nichts. Trotzdem begann ich zu erzählen. Von unserer ersten Unterhaltung zu unserem letzten Schweigen. Von seiner *CL77 Honda Scrambler* zur Via Cornicetta. Von seinen Wunschuniversumsmomenten zu seinen Wutattacken, die eigentlich auch nur Panikattacken waren. Ich erzählte von seiner Bilderhaut, seinen Narben, die er darunter und in sich versteckte. Davon, dass wir letzte Nacht miteinander verbracht, uns äußerlich, aber auch innerlich berührt hatten. Von seinem Vater, seiner Mutter und seinem seltsamen Verhalten heute Morgen. Bis ich keine Luft mehr zum Erzählen hatte und ausgelaugt durchatmete.

»Allora«, meinte Chiara und lehnte sich grübelnd vor. »Alles etwas durcheinander.«

»Was glaubst du, wie es in mir drin aussieht?«

»Bis zu einem bestimmten Punkt klingt das Ganze ja noch relativ plausibel, wenn auch etwas chaotisch. Ein Mann, der aus Trauer und Schuldgefühlen um sich schlägt.«

»Ja«, hauchte ich, starrte in die Ferne, die vor meinen Augen verschwamm.

»Dass sein Vater nicht will, dass er in Castellammare ist, hat bestimmt etwas mit dem Unfall zu tun. Vielleicht will er ihn vor den Erinnerungen hier schützen. Das ergibt irgendwie alles Sinn«, sie stockte, ihr Gesicht wurde nachdenklich, »danach nicht mehr ... Du denkst echt, er sucht seine Mutter? ... Ich meine ... wenn sie doch schon tot ist?«

Verwirrt zuckte ich mit den Schultern. »Keine Ahnung, aber er hat die gesamte Gegend nach einer Rosalie und nach Berichten zu Unfällen aus dem Jahr 2009 abgesucht und diesen einen Gästebucheintrag einer Britin von 2007 mit Initialen R.R. markiert. In diesem Jahr war er sechs Jahre alt gewesen, Chiara. Das muss einfach seine Mutter sein. *R.R.* Rosalie Reid.«

»Vielleicht ist diese Rosalie gar nicht seine Mutter. Vielleicht seine Schwester? Eine Tante? Vielleicht sucht er auch jemand ganz anderen –« Chiara stockte, hatte offensichtlich eine Idee und sprang auf. »Wieso fragen wir nicht einfach Mamma? Vielleicht hat sie eine Ahnung, von wem der Eintrag damals stammte.«

Bevor sie losstürmen konnte, griff ich nach ihrem Handgelenk. »Nein, ich möchte deswegen keinen großen Wirbel im Hotel verursachen. Ich will nicht, dass Mimi und Marco mich so sehen. Wenn sie mitbekommen, dass Valentin mich zum Weinen gebracht hat, ist das Drama in der Familie groß. Das weißt du. Männer, die uns wehtun, sind die Feinde der Familie. Außerdem …« Valentins einschneidende Worte kamen mir in den Sinn und ich rappelte mich auf, drückte die Brust raus und hob stolz das Kinn. »Wenn er sagt, dass es seine Sache ist, dann soll es verdammt noch mal seine Sache bleiben, und ich mache es nicht zu meinem Problem. Wenn er bereit ist, sich zu entschuldigen und mit mir zu reden, weiß er, wo er mich findet. Ich renne keinem Mann hinterher, geschweige denn seinen chaotischen Problemen.«

»Du hast recht. Das ist mein Mädchen«, bestärkte sie mich und auch ich fühlte mich endlich wieder besser, jetzt, nachdem ich alles rausgelassen, Valentins Verhalten reflektiert und langsam wieder zu mir gefunden hatte. Es tat immer noch weh. Es tat so höllisch weh. Und wenn ich ehrlich war, wäre ich ihm doch am liebsten hinterhergerannt, hätte ihn gepackt und gerüttelt, bis die Wahrheit endlich aus ihm rausgefallen und er mir gesagt hätte, dass alles nicht so gemeint gewesen war. Ich wünschte es mir *so sehr!* Gleichzeitig wusste mein rationales Ich aber auch, dass das nichts bringen würde. Ich wollte meine Energie nicht damit verschwenden, anderen klarzumachen, wie viel Wert ich besaß. Entweder erkannte man das selbst, oder man ließ es sein.

Aber so war das eben oft. Man tanzte und glitzerte und balancierte auf dem waghalsigen Seil des Perfektseins, um anderen zu beweisen, wie schön man doch war, riskierend, hinabzufallen. Um *endlich* genug zu sein. Um nicht verlassen zu werden. Doch man musste anderen nicht beweisen, dass man genug war. Man war es einfach. Egal, ob glitzernd oder matt, egal, ob andere es sahen oder nicht. Egal, ob sie blieben oder gingen. Ich wusste nicht, ob Valentin gehen oder bleiben wollte. Ich wusste nur, dass es unmöglich war, einen Menschen an einem Ort festzuhalten, an dem er nicht sein wollte. Auch wenn ich das am liebsten getan, Valentin jeden Tag aufs Neue gezeigt hätte, wie schön es hätte sein können, wenn er mit mir geredet und bei mir geblieben wäre. Ob er das tat, war seine Entscheidung, die ich respektieren musste. Es tat weh. Dennoch war mir klar, dass es noch mehr wehtun würde, daran festzuhalten.

»Da gibt es übrigens noch etwas, das passiert ist.« Meine Kehle schnürte sich zu, als ich die Worte hindurchdrückte. Ich wich Chiaras fragendem Blick aus. Nun, da sich der Valentinnebel etwas lichtete, kamen mir meine anderen Sorgen wieder in den Sinn. *Luke.*

Chiara schien meine Anspannung sofort zu bemerken, griff nach meinem Arm und setzte sich vor mich. »Was?«

»Es ist anscheinend wirklich Luke.« Ich schluckte und hob den Blick. Der Gesichtsausdruck meiner Cousine zeigte erst Angst, dann rasende Wut. Auf ihren Wangen bildeten sich blutrote Flecken. »Er hat mir gestern per SMS geschrieben.«

»Lo uccido«, zischte sie und schüttelte immer wieder den Kopf. »Bastardo!« Haare raufend stand sie auf, nur um sich direkt wieder zu setzen. »Zeig mir die Nachrichten.«

»Kann ich nicht. Ich hab mein Handy ins Meer geworfen.«

Verwirrt blinzelte sie ein paar Mal.

»Ich hab Panik bekommen«, erklärte ich mich, woraufhin sie verständnisvoll nickte.

»Und es war wirklich er?«

Ich nickte. »Es war eine britische Vorwahl. Ich sehe seine Nachrichten noch vor mir. Er hat gemeint, Valentin soll mir ordentliches Englisch beibringen, wenn es mein Daddy schon nicht getan hat. Verstehst du? Er hat meinen Vater erwähnt, er wusste, dass er Brite und noch am Leben ist. Niemand anderes außer ihm hat davon gewusst. Ich hab es nur ihm erzählt. Das kann nur er sein.«

»Was machen wir jetzt?«

Ich zuckte mit den Schultern. »Keine Ahnung, ich muss mir etwas überlegen.«

Chiara griff nach meiner Hand, atmete tief durch und brauchte ein paar Sekunden, um den Mund zu öffnen. »Ich weiß, du sagst immer, du kommst klar, du bist stark, du willst dich nicht retten lassen – das liebe ich an dir. Aber … du *musst* da nicht allein durch. Wir überlegen uns etwas zusammen, okay? Wenn dir jemand Hilfe anbietet, dann heißt das nicht, dass du ein schwaches Prinzesschen bist, das gerettet werden muss. Der Mensch ist nicht dazu gemacht, um auf Dauer alles selbst zu schaffen. Um Hilfe zu bitten und sie anzunehmen, ist auch eine Stärke.«

Irgendetwas in mir gab ihren Worten recht, eine andere Seite widersprach. Zum einen wollte ich niemanden in meine Probleme hineinziehen, zum anderen war ich es einfach nicht gewohnt, um Hilfe zu bitten. Ich war ein Einzelgänger inmitten einer riesigen extrovertierten und hilfsbereiten italienischen Familie. Nichts Halbes und nichts Ganzes. Hatte keine Ahnung, wo mein Platz war, weil meine Eltern nicht existierten und ich wusste, dass meine Nonna, meine Tanten und Chiara außerhalb meines Lebens ein eigenes besaßen, in denen sie genug eigene Probleme zu bewältigen hatten.

»Jetzt, da ich weiß, dass es wirklich Luke ist, hab ich weniger Angst«, erklärte ich.

Chiara fixierte mich. »Weniger … aber sie ist immer noch da, oder nicht?«

Einen Moment lang lauschte ich in mich, wo eine wütende Stimme schrie, dass Luke sein blaues Wunder erleben würde, würde er mir zu nahe kommen. Diese Stimme redete mir ein, dass ich mich nicht fürchtete. Sie redete mir ein, dass ich mit allem klarkommen würde und Luke mir nichts antun konnte. Doch Chiara hatte recht. Da war noch immer ein Rest Angst. Einer, den ich überspielen wollte.

»Hör zu«, holte Chiara mich aus meinen Gedanken. Die heiße Sonne hatte sich ihren Weg allmählich an den Rand des Fensters gebahnt und raubte uns den kühlen Schatten. »Du solltest mit jemandem reden. Zia Liliana, Mamma, Nonna, der Polizei.«

»Nein«, unterbrach ich sie. »Ich muss mich erst mal sammeln, ich möchte den anderen keine unnötigen Sorgen bereiten. Lili sorgt sich sowieso schon.«

»Sie sorgt sich aber zu Recht, Sofi.«

Damit lag sie nicht ganz falsch. Aber … nein! Ein jahrelang angelernter Automatismus, meine Ängste mit mir selbst auszumachen und meine Familie zu verschonen, hinderte mich daran, den Mund aufzumachen.

»Was willst du sonst tun?«, hakte meine Cousine besorgt nach. »Einfach darauf warten, was passiert, und hoffen, dass er dir nicht wehtut?«

Ich öffnete den Mund, schloss ihn sofort wieder. Auf meiner Zunge ein Name, der mir vielleicht wirklich helfen konnte. Aber war das angebracht? Schließlich war sie seine Schwester.

»Vielleicht …«, begann ich den schweren Gedanken, meiner Freundin zu erklären, dass ihr Bruder ein widerlicher Stalker war, in Worte zu fassen, »… vielleicht kann ich mal mit Paula sprechen.«

Vielleicht war das aber auch die dümmste Idee, die ich je gehabt hatte.

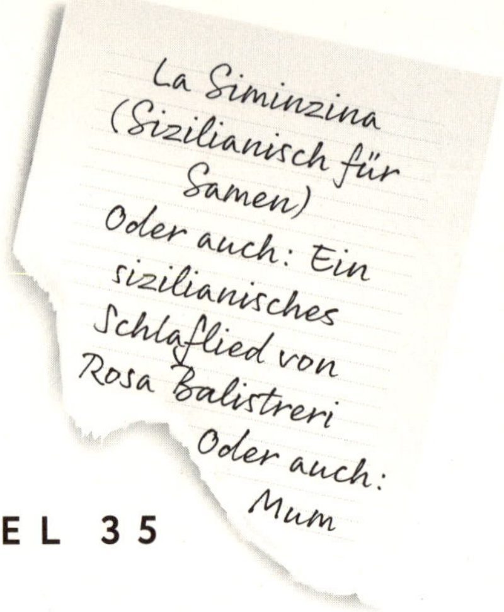

KAPITEL 35

Valentin

An diesem Tag hasste ich mich mehr, als ich es je getan hatte.

Die Stimme im Radio des Cafés schien einen neuen Song anzukündigen. Ich spitzte die Ohren, weil ich hoffte, darin etwas Bekanntes zu finden. Doch da war nichts. Kein Wort hörte sich nach dem an, das mich heimsuchte.

Vor mir lag ein Stapel Bücher aus der Uni. Darunter die Notizen meiner Suche. Jene Notizen, die Sofia entdeckt und nach denen sie sich verständlicherweise erkundigt hatte. Ich konnte mir ausmalen, wie erschreckend das Ganze auf sie wirken musste. Vor allem nach meiner Reaktion. Ich hätte es ihr nicht verübelt, wenn sie mich von nun an für verrückt gehalten hätte. Vielleicht war ich es ja wirklich. Vielleicht sah ich die Wahrheit vor lauter Lügen nicht mehr.

Ich fuhr mir mit der Hand übers Gesicht und versuchte dadurch, die Stimme in meinem pochenden Kopf stumm zu stellen. Eine Seite in mir wusste, dass ich bei keiner anderen Person so offen und ehrlich sein konnte wie bei Sofia, die andere hatte immer noch ihr Schutzschild in der Hand, wollte sich abschotten und am liebsten wieder abhauen. Ich konnte diese Seiten selten kontrollieren. Entweder zog mich die Sicherheit, die Sofia versprühte, aus meinem Tunnelblick heraus, oder meine Angst zerrte mich wieder hinein. Es war wie Tauziehen. Nur dass ich kurz vorm Zerreißen war.

»Ich wusste gar nicht, dass du so gut Sizilianisch kannst.« Sofias Stimme schwirrte mir durch den Kopf. Von welchem Lied hatte sie noch mal gesprochen? Ich konnte mich nicht mehr erinnern, wurde aber das Gefühl nicht los, dass es genau das Lied gewesen war, das mich déjà-vu-artig ständig heimsuchte. Schon als sie es ausgesprochen hatte, hatte etwas ganz leise in mir geklingelt. Dann war eins zum anderen gekommen, Sofia hatte meine Unterlagen entdeckt und ich war plötzlich mit etwas anderem beschäftigt gewesen. *Ein Schlaflied,* hatte sie gemeint. Ein Schlaflied. Was zur Hölle für ein Schlaflied?

Um mich abzulenken, zwang ich mich endlich zu dieser Hausarbeit, die ich nächste Woche abgeben musste. Doch statt die Finger auf die Tastatur zu legen, legte ich sie auf die Spitze des Polaroids, das aus meiner Handyhülle lugte. Seit gestern waren es zwei, die ich mit mir herumtrug. Mum und Sofia. Langsam zog ich es hervor und wurde von einem Schmerz übermannt, der tausend Messerstichen glich, sobald ich ihr Lächeln darauf erkannte. Sie auf diesem Balkon, der Vorhang, der ihre Schulter streichelte, der Silberregen auf ihrer Haut und ein letzter Rest Tränen in ihren Augen, der sich direkt danach in Freude verwandelt hatte. Sie war so *verflucht* schön, dass es schmerzte. Dass jeder Gedanke, jede Erinnerung an sie mich innerlich zerriss. Ich liebte es, an sie zu denken, sie zu berühren, sie bei mir zu haben – gleichzeitig wusste ich aber auch, dass es *so* nicht funktionieren konnte, sollte ich die Gefühle in mir nicht endlich in den Griff bekommen. Keine Ahnung, ob ich das jemals würde. Wahrscheinlich musste ich Sofia ziehen lassen.

Die Tür des Cafés wurde geöffnet, woraufhin mir ein Schwall heißer Luft entgegenströmte. Ich war allein, weil alle bei dem Wetter draußen saßen, doch ich bevorzugte die erfrischende Klimaanlage. Auch wenn mein Kopf dadurch nicht wirklich kühler wurde.

Ein lautes Männerlachen ertönte. Schon bevor ich mich umdrehte, wusste ich, wer sich seinen Weg zur Theke bahnte. Das Lachen verstummte. Schritte näherten sich und blieben neben mir stehen.

»Wen haben wir denn hier?« Genervt blickte ich auf, als Claudio mich in gebrochenem Englisch ansprach. Seine zwei Freunde stellten sich hinter ihn und warfen mir einen warnenden Blick zu.

»Was willst du, Claudio?« Am liebsten hätte ich ihm direkt noch eine verpasst. Ich war so zerfressen von Wut. Auf mich, auf meine Eltern, auf das Universum und auf jeden, der Frauen schlecht behandelte – mich eingeschlossen. Ich hasste mich so unfassbar sehr dafür.

Langsam ließ er sich auf den Stuhl vor mir gleiten, dabei fiel sein Blick auf das Polaroid von Sofia. Ich schob es unter meinen Laptop, doch Claudios Mundwinkel hoben sich bereits wissend. »Sie ist gut, oder?« All meine Sensoren schlugen Alarm, dennoch sah ich nur ausweichend auf den Bildschirm an der Wand am anderen Ende des Cafés, auf dem gerade irgendwelche Nachrichten gezeigt wurden. »*Im Bett*, meine ich.«

Hitze breitete sich in meinem Inneren aus, mich suchte eine solche Rage heim, wie ich sie lange nicht verspürt hatte. *Falsch*. Erst gestern, als ich erfahren hatte, dass Sofia von ihrem Exfreund gestalkt wurde, wäre ich am liebsten aufgesprungen und hätte alles kurz und klein geschlagen. Doch da war Sofia bei mir gewesen, sie hatte meine Hand genommen und all diese Aggression aus mir rausgesogen. Jetzt war sie nicht hier, konnte mir nicht in die Augen sehen und mich davon abhalten, auszurasten.

Ich war nicht sauer, dass Sofia etwas mit Claudio gehabt hatte. Sie konnte machen, was sie wollte, es stand mir nicht zu, sie für ihre Vergangenheit zu verurteilen. Doch die Vorstellung, er könnte Dinge getan haben, die Sofia nicht gewollt hatte, so wie bei diesem Mädchen auf der Hausparty, machte mich rasend. Männer, die das Nein einer Frau nicht respektierten, machten mich rasend. Und dass ich die Menschen nicht schützen konnte, die ich liebte, machte mich noch rasender.

»Verpiss dich einfach, Claudio. Oder willst du, dass ich dir noch mal eine reinhaue?« Zugegeben, der Spruch war richtig mies, denn er verdeutlichte Claudio, dass er mich ärgern konnte. Dass ich mich überhaupt von ihm zur Weißglut bringen ließ, war schlimm genug. Doch mein Gefühlsgefängnis war so aufgewühlt, dass ich es langsam, aber sicher nicht mehr kontrollieren konnte.

»Oh nein, keine Angst«, Claudio hob provozierend die Hände, »ich will sie dir nicht wegnehmen. Ich schwelge nur gern in Erinnerungen. Du musst nur aufpassen bei ihr.« Er lehnte sich mit dem Ellenbogen auf die Tischplatte und ließ den Blick umherschweifen. »Einmal waren Sofia und Chiara auf einer Beachparty so sturzbetrunken gewesen, dass sie mit jedem hätten mitgehen können, ohne es zu merken. Jeder hätte sie einfach nehmen können.« Er schaute so gespielt empört, dass ich nur Schreckliches ahnte. In mir krampfte alles. Denn was auch immer nach seinen Worten folgen würde, ich wusste nicht, ob ich es überleben würde. »Ich hab sie natürlich mit zu mir genommen. Sie hat förmlich nach meiner Nähe gebettelt. Dort war sie in Sicherheit, ich hab ihr das gegeben, was sie wollte. Am nächsten Tag, als sie wieder nüchtern war, hat sie ihre Meinung plötzlich geändert und mich sexueller Belästigung beschuldigt, obwohl sie es doch so gewollt hat. Also pass auf ... nicht, dass sie mit dir dasselbe macht und auch deinem Ruf schaden will.«

Ich atmete schon gar nicht mehr, unterdrückte jegliche Regung in mir, um nicht zu explodieren. Als würde ich eine Mine entschärfen, öffnete ich vorsichtig meinen Mund und fixierte ihn. »*Ihre Meinung?*« Ich atmete durch, sammelte mich, weil es mich alle Kraft kostete, ihn nicht blutig zu schlagen. »Bist du dir *ganz sicher*, dass sie *ihre Meinung* geändert hat, oder hat sie in ihrem betrunkenen Zustand einfach keine Chance gehabt, *ihre Meinung* zu äußern und du hast es zu deinem Vorteil ausgenutzt?«

Ich konnte mir genau vorstellen, wie es abgelaufen war. Und diese Vorstellung riss in mir sämtliche Wunden auf. Am liebsten hätte ich alles kurz und klein geschlagen.

Er lachte gehässig. »Du kannst mich gern als sexistisches Arschloch darstellen, wenn es dir damit besser geht.« Eine einschneidende Pause legte sich zwischen uns. Schließlich lehnte er sich vor, das Lächeln verschwand und ein angeekelter Ausdruck tauchte in seinem Gesicht auf. »Trotzdem ist und bleibt Sofia die kleine Schlampe mit Doppelmor-«

Mein Körper reagierte schneller als mein Verstand. Innerhalb weniger Sekunden hatte ich über den Tisch nach seinem Kragen gegriffen, ihn auf die Tischplatte gezogen und die Faust gehoben. Zum Schlagen kam ich allerdings nicht, denn von irgendwo ertönte eine Stimme, die alles in mir aufwirbelte. Einschneidende Worte, ein Name, mein altbekanntes Déjà-vu. Claudios Freunde hatten sich auf mich gestürzt, ein Kellner war dazugekommen und redete auf mich ein. Doch ich hörte ihn nicht. Wie von selbst landete mein Blick auf dem Bildschirm an der Wand, als Claudios Shirt einfach aus meiner Hand rutschte. Darauf zu sehen war ein Nachrichtenmoderator, der von der

Spendengala letzten Abend berichtete. Ich verstand nicht, was er sagte, verstand aber komischerweise gleichzeitig alles. Alles, alles, alles.

Rosa Siminzina stand dort in großen Buchstaben geschrieben, dahinter eines ihrer Gemälde. Das Haus, das ich noch nie gesehen hatte, und doch kannte. *Rosa Siminzina.*

Mit einem Mal kamen mir Sofias Worte wieder in den Sinn. *»Du hast letzte Nacht immer wieder* La Siminzina *gesungen, ein sizilianisches Schlaflied.«*

Sie hatte mir Zeichen geschickt. Meine Mutter hatte der Welt ein Rätsel offengelegt, dessen Spuren nur ich nachgehen konnte.

La Siminzina war das Schlaflied, das ich nicht kannte und das doch fester Bestandteil von mir war. Es war wie ein Vorhang, der sich lichtete. Nun sah ich jedes Wort des Liedtextes, hörte die Singstimme meiner Mutter und realisierte, dass sie es mir vorgesungen hatte. Und dieses Haus ... ich kannte es. Ich wusste, wo es stand. Ich wusste genau, wie es im Inneren aussah. Ich wusste, *warum* Rosa Siminzina es immer und immer wieder malte.

Denn dieses Haus war einst fast zu meinem Zuhause geworden.

Rosa Siminzina war meine Mutter.

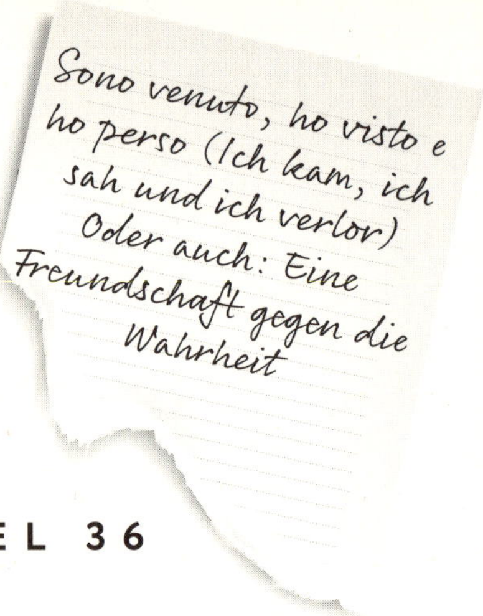

KAPITEL 36

Sofia

»Und? Wie war die Gala?«

Paula schwang sich auf den Stuhl mir gegenüber und strahlte mich neugierig an.

Chiaras Blick fand den meinen, ihre Hand drückte meine Finger und ich atmete tief durch. Um uns herum herrschte ein lauter Tumult. Hafenarbeiter brüllten durch die Gegend, irgendwo knallte der Motor eines Mofas und in mir zog sich alles zusammen, weil ich kurz an Valentin dachte. Eigentlich dachte ich nicht nur kurz an ihn. Eigentlich dachte ich die ganze Zeit an ihn.

»Richtig schön, aber Sofia hat leider nicht viel davon mitbekommen«, antwortete Chiara mit einem Lachen, um die Stimmung etwas aufzuhellen. Ihr Lächeln verblasste sofort, als sie meinen verkrampften Gesichtsausdruck bemerkte.

Paula hingegen sah neugierig von der Karte des Cafés auf. »Ach ja? Wieso denn das?«

»Valentin und ich sind relativ schnell abgehauen«, erklärte ich, um das Ganze abzukürzen. Paula runzelte kurz die Stirn, strahlte aber dann doch und öffnete begreifend den Mund. Ich winkte hastig ab. »Aber das ist jetzt kein Thema, alles gut.« Ich wollte nicht, dass sie nachfragte. Ich wollte nicht über das Thema Valentin oder darüber sprechen, was er letzte Nacht in mir ausgelöst hatte. Wäre heute Morgen nicht passiert, hätten wir das Thema gerne anschneiden können – doch jetzt nicht mehr.

»Das heißt … ihr …?« Paula hob die Brauen, fixierte mich fragend.

Ich schüttelte hastig den Kopf, als könne ich damit auch die Erinnerungen an ihn abschütteln. »Paula«, begann ich, setzte mich auf und lehnte mich über den Tisch. »Es ist tatsächlich letzte Nacht etwas passiert, worüber ich mit dir reden muss.«

Mit großen Augen sah sie mich an, und es brach mir jetzt schon das Herz, ihr mitzuteilen, dass ihr Bruder ein Stalker war. Irgendwo in ihrem Blick flammte Panik auf, als würde sie schon wissen, um was es ging. Als würde sie ahnen, dass mit ihrem Bruder etwas nicht stimmte. Langsam verblasste ihr neugieriges Strahlen, jegliche Gesichtszüge erschlafften und sie wechselte ihren Blick zwischen Chiara und mir. »Was ist hier los?«

Ausweichend sah ich auf meine Hände. »Als Luke und ich damals Schluss gemacht haben, hab ich eine Zeit lang besorgniserregende Nachrichten bekommen.« Ihr Blick wurde dunkel, die Brauen verdichteten sich. Sie wirkte so angespannt. »Zettel lagen in meinem Spind und Briefkasten, viele davon enthielten schlimme Beleidigungen, beschrieben mich als schlechten Menschen und dass ich *alles zerstört* hätte. Zudem hatte ich ein paar Mal aufgeschnittene Fahrradreifen, mein Rucksack wurde oft verwüstet und ich habe mich verfolgt und beobachtet gefühlt. Die Nachrichten haben irgendwann aufgehört und ich hab nie wieder eine erhalten. Bis zum Abschlussball.«

Paula hatte in der Zwischenzeit ihre Hand an den Mund gehoben. Sie holte Luft, als würde sie etwas sagen wollen, schwieg aber letztendlich und schaute zwischen Chiara und mir hin und her.

Ich schaute auf meine Finger. »Gestern Nacht hab ich von meinem Stalker das erste Mal eine SMS bekommen.« Ich biss mir auf die Zunge, weil ich es nicht aussprechen wollte. Nicht vor ihr. Doch es musste sein. »Es ist Luke.«

Ihr Mund stand offen, ich konnte ihre Lippen zittern sehen. Einen Augenblick lang war es still am Tisch. Paula starrte mich einfach nur an, ehe sie den glasigen Film vor ihren Iriden davonblinzelte und sich vorlehnte.

Sie runzelte die Stirn. »Was?«, fragte sie mit angespannter Stimme. Wer konnte es ihr verübeln? »Wie zur Hölle kommst du darauf?«

Chiara griff unter dem Tisch nach meiner Hand, weil sie wusste, wie schwer mir das fiel. »In der Nachricht stand etwas, das nur Luke wissen kann. Außer meiner Familie weiß niemand davon.«

Ihre Mundwinkel zuckten und erschlafften wieder ratlos, ehe sie noch ernster wurde. »Du willst mich verarschen, oder?«

»Leider nicht.«

»Warte«, sie hob schützend die Hand an die Brust, lehnte sich wieder zurück in den Stuhl und überlegte, »du willst mir sagen, mein Bruder ist ein Stalker? Und das machst du nur daran fest, dass in der Nachricht etwas stand, das nur er wissen kann?«

Paula war wütend. Sie war aufgebracht und ich konnte es ihr nicht verübeln. Wenn mir jemand erklären würde, Chiara hätte etwas Schlimmes getan, hätte ich genauso reagiert. Schließlich hatte auch ich noch immer nicht realisiert, dass es wirklich mein Exfreund war.

»Paula«, meldete sich meine Cousine zu Wort und legte sich eine Hand flach auf die Brust. »Ich weiß, dass das ein Schock ist, aber –«

»Ein Schock?« Paula lachte und lehnte sich wieder vor. Normalerweise war sie ein sehr schüchterner und ruhiger Mensch, ich hatte sie noch nie so aufgebracht erlebt. »Das ist kein Schock. Ein Schock wäre es, wenn Sofia recht hätte. Aber mein Bruder ist kein Stalker.«

»Okay«, hauchte ich, um ihrem Feuer nicht noch mehr Benzin hinzuzuschütten. Vorsichtig lehnte ich mich über den Tisch zu ihr rüber. »Es tut mir leid, Paula, aber ich habe Angst.«

Sie verschränkte die Arme vor der Brust und fixierte mich. Dabei wurden ihre Züge etwas weicher, doch die Anspannung verließ sie nicht ganz.

»Ich weiß nicht, was ich noch denken soll. Was würdest du an meiner Stelle tun? Was würdest du denken, wenn du solche Nachrichten bekommst und in einer genau das drinsteht, was du ausschließlich einer Person erzählt hast?«

Sie überlegte eine Zeit lang, atmete tief durch. »Du kannst das nicht an einer einzigen Information festmachen. Das ist rufschädigend.«

»Was soll ich deiner Meinung nach tun?«

Ihre Augen wurden groß, weil sie mit der Frage selbst überfordert zu sein schien. Ausweichend sah sie auf die Tischplatte und fummelte an der ausgefransten Kante der Getränkekarte rum. Dann zuckte sie mit den Schultern. »Vielleicht hören die Nachrichten ja wieder von selbst auf.«

Tränen fluteten meine Sicht. »Paula, du verstehst das nicht. Wer auch immer mir da schreibt, wusste, dass ich letzte Nacht mit Valentin zusammen war. Er beobachtet mich und ich weiß nicht, zu was er sonst noch imstande ist.« Schniefend strich ich mir übers Gesicht, als sich eine Träne ihren Weg über meine

Wange bahnte. »Ich hab einfach Angst und kann nichts dagegen tun. Außer mit meinen Freundinnen zu sprechen.«

Ihr Blick klärte sich, als sie merkte, dass ich zitterte. Ratlos strich sie sich durch ihre flammendroten Haare, lehnte sich über den Tisch und griff nach meiner Hand.

»Ich weiß, er ist dein Bruder. Und glaub mir, für mich ist das genauso verwirrend wie für dich. Ich will es auch nicht wahrhaben. Aber du bist gerade meine einzige Hoffnung, aus diesem Albtraum aufzuwachen. Ich kann mit niemandem außer euch reden. Ich weiß nicht mehr, was Wahrheit und Illusion ist. Weiß nicht, ob Luke wirklich hier irgendwo lauert, ob die Polizei überhaupt helfen kann, ob Zia vor Wut nicht ganz Sizilien auf den Kopf stellen würde und ob Lili mich wieder zu sich holen und zur Sicherheit zu Hause einsperren würde. Meine Familie würde sich Sorgen machen, vielleicht sogar krumme Dinge drehen, um an die Wahrheit ranzukommen. Die Polizei hat mich schon damals nicht ernst genommen. Und ich weiß einfach nicht weiter.«

Mit einem Schluchzen vergrub ich mein Gesicht in meiner freien Hand. Chiara zog mit ihrer Kreise über meinen Rücken, Paulas Daumen streichelte meine Finger.

»Es tut mir leid«, seufzte sie. »Das ist nur wirklich alles sehr viel gerade ... ich kann mir nicht vorstellen, dass es Luke ist.«

»Ich mir auch nicht«, gab ich zu. »Gleichzeitig ist er der einzige Anhaltspunkt, den ich habe.«

»Verstehe.« Ihr Blick schweifte ins Leere. Sicherlich gingen ihr tausend Gedanken durch den Kopf. »Aber wie kann ich helfen?«

»Weißt du«, schniefte ich und rappelte mich auf, »ich hab wirklich kurz überlegt, noch mal zur Polizei zu gehen. Sie könnten ja die Nummer orten und ...«

»Bitte tu das nicht«, seufzte sie, ebenfalls den Tränen nahe, weil sie selbst zu realisieren schien, dass es wahrscheinlich wirklich nur eine Person sein konnte. Nur Luke.

Ich schüttelte den Kopf. »Nein, mache ich nicht. Noch nicht. Wahrscheinlich bin ich dumm, wahrscheinlich bin ich viel zu lieb und naiv, immer noch an das Gute in ihm zu glauben. Aber vielleicht ist es besser, wenn du erst mit ihm redest. Vielleicht kannst du ihn zur Vernunft bringen und dazu, mich in Ruhe zu lassen. Und vielleicht hört er auf, wenn er realisiert, dass wir Bescheid wissen. Aber sollte er nicht aufhören ...« Mein Blick zuckte Hilfe suchend zu dem meiner Cousine, weil meine folgenden Worte selbst für mich hart klangen. Sie waren eine Kriegserklärung an Luke. Und somit auch an Paula. Eine meiner besten Freundinnen. Wenn sie kein Verständnis zeigen würde, würden sich unsere Wege von nun an sicherlich auf hässliche Art und Weise trennen. »... dann werde ich ihn anzeigen.«

Paula wirkte verzweifelt. In ihren Augen schimmerten Tränen, die Lippen hatte sie aufeinandergepresst. Mehrere Sekunden lang kämpfte sie mit sich, ihr Kiefer zuckte und sie schien hin- und hergerissen. Ich spürte, was sie spürte. Sie schien wütend, sie schien alles abstreiten, es nicht wahrhaben zu wollen, gleichzeitig wusste ich, dass auch sie langsam realisierte, wer ihr Bruder wirklich war.

Schließlich nickte sie, die Hand auf dem Tisch zu einer Faust geballt. »Okay. Ich rede mit ihm. Ich kläre das.«

Einer von hunderten Steinen fiel mir vom Herzen. Meine Brust krampfte noch immer, es war noch nicht vorbei. Trotzdem fühlte ich mich etwas leichter, darüber, dass Paula doch Verständnis zeigte und mir helfen wollte. »Danke.«

Chiara sah mich forschend an. »Bist du dir sicher?«

Ein letzter Blick zu Paula, die mindestens genauso geknickt dreinschaute wie ich. Dann nickte ich. »Wenn noch einmal etwas kommt, dann werde ich ihn nicht verschonen.«

Meine Cousine griff nach meiner Hand. »Die nächste Zeit wirst du nirgendwo allein hingehen, versprich mir das. Du sagst Bescheid! Und wenn du nur zu den Hunden gehst.«

»Versprochen«, antwortete ich und bestärkte meine Zustimmung, indem ich ihre Finger drückte.

»Bis wir nicht weitere Erkenntnisse haben, lasse ich dich nicht aus den Augen. Und bist du ganz sicher, dass wir es nicht doch Mamma sagen sollten? Ich meine, es ist doch besser, wenn ...«

»Noch nicht«, unterbrach ich sie. Ich konnte es einfach nicht. Normale Menschen waren schlecht im Tennis, Kochen oder Zeichnen. Ich war schlecht darin, um Hilfe zu bitten. Auch wenn ich meine Cousine verstand. Es war immer einfach, als Außenstehende die Situation zu betrachten und Ratschläge zu erteilen. Würde Chiara in meinen Schuhen stecken, würde ich keine Sekunde verschwenden und sofort zur Polizei gehen, nachdem ich die ganze Verwandtschaft informiert hatte. Wenn man selbst das Opfer war, war es schwierig. Ich wollte meiner Freundin Paula nicht schaden, wollte nicht, dass sich meine Familie sorgte, ja, ein klitzekleiner Teil in mir wollte sogar Luke verschonen. Vielleicht hatte er psychische Probleme, vielleicht wusste er es nicht besser. Ich wollte nicht, dass deswegen sein Führungszeugnis gefüllt wurde oder er in Zukunft Probleme auf dem Arbeitsmarkt bekam – er sollte sich einfach nur von mir fernhalten und mich in Ruhe lassen. Doch das war alles Bullshit, wusste ich selbst. Ich war ein verdammter People-Pleaser, und das war mein größtes Problem.

»Hallo, Schatz.« Eine Männerstimme ertönte hinter Chiara und mir, im nächsten Moment stand Kyle an unserem Tisch und gab Paula einen Kuss. »Ich will gar nicht lange stören, aber ich geh jetzt einkaufen und wollte dich vorher fragen, was du alles brauchst.«

Paula war noch immer ziemlich angespannt, verkrampfte sich unter seiner Hand an ihrer Schulter. Schließlich rang sie um ein Lächeln und rappelte sich auf. »Weißt du was? Ich komme einfach mit.« Ihr Blick streifte unseren. »Bitte seid mir nicht böse, aber ich glaube, ich muss das erst mal verarbeiten.«

Kyle sah sich verwirrt in der Runde um, sagte aber nichts.

»Natürlich«, antwortete ich ihr mit einem Nicken, woraufhin sie sich ihre Tasche schnappte und mit einem letzten gequälten Lächeln in unsere Richtung verschwand. Kyle verabschiedete sich ebenfalls und eilte ihr nach, wobei mir ein Duft in die Nase wehte, bei dem sich komischerweise sofort alles zusammenzog. Irgendwoher kannte ich ihn und irgendetwas in meinem Körper sagte mir, dass er nichts Gutes bedeutete.

»Geht's?« Chiara holte mich aus meiner Gedankenstarre und legte mir eine Hand auf die Schulter. Als ich mich zu ihr umdrehte, lächelte sie mich liebevoll an und mein Herz wurde direkt etwas leichter. Für die Gala hatte sie sich ihre lila Strähnen wieder schwarz gefärbt und die Spitzen geschnitten, die sie nun kurz am Kinn kitzelten. Mit dem langen Bob sah sie aus wie eine richtige italienische Fashionista und kurz dachte ich, dass Mattia einen verheerenden Fehler begehen würde, sie loszulassen. Chiara war eines der schönsten Mädchen, die ich kannte. Äußerlich, aber auch innerlich. Und ich hätte nicht gewusst, wo ich ohne sie wäre.

»Ja«, seufzte ich, ehe mein Kopf ausgelaugt gegen ihre Schulter sank, »ich glaube, ich muss mich einfach nur mal schlafen legen nach all dem Chaos der letzten Nacht.«

Ich schlief bis zum Abend durch. Als ich aufwachte, war es kurz vor acht und ich fühlte mich direkt etwas erholter. Gähnend schälte ich mich aus dem Bett, lief hinaus auf die Terrasse, wo eine leichte Brise wehte und angenehme Temperaturen herrschten. Die Sonne stand schon tief, der Himmel war blutrot und der hohe Weinberg zeichnete sich dunkel davor ab.

Chiara kam mir mit einer Wäscheschüssel benutzter Gästehandtücher entgegen. »Und? Geht's dir besser?«

»Ein wenig ... na ja, durch Schlaf löst sich die Angst nicht auf und ...« Ich dachte an Valentin und wandte den Blick zu Boden. »... alles andere beschäftigt mich auch noch, aber ich fühle mich definitiv fitter.«

Chiara schien zu ahnen, dass ich mit *allem anderen* Valentin meinte, und schenkte mir ein mitfühlendes Lächeln.

»Das ist gut.« Sie deutete zum Personaleingang. »Ich muss noch ein bisschen arbeiten. Willst du später was machen? Wollen wir einen Ruhigen machen? Karten spielen? Vielleicht spielt Nonna mit.«

Ich nickte. »Klingt gut.« Nun deutete ich zum Schuppen. »Ich schaue jetzt erst mal nach Luna.«

»Alles klar, aber bleib bitte in Sichtweite.«

Ich gab ihr mein Versprechen und kämpfte mich anschließend durch den üppig bewachsenen Garten. Schon von Weitem konnte ich das ungeduldige Miauen von Luna hören, das mir verdeutlichte, dass sie Hunger hatte und endlich wieder rauswollte. Als ich die Tür öffnete, sprang sie mir munter entgegen, auch wenn sie noch immer humpelte. Ich hätte sie so gern schon freigelassen, doch ich wusste, dass sie in diesem Zustand auf der Straße nicht lange überleben würde.

Ich nahm mir alle Zeit der Welt, setzte mich zu ihr, fütterte sie und gab ihr ihre Medikamente. Wehmütig schloss ich die Augen. Mit meinen Fingern in ihrem Fell und ihrem Schnurren in meinem Schoß war es, als würde für einen Moment alles stillstehen. Luke war egal, Valentin war egal, die Frage nach meiner Zukunft war egal. In diesem Augenblick war ich wieder zehn, dachte daran, dass ich am nächsten Morgen mit Nonno schnorcheln gehen und Nonnas berühmte Pasta mit Salsa di Pomodoro und gebratenen Melanzane essen würde. Im Anschluss würden wir uns ein Eis von *La Sorgente* gönnen und uns um die umherstreifenden Tiere kümmern. Ich fasste mir an die Brust, weil es darin krampfte. Ich hätte alles dafür gegeben, das unbeschwerte Gefühl wiederzuerlangen, das ich nur mit meinem Nonno gehabt hatte.

In der Ferne hörte ich das Röhren eines Motorrads. Dann verstummte es. Hastig öffnete ich die Augen, lauschte in die Dunkelheit, ehe ich Luna zurück in ihr Körbchen brachte und den Schuppen abschloss. Langsam entfernte ich mich aus dem Garten und näherte mich dem Hotelgelände, als mein Name ertönte.

»Sofia!« Das war Valentin und er hörte sich aufgebracht an. »Sofia!«

Mein Herz begann beim Klang seiner Stimme zu rasen. Schließlich tauchte er auf der Veranda auf, entdeckte mich und blieb keuchend stehen. Ich tat es ihm gleich. Eine gefühlte Ewigkeit sahen wir uns an, bis sich alles in seinem Gesicht verzerrte und eine hilflose Träne über seine Wange strömte. Im selben Moment setzte er sich in Bewegung, kam auf mich zu und brach schließlich in meinen Armen zusammen, als hätte ihn sämtliche Kraft verlassen. Er atmete so schnell, dass ich Angst bekam, er würde hyperventilieren. Ich spürte seinen Herzschlag im ganzen Körper, konnte seine Verzweiflung förmlich spüren.

Es war passiert. Was auch immer der Auslöser gewesen war, seine Mauern waren ein für alle Male eingerissen worden.

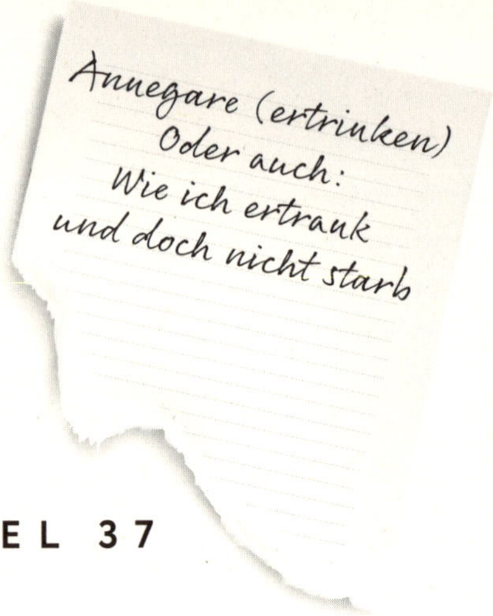

KAPITEL 37

Valentin

Ich hatte keine Ahnung, wohin ich fuhr. Und doch fuhr ich genau dorthin, wo ich sein musste. Es ergab keinen Sinn und gleichzeitig war alles plötzlich so klar.

Sträucher rasten an mir vorbei. Links von mir der bedrohlich große Berg, rechts begleitete mich das Meer. Ich hielt meinen Blick starr geradeaus gerichtet, gab noch mehr Gas. Die Gedanken in meinem Kopf liefen Amok, auch wenn sie sich zum ersten Mal seit Ewigkeiten zusammengesetzt hatten. Da war meine Mutter – Rosalie Reid. Das Lied, das sie mir so oft vorgesungen hatte – La Siminzina. Die Künstlerin und der heruntergekommene Rohbau, den sie immer wieder abbildete und der ihr Markenzeichen war. Mein Kopf schrie: *Das ist sie!* Meine Mutter war Rosa Siminzina.

Gleichzeitig schrie er aber auch: *Jetzt wirst du wirklich verrückt!*

Da war ein großes schwarzes Loch in mir. Eine Zeit, die ich nicht zuordnen konnte, an die ich keine Erinnerungen hatte.

Was war damals wirklich passiert? Wo waren meine Gedanken hin? Und wieso hatte ich dieses Lied und dieses Haus vergessen, obwohl beides nun so klar in mir widerhallte? Wie war es überhaupt möglich, dass mein Körper mich nun wie von selbst zu dieser vergessenen Erinnerung führte?

Ich fuhr in Richtung Scopello, bog irgendwann hinter einer steilen Kurve in eine ländliche Gegend ein. Irgendwo nahm ich ein heruntergekommenes Schild wahr, das Werbung für ein Restaurant machte, und mich durchfuhr sofort ein Flashback. Damals war es noch weiß gewesen, die Schrift deutlich lesbarer. Heute war es vergilbt, schief und an manchen Stellen löchrig. Wenige Meter weiter kam ich an einem Grundstück mit einem blauen Tor vorbei. Ein Hund bellte laut, ich zuckte zusammen und sah mich selbst, wie ich mich aus dem Autofenster lehnte und dem Hund etwas zurief. Ich schüttelte den Kopf, für einen Moment kniff ich die Augen zusammen, weil mich die Gefühle und Erinnerungen überrumpelten. Mein Herz pochte so laut, dass ich es durch das Brüllen meiner Maschine hören konnte. Es zuckte in meinen Schläfen, in meinen Fingern, in meinen Beinen.

Weitere Erinnerungen folgten, je weiter ich die Straße hinabfuhr. Eine Plantage voller Olivenbäume, eine Korkeiche, die aussah wie ein wütender Troll, ein Wohnhaus aus rostroten Ziegeln. Erneut schüttelte ich den Kopf, fesselte meinen Blick auf die Straße, weil meine Gedanken übersprudelten. So viele Jahre hatte ich nichts gewusst, jetzt wusste ich plötzlich alles wieder. So auch, als ich eine Einfahrt passierte, meine Honda langsamer wurde und schließlich ganz zum Stehen kam. Eine ganze Ewigkeit lang blieb ich einfach sitzen und starrte. Ich starrte und fühlte und ertrank und erinnerte mich. Ich erinnerte mich an jedes. Einzelne. Detail.

Vor mir ragte ein rostiges Tor in die Höhe. Es stand einen

Spalt offen. Dahinter die Fassade eines quadratischen Hauses. Es sah anders aus als in meinen Erinnerungen, anders als auf den Gemälden von Rosa Siminzina. Und doch wusste ich, dass es *es* war. Es war kein Rohbau mehr, nun war es vollbracht, durchlebt und mit Memoiren gefüllt. Das Grundstück war groß. Vorne stand ein eingestaubter Opel, eine kleine Veranda schlang sich um das einfache Gemäuer, und im Hintergrund begann ein üppig verwachsener Garten.

Ein Schritt, noch ein Schritt. Meine Beine führten mich durch das Tor. Wie in Trance kam ich dem Gebäude näher, und seit ich denken konnte, überkam mich das erste Mal wieder das Gefühl von Heimat. Ich konnte es nicht erklären, ich konnte es nur erfühlen.

»Was denkst du, Vale? Werden die Besitzer des Grundstücks das Haus irgendwann fertig bauen?«

»Hoffentlich nicht, Mum.«

»Wieso denn hoffentlich?« Ein Lachen. Mums Lachen.

»Dann können wir ja gar nicht mehr herkommen und Verstecken spielen.«

»Vielleicht wird es ja auch irgendwann unser eigenes Heim sein. Was hältst du davon? Dann können wir so viel Verstecken spielen, wie wir wollen.«

Ein Schleier aus Tränen legte sich vor meine Augen, in dem Moment, in dem ich eine Bewegung im Garten ausmachte. Hastig blieb ich stehen, blinzelte die Tränen fort und entdeckte eine Frau, die mit dem Gartenschlauch hantierte. Allein an ihrem Hinterkopf erkannte ich sofort, dass sie es war. Die Bewegung, die sie ausführte, wie sie lief, dabei ihren rechten Arm immer mehr mitschwingen ließ als den linken. Der Knoten in meinem Inneren löste sich, meine Brust wurde plötzlich ganz warm, weil ich wusste, ich war angekommen. Ich war endlich zu Hause, bei ihr.

Enthusiastisch lief ich ein paar Schritte auf sie zu, wollte gerade nach ihr rufen, als zwischen den Sträuchern ein junges Mädchen auftauchte und ich so abrupt stehen blieb, dass ich das Gefühl bekam, ich wäre gegen eine unsichtbare Wand geknallt.

»Mamma!«, rief es. *Mamma.* Sie breitete die Arme aus, das Mädchen fiel hinein. In die Arme, nach denen ich mein Leben lang gesucht hatte.

Eine dritte Bewegung folgte. Jemand trat aus dem Haus auf die Veranda. Es war ein Mann mittleren Alters, braunes dichtes Haar, schmal und etwas kleiner. Er lachte, als er auf die zwei zuging, und alles in mir zog sich erneut zu einem Knoten zusammen. Zu einem Doppelknoten. Einem Dreifachknoten. Ach, scheiß drauf, mein Inneres war ein verdammter Kabelsalat. Dieser Mann strich Mum über das Haar, gab erst dem Mädchen und dann ihr einen Kuss. Alles in mir wusste, was das bedeutete. Mir war klar, wer diese Leute waren. Er war ihr neuer Mann, das Mädchen ihre Tochter. Sie hatte Dad und mich eingetauscht, schien ausgelassen und glücklich und wirkte nicht, als würde sie irgendetwas aus ihrem alten Leben vermissen.

Ich wusste das. So ganz klar war es mir trotzdem nicht.

Geschockt wie ich war, taumelte ich zurück, um mich klammheimlich wieder aus dem Staub zu machen, vergaß aber, dass das Tor nur einen Spalt geöffnet war, und knallte dagegen. Es quietschte laut, dann drehten sich alle Köpfe in meine Richtung und ich konnte zum ersten Mal ihr Gesicht sehen. Es waren meine Augen. Dann diese Narben. Die Narben, die sie mir zu verdanken hatte.

Wir starrten uns Sekundenewigkeiten lang an. Ihr vertrautes Lächeln verwandelte sich in Empörung darüber, dass sich ein Fremder auf ihrem Grundstück herumschlich, ehe sämtliche Emotionen ihr Gesicht verließen. Im Grunde war ich ein Fremder. Ein fremder Sohn. Ihr Mund klappte auf, im nächsten Moment ließ sie das Mädchen zu Boden, wollte sich ganz in meine Richtung drehen, da reagierte mein Hirn endlich. Ich musste hier weg. Von diesem Ort, der einst mein Heim werden sollte und nun das einer fremden Familie war. Während ich mein Leben der Suche nach ihr gewidmet hatte, hatte sie mich gegen ein neues Kind eingetauscht.

Alles in mir ertrank und ertrank und wollte doch nicht sterben und in diesem Moment wusste ich, dass nur eine Person mich an Land ziehen konnte.

Es war schon dunkel, als ich am Hotel ankam. Was mein Chef oder Miriam denken könnten, wenn ich unangekündigt auf ihrem Grundstück auftauchte, war mir egal. Ich war wütend, ich war enttäuscht, ich war traurig, wie ich es noch nie gewesen war, und verdammt, hatte ich eine Angst. In mir wütete es, wie ich es noch nie zuvor zugelassen hatte. Eine *echte* Panikattacke. Eine, bei der ich Furcht empfand und diese nicht mit Wut ummantelte. Ich wollte nicht alles kurz und klein schlagen, ich wollte mich einfach nur an irgendeinem vertrauten Ort verstecken und alles rauslassen. Und dieser Ort war nun mal Sofia.

Ich trat auf die Terrasse, auf der ein paar Gäste den Abend bei einem guten Wein ausklingen ließen. Bei meiner hektischen Art, mit der ich die Umgebung scannte, schauten sie mich verwundert an, schenkten mir aber nicht allzu viel Aufmerksamkeit.

»Sofia?«, rief die Verzweiflung in mir. Meine Augen brannten, das Shirt klebte klamm an meinem Körper, trotzdem zitterte ich, mir war eiskalt. »Sofia!«

Etwas raschelte hinter mir, abrupt drehte ich mich um und entdeckte Chiara mit verschränkten Armen im Eingang des Hotels stehen. Eine Zeit lang beäugte sie mich grimmig, weil sie sicherlich wusste, wie schrecklich ich heute Morgen zu Sofia gewesen war. Ihr Blick wanderte von meinem Gesicht zu meinen

Füßen, realisierte mit einem Brauenzucken meine beschleunigte Atmung und wurde anschließend etwas weicher. Nun legte sich Mitleid darin nieder.

»Sie ist im Garten beim Schuppen«, erklärte Chiara und presste die Lippen zu einem winzigen Lächeln zusammen. Bevor ich losrennen konnte, kam sie auf mich zu und hob den Finger. »Mach keinen Scheiß, Valentin. Bitte. Sie hat genug Sorgen.«

Ich schüttelte den Kopf und nickte gleichzeitig. Denn ich stimmte all ihren Worten zu. Diesmal wollte ich keine Scheiße mehr bauen, diesmal wollte ich endlich ehrlich zu mir selbst und vor allem zu Sofia sein. Im nächsten Moment hatte ich das Ende der Terrasse erreicht und drang in den dunklen Garten ein. Meine Augen brauchten einen Moment, um sich an die Dunkelheit zu gewöhnen, doch es dauerte nicht lange, bis ich eine Bewegung vor mir ausmachte. Sofia kam mir entgegen, blieb stehen und sah mich voller Entsetzen an. Es vergingen Sekunden, in denen wir uns einfach nur anstarrten und sie meinen Gesichtsausdruck und meinen Zustand registrierte. Sie verstand, dass nun keine Zeit für viele Worte war. Keine Zeit für Erklärungen. Keine Zeit für Fragen. Alles, was ich brauchte, war sie – und das wusste sie. Also stürmte sie auf mich zu, breitete die Arme aus und ich sank mit allem, was ich noch war, auf meine Knie, um in ihrer Umarmung zusammenzubrechen. Von jetzt auf gleich verließ mich der letzte Rest Kraft, der mich all die Jahre auf den Füßen gehalten hatte. Im Grunde war ich ein Zombie gewesen. Eigentlich schon tot, erschöpft, am Limit – und doch hatte mich das Adrenalin, ausgelöst durch die Schuld in mir, stets auf den Beinen gehalten. Tränen flossen aus mir heraus und landeten auf Sofias Schulter. Sie selbst strich beruhigende Kreise über meinen Rücken und sagte nichts, ließ mich einfach das sein, was ich nie sein wollte, nun aber nicht aufhalten konnte: kraftlos.

Irgendwann, als die Tränen nachließen, löste ich mich langsam aus ihrer Umarmung und sank zu Boden. Wir setzten uns in das trockene Gras, über uns ein dichter Olivenbaum, zwischen dessen Äste der helle Mond durchschien. Während ich die Knie an die Brust zog, meine Arme darauf ablegte und mit hängendem Kopf versuchte, mich zu sammeln, lehnte sie ihren Rücken gegen den Baumstamm und starrte gedankenversunken in die Dunkelheit. Ich öffnete den Mund, schloss ihn aber umgehend wieder, weil die Worte, die ich sagen wollte, in meiner Lunge brannten, sobald ich sie hochholte. Doch so war das nun mal, wenn der Körper etwas rauslassen musste. Es tat weh. Dafür ging es einem danach jedes Mal besser.

»Ich hab sie gefunden«, begann ich also kurz und schmerzhaft und schnappte nach Luft, als es raus war. »Meine Mutter.«

Sofia hob den Blick. Ihre Miene blieb erst unverändert, dann presste sie die Lippen aufeinander. »Ich dachte, dass sie tot ist.«

»Nein … ich meine … ich wusste es selbst nicht.« Ich schüttelte den Kopf und raufte mir die Haare. »Dad hat immer nur gesagt, dass sie fort ist, und ich hab nie so ganz verstanden, was das heißen sollte. Da war stets Hoffnung in mir, dass sie noch da ist. Ich konnte mich nur nicht mehr erinnern.«

Ich hob das Kinn und erkannte, dass Sofias Gesicht schmerzerfüllt war. Mitfühlend schüttelte sie den Kopf. »Was ist passiert?«

Ja, was war passiert? Wo sollte ich überhaupt anfangen zu erzählen? Ich fand keinen Anfang und kein Ende, wusste nicht, wo meine Pechsträhne begonnen hatte. »Ich hab die Hälfte meines Lebens damit verbracht, mich schuldig zu fühlen. Weil ich dachte, sie ist meinetwegen fort. Weil ich dachte, ich sei schuld daran, dass der Unfall passiert ist und sie danach einfach weg war.« Flashbacks der Freude, die ich heute in ihrem Gesicht mit ihrer neuen Familie gesehen hatte, durchfuhren mein

Gedächtnis. Ich versuchte sie abzuschütteln, weil sie so wehtaten. »Ich hab keine Erinnerungen an das, was nach dem Unfall war. Ich war mir nur sicher, dass ich ihn ausgelöst habe und sie seitdem weg ist – selbstverständlich war ich daher überzeugt davon, dass ich der Grund für ihr Verschwinden bin. Und Dad hat nicht wirklich versucht, mir diese Schuldgefühle zu nehmen oder mir zu helfen, zu verstehen, was passiert ist. Im Grunde hab ich ihn durchgehend enttäuscht und als mein Verhalten in Teenagerzeiten dann ausartete, wurde es nur noch schlimmer.« Sofias Hand fand die meine, sobald sich erneut Tränen in meinen Augen ansammelten. Ich drückte sie und schöpfte Kraft aus ihr. »Heute haben sich endlich alle Puzzleteile zusammengesetzt. Heute hab ich endlich etwas Licht ins Dunkel bringen können. Das Lied, das du mir genannt hast. Jenes, das ich im Schlaf gesungen habe ... *La Siminzina*. Dieses Lied sucht mich seit so vielen Jahren heim und ich wusste nie, wieso. Ich hatte keine Erinnerungen daran, kannte den Namen nicht und konnte nicht zuordnen, wieso es mir im Kopf herumschwirrte. Als du mir den Namen genannt hast, habe ich mich daran erinnert, dass meine Mutter es mir gerne vorgesungen hat. Sizilien war Mums zweite Heimat, auch wenn sie Britin war. Sie liebte es hier, sie wollte immer herziehen. Von klein auf war ich mit ihr in Miriams Hotel zu Besuch gewesen.«

»Ist das der Grund, weshalb du hier dein Praktikum absolvierst?«

Ich nickte, ehe ich Mums Foto hervorzog und es ihr zeigte. »Dieses Foto ist eines der wenigen, die ich von ihr habe. Siehst du den Hintergrund? Der Berg?« Mit einer Handbewegung deutete ich auf die Landschaft in der Ferne. »Das Foto ist hier aufgenommen worden und ... irgendwie hat es mich immer hierhergezogen, wenn es um Mum ging. Wahrscheinlich wusste mein Unterbewusstsein ganz genau, wo sie ist.«

Auf Sofias Lippen stahl sich ein kleines, vorsichtiges Lächeln. Auch wenn es von Sorge und Trauer ummantelt war, schenkte es mir sofort etwas Ruhe. »Sie ist hübsch«, meinte sie, hob den Blick und rutschte noch etwas näher.

Auch meine Mundwinkel zuckten, ehe ich fortfuhr. »Ich hab gehofft, hier irgendwo Hinweise darauf zu finden, wo sie steckt. Um endlich abschließen zu können. Um sie endlich heimzuholen. Dann, kurz vor der Gala, hab ich den Namen der Künstlerin gehört – *Rosa Siminzina* –, sofort hatte etwas in mir geklingelt, ich wusste nur nicht, was. So auch bei ihren Bildern. Irgendwoher kannte ich das Haus, das sie immer wieder abbildete, ich wusste nur nicht, woher, und dachte, ich werde langsam verrückt.« Ich hielt kurz inne, weil die Erkenntnis, die ich gleich aussprechen würde, total verrückt klang. Doch sie war wahr. »Jetzt weiß ich, dass meine Mutter Rosa Siminzina ist.«

Sofia hob überrascht die Brauen, schüttelte verwirrt den Kopf. »Wie … woher …?«

»Meine Mutter hat gerne fotografiert. Was sie aber neben der Fotografie auch unfassbar gut konnte, war Zeichnen. Ich hab es vergessen, ich hab so vieles vergessen, was sie betrifft. Alles war irgendwie wie ausgelöscht und ich kann mir nicht erklären, warum. Das Haus, das Rosa Siminzina ständig gemalt hat, ist genau das Haus, in das Mum mit mir ziehen wollte. Es war ein Rohbau bei Scopello. Ich erinnere mich daran, dass wir dort oft Verstecken gespielt und darüber fantasiert haben, wo Küche, Bad und mein Kinderzimmer liegen würden, wenn das unser Haus wäre. Mum heißt eigentlich Rosalie Reid, unser Lied *La Siminzina*, und diese Künstlerin, die immer wieder *unser* Haus abbildet, Rosa Siminzina. Es klingt verrückt, ich weiß. Ich war mir selbst unsicher, bis ich vor dem Haus stand und realisiert habe …: Es ist die Wahrheit. Ich weiß nicht, warum, aber … ich glaube, sie hat all diese Hinweise verstreut, damit ich sie finde. Ihr Nachname, der Name des Schlaflieds. Dann immer wieder dasselbe Motiv, immer wieder dasselbe Haus, das sie malt, bis ich sie endlich gefunden habe. Ich verstehe nur nicht, warum sie es sich so schwer gemacht hat. Warum hat sie sich nicht einfach gemeldet? Warum schickt sie mir diese Hinweise, wenn sie doch schon längst ein neues glücklicheres Leben führt?«

Einen Moment lang befürchtete ich, dass Sofia sich abwenden und mich für verrückt erklären könnte. Doch sie verschränkte ihre Finger mit meinen. »Was hast du heute gesehen?«

»Ich bin hingefahren. Zu dem Haus. Früher war es ein Rohbau, heute ist es ein echtes Heim.« Meine Stimme versagte, ich musste mich kurz sammeln und krallte mich mit aller Kraft an Sofias Hand. »Mum wohnt dort mit ihrer Tochter und ihrem neuen Mann. Ich hab mein halbes Leben damit verbracht, sie zu suchen, während sie mich einfach ausgetauscht hat.« Meine Stimme versagte, ein Zucken durchfuhr meinen Körper.

Im nächsten Moment zog Sofia mich in ihren Arm und ich sank mit dem Kopf in ihren Schoß. Nach so vielen Jahren konnte ich endlich alles rauslassen, nach so vielen Jahren musste ich endlich nicht mehr der Starke sein und durfte hier in Sofias Armen zur Ruhe kommen. Ihre Fingerspitzen zeichneten Kreise auf meinen Hinterkopf und Nacken. Es vergingen Sekundenewigkeiten, in denen ich einfach nur die Tränen meinen Körper passieren ließ. Bis Sofias Stimme die Stille füllte.

»Es tut mir leid, Valentin.« Sie klang so unfassbar traurig. »Ich hätte dir besser zuhören müssen. Ich ... ich bin einfach davon ausgegangen, dass deine Mutter tot ist, und dachte ... ich dachte, du jagst einer Toten nach. Ich meine ... gerade ich muss doch wissen, wie es ist, jemanden zu verlieren.«

Hastig rappelte ich mich auf und schüttelte den Kopf. Mein Magen zog sich krampfhaft zusammen, weil ich realisierte, dass Sofia mindestens genauso einsam war wie ich. Sie lebte inmitten einer großen italienischen Familie und schien doch nirgends ganz angekommen zu sein. Und dazu hatte ich Wichser sie auch noch abweisen müssen.

»Nein, bitte entschuldige dich nicht. Ich bin derjenige, der sich entschuldigen muss. Es tut mir so leid. Wegen heute Morgen ... ich ... ich hab mich in meinem ganzen Leben noch nie so sehr einem Menschen geöffnet wie dir. Mein Körper ist es schlichtweg nicht gewohnt, dass ich offen mit meinen Gefühlen und Gedanken umgehe und heute ... das mit meiner Mutter ... Ich hab keine ordentliche Erklärung. Ich denke, mein Hirn hat einfach wieder die Reaktion ausgepackt, die es kennt. Und das, was ich bei dir empfinde ... ich hab so was einfach noch nie zuvor gefühlt, und ich glaube, das hat mir Angst gemacht. Ich hatte solche Panik, dass du mich auf dieselbe Art und Weise sehen könntest, wie ich mich sehe. Dass du dich in meinem Chaos verlieren könntest. Und ich hatte noch mehr Angst davor, dass mein Chaos deins nur verschlimmern würde. Vielleicht sogar so sehr, dass ich die Gefühle loswerden wollte.«

Sofias Mundwinkel zuckte traurig. »Willst du sie immer noch loswerden?«

»Nein.« Hastig schüttelte ich den Kopf. »Ich will endlich mit diesem Thema abschließen, will das endlich alles hinter mir lassen. Ich hab keine Ahnung, was jetzt kommt, was ich jetzt tun soll oder wie mein Leben weitergeht, aber ... ich will, dass du dabei an meiner Seite bist.«

Sofia lehnte ihre Stirn an meine und sog erleichtert Luft in ihre Lungen. Ich strich mit der Hand über ihre Wange, streichelte über ihr Haar. »Du in meinem Chaos und ich in deinem. Erinnerst du dich?«

Natürlich erinnerte ich mich. Ich erinnerte mich an jedes einzelne Wort, das mit Sofia zu tun hatte. Vor allem dieser Satz hatte sich in mein Gedächtnis gebrannt.

Sofia hob den Kopf, um mich anzublicken, verschränkte ihre Hände in meinem Nacken und sah mich eindringlich an. »Und ich möchte, dass du weißt … Egal, was deine Mutter sagt oder tut, egal, was dein Vater sagt oder tut, du hast es verdient, geliebt zu werden. Verstehst du das?« Sie hielt kurz inne, ihr Blick zuckte rastlos durch mein Gesicht und ihr Atem war zittrig. »Du *wirst* geliebt, Valentin.«

Ich brauchte keinen ganzen Atemzug, um sie in meine Arme zu ziehen und mich mit ihr ins raschelnde Gras zu legen. Und mit dem Mondlicht als Decke, dem warmen Wind um unsere Körper und dem Zirpen tausender Grillen überkam mich die Hoffnung, dass ihre Worte einst eine andere Bedeutung haben könnten. Dass ihr *Du wirst geliebt, Valentin* eines Tages ein *Ich liebe dich, Valentin* werden könnte.

KAPITEL 38

Sofia

Das grelle Licht der Morgensonne kitzelte meine Nase. Ich öffnete die Augen und blickte in eine dichte Baumkrone voller Olivenzweige. Die Sonnenstrahlen bahnten sich ihren Weg zwischen den Ästen hindurch und begannen, alles aufzuheizen.

Langsam schälte ich mich aus Valentins Arm und streckte mich, weil mir von der Wiese, auf der wir eingeschlafen waren, alle Knochen schmerzten. Valentin schlummerte noch tief und fest. Ich konnte mir vorstellen, dass er nach dem gestrigen Tag unfassbar erschöpft sein musste. Kurz beobachtete ich ihn und dachte an den letzten Abend. Kurz bevor wir eingeschlafen waren, hatte ich ihm noch von dem Gespräch mit Paula erzählt und davon, dass sie mit Luke reden wollte. In Valentins Armen hatte ich mich so sicher gefühlt wie nie. Ich wusste, an seiner Seite konnte mir niemand etwas antun. Nicht, weil er das Kämpfen für mich übernehmen würde, sondern weil er mir die Kraft gab, den Kampf selbst durchzustehen.

Meine Kehle war trocken, ich brauchte Wasser und rappelte mich auf, um aus dem Hotel eine Flasche zu holen, während Valentin im Schatten des Olivenbaums weiterschlief. Schon auf der Terrasse kam mir Chiara mit ein paar frischen Handtüchern entgegen. Auf ihren Lippen ein breites Grinsen. Umgehend fingen meine Wangen Feuer, weil mir klar wurde, was jetzt kommen würde.

»Und? Gut geschlafen?«

»Du hast ihn gesehen, oder?«

Ihr Grinsen verwandelte sich in ein besorgtes Lächeln. »Ich hab nur mitbekommen, dass Valentin komplett aufgelöst nach dir gesucht hat. Später wollte ich noch mal nach dir sehen, weil ich mir Sorgen gemacht hab, aber da habt ihr beide schon tief und fest geschlafen.« Hastig hob sie die Hand und fischte ein vertrocknetes Blatt aus meinem Haar. »Ich nehme alles zurück, was ich je über Valentin gedacht habe. So aufgelöst, wie er gestern nach dir gerufen hat ... Ich weiß nicht, was passiert ist, aber es ist offensichtlich, dass er dich braucht. Und wenn er an deiner Seite ist, kann ich auch ein bisschen aufatmen bezüglich der Luke-Sache.«

Mit einem Seufzen ließ ich mich auf einem Terrassenstuhl nieder. Chiara setzte sich neben mich. »Und ich erst.«

»Habt ihr alles klären können?«

Ich nickte. »Ja, es war zwar sehr viel, aber ... wir bekommen das schon hin.«

»*Wir?*« Aufgeregt strahlte sie mich an. »Bedeutet das, ihr wollt es offiziell machen?«

Ich zuckte mit den Schultern. »Keine Ahnung, was das heißt. Ich weiß ja gar nicht, wie es für mich selbst weitergehen soll, und was Valentin nach seinem Studium macht, steht auch nicht fest, aber ...«

»Aber ... ihr würdet daraus schon gerne ein festes Wir machen, stimmts?«

Mein schweigendes Lächeln verriet mich. Mit einem Quietschen griff Chiara nach meiner Hand und drückte sie. »Das klappt bestimmt. Wer weiß, vielleicht bleibt ihr ja beide hier. Oder ihr geht beide wieder zurück nach England. Selbst wenn ihr in unterschiedlichen Ländern wohnt, bekommt ihr es sicherlich besser hin als Mattia und ich.«

Besorgt runzelte ich die Stirn. »Habt ihr jetzt eine Lösung gefunden?«

»Nein«, seufzte sie. »Oder eigentlich ja. Aber das ist, finde ich, nicht die beste. Er geht nächsten Monat nach Rom, ich bleibe hier und wir versuchen es weiter ... auch wenn es sich längst wie das Ende anfühlt.«

Ich zog meine Cousine in eine Umarmung und strich ihr über den Rücken. Zuzusehen, wie man einen der wichtigsten Menschen in seinem Leben Stück für Stück verlor, war schmerzhafter als eine kurze und plötzliche Trennung. Denn man wusste, worauf es hinauslief, und die Hoffnung, die man Tag für Tag hatte, wurde mit jedem weiteren erneut zunichtegemacht.

»Das bekommen wir schon hin. Egal, was ist, ich bin hier.«

Chiara löste sich aus meinen Armen und nickte mir dankbar zu. Als sie den Mund öffnete, um etwas zu sagen, schob sich plötzlich die Stimme eines Gastes dazwischen.

»Mi scusi, posso disturbarla un attimo?«, fragte die blonde Dame mit einem höflichen Lächeln. Chiara sprang sofort von ihrem Stuhl auf und wandte sich ihr zu.

»Si, certo. Was kann ich für Sie tun?«

Weil ich wusste, dass Chiara nun wieder an die Arbeit musste und ich lieber zurück zu Valentin, bevor er ganz allein im Garten aufwachte, lief ich in Richtung Hotel. Ehe ich darin verschwand, drang die Stimme der Dame noch mal zu mir vor.

»Sto cercando un certo Valentin. Valentin Reid.«

Verwundert blieb ich stehen, drehte mich um und fand den ebenso fragenden Blick meiner Cousine. Warum suchte diese Frau nach Valentin? War das etwa ...

»Mum?« Plötzlich stand er am Fuß der Treppe, die zum Garten führte, starrte seine Mutter voller Unglauben an. Doch es war nicht nur Verwirrung, die ihn durchströmte. Da war auch so viel Schmerz.

Die blonde Dame schlug die Hände vor dem Mund zusammen. Innerhalb weniger Sekunden strömten Tränen über ihre Wangen. »Du bist es wirklich!«, rief sie, kam auf ihn zu, doch er trat einen Schritt zurück, woraufhin sie abrupt stehen blieb.

»Ja, bin ich. Ich hab die letzten Jahre ununterbrochen nach dir gesucht, während du dir hier ein glückliches Leben mit einer neuen Familie aufgebaut hast.«

Die Freude verschwand aus ihrem Gesicht, das sich nun schmerzerfüllt verzerrte. Erst jetzt fiel mir auf, dass die Haut in ihrem Gesicht grob vernarbt war, die linke Augenbraue nur mit Make-up nachgezeichnet. Sie hatte versucht, die Narben abzudecken, doch sie waren zu groß, um sie zu verstecken.

»Valentin, das siehst du falsch.«

»Ach ja?« Seine Stimme wurde etwas lauter. »Wie ist es denn dann?«

Chiara warf mir einen Blick zu. »Äh ... ich glaube, ich lasse euch mal lieber allein.«

Ich nickte und wollte mich ihr anschließen, doch Valentin, der mittlerweile neben mir stand, griff nach meiner Hand und zog mich an seine Seite. Er schien mich zu brauchen. Also schenkte ich ihm diesen Halt.

»Darf ich es dir erklären? Du kannst mich danach weiterhassen, du kannst danach immer noch entscheiden, dass ich nicht Teil deines Lebens sein soll, aber ... bitte ... lass es mich dir bitte erklären.«

Valentins Griff um meine Hand wurde stärker. So stark, dass es schmerzte und ich das Gefühl bekam, er würde meine Finger gleich zerquetschen. Beruhigend fuhr ich ihm mit der anderen Hand über den Oberarm und führte ihn an einen Tisch etwas abseits, damit andere Gäste nichts von alldem mitbekamen. Seine Mutter nickte mir dankbar zu und setzte sich uns gegenüber. Ein Blick auf Valentins Gesicht verriet mir, dass er nur angespannt auf die Tischplatte starrte.

»Ich … ich weiß nicht, wo ich anfangen soll.«

»Vielleicht damit, wo du die letzten Jahre warst?«, zischte er. »Die Jahre, die ich damit verbracht habe, dich zu vermissen, nach dir zu suchen und mich dafür zu hassen, dass du wegen mir fort bist.«

Ihre Augen füllten sich mit Tränen. Sie griff über den Tisch hinweg nach seiner Hand, doch er zog sie hastig weg.

»Du dachtest, ich bin deinetwegen fort?«, fragte sie und fasste sich an den Mund.

»Ja, schließlich bin ich an dem Unfall schuld.« Er deutete in ihr Gesicht. »Die Narben hast du doch sicherlich davon, oder? Und danach warst du einfach weg. Bist nie wieder aufgetaucht. Ich wollte nicht glauben, dass du tot bist. Also gab es nur eine Erklärung: dass du mich so sehr hasst, dass du nicht mehr zurückkommen willst.«

»Valentin, das stimmt nicht …« Fassungslos schüttelte sie den Kopf. »Hat dir dein Vater denn nie erzählt …«

»Was?« Seine Körperhaltung wurde noch angespannter. »Was hat er mir nie erzählt?«

»Dein Vater und ich wollten uns schon vor dem Unfall trennen. Die Scheidungspapiere lagen bereits vor. Es hat schon lange nicht mehr funktioniert und eigentlich warst du das Einzige, das uns noch zusammengehalten hatte. Im Urlaub war er nie dabei, immer ging seine Arbeit vor und ich habe mich an seiner Seite nicht mehr gesehen gefühlt. Deswegen wollte ich mit dir auswandern. Hierherziehen. Nach Sizilien. In unser eigenes kleines Haus und neu anfangen.« Ein trauriges Lächeln stahl sich auf ihre Lippen, das sofort wieder verblasste. »Du kennst ja deinen Vater und kannst dir vorstellen, dass die Scheidung extrem anstrengend verlaufen ist. Er wollte dich bei sich in England behalten, vor allem für seinen Weinbetrieb, aber mich hat es schon immer nach Sizilien gezogen und ... ich weiß nicht, ob du dich erinnerst, aber du hast dich so gefreut darüber, hierbleiben zu dürfen.« Ausweichend blickte sie auf die Tischplatte. »Der Unfall ...«, begann sie, stockte aber und musste sich erst sammeln. »Eine Woche, bevor ich die Papiere zum Kauf des Hauses unterschreiben wollte, flog ich mit dir wieder nach Sizilien. Es stand noch nicht fest, wie das mit dem Sorgerecht ablaufen würde. Natürlich kämpfte dein Dad dagegen an, doch im Normalfall landen die Kinder immer bei ihrer Mutter. Wir zwei waren auf dem Weg in den Ort, als der Anwalt deines Vaters anrief und mir mitteilte, dass wir bezüglich des Sorgerechts zu Gericht vorgeladen werden. Ich wollte mein gesamtes Erspartes in dieses Haus stecken und hoffte, mit dem Geld, das dein Vater mir durch die Scheidung auszahlen würde, zu Beginn über die Runden zu kommen, bis ich hier einen Job gefunden und mich eingelebt hätte. Zugegeben, das waren sehr schwammige Pläne und für den Anwalt deines Vaters reichten sie nicht aus. Es sah schlecht aus für mich. Von jetzt auf gleich brach meine gesamte Welt zusammen, als er mir mitteilte, dass die Chancen, dich behalten zu dürfen, schlecht standen. Womit er auch recht hatte. Ich meine, außer der Hoffnung, neu anfangen zu können, hatte ich nichts. Keinen Job, noch kein festes Dach über dem Kopf, nur diesen Rohbau und dieses Hotel, in dem ich bis zum Einzug bleiben wollte.« Mit Melancholie im Blick schaute sie sich auf dem Grundstück um. »Du erinnerst dich, dass wir in deiner Kindheit oft hier waren, oder? Deswegen bist du hier …«

Statt zu antworten, wandte Valentin den Blick ausweichend zur Seite. Ich konnte seinen Kiefer zucken sehen, sein Bein zappelte angespannt auf und ab. Die Freude an Rosalies Erinnerungen mit Valentin verblasste, als er nicht reagierte. Ihr Lächeln schwand. Dann fuhr sie fort.

»Jedenfalls … als ich den Anruf bekam und meine Welt von jetzt auf gleich aus den Angeln gerissen wurde, war ich angespannt und aufgewühlt. Du saßt auf dem Rücksitz und hast dich immer wieder aufgeregt aus dem Fenster gelehnt, weil du dich so gefreut hast. Ich hab dir ständig gesagt, du sollst das sein lassen, weil es gefährlich ist, aber …« Ihre Stimmung schlug um, eine Träne löste sich aus einem Augenwinkel, den Mund hatte sie zusammengepresst, ehe sie fortfuhr. »Du warst doch noch ein Kind … du hast das doch nicht verstanden.« Ein Blick zu Valentin verriet mir, dass er seine Mutter mittlerweile ansah. Das Blau darin war noch immer eisig, doch ich konnte deutlich erkennen, dass auch er etwas auftaute. In seinen Augen glänzte ein schwacher Wasserfilm.

»Es ging alles so schnell … ich war sauer auf deinen Vater, auf seinen Anwalt, auf mich, auf die ganze Welt. Aus der Wut heraus habe ich mich zu dir zurückgelehnt, um dich vom Fenster wegzuziehen, dabei die Kontrolle über den Wagen verloren und bin in eine Leitplanke gerast.« Rosalie versuchte erneut, nach Valentins Hand zu greifen. Er verspannte sich unter ihrer Berührung, starrte auf ihre Finger, zog seinen Arm aber nicht fort.

»Valentin, du warst nicht an diesem Autounfall schuld. Das war ich. Ich bin an allem schuld«, sagte sie mit einem lauten Schluchzen und brach in Tränen aus. Hastig fischte ich ein Taschentuch aus meiner Hosentasche und reichte es ihr, als Valentin sich schließlich zurücklehnte und verwirrt den Kopf schüttelte. Ich konnte förmlich spüren, welches Chaos darin herrschte.

»Okay«, hauchte er, noch immer nicht ganz anwesend, »aber ... wo warst du danach? Warum hast du es mir nicht erklärt? Warum hast du nicht angerufen, geschrieben, irgendwas?« Seine Stimme überschlug sich laut. »Ich verstehe es immer noch nicht. Was. Ist. Danach. Passiert?«

Geschockt starrte seine Mutter ihn an, die Tränen setzten aus. Eine gefühlte Ewigkeit lang sah sie ihn voller Verwirrung an und schüttelte schließlich den Kopf.

»Du weißt gar nichts mehr? Hat dir dein Vater wirklich gar nichts erzählt?« Valentin antwortete nicht, hob nur abwartend die Brauen.

»Valentin ...« Sie lehnte sich vorsichtig über die Tischplatte. »Du lagst zwei Monate lang im Koma.«

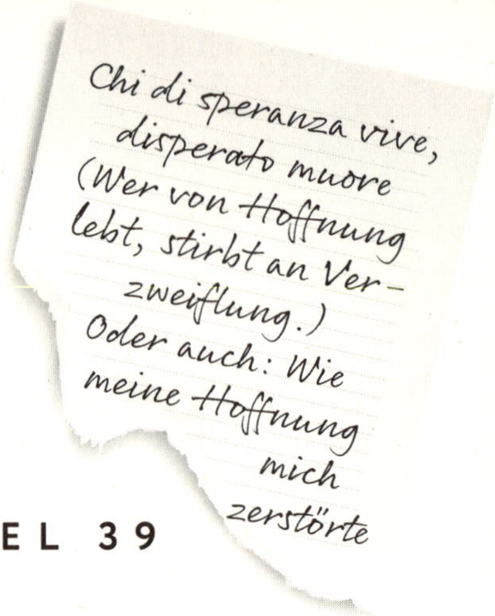

KAPITEL 39

Valentin

Du lagst zwei Monate lang im Koma.

Mums Worte hallten durch mein Inneres. Verstehen tat ich sie trotzdem nicht. Im Grunde verstand ich gar nichts, obwohl alles, was sie bisher gesagt hatte, Sinn ergab. Mum und Dad hatten sich scheiden wollen – verstand ich. Mum hatte geplant, hierherzuziehen, doch hatte im Gegensatz zu Dad nichts, was sie mir in den Augen des Elterngerichts bieten konnte – verstand ich auch. Mum war sauer und aufgewühlt gewesen, als sie den Anruf des Anwalts von Dad bekommen hatte, hatte die Kontrolle über das Auto verloren und ich war nicht schuld am Unfall – verstand ich ebenso.

Doch was zur Hölle hatten ihre Worte *Du lagst zwei Monate lang im Koma* zu bedeuten? Wieso wusste ich davon nichts oder konnte mich nicht daran erinnern? Und wieso hatte Dad nie ein Wort darüber verloren?

»Was?« Eine Panikattacke bahnte sich in mir an, ummantelt von Überforderung. Ich verstand nicht, warum Mum mir noch immer keine plausible Erklärung geboten hatte, weshalb sie danach weg war. Warum Dad mir nie die Wahrheit erzählt hatte, obwohl er offensichtlich ganz genau gewusst hatte, dass ich mich nicht erinnerte.

»Du kannst dir denken, wie das Elterngericht nach dem Unfall reagiert hat ... sie haben mir dich im Eilverfahren weggenommen und dein Vater hat mich als grausame und gefährliche Mutter dargestellt, die ihr Leben nicht in den Griff bekommt, weder Job noch Geld noch ein Dach über dem Kopf hat und ihr Kind in gefährliche Situationen bringt. Ich hatte nicht nur das Sorgerecht verloren, ich durfte dir nicht mal mehr ohne Erlaubnis deines Vaters nahe kommen. Und das alles geschah in diesen zwei Monaten, in denen du nicht bei uns warst. Als du aufgewacht bist, erlaubte man mir schon nicht mehr, dich zu besuchen.«

Mum schluchzte, und alles zog sich in mir zusammen. Als kleines Kind hatte ich es gehasst, wenn sie geweint hatte, und mich für sie verantwortlich gefühlt. Dieses Gefühl kam in mir wieder hoch und es breitete sich in meinem Körper aus. Langsam erinnerte ich mich, langsam verstand ich. Ich verstand, weshalb mein Gedächtnis die letzten Jahre nicht ganz funktioniert hatte. Weshalb ich mich an Dinge erinnerte, die ich nicht zuordnen konnte. Weshalb ich das Gefühl hatte, irgendwo Lücken zu haben. Mir fehlten zwei Monate Leben. Zwei Monate, in denen offensichtlich so viel Entscheidendes passiert war. Zwei Monate, die mein gesamtes Leben und meine Zukunft auf den Kopf gestellt hatten.

»Wieso hat Dad das getan?« Ich ballte die Hand zur Faust, meine Stimmung schlug um, je mehr ich realisierte, was mein Vater mir all die Jahre vorenthalten hatte. *Seinetwegen* absolvierte ich dieses Studium, *seinetwegen* fühlte ich mich wie der letzte Dreck, *seinetwegen* versuchte ich alles, um das wiedergutzumachen, was ich dachte, angerichtet zu haben. Ich hatte gedacht, er wäre das Opfer. Er wäre derjenige, der seine Frau verloren hatte – meinetwegen. Zu erkennen, dass er all die Jahre miterlebt hatte, wie sehr ich litt, und trotzdem nie versucht hatte, mir dieses Leid zu nehmen – das Leid, an dem *er* schuld war -, hob meine gesamte Welt aus den Angeln. Ich war in meinem Leben schon oft wütend gewesen, doch der Ärger, den ich nun verspürte, stellte alles in den Schatten.

»Ich weiß es nicht«, hauchte Mum und schüttelte den Kopf. »Er war wütend gewesen, wahrscheinlich auch gekränkt, dass du lieber bei mir bleiben wolltest als bei ihm.«

»Er hat in all den Jahren kein einziges *verfluchtes* Wort darüber verloren, wo du bist, dass ich im Koma lag oder dass nichts von alldem meine Schuld ist. Ich hab mich wegen dieser Sache so viele Jahre lang selbst zerstört. Hab mich geschlagen, um die Schuldgefühle zu unterdrücken, mich betrunken, um den Schmerz zu betäuben, und letztendlich versucht, mich an Dad anzupassen, um ihm *endlich* gerecht zu werden, nachdem ich anscheinend so ein *scheiß* Sohn gewesen war. Und jetzt erfahre ich, dass es gar nicht meine Schuld war? Dass ich mir umsonst den Arsch aufgerissen habe? Dass es gar nichts bringt, ihm gerecht zu werden, weil er ein verlogenes Stück Scheiße ist?«

Mums Kopf zuckte angesichts der Lautstärke meiner Stimme erschrocken zurück und auch Sofia versuchte, mich zur Ruhe zu bringen, indem sie nach meiner Hand griff. Doch ich wollte nicht ruhig sein, ich wollte mich nicht zurückhalten. Dieses eine letzte Mal wollte ich alles rauslassen. Hastig schüttelte ich Sofias Hand ab, stand auf und raufte mir die Haare. Ein paar neugierige Gäste beobachteten, wie ich aufgeregt auf und ab lief.

»Ich hab dir Briefe geschrieben.« Mums Worte schürten den Hass in meinem Inneren.

»Du hast mir Briefe geschrieben?«, wiederholte ich fassungslos, verharrte kurz, um sie geschockt anzusehen, und kam auf sie zu.

Sie nickte und alles zog sich in mir zusammen.

»Ja, und ich war während deines Abschlusses da. Im Hintergrund natürlich. Aber ... das konnte ich mir doch nicht entgehen lassen.« Sie weinte und ich raste. Mein Atem ging stoßweise, ein roter Film legte sich über meine Sicht und das Blut rauschte in meinen Ohren. Nun wurde alles dumpf und eine laute Erkenntnis hallte durch meinen Kopf. Nicht ich habe Mum vertrieben.

Dad hat sie mir genommen.

Dad hat sie mir genommen.

Dad hat sie mir genommen.

»Ich habe gekämpft. Habe immer wieder versucht, mit deinem Vater zu reden, aber ... er hat komplett abgeblockt, mir ein schlechtes Gewissen eingeredet und mich denken lassen, dass es besser für dich sei. Ich weiß nicht, ob du dich erinnerst, aber ...« Sie hielt kurz inne, um zittrig nach Luft zu holen und sich zu sammeln. »Nach dem Unfall war mein Gesicht entstellt ... deshalb die großen Narben. Ich hab auch, als du wieder wach warst, noch eine Bandage um den Kopf tragen müssen, und als ich hörte, dass du wieder aufgewacht bist, bin ich sofort zu dir ins Krankenhaus gestürmt – auch wenn ich das nicht durfte. Dein Vater und sein Anwalt wollten mich aufhalten, wir haben lautstark diskutiert, ich habe nach dir gerufen und als du mich gesehen hast, hast du angefangen zu weinen. Du hattest Angst. Du hattest Angst vor mir, vor meinem bandagierten Gesicht. Ich höre die Worte deines Vaters bis heute ... *Er hat Angst vor dir. Was glaubst du, wie angsteinflößend du für ihn sein wirst, wenn die Verbände ab sind.* Das hat mir den Rest gegeben. Ich weiß, ich hätte niemals aufgeben dürfen, aber ... ich konnte nicht mehr. Ich hab mir von deinem Vater einreden lassen, dass du besser ohne mich dran wärst, dass du ein besseres und behüteteres Leben bei ihm hättest und dass du mich sowieso nicht mehr wiedererkennen würdest. Also zog ich allein in das Haus, schickte dir Briefe in der Hoffnung, du würdest vielleicht von selbst auf mich zukommen, richtete die Zimmer genauso ein, wie ich es mit dir geplant hatte, und irgendwann begann ich aus der Einsamkeit heraus zu malen. Erst waren es nur Motive aus dem Garten, die Landschaft Siziliens, dieses Hotel. Dann immer wieder das Haus. *Unser Haus.* Ich malte den Rohbau, weil ich so viele schöne Erinnerungen mit dir daran hatte und das fertige Haus für mich nur ein Symbol dafür war, dass ich dich verloren habe. Ein Freund aus dem Ort – Pino – arbeitete in einer Galerie und sah die Bilder bei mir zu Hause rumstehen. Er bot mir an, sie in seine Ausstellung aufzunehmen. Mir war damals alles gleichgültig, ich war depressiv, allein und hing immer nur am selben Motiv fest. Pino veröffentlichte meine Werke zunächst unter meinem Vornamen – Rosa. Als sie plötzlich Bekanntheit erlangten und er von Fragen und Angeboten überhäuft wurde, entschied ich, anonym zu bleiben. Und dann kam mir eine Idee. Ich bekam die Hoffnung, dass du eines Tages doch nach mir fragen würdest, dass du dich erinnern würdest und vielleicht sogar nach mir suchen würdest. Die Bekanntheit der Gemälde war gut, so war es wahrscheinlich, dass du auch davon mitbekommen würdest. Trotzdem wollte ich anonym bleiben. Kein Bild, kein echter Name. Die Angst war zu groß, dass du mich nicht mehr erkennen würdest mit den Narben – ich wollte, dass du mich als die Mutter im Kopf behältst, die du gekannt hast. Zudem war ich mir sicher, dass dein Vater alles, das mit mir zusammenhing, vor dir verstecken würde. Also blieb ich gesichtslos, wählte den Nachnamen Siminzina, unser gemeinsames Schlaflied, malte weiterhin nur dasselbe Motiv, in der Hoffnung, du würdest es wiedererkennen und dich erinnern. Ich malte und malte und zu Beginn beschwerten sich potenzielle Käufer oder Galerien, dass es immer dasselbe war. Irgendwann wurde dieser Rohbau zu meinem Markenzeichen und ich wurde dafür gefeiert. Mir haben das Geld, die Komplimente oder die Bekanntheit nie etwas bedeutet. Ich habe nur für dich gemalt. In der Hoffnung, du findest mich.« Ihre Wangen waren gerötet von all den Tränen, die daran hinunterrannen. Als sie darüberwischte, wurde ihre vernarbte Haut sichtbarer.

Mein Mund stand offen, ich war fassungslos.

»Und du hast es wirklich getan ... du hast mich wirklich gefunden ... nach all den Jahren«, fügte sie mit einem traurigen Lächeln hinzu, bevor sie erneut schluchzte und sich die Hand auf den Mund presste.

»Dad hat dich mir genommen«, presste ich voller Anspannung hervor. Meine Fingernägel bohrten sich in meine Handinnenfläche, so stark ballte ich die Fäuste. »Er hat mir alles genommen, was ich geliebt habe.«

Im Augenwinkel sah ich, dass Sofia aufstand und langsam näherkam. »Valentin«, flüsterte sie und legte beruhigend die Hand auf meine Schulter. Ich schüttelte sie ab und raufte mir die Haare.

Ohne es wirklich zu steuern, packte ich den Terrassentisch und warf ihn um. Mum sprang auf, starrte mich voller Entsetzen an und ein lautes Raunen ging durch die Runde. Im nächsten Moment standen plötzlich auch Marco und Miriam bei uns, redeten auf mich ein, versuchten, mich zu stoppen. Doch ich war schon gar nicht mehr wirklich anwesend, wies sie alle davon. Zwischen dem Tumult hörte ich meine Mutter schluchzen, sah Tränen in Sofias Augen schimmern und spürte die Blicke aller Anwesenden auf mir, sah ihr enttäuschtes Kopfschütteln.

Ohne ein weiteres Wort ließ ich sie stehen, rannte zu meinem Motorrad und machte mich auf den Weg zu meinem Vater.

La verità non si può seppellire per sempre (Die Wahrheit kann nicht für immer begraben werden)
Oder auch: Wie ich meiner näher kam

KAPITEL 40

Sofia

»Und er ist einfach so abgehauen?«

Paulas Frage, die durch den Hörer tönte, ließ den Kloß in meinem Hals anschwellen. Valentin war seit zwei Tagen verschwunden, ging nicht an sein Handy und nach dem Gespräch mit seiner Mutter machte ich mir ernsthafte Sorgen. Ich wusste nicht, ob er überhaupt noch auf Sizilien war oder nicht schon längst zurück in England bei seinem Vater. Ob er sich gerade irgendwo selbst oder anderen Schaden zufügte. Oder ob er überhaupt wieder zurückkommen würde.

»Ja«, hauchte ich. »Das Gespräch mit seiner Mutter war ziemlich heftig. Ich kann verstehen, dass er total durch den Wind ist, aber … es tut schon weh.«

In der Leitung blieb es eine Weile still, Schritte hallten durch den Raum. Paula lief wahrscheinlich gerade durch das Hoteltreppenhaus.

»Das geht vorbei«, sagte sie locker. »Man kann eben nicht alles haben.«

Mir entkam ein schnaufendes Lachen. »Nicht gerade die beste Art und Weise, mich aufzumunt-«

Etwas knallte, dann fluchte Paula. »Scheiße!«

»Räumst du gerade das Hotelzimmer um, oder wie?«

Ihre Stimme klang gepresst, was mir verriet, dass sie etwas Schweres trug. »Nur ein bisschen. Ich möchte ein paar Sachen wegschmeißen.« Bevor ich antworten konnte, brachte sie ein neues Thema hervor. »Übrigens hab ich mit Luke gesprochen.« Alles in mir spannte sich an, und ich rappelte mich auf, als würde ich dadurch besser hören können. Als würde ich dadurch das, was nun folgte, besser verarbeiten können.

»Wir haben lange geredet. Er war echt fertig, aber er hat mir versprochen, dass er aufhört.«

Ich öffnete den Mund, bekam aber nichts heraus. Momente vergingen, in denen ich ihre Worte noch mal und noch mal in mir abspielte, sie aber dennoch nicht verstand. »Warte ...«, hauchte ich und schüttelte den Kopf, »das heißt ... er war es wirklich?«

Im Hintergrund rumpelte es wieder. Paula erzählte mir gerade mal so nebenbei, dass ihr Bruder mein Stalker war, während sie ihre Sachen ausmistete. Passte nicht ganz zusammen.

»Und von jetzt auf gleich hört er einfach auf? Warum hat er überhaupt angefangen? Was hab ich ihm getan? Ich meine, er hat immer wieder davon gesprochen, dass ich alles zerstört habe und –«

»Ich weiß es nicht, Sofia! Aber das ist mir gerade auch egal!« Paulas Stimme war laut und angespannt. Niemand von uns sagte etwas. Ich war überrascht, sie bemüht, ruhig zu bleiben.

Schließlich seufzte sie. »Tut mir leid, ich ... Kyle und ich haben uns getrennt. Deswegen bin ich so schlecht gelaunt, deswegen bin ich hier am Rumräumen ... ich packe und werfe einiges weg ...«

Überrascht schnappte ich nach Luft. Jetzt ergab es auch Sinn, weshalb Paula so angespannt war und mein Stalkerthema nur nebenbei ansprach. Sie hatte ein eigenes Problem, das sie belastete.

»Oh, Paula, das tut mir so leid. Was ist denn passiert?«

»Das, was immer passiert. Ich kann halt einfach niemanden dazu zwingen, bei mir zu bleiben. Und das auch noch im Urlaub.«

»Warte, ich kann sofort kommen, wenn du möchtest.«

»Nein, alles gut.« Sie atmete hörbar auf. »Du musst nicht kommen. Ich räume hier noch etwas um und reise morgen ab. Ich komme davor noch mal bei dir vorbei.«

Mein Herz krampfte, weil ich Paulas Schmerz durch den Hörer hören konnte. »Okay«, hauchte ich traurig. »Sag bitte Bescheid, wenn ich etwas für dich tun kann. Ich bin hier.«

Sie bedankte sich und legte anschließend auf. Ich ließ das Handy – ein altes von Chiara, das sie mir geliehen hatte – in den Schoß sinken und schaute gedankenversunken auf die Terrasse, auf der ich stand und auf der ich vor zwei Tagen noch mit Valentin gesessen hatte. Seufzend öffnete ich erneut den Chat mit ihm, scrollte durch die vielen Nachrichten, die ich ihm geschickt hatte, und tippte schließlich eine letzte ein.

Falls es dich interessiert … Paula hat mit Luke telefoniert, er wird mich von nun an in Ruhe lassen

Ich las mir die Nachricht zehn Mal durch, versuchte das Gefühl zu greifen, das mich eigentlich durchströmen sollte, nun, da der Stalker-Spuk endlich ein Ende haben sollte. Doch irgendetwas in mir wollte die Erleichterung nicht zulassen. Vielleicht war es die tiefe Angst in mir, die von nun an immer auf der Lauer liegen würde. Vielleicht war es aber auch das ungute Gefühl, das mir sagte, dass es noch gar keinen Grund gab, erleichtert zu sein. Es war noch nicht vorbei.

Den ganzen Tag über konnte ich mich kein einziges Mal richtig entspannen. Ich versuchte, am Pool runterzukommen, mit Nonna eine Partie Scopa zu spielen oder bei den Straßentieren den Kopf freizubekommen. Doch nichts konnte mich von all den vielen Gedanken befreien. Was Valentin wohl gerade tat? Was zur Hölle hatte ich Luke angetan? Und wie kam Paula klar?

Weil ich es am Abend nicht mehr aushielt, entschied ich mich dazu, doch noch mal bei meiner Freundin vorbeizuschauen. Ihr musste es schrecklich gehen und ich wollte für sie da sein, so, wie sie es verdient hatte.

Auf dem Weg zu ihrem Hotel am Hafen hielt ich durchgehend nach Valentin Ausschau. Bei jedem Röhren dachte ich, es wäre seine Honda, an jeder Kurve hoffte ich, ihn an der Ecke entdecken zu können. Und als ich die Via Cornicetta passierte, sah ich ihn plötzlich an jeder Wand, in jedem Fenster und auf jedem Balkon. Er war da und doch nicht bei mir. Ich hatte das Gefühl, ihn verloren zu haben, konnte die Hoffnung aber doch nicht aufgeben, dass er wiederkommen würde. Es war wie Tauziehen zwischen der Vernunft, ihn mir aus dem Kopf zu schlagen und weiterzuziehen, und dem Drang, ihn immer wieder zu kontaktieren, nach ihm zu suchen und daran festzuhalten, dass er zurückkommen würde.

Ich parkte den Wagen am Hafen, lief dann zu Fuß zu dem kleinen Hotel, in dem Paula und Kyle wohnten. Die Unterkunft hatte nicht viele Zimmer und da Paula mir einmal erzählt hatte, dass ihr Balkon in Richtung Meer lag, wusste ich sofort, wo ich hinmusste. Ich erreichte den ersten Stock und sah schon von Weitem, dass die Tür den Gang runter offen stand.

»Paula?«, fragte ich, noch bevor ich die Tür erreichte. Ich wollte sie nicht erschrecken. Eine Antwort bekam ich nicht, weshalb ich vorsichtig eintrat. Vor mir stand ein großes Doppelbett, daneben die offen stehende Balkontür, durch die das orangefarbene Abendlicht hineinschien.

»Ich kann nicht fassen, dass du sie einfach so wegschmeißen wolltest!« Kyles Stimme ertönte aus dem Raum nebenan. Noch während er sprach, trat er aufgebracht in das Zimmer, in dem ich stand. Als er mich entdeckte, klärte sich sein Gesicht von angespannt zu überrascht.

»Oh, Sofia, du bist es ...« Er räusperte sich, lockerte bemüht seinen Stand. »Ich dachte, du bist Paula ... sie hat ein paar meiner Sachen weggeschmissen ... ich ...« Eine Stille legte sich zwischen uns, ehe er tief durchatmete. »Sie hat sich von mir getrennt.«

»Sie hat sich von dir getrennt?« Ich hatte gedacht, dass es andersrum gewesen war.

Weil ihm die Situation unangenehm zu sein schien, lief er an mir vorbei und packte ein paar restliche Sachen zusammen. Dabei flog mir wieder sein Duft in die Nase und ich musste sauer aufstoßen. Nicht weil er schlecht roch, sondern weil mich dieses Parfüm in irgendein schreckliches Gefühl katapultierte. Ich konnte mir nur noch nicht erklären, welche Situation ich damit verband.

»Ja«, antwortete er schließlich. »Ich hatte sowieso nie ganz das Gefühl, dass ich für sie der Richtige bin. Ich meine ... sie war es für mich auf jeden Fall. Aber ich ... Ich glaube, sie wollte sich und ihrer Familie mit mir etwas beweisen.«

Verwirrt runzelte ich die Stirn. »Beweisen?«

Erneut lief er an mir vorbei, erneut wurde mir wegen seines Duftes beinahe der Boden unter den Füßen fortgezogen. Da waren Gefühle wie Angst, Hass, Panik. Ich bekam umgehend

Schweißausbrüche, mein Magen krampfte und mein Atem wurde flach.

»Ja, ich meine«, sprach Kyle weiter und ich versuchte, mich zu beruhigen, »ich weiß ja, dass sie bisexuell ist, aber ich glaube, dass sie diese Seite immer unterdrücken wollte. Sie zwingt sich in eine Beziehung, die ihre Eltern begrüßen würden, weil sie Angst hat, von ihnen verurteilt zu werden.«

Fassungslos schüttelte ich den Kopf. Und ich hatte gedacht, dass Paula nach alldem von damals endlich sie selbst sein konnte. Ich hatte sie ermutigt, zu dem zu stehen, was sie liebte und was sie war. Ich hatte sie ermutigt, sich zu outen, damit sie sich endlich in ihrer Haut wohlfühlen konnte und sich nicht mehr verstecken musste. Sie hatte mit Kyle so glücklich gewirkt. Nach ihrer innigen Beziehung mit Jules dachte ich, dass Kyle ihr sogar noch mehr würde geben können.

»Wie auch immer …« Er riss mich aus meinen Gedanken. »Sie müsste in wenigen Sekunden hier auftauchen, da wollte ich eigentlich schon weg sein. Ich hab nur meine Sachen packen wollen, kam her und fand einiges davon im Müll wieder.« Fassungslos schüttelte er den Kopf, schloss seinen Koffer und lief schließlich zu einer Anrichte neben der Tür. »Mein Parfüm, manche Klamotten, sogar meine geliebte Schreibmaschine. Ich hab keine Ahnung, was ich ihr getan habe, dass sie die Sachen einfach wegschmeißt.«

Meine Atmung setzte aus. In meinem Inneren hallte mein Herzschlag wider. Laut, einschneidend. Als wäre ich ein Hohlkörper. Ich sah, wie Kyle eine kleine Schreibmaschine an sich nahm. Dann roch ich ihn erneut und wusste plötzlich alles und gleichzeitig gar nichts. Mir fiel es wie Schuppen von den Augen, auch wenn ich es nicht verstand. Dieser Duft … er hatte an den Briefen gehaftet. Und dann die Schreibmaschine … alle Briefe waren mit einer geschrieben worden. Das … konnte nicht wahr sein.

Ein Tränenfilm sammelte sich in meinen Augen, auch wenn ich weiter nickte und lächelte, während Kyle irgendetwas über seine gescheiterte Beziehung erzählte. Doch ich hörte ihn nicht mehr, konzentrierte mich nur noch auf meinen Überlebensinstinkt. Konnte es sein, dass ich mit meinem Stalker in einem Zimmer stand? Weit und breit niemand, der uns sehen oder hören konnte. Niemand, der auf die Idee kommen würde, Kyle wäre der Übeltäter. Alles in mir setzte aus. Ich wusste nicht mehr, was Wahrheit und Lüge war, verstand nicht, was ich Kyle getan hatte, war mir aber gleichzeitig so sicher, dass er es sein musste. Seine Anwesenheit brachte mich fast um, mein Bauchgefühl war absolut abscheulich, mein gesamter Körper reagierte allergisch auf ihn.

Er sprach weiter, ich nickte und lächelte, während ich vorsichtig das Handy zückte und den ersten Chat als Hilferuf nahm, den ich noch offen hatte. Für eine Suche nach Chiara oder Paula war keine Zeit. Also musste Valentin dran glauben. Und ich hoffte, dass es ihn überhaupt noch interessierte.

Ohne wirklich auf meine Finger zu sehen – denn ich wollte nicht, dass Kyle etwas merkte –, tippte ich eine Nachricht ein.

Shit, hilg mir bitte. Luxe ist es nixht.
Luke idt docg nixt mein stakker.

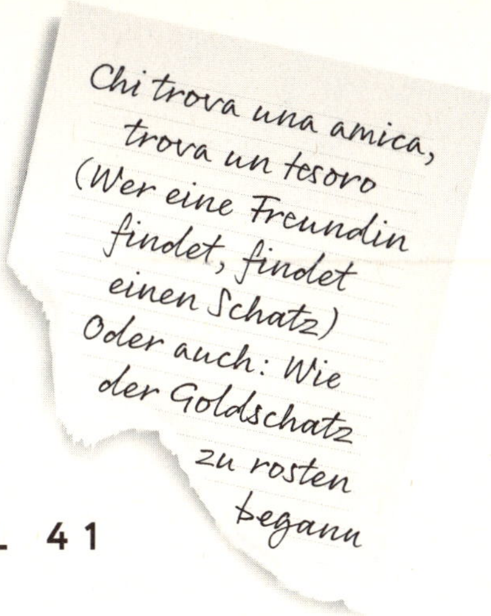

KAPITEL 41

Sofia

Kyle sprach weiter. Er erzählte und regte sich auf. Über Paula, die Dinge, die er für sie getan hatte, und all das, was sie ihm nie hatte geben wollen. Er wurde immer angespannter, immer wütender und mein Herz immer lauter. Fuck, wie sollte ich aus dieser Situation heil wieder rauskommen?

»Du bist ja immer noch da.« Das war Paulas Stimme. Erst jetzt, da ich erleichtert aufatmete, merkte ich, wie verbissen ich die ganze Zeit die Luft angehalten hatte. Sie musste wohl gerade den Hotelgang in Richtung Zimmer entlanggehen, denn Kyle sah in dem Moment aus der Tür und runzelte verletzt die Stirn. Ich sah sie nicht, da ich hinter der geöffneten Tür stand und an Kyle vorbeimusste, um hinauszutreten. Dazu fühlte ich mich noch nicht sicher genug.

»Ja, bin ich. Ich musste schließlich all meine Sachen zusammensuchen, die du weggeschmissen hast. Was zur Hölle hab ich dir getan, dass du meine Schreibmaschine wegschmeißt? Und mein Parfüm? Du hast es mir geschenkt!«

Paula schien noch nicht bemerkt zu haben, dass ich auch im Zimmer stand, und während sie diskutierten, traute ich mich nicht, den Mund zu öffnen.

»Ach, hör auf zu heulen. Die Schreibmaschine hast du eh nie genutzt, die gehört eigentlich mir. Und das Parfüm ... ich hab gedacht, es ist leer, deshalb hab ich es weggeschmissen.«

»Ich erkenne dich nicht mehr wieder.« Kyles Stimme war nur noch ein Krächzen. Er kämpfte mit den Tränen. Ein letztes Mal sah er sich im Raum um, nickte mir zum Abschied zu und verschwand dann aus dem Zimmer.

Paula entdeckte mich neben dem Bett und runzelte angespannt die Stirn. »Seit wann bist du schon da? Und was machst du überhaupt hier?«

Mein Blick landete auf meinen Fingern. Sie zitterten. »Ich wollte nach dir sehen, aber ... hab dann nur Kyle getroffen. Wie geht es dir?«

Sie nickte und wandte sich ab, um weitere Dinge einzusammeln. »Es geht so ... Mein Flug geht in zwei Stunden, ich hab keine Zeit, traurig zu sein.«

Weil sie so verbittert und kalt klang, machte ich einen Schritt auf sie zu, um sie zu umarmen. Das war nicht die Paula, die ich kannte. Sie musste wirklich leiden.

Sie verspannte sich spürbar. »Hör zu ...«, meinte sie schniefend und löste sich aus der Umarmung. In ihren Augen schimmerten Tränen. »Ich möchte jetzt einfach allein sein.«

»Das verstehe ich.« Auch wenn es hart war, nickte ich, um ihrer Bitte nachzukommen. Im Türrahmen blieb ich noch mal stehen, weil mich das beklemmende Gefühl um Kyle nicht losließ. »Paula?«

»Hm?«, machte sie nur, während sie ein Kleid faltete, ohne mich anzusehen.

»Ich hätte nur noch eine Frage ... Hat Luke wirklich bestätigt, dass er es gewesen ist? Ich meine ... Die Schreibmaschine von Kyle. Die Briefe waren mit so einer geschrieben, und sie haben alle nach seinem Parfüm gerochen. Ich ...«

»Du kannst es nicht lassen, oder?« Fassungslos schüttelte sie den Kopf und stemmte die Hände in die Seiten. Dann sah sie mich mit blutunterlaufenen Augen an. »Es geht hier nicht um dich. Ich hab dafür gerade keinen Kopf, siehst du das nicht? Das Thema ist abgeschlossen, Sofia. Ich hab mit Luke gesprochen, so wie ich es dir gesagt habe. Und jetzt gehen deine Hirngespinste weiter? Erst beschuldigst du Luke, nur weil in der Nachricht irgendwas über deinen Vater stand, und jetzt kommst du mir mit Kyle, wegen dieser –«

»Was?« Meine eigene Stimme hallte durch den Raum. Ich hörte Paulas Worte wieder und wieder. *Nur weil in der Nachricht irgendwas über deinen Vater stand.* Ein Wirbelsturm der Gefühle riss mich fort. Bis vor wenigen Minuten war ich noch der felsenfesten Überzeugung gewesen, dass Luke derjenige war, der mir diese Nachrichten geschickt, mich verfolgt hatte. Dann hatte ich Angst vor Kyle bekommen und nun ... strahlte Paula plötzlich gar kein gutes Gefühl aus. Was zur Hölle war mit mir los? War ich tatsächlich so paranoid, dass ich in jedem den Feind sah?

Ich trat einen Schritt näher. »Was hast du eben gesagt?«

Cercare (suchen) Oder auch: verlieren

KAPITEL 42

Valentin

Das Blut rauschte seit zwei Tagen durch meine Adern, als wäre ich auf Droge. Zwei Tage lang war ich durch die Weltgeschichte geirrt und doch nicht ich selbst gewesen. Ich konnte mich nicht erinnern, was im Detail passiert war, gleichzeitig lag alles glasklar vor mir. Da waren Mum und ihre Worte, Dads Schweigen, dann sein Brüllen, Sofias Anrufe und mein feiges Verstecken – und Luke. Luke war auch irgendwo in meiner Erinnerung verankert. In zwei Tagen war mehr passiert als in den letzten zehn Jahren, und auch wenn das Adrenalin noch immer meine Schläfen pochen ließ, hatte ich meine Gefühle endlich etwas ordnen und atmen lassen können.

Das änderte sich, als ich Sofias Nachricht las. Es war eine von vielen. Ich Feigling hatte mein Handy und alles, was darauf passierte, von mir ferngehalten, weil ich überfordert gewesen war. Doch ihre jetzige Nachricht aktivierte die Anspannung, die ich in den letzten Tagen etwas hatte verbrauchen können, sofort wieder.

Die vielen Fehler darin verdeutlichten, dass sie in einer schwierigen Situation feststeckte. Seitdem kamen meine Antworten nicht mehr an. Nur ein Haken, ausgegraut, Handy ausgeschaltet. Fuck, hoffentlich war ihr nichts passiert. Ich hätte sie niemals allein lassen dürfen.

Shit, hilg mir bitte. Luxe ist es nixht.
Luke idt docg nixt mein stakker.

Hastig schwang ich mich auf meine Honda und fuhr schneller als erlaubt auf die Autobahn in Richtung Castellammare del Golfo. Hoffentlich war sie einfach wieder im Hotel, war sauer auf mich und antwortete deswegen nicht, oder wenigstens war Chiara bei ihr, um sie zu unterstützen. Nach zwanzig Minuten nahm ich die Ausfahrt, passierte den Supermarkt MD und die Bar La Sorgente am Ortseingang, ehe ich die Hauptstraße aufs Land nahm. Das Weinhotel war mein erster Anlaufpunkt, auch wenn ich dort wahrscheinlich gar nicht mehr willkommen sein würde.

Mein Kopf dröhnte. Mein Hirn hatte bisher noch gar nicht verarbeitet, was alles geschehen war. Dinge wie, dass Mum wieder da war, Dad mich verarscht hatte und ich nicht wusste, wie es weitergehen sollte, waren noch immer nicht ganz bei mir angekommen. Ich durfte Sofia nicht auch noch verlieren. Sie war das Einzige, an das ich mich in solchen Situationen festhalten konnte.

Schon in der Einfahrt zum Hotel hielt ich die Augen offen, ob ich sie irgendwo finden konnte. Stattdessen kam Chiara mir entgegen. Ihr Ausdruck war verärgert und besorgt zugleich.

»Mann, Valentin! Wo zur Hölle warst du?«

Ich zog mir den Helm vom Kopf, parkte meine Honda im Schatten. Zum Antworten kam ich nicht.

»Sofia ist fast verrückt geworden wegen dir! Und meine Eltern ...«

»Ich kann verstehen, wenn sie mich nach der Aktion hassen.«

Einen Moment lang starrte sie mich an, ihre Miene wurde weicher. Schließlich schüttelte sie den Kopf und lächelte leicht. »Nein, ich habe es ihnen erklärt. Sie verstehen es, keine Sorge. Aber ...« Nun wurde sie wieder angespannter. »Du hättest dich wenigstens melden können. Sofia hat dich wirklich überall gesucht und jetzt kann ich sie seit Stunden nicht mehr erreichen.«

Alle Alarmglocken läuteten in mir. »Du auch nicht? Wann hast du sie das letzte Mal gesehen? Sie hat mir das hier geschrieben, seitdem antwortet sie nicht mehr.« Hastig friemelte ich mein Handy aus meiner Hosentasche und zeigte ihr Sofias Nachricht. Als Chiara sie las, wurde ihr Gesicht ganz blass.

»Was soll das bedeuten? Wen meint sie?«

»Chiara, Paula hat gelogen. Luke und seine Eltern haben seit einem Jahr kein Kontakt mehr zu ihr. Sie hat nie mit ihm telefoniert oder ihm sagen können, dass er Sofia in Ruhe lassen soll. Luke hatte nie etwas mit den Nachrichten zu tun.«

Sie runzelte die Stirn. »Woher weißt du das? Aus welchem Grund soll Paula lüg-« All ihre Gesichtsmuskeln lösten sich und sie stockte. Auch Chiara schien zu realisieren, dass Sofias Freundin vielleicht nicht die Person war, für die alle sie gehalten hatten.

»Aber ...«, stammelte sie und starrte mich fassungslos an, »wieso ... woher weißt du ...«

»Das spielt jetzt keine Rolle«, winkte ich ab und trat besorgt noch einen Schritt näher. Sie war bleich geworden. »Wann hast du Sofia das letzte Mal gesehen, Chiara?«, fragte ich ein weiteres Mal, doch sie antwortete nicht, starrte mich nur an. Ich fasste ihr an die Schulter und schüttelte sie. Mein Herz drehte bei dem Gedanken, Sofia könnte etwas passiert sein, durch. »Chiara!«

»Sie ist bei ihr«, war ihre simple Antwort. Mein Herz blieb stehen. »Sie wollte zu Paula.«

»Fuck!«, fluchte ich, kickte einen Stein zur Seite und raufte mir die Haare. Im nächsten Moment schwang ich mich aufs Motorrad und hielt Chiara den Helm entgegen. »Komm, wir müssen sie suchen.«

Ohne zu zögern, stieg auch Sofias Cousine auf, ehe wir uns zurück in Richtung Ortsinneres machten. Doch auch im Hotel war sie nicht auffindbar, Paula hatte schon längst ausgecheckt.

Chiara versuchte es wieder und wieder auf Sofias Handy, es ging weiterhin nur die Mailbox dran und auch meine Nachrichten blieben ungesehen. Also suchten wir weiter, durchkämmten die Gassen des Ortes, fuhren zum Strand und zum Hotel Belvedere. Sogar in die Bucht, in der Sofia und ich in der Nacht der Gala gewesen waren, warfen wir einen Blick. Nichts. Sie war nirgendwo auffindbar.

»Ich verstehe es nicht«, meinte Chiara Haare raufend und scannte die in der Ferne liegende Küste, als würde sie irgendwo dort Sofia ausmachen können. »Ich versuche die ganze Zeit rauszufinden, was Paula dazu getrieben hat, so was zu schreiben. Was hat Sofia ihr getan? Sie waren mal so gut befreundet.«

»Ich weiß es auch nicht«, sagte ich, setzte mich seufzend auf einen Stein und ging innerlich Gespräche und Situationen durch, in denen ich Paula flüchtig im Hotel begegnet war. Sie hatte nicht wie die typische Stalkerin gewirkt, aber stille Wasser waren bekanntlich tief. »Ich frage mich auch, weshalb Paula keinen Kontakt mehr zu ihrer Familie hat.«

Chiara drehte sich in meine Richtung und kam auf mich zu.

»Valentin«, begann sie. »Wo warst du die letzten Tage und woher hast du diese ganzen Informationen?«

Seufzend strich ich mir übers Gesicht. Es war nutzlos. Ich musste es ihr erzählen, auch wenn ich mich so dafür schämte. »Ich war bei meinem Dad, habe ihn zur Rede gestellt. Wir haben uns gestritten und angeschrien. Irgendwo hatte ein liebender Teil in mir gehofft, dass er eine vernünftige Erklärung haben würde. Dass er sich entschuldigt, sein Verhalten reflektiert und sich erklärt.« Tränen sammelten sich vor meinen Iriden, als ich an das Gespräch mit ihm dachte, das auch den letzten Teil Vater-Sohn-Beziehung zerstört hatte. Ich wischte sie hastig weg, weil Dad sie nicht verdient hatte. »Aber er hat immer nur von mir in seinem scheiß Weingut gesprochen, immer nur gemeint, dass er das Beste für mich wollte, während er eigentlich *Das Beste für mein Weingut* gemeint hat.«

Chiara ging vor mir in die Hocke und schenkte mir ein mitfühlendes Lächeln. Dabei huschte mir für einen Moment Sofias Lächeln vors innere Auge und die Tränen kamen zurück. Sie hatte die Fähigkeit, jeden Sturm in mir zu besiegen, und ich wusste nicht, was ich machen sollte, wenn ich sie verlieren würde.

»Ich war danach noch bei Luke.« Diesen Satz sprach ich bedacht leise aus, denn ich wusste, wie unangebracht das von mir gewesen war.

Chiaras Blick wandelte sich von mitfühlend zu empört. »Du warst *wo*?«

Fassungslos schüttelte auch ich den Kopf. »Ich war nach dem Gespräch mit Dad so aufgewühlt und wütend gewesen, dass ich einfach losgefahren bin. Glaub mir, auf den Erinnerungen der letzten beiden Tage liegt ein dunkler Schleier. Ich weiß nicht, was in mich gefahren ist, die Gefühle sind einfach mit mir durchgegangen.«

»Das wird Sofia nicht gut finden, das weißt du.«

»Ich weiß ... ich wollte keinen Stress mit ihm anfangen ... Sofia hatte mir geschrieben, dass Luke seiner Schwester versichert hatte, er würde sie in Ruhe lassen, aber … irgendetwas hatte mich zweifeln lassen. Ich meine … das Ganze verlief viel zu einfach, viel zu schnell … Aus welchem Grund sollte Luke Sofia mit solcher Aggressivität stalken und dann einfach klein beigeben, wenn seine Schwester ihn darum bat. Das Einzige, was ich wollte, war, diese Worte noch mal aus seinem Mund zu hören. Ich wollte es ihn sagen hören, wollte, dass er mir versichert, er würde sie in Ruhe lassen. Ich wusste, wer Luke war, weil Sofia mir erzählt hat, Paulas und sein Vater wäre der Bürgermeister. Doch als ich dort ankam und ihn und seine Mutter auf das Telefonat zwischen Paula und Luke ansprach, wussten beide nicht, wovon ich sprach. Der Name Paula war anscheinend schon länger nicht mehr gefallen, sie meinten, dass ihre Tochter seit einem Jahr verschwunden sei und jeglichen Kontakt abgebrochen hätte. Die Mutter wirkte redlich besorgt und auch Luke schien bedrückt von der Situation. Er meinte so was wie … *es gab auch Gründe, weshalb sie sich entfernt hat.* Ein Streit? Aber würde Sofia dann nichts davon wissen? Warum hat Paula ihr nichts erzählt?«

Chiaras Blick zuckte umher. Sie wirkte überfordert von den vielen Informationen, die auch mich, seitdem ich Lukes Zuhause panisch verlassen hatte, um zurück nach Sizilien zu kommen, heimsuchten. Sie schüttelte gedankenversunken den Kopf. »Sprechen wir hier von derselben Person? Wieso zur Hölle sollte sie ihre Familie verlassen haben? Selbst jetzt kann ich mir noch immer nicht vorstellen, dass Paula Sofia etwas antun würde. Ich meine, wir reden hier von Paula.« Sie gab einen Lacher von sich, der alles andere als belustigt klang. Eher verzweifelt. »Das süße rothaarige Mädchen, das sich immer schüchtern an uns gehängt hat und einfach nur froh war, dabei sein zu dürfen. Sofia und sie sind die größten Tierfreunde. Paula ist nicht in der Lage, irgendeiner Seele etwas anzutun.«

»Warum meldet sich Sofia dann nicht?«

Chiara verzog besorgt das Gesicht, weil auch sie es nicht zu verstehen schien. »Ich weiß es nicht …« Eine gefühlte Ewigkeit lang war es ruhig, dann hob sie die Hand und kam auf mich zu. »Wir müssen es langsam meinen Eltern erzählen. Und Zia Lili. Sie müssen es erfahren. Wenn wir Sofia nicht finden, dann muss die Polizei einschreiten … Ich glaube, wir haben den Ernst der Lage noch nicht verstanden. Paula ist vielleicht gefährlicher als gedacht.«

Je bewusster mir wurde, dass Sofia wirklich verschwunden war, desto enger wurde es in meiner Brust. Dass sie nicht einfach nur einen leeren Handyakku hatte, sondern tatsächlich etwas passiert sein konnte. Das Ganze war meine Schuld. Ich hätte sie nicht allein lassen dürfen.

»Ja«, hauchte ich, rieb mir die schweißnassen Hände an der Hose ab und stand auf, um mit Chiara zurück zum Hotel zu fahren. Als ich meinen Helm vom Sitz nahm, um ihn ihr zu reichen, kam mir ein schwarzer Cane Corso entgegen. Schwanzwedelnd drückte er sich an meine Beine und erinnerte mich sofort zurück an Sofias und meine Nacht bei den Straßenhunden. Die Angst stieg mir zu Kopf. Ich musste schlucken, weil die Erinnerungen so wunderschön waren und die Zeit mit Sofia von nun an vielleicht der Vergangenheit angehören würde. Selbst wenn wir sie fanden, wäre sie bescheuert, mich noch mal in ihr Leben zu lassen, nachdem ich sie so oft stehen gelassen hatte.

»Er sieht beinahe aus wie Blacky«, gab ich gedankenversunken von mir und ging in die Hocke.

Chiara trat neben mich. »Blacky?«

Der Hund legte sich vor mir auf den Rücken, damit ich seinen Bauch kraulen konnte. Ein trauriges Lächeln stahl sich auf meine Lippen. »Einer der Straßenhunde, um die sich Sofia hinten bei den heißen Quellen …« Ich stockte. *Bei den heißen Quel-*

len. Dann wurde mir plötzlich alles klar. »Natürlich! Ich weiß, wo sie sein könnte! An einem Ort haben wir noch nicht nachgesehen!«

Aufgeregt sprang ich auf, drückte Chiara den Helm in die Arme und schwang mich aufs Motorrad.

»Was?«, fragte sie verwirrt, während sie sich hinter mich setzte. »Welchen Ort meinst du?«

Ich startete den Motor. »Die *Oasi di benessere*.«

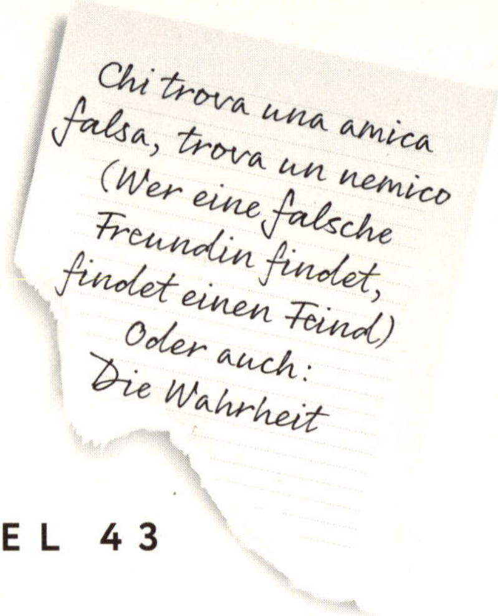

KAPITEL 43

Sofia

Wenige Stunden zuvor

Paula antwortete nicht, sah mich nur stumm an. Die Stirn gerunzelt, die Lippen aufeinandergepresst. In ihren Augen stand das Wasser, in meinen wuchs die Flut.

»Ich hab nie gesagt, was in der Nachricht gestanden hat. Woher weißt du, dass es etwas mit meinem Vater zu tun hatte? Und woher weißt du überhaupt, dass mein Vater Thema war?«

Sie sagte weiterhin nichts. Stattdessen wandte sie den Blick Richtung Boden, ließ sich auf der Bettkante nieder und starrte ins Leere.

Langsam fügte sich das Puzzle in mir zusammen. Die Schreibmaschine, das Parfüm und ihr Versuch, beides fortzuschmeißen, mein Aufenthaltsort, ihr angebliches Gespräch mit Luke und …

»Du hast nie mit deinem Bruder geredet, oder?«, erkannte ich. Ihr Bein begann zu zappeln, unruhig kaute sie auf ihrer Lippe herum, während ich nähertrat. »Du hast nur erzählt, dass er es war, um von dir selbst abzulenken. Und dass es in der Nachricht um meinen Vater ging, weißt du nur, weil …« Ich musste tief Luft holen, weil mich allein der Gedanke an die nächsten Worte folterte. »Weil nicht er diese Nachrichten geschickt hat, sondern du.«

»Gratulation«, zischte sie, stand auf, um sich ans Fenster zu stellen. »Du hast gewonnen.«

Fassungslos schüttelte ich den Kopf. »Gewonnen? Was zur Hölle meinst du damit? Was habe ich dir getan, dass du solche Dinge tust? Ich dachte, wir wären Freundinnen, ich dachte –«

»Das hab ich auch gedacht!« Als sie sich umdrehte, war ihr Gesicht so schmerzverzerrt, so wütend. Ich erkannte sie kaum wieder. Dieser Tag fühlte sich an wie ein nicht endender Albtraum. Eine Träne kullerte über ihre Wange, sie schlug sie davon, als wäre sie ihr größter Feind. Doch sie konnte die Gefühle nicht aufhalten. »Ich hab auch gedacht, wir wären Freundinnen. Aber du hast mich damals einfach so im Stich gelassen, als ich dich am meisten gebraucht habe. Du hast mich regelrecht in die Schlangengrube geworfen und bist abgehauen.«

»Was meinst du?«

»Du warst diejenige gewesen, die mir wochenlang in den Ohren gelegen hatte, ich solle mich vor meiner Familie endlich outen. Ich soll endlich zeigen, wer ich bin, dass ich Jules liebe und dass da eben nicht nur die Seite an mir ist, die auf Männer, sondern auch auf Frauen steht. Ich hab's getan. Ich habe Jules mit heimgebracht, und es war eine absolute Katastrophe. Mein Vater hat die Nase gerümpft und ist aus dem Zimmer geflüchtet, meine Mutter meinte nur zu mir ›*Na ja, vielleicht findest du ja doch noch auf den richtigen Weg zurück. Du bist ja noch jung.*‹ Ich war am Boden zerstört, habe mich in meinem ganzen Leben noch nie so wertlos gefühlt, und als i-Tüpfelchen trennst du dich am nächsten Tag von Luke und durchtrennst damit auch unser Band. Ich habe diesen Schritt nur deinetwegen gewagt, habe all das Chaos dir zu verdanken, und während ich gelitten habe und immer noch leide, lebst du glücklich dein Leben weiter! Das ist verdammt noch mal nicht fair!«

Ein Teil in mir verkrampfte sich, weil er für Paulas Schmerz Empathie empfand. Ich hatte nicht gewusst, was damals passiert war, ich hatte niemals gewollt, dass sie sich so wertlos fühlen musste. Sie war mir nach wie vor wichtig und ich hasste es, sie so unglücklich zu sehen. Eine andere Seite in mir war so unfassbar wütend und enttäuscht.

»Paula, ich wusste nichts davon.«

»Wie auch? Du hast dich nie dafür interessiert!«

»Das stimmt doch gar nicht. Ich hatte mit einer Trennung zu kämpfen, mit dem Tod meines Nonnos und lebte in einem Land, in dem ich mich nie zu Hause gefühlt habe. Es tut mir leid, dass du das durchmachen musstest – glaub mir, wenn ich könnte, würde ich es rückgängig machen. Aber dass das passiert ist, hat nichts damit zu tun, dass du mir nicht wichtig warst oder ich dich böswillig zum Outing zwingen wollte. Und schon gar nicht gibt dir das das Recht, mich jahrelang so fertigzumachen. Was hast du dir dabei gedacht?«

Verzweifelt raufte sie sich die Haare und sank erschöpft auf die Bettkante. »Ich weiß es doch selbst nicht«, zischte sie, ehe ihr Körper zusammenzuckte und sie richtig zu weinen begann. »Es war zu Beginn wirklich nur die Wut auf dich. Als Jules mich dann auch noch wegen der Situation mit meinen Eltern verlassen hat, hab ich mich so schlecht und alleingelassen gefühlt. Meine Eltern sahen mich nicht mehr an, ich begann mich selbst zu hassen, weil sie mir das Gefühl gaben, ich wäre nicht normal, und die einzige Person, die mich je verstanden hat, war nun die Exfreundin meines Bruders und nicht mehr willkommen bei uns. Jedes Mal, wenn du auf dem Gang gelacht hast, jedes Mal, wenn ich ein glückliches Foto von dir auf Social Media gesehen habe, hat sich alles in mir zusammengezogen, weil ich es unfair fand, dass es dir so gut ging und mir so schlecht. Du hattest ein neues Fahrrad – also habe ich es dir kaputt gemacht. Du bekamst eine gute Note – also verwüstete ich deinen Rucksack, um dich schlecht dastehen zu lassen. Zu dieser Zeit war ich ein unsicheres, gebrochenes und neidisches Mädchen, diese Dinge sollten nur dazu dienen, dir eins auszuwischen und dir dieses Glück ein bisschen zu nehmen ... ich hatte nichts ernsthaft Böses im Sinn, weshalb ich es ja auch nach einiger Zeit sein gelassen habe.«

Schniefend fuhr sie sich über das tränennasse Gesicht und auch ich wischte mir ein salziges Rinnsal von der Wange. »Und warum hast du wieder angefangen?«

»Nach meinem Abschluss ein Jahr vor Lukes und deinem hielt ich es nicht mehr aus, zog aus und brach den Kontakt zu meinen Eltern ab. Ich konnte mir ihre fremden und enttäuschten Blicke nicht mehr antun. Als ich Kyle kennenlernte und mich wirklich verliebte, hatte ich die Hoffnung, *endlich normal für sie* zu sein. Vielleicht wirklich glücklich zu werden und meinen Eltern zu gefallen. Ich liebte Kyle wirklich. Doch das Gefühl ließ nach, ich erkannte, dass ich mich in eine Rolle, in eine Beziehung zwang. Die Worte und Blicke meiner Familie hatten sich so sehr eingeprägt, dass ich meine eigenen Gefühle manipulierte. Ich konnte mir selbst nicht mehr trauen. Kann ich immer noch nicht. Ich weiß nicht, wer ich bin. Ich weiß nicht, wen ich liebe. Wen ich *wirklich* mag und wen nur, um dazuzugehören.« Sie machte eine Pause, in der sie zittrig durchatmete und das Gesicht verzerrte. »An dem Tag von Lukes und deinem Abschluss ... ich war dort. Ich wollte noch mal einen Versuch wagen, mit Mum und Dad zu reden. Außerdem habe ich Luke vermisst. Er kann zwar ein Arsch sein, aber er ist immer noch mein Bruder. Doch als ich meine Familie gesehen habe ... gemerkt habe, wie glücklich sie sind ohne mich und dass ihnen offenbar nichts fehlt, überkam mich wieder eine so rasende Wut. Auf sie, auf dich, aber vor allem auf mich. Diese Nachrichten sind aus purer Verzweiflung entstanden. Irgendetwas Dummes in mir dachte, wenn es dir schlecht geht, kann ich glücklicher werden.«

Mir wurde kotzübel, während Paula erzählte. Da war so viel Wut in mir. Ich war enttäuscht, fassungslos und endlos traurig. Fragte mich, ob die Zeit, die wir in den letzten Wochen verbracht hatten, nur gespielt gewesen war. Doch neben diesen ganzen Emotionen war da auch Mitgefühl. Es schmerzte zu wissen, wie unglücklich Paula war und dass sie sich so einsam in ihrer Haut fühlte. Ich hatte zwar keine Eltern mehr, dafür aber eine liebende Familie, die mich nahm, wie ich war. Paula hatte nichts von alldem. Und das Schlimmste: Sie hatte nicht mal mehr sich selbst. Sie hatte sich verloren.

»Wenige Tage nach dem Abschluss kam ich bei dir vorbei, weil ich mit dir reden wollte. Dass ich dir diese Nachricht mit Kyles Schreibmaschine geschickt habe, tat mir schon nach wenigen Momenten leid. Doch deine Tante meinte, du wärst auf dem Weg nach Sizilien. Ich hab lange überlegt und da Kyle und ich sowieso einen Urlaub planten, schlug ich Sizilien vor. Nicht ausschließlich wegen dir. Ich hatte dieses Reiseziel wirklich noch auf meiner Agenda ... Dass mir unsere Freundschaft wichtig war und ich es schön gefunden hätte, wenn wir eines Tages gemeinsam hergekommen wären, war nicht gelogen. Ich wollte diesen Urlaub nutzen, um wieder zu dir zu finden, endlich inneren Frieden zu schließen und das mit Kyle zu reparieren. All die Zeit über, die wir hier verbracht haben, alles, was ich zu dir gesagt habe und dass ich es schön fand, war echt gewesen. Ich habe nicht gelogen. Aber dann ... Kyle und ich haben uns ständig gestritten … was denkst du, weshalb ich öfter bei euch war, statt mit ihm meinen Urlaub zu verbringen? Dass du mit Valentin so glücklich gewirkt hast, auf diese wunderschöne Gala durftest, eine Familie um dich herum hattest, die dich liebt, und ich in einem Gefühl gefangen war, in dem ich nicht sein wollte, und dazu auch in der Liebe alles schiefging, das hat mich wieder in alte verhasste Verhaltensmuster zurückgeworfen. Die SMS, die ich dir von Kyles Handy aus geschickt habe, war aus einem Impuls heraus geschehen, weil ich so eifersüchtig auf dein Glück mit Valentin war. Ich hab gesehen, wie ihr zusammen die Gala verlassen habt und … ich hatte die Nachrichten sofort bereut. Dass ich das mit deinem Vater wusste, lag an Luke … sei ihm nicht böse, aber er hatte es mir einst erzählt.«

Weil meine Knie weich wurden, krallte ich mich an einem Stuhl fest und ließ mich darauf nieder. Alles, was Paula sagte, hörte sich plausibel und gleichzeitig so schrecklich an. Ich wusste nicht mehr, wohin mit meiner Angst. Die Angst, die mich die letzten Jahre ständig begleitet hatte. War sie jetzt einfach weg? Wie sollte es nun weitergehen? Konnte ich damit einfach so abschließen? Und was sollte mit Paula passieren? War ich dazu in der Lage, sie anzuzeigen?

»Ich verstand das Ausmaß dessen, was ich angerichtet habe, erst, als Chiara und du in diesem Café vor mir gesessen habt, du gezittert und geweint hast. Wegen mir. Ich konnte selbst nicht fassen, was für ein schrecklicher Mensch ich bin, dir so etwas anzutun. Noch am selben Abend beschloss ich, dich ein für alle Mal in Ruhe zu lassen, Kyle zu verlassen und mir in England Hilfe zu suchen. Deswegen hab ich alles weggeschmissen, deswegen hab ich so getan, als wäre es wirklich Luke gewesen und als würde er sofort damit aufhören. Deswegen wollte ich nach der Trennung sofort weg von hier und dich nicht mehr sehen. Ich hab es schlichtweg nicht ertragen. Ich wollte mich einfach von dir fernhalten, weil ich mir selbst nicht mehr über den Weg getraut habe.«

Mit diesen Worten beendete sie ihre Rede. In mir hallte sie aber nach. Ich hörte ihre Nachrichten laut durchs Innere schreien. Die Beleidigungen, den Hass, die Angst, die mich erfüllt hatte. Wie würde ich ihr jemals verzeihen können? Gleichzeitig fragte ich mich, wie ich auf das traurige Wesen, das sie war, weiter sauer sein konnte. Sie war zu dem geworden, was der Hass der Gesellschaft aus ihr gemacht hatte. Ich wusste, wie es war, sich fremd in der eigenen Haut zu fühlen. Zwar nicht im selben Ausmaß wie bei ihr, doch auch ich war lange Zeit jemand gewesen, der ich nicht sein wollte.

»Ich weiß nicht, was ich sagen soll«, krächzte ich, hin- und hergerissen und unter Tränen. Mein Inneres teilte sich in tausend Stücke. Ich wusste nicht mehr, was ich denken und fühlen sollte.

Langsam erhob ich mich und hangelte mich an der Wand entlang zur Tür. Paula ließ den Kopf hängen, ihr Körper zuckte immer wieder weinend zusammen. Als sie aufblickte und mich ansah, war es, als hätte sie jegliche Hoffnung verloren. Von ihr war nichts mehr übrig. Kyle war fort, ihre Eltern auch, nun verlor sie mich und auch sich selbst hatte sie vor langer Zeit irgendwo fallen gelassen.

»Ich weiß nicht, wie das weitergehen soll. Ich denke, dass ein Kontaktabbruch wirklich das Beste ist«, fuhr ich mit rasendem Herzen fort. »Dass du dir Hilfe suchst, ist eine gute Idee. Ich hoffe, dass du eines Tages zu dir selbst zurückfinden kannst.«

Schließlich verließ ich das Hotel und suchte nach einem Ort, an dem ich Klarheit finden würde. Und ich wusste, dieser Ort würde weder das Weingut meiner Familie noch bei Chiara, Lili oder Valentin sein. Nun gab es nur einen einzigen Platz, an dem ich sein wollte.

Tutto è bene quel che finisce bene (Ende gut, alles gut) Und wenn doch nicht?

KAPITEL 44

Valentin

Wir ließen das Motorrad am Hotel stehen, rannten in Richtung heißer Quellen. Die Sonne stand schon tief, es dämmerte bereits und ich bekam ein beklemmendes Gefühl, als ich dabei an unsere Nacht zurückdachte.

Chiara rannte vor mir durchs Schilf, wir überquerten den Bach und es war, als könnte man unser beider Herzschlag laut hören. In Wahrheit hörte ich nur meinen. Er dröhnte mir in den Ohren, ich spürte ihn schmerzhaft in meinen Schläfen.

»Sofia?«, rief Chiara voller Panik in die Dunkelheit. Ich folgte ihr auf Schritt und Tritt. Hinter dem Schilf hörte man einen Hund winseln, dann raschelte es. Sobald wir am Felsen ankamen, erkannte ich die Hütte, die Sofias und Chiaras Nonno einst gebaut hatte. An der Türschwelle: Sofia.

Von jetzt auf gleich löste sich die angestaute Luft in meinen Lungen und ich atmete erleichtert auf. Doch das bedrückende Gefühl ließ nicht nach. Dass Sofia wohlauf war, hieß nicht, dass *wir* wohlauf waren.

»Scheiße, Sofia!« Chiaras Stimme brach. Sie rannte auf sie zu, doch ihre Cousine bewegte sich nicht, blieb sitzen und streichelte gedankenversunken über das Fell eines Straßenhundes.

Ich blieb mit etwas Abstand stehen, weil ich nicht wusste, wie sie auf mich reagieren würde. Als Chiara ihre Arme um Sofias Hals schlang, zuckte ihr Blick für eine Sekunde in meine Richtung. Kühl, verletzt, seelenverlassen. Mir wurde eiskalt.

»Wir haben uns solche Sorgen gemacht«, krächzte Chiara, ließ von ihr ab und ging vor ihr in die Hocke. Sofia wandte den Blick zu Boden und fuhr sich über die Wange. Auch sie weinte.

»Es war die ganze Zeit über Paula ... nicht Luke.« Als Sofia zu reden begann, bekam ich Gänsehaut. Ihre Stimme war so belegt, so schwer, dass es schmerzte.

»Ich weiß«, antwortete Chiara. Kurz drehte sie sich um und warf mir einen Blick zu. Sofia schaute wieder hoch.

»Valentin hat mit Luke und seiner Mutter gesprochen ... Paula hat schon seit Längerem keinen Kontakt mehr zu ihnen.«

Der Blick, den Sofia mir nun zuwarf, sagte alles aus. Sie war ganz und gar nicht amüsiert darüber, dass ich bei Lukes Familie aufgetaucht war, und auch wenn ich es nicht bereute – schließlich hatte ich dadurch eine wichtige Information erhalten und wir hätten sonst nicht gewusst, was los war –, bedauerte ich es sehr, dass ich Sofias Grenzen überschritten hatte. Ich hielt ihrem Blick nicht stand, wandte den meinen ab. Weil sie zu erschöpft schien, ging sie nicht weiter drauf ein, doch ich wusste, dass sie nichts sagen musste, um mir zu verstehen zu geben, wie enttäuscht sie von mir war.

»Müssen wir uns weiter Sorgen machen? Was willst du jetzt tun? Sie anzeigen?«

Sofia seufzte. »Ich weiß es nicht ... Ich weiß nicht, ob ich sauer oder traurig sein soll. Nach dem, was sie mir erzählt hat ...

ich glaube, nach allem, was ich nun weiß, sie hat es echt nicht leicht. Das rechtfertigt zwar nicht ihr Verhalten, aber ... ich weiß nicht, was ich tun soll ...«

Chiara schmunzelte, strich ihrer Cousine über die Wange und hauchte ihr einen Kuss auf die Stirn, ehe sie sie erneut in ihre Arme zog. »Das, was Paula getan hat, ist unterste Schublade, und du hast jeden Grund, sauer zu sein oder sie anzeigen zu wollen. Es ist deine Entscheidung. Egal, was du wählen wirst, ich stehe hinter dir. Wir beide.«

Mit einem Mal sah Sofia mich erneut skeptisch an. In ihrem Blick lag so viel Schmerz und Misstrauen.

»Ich weiß, dass du denkst, du müsstest alles immer selbst meistern und regeln, aber das musst du nicht. Wir sind deine Familie, du gehörst zu uns, du bist nicht allein.« Ich wusste, dass diese Worte genau jene waren, die Sofia gebraucht hatte. Wie oft sie sich nicht dazugehörig gefühlt hatte, dachte, sie müsste jede Hürde allein schaffen, weil ihre Eltern nicht bei ihr waren und der Rest ihrer Familie eigene Probleme zu meistern hatte. Sie sollte endlich verstehen, dass sie durch diese Dunkelheit nicht allein durchmusste.

Sofia schluchzte leise auf und krallte sich erneut an ihre Cousine. Eine Weile lagen sie sich einfach in den Armen. Ich wäre am liebsten nähergetreten, hätte nach Sofias Hand gegriffen und ihr gesagt, dass jetzt alles gut werden würde. Doch das konnte ich nicht. Denn ich wusste nicht, ob das stimmte. Ich wusste nicht, wie unsere Zukunft aussehen würde, wie die unausgesprochenen Worte zwischen uns lauten würden und ob wir uns wirklich von all der Dunkelheit, die uns umgab, abschirmen konnten. All das wusste ich nicht. Doch was ich wusste, war, dass ich alles dafür tun würde, um ihr das Licht zu schenken, das sie verdiente ... würde sie mir nur noch eine letzte Chance geben.

Vor meinen Füßen schlängelte sich eine ewig lange Ameisenstraße entlang. Die Insekten waren größer als in England, irgendwie exotischer. Es war schon dunkel, doch auf dem hellen Sandweg konnte man jede Einzelne erkennen.

Ich raufte mir die Haare, streckte mich, weil mein Gesäß auf den steinigen Stufen der Hoteleinfahrt langsam schmerzte. Seit Stunden saß ich hier, seit Stunden fragte ich mich, ob ich noch mal zu Sofia reingehen sollte … reingehen durfte. Nachdem wir sie gefunden hatten, hatten Chiara und ich sie heimgeführt, wo die zwei gemeinsam reingegangen waren, um Miriam und Marco einzuweihen. Seitdem starrte ich zu dem Gebäude, hatte beobachtet, wie sie auf der Veranda gesprochen und sich anschließend weinend in den Armen gelegen hatten. Vor wenigen Minuten waren sie schließlich im Haus verschwunden, und ehrlich gesagt, fragte ich mich schon seit Stunden, was ich hier überhaupt tat. Vielleicht hatte ich auf ein Zeichen von Sofia gewartet. Einen suchenden Blick. Irgendetwas, das mir verriet, dass sie mich doch noch bei sich haben wollte. Vielleicht wartete ich auf irgendjemanden, der mir sagte, wie es nun weiterging. Jetzt, da ich mein Rätsel gelöst hatte, vor Scherben stand und plötzlich eigene Entscheidungen treffen musste. Niemand mehr, für den ich leben musste, nach dessen Regeln ich studieren und existieren musste, denn das Leben, das Dad für mich wollte, existierte nicht mehr. Ich wusste nicht mal mehr, ob *er* weiterhin für mich existierte, ob ich den Kontakt zu ihm wirklich abbrechen wollte. Jetzt lag es an mir, wie ich mein Leben gestaltete, wen ich hineinließ und wen nicht, und so sehr ich mich darüber auch freute, machte es mir eine Heidenangst, und ich wusste plötzlich gar nicht mehr, wer ich *wirklich* war. Ich wusste nur, wer ich *wirklich* mit Sofia war, und daran wollte ich festhalten.

Doch Sofia hatte sich kein einziges Mal nach mir umgesehen. Sie hatte diesen Moment mit ihrer Familie gebraucht und ich hoffte, dass sie endlich an dem Punkt in ihrem Leben angekommen war, an dem sie immer hatte sein wollen. Jetzt hatte sie ihren Platz gefunden.

Ich starrte weiterhin auf die leere Veranda, wartete auf den Augenblick, in dem sie doch noch mal raustrat. Und während ich starrte, drifteten meine Gedanken ab und ich verlor den Fokus. Die Lichter der Hausfassade verzerrten sich zu langen Strahlen, die Ferne verschwand irgendwo in dem nassen Film vor meinen Augen, und auch als ich blinzelte und wieder klare Sicht hatte, war Sofia noch immer nicht da.

Ich hatte es ein für alle Male versaut.

Also packte ich den Haufen Scherben, der von mir noch übrig war, drehte mich zu meinem Motorrad, um mich auf den Weg zu meinem Airbnb zu machen und endlich rauszufinden, wie es für mich nun weitergehen sollte. Seufzend stülpte ich den Helm über meinen Kopf, als ich ein langes lockiges Haar daran entdeckte. Sofias Haar. Flashbacks durchfuhren mein Gedächtnis. Ihre Arme um meinen Körper geschlungen, nur der Fahrtwind, sie und ich. Für einen Augenblick fühlte ich alles, was ich einst gefühlt hatte. Sie. Ich fühlte nur sie.

»Willst du wieder einfach abhauen?« Die Worte kamen unerwartet. Überrascht wirbelte ich herum. Sofia stand am oberen Ende der Stufen, die Arme vor der Brust verschränkt, die Augen blutunterlaufen, ihre Gesichtszüge angespannt.

Mich übermannten gleich hunderte Gefühle, weshalb ich nicht reagierte und sie nur ansah. Da war Freude, dann Trauer, Angst, Reue.

Irgendwann kam sie zu mir runter und blieb mit viel zu viel Abstand vor mir stehen. Eine ganze Weile betrachtete sie mich, bis sie schließlich schluchzend den Kopf schüttelte. Aufgebracht überbrückte sie die Meter zwischen uns und schlug mir gegen die Brust. Einmal, zweimal. Ich ließ es zu, ließ ihre Wut gegen mich zu, denn ich wusste, dass sie die Gefühle rauslassen musste. Sie waren gerechtfertigt.

»Du bist abgehauen!«, rief sie und schlug noch mal zu, bis ihr Körper zuckte und sie schluchzend gegen meine Brust sank. Ich hob die Arme und legte sie behutsam um ihren Körper, weil ich nicht wusste, ob ich das durfte. Ich wusste nicht, was das hier war. Ein Versöhnen oder ein Aufwiedersehen?

»Es tut mir leid«, hauchte ich. Auch meine Stimme war belegt. »Die Geschichte mit meiner Mutter ... mein Vater ... ich musste das einfach klären.«

Langsam löste sie sich von mir, brachte wieder Abstand zwischen uns, und ich ahnte, dass dies hier kein Versöhnen darstellen sollte. Sie nickte, wandte den Blick zu Boden.

»Das verstehe ich«, flüsterte sie, machte eine Pause und blickte anschließend mit schmerzverzerrtem Gesicht auf, »ich hab dich immer verstanden, Valentin. Aber du hättest mit mir reden können, du hättest mir Bescheid geben können, du hättest verdammt noch mal auf meine Nachrichten antworten können!«

Ich nickte ebenfalls, auch wenn das nichts mehr brachte. »Ich weiß.«

»Und dann machst du einfach noch so einen Abstecher zu Luke? Was hast du dir dabei gedacht?«

»Ich wollte abschließen.«

»*Du* wolltest abschließen?!«

»Nein, wir. Ich wollte mit unserer Dunkelheit abschließen. Deiner und meiner. Nachdem ich bei meinem Vater gewesen bin, diese Last endlich hinter mir gelassen habe, war ich so am Boden zerstört gewesen. Die Wut in mir hatte sich in Verzweiflung aufgelöst, ich bin todtraurig gewesen, einfach nur enttäuscht und ... ich ...« Meine Stimme brach und ich musste mich abwenden, um mich zu sammeln. »Du warst die einzige Person, die ich noch hatte. Der einzige Mensch, bei dem ich sein wollte. Und ich hatte Angst um dich. Ich wollte, dass er dich ein für alle Mal in Ruhe lässt. Damit wir beide unsere Hürden hinter uns lassen und in die Zukunft blicken können ... *gemeinsam*.«

Ich drehte mich um, wartete ihre Reaktion ab. Ihr Blick klärte sich, sie blinzelte und wandte den Kopf zur Seite. Schniefend strich sie sich über die Augen und ich ahnte Schlimmes. »Die Kämpfe anderer sind nicht deine. Das musst du endlich lernen. Was deine Eltern durchgemacht haben, war nicht dein Kampf. Was ich durchmache, ist ebenso wenig dein Kampf. Ich will, dass du das verstehst.«

»Ich muss so vieles lernen«, flüsterte ich ergeben. »Was ich vom Leben überhaupt möchte, zum Beispiel ... unabhängig von den Erwartungen anderer. Wer ich bin. Wer ich sein möchte. Ich hab keine Ahnung, wie mein Leben weitergehen soll, jetzt, da ich alles, das mich geformt und zurechtgerückt hat, losgeworden bin. Und ich hab eine Heidenangst, Sofia.« Voller Hoffnung trat ich einen Schritt näher. Sie sah auf. »Ich hab eine Heidenangst davor, dich nicht an meiner Seite zu haben. Du bist der einzige Mensch, bei dem ich mich *wie ich selbst* gefühlt habe. Du bist die Hoffnung, dass ich vielleicht wirklich noch mal zu mir zurückfinden kann. Es tut mir leid, ich hab's versaut. Zum hundertsten Mal versaut. Doch ich weiß nicht, wie es richtig geht. Ich weiß es nicht, ohne dich. Du warst diejenige, die mich angesehen hat, als gäbe es etwas in mir, das es wert ist, angesehen zu werden. Du hast mir eine Bedeutung gegeben. Wegen dir möchte ich daran glauben, dass mehr in mir steckt, als mein Vater geglaubt hat. Aber ich brauche deine Hilfe, ich brauche *dich*. Ich kann das ohne dich einfach nicht.«

Sofias Gesicht war jetzt tränenüberströmt. »Ich hab auch Angst, Valentin. Ich hab Angst, wieder in der Schwebe zu stecken, mich wieder nicht zu hundert Prozent darauf verlassen zu können, dass du für mich da bist. Meine Eltern sind fort, ich hab zwar eine große Familie, die mich über alles liebt, und doch fühle ich mich überall nur als das Plus One. Ich möchte endlich einen Platz in meinem Leben einnehmen, an dem ich dazugehörig bin. An dem ich für eine Person der wichtigste Mensch bin und von dem ich weiß, dass er mich nie alleinlässt. Ein Ort, an dem ich zu Hause bin, eine *Person*, bei der ich zu Hause bin und bei der ich nicht bangen muss, dass sie morgen weg ist.«

»Ich bin hier. Ich möchte dir diesen Platz geben, ich möchte diese Person für dich sein. Du musst es nur zulassen.«

Als ich einen weiteren Schritt nähertrat, sog sie zittrig die Luft ein. Unschlüssig, ängstlich, nicht überzeugt.

»Weißt du«, begann ich erneut und fühlte eine Schwere in mir. Ich krallte mich an die letzte Hoffnung, krallte mich an das letzte Stück Wahrheit, das ich ihr geben konnte und das sie verdient hatte. »Von überall hört man immer, dass man erst sich selbst kennen, sich selbst lieben muss. Meiner Meinung nach ist das der größte Bullshit. Ich hab mich nie gekannt, hab mich nie geliebt. Aber dich ...« Meine Stimme zitterte, Tränen durchnässten meine Augen. »Verdammt, Sofia, dich hab ich geliebt. Bei dir habe ich mich gekannt.«

Sie schnappte nach Luft, in ihrem Blick tauchte ein Funken der Zuneigung auf, mit dem sie mich sonst angesehen hatte, wurde dann von Schmerz verdrängt. »Ich liebe dich, Sofia. Und ich weiß nicht, wie ich mich lieben soll, wenn ich nicht dich habe, die mir zeigt, dass da überhaupt etwas Liebenswertes in mir existiert.«

»Valentin, ich ...« Ihre Stimme brach, sie wandte sich ab und entfernte sich ein paar Schritte von mir. Mit dem Rücken zu mir blieb sie am Treppenaufsatz stehen. Ihre Schultern zuckten. »Bei uns beiden ist so viel los. So viel passiert. Ich hab Angst, dass wir beide zu kaputt sind und uns gegenseitig noch kaputter machen.«

»Wir können es doch versuchen.«

»Wie stellst du dir das vor?« Sie zeigte mir ihr Profil, sah mich über die Schulter hinweg an. »Wir haben beide keine Ahnung, wie es weitergehen soll. Ob ich hierbleibe oder zurück nach England gehe. Und du? Was willst du jetzt machen? Willst du ernsthaft hierbleiben? In einem fremden Land, dessen Sprache du nicht sprichst? Wie soll das funktionieren?«

»Ich hab keine Ahnung«, antwortete ich. »Ich weiß nicht, was die Zukunft bringt. Ich weiß nicht, wo ich sein werde. Ich weiß nicht mal, was ich morgen tun soll. Keine Ahnung, wie mein Weg von nun an aussieht. Ich weiß nur, dass ich ihn mit dir gehen will. Ohne dich war ich nur das Monster, das alle in mir sahen. Der verlorene Sohn, der Schuldige, der, der alles gab, um genug zu sein, es aber doch nie war. Verstehst du das nicht? Ohne dich war ich nur die Meinung anderer und nie ich selbst.«

In mir war es laut. Die Gefühle liefen wieder Amok, veranstalteten pures Chaos in mir. Es war laut, als Sofia seufzte, es war laut, als sie ängstlich aufsah und eine letzte Träne ihren Augenwinkel hinunterrann, und es war laut, als sie voller Zweifel und mit zusammengepressten Lippen den Kopf schüttelte.

Und dann wurde es plötzlich ganz still.

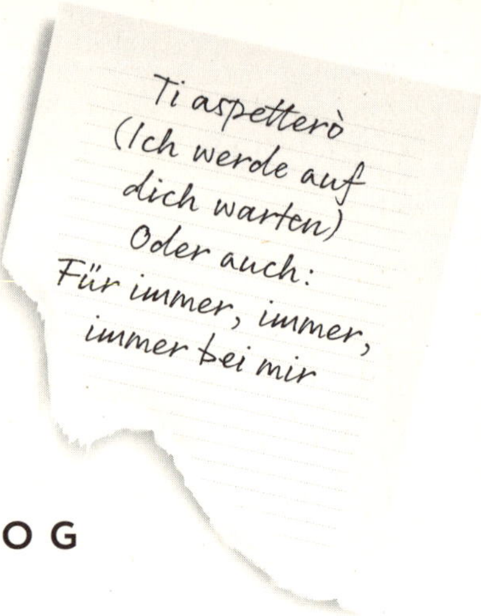

EPILOG

Sofia

Einen Monat später

»Du musst mich ganz oft besuchen kommen!«

Chiara drehte sich auf dem Beifahrersitz zu mir um und griff sehnsüchtig nach meiner Hand. Um mich herum stapelten sich Umzugskisten, ich hatte kaum einen Zentimeter Platz, um mich zu bewegen, und musste so eingequetscht nun eine halbe Stunde bis nach Palermo verharren.

»Sobald du dich eingerichtet hast, komme ich vorbei. Und dann gehen wir feiern«, antwortete ich und drückte ihre Finger ein Mal. Seit Mattia nach Rom gezogen war, hatte ich Chiara dazu überreden können, endlich auch ihre Zukunft in die Hand zu nehmen und sich in Palermo für Kunst einzuschreiben. Bei ihrem Talent war sie ohne Probleme angenommen worden. Eine schöne Wohnung hatte sie im Ort Terrasini gefunden, nicht weit von der Hauptstadt entfernt, und ihre Anspannung bezüglich dieser Veränderung konnte ich bis auf den Rücksitz spüren. Die räumliche Trennung zu Mattia nahm sie mehr mit, als sie zugeben wollte, vor allem, weil in den Sternen stand, ob es zwischen den beiden wirklich so weitergehen konnte. Und auch die Abnabelung von ihren Eltern, der Schritt, endlich selbst etwas zu erschaffen, war angsteinflößend für sie. Ich konnte das mit am besten verstehen.

Auch ich wusste noch immer nicht ganz, wie es weitergehen sollte, hatte mich aber mittlerweile dafür entschieden, auf Sizilien zu bleiben. Mit Tierarzt Dr. Roberto Esposito kümmerte ich mich nun um die Straßentiere und hatte mir mittlerweile eine kleine Auffangstation aufgebaut. Da dies eine ehrenamtliche Tätigkeit war und ich noch rausfinden musste, wie ich mit dieser Leidenschaft meinen Unterhalt verdienen konnte, half ich bei Mimi und Marco aus. Nun, da ihre Tochter wegfallen würde und die Hauptsaison begann, konnten sie jede Hilfe gebrauchen. Im Gegenzug durfte ich weiterhin bei ihnen wohnen, bis ich rausgefunden hatte, wie es mit mir weitergehen sollte.

»Ich muss erst mal die ganzen Hotspots abchecken«, meinte Chiara lachend.

Auch ich schmunzelte. »Stimmt, damit du uns für jeden Abend wieder einen Bar-Plan erstellen kannst.«

»Das wird das Allererste und Allerwichtigste sein, das du in Terrasini tust«, warf Mimi ein und fuchtelte lachend mit der Hand in der Luft herum, ehe sie ihre Tochter zu sich zog und ihr einen lauten Kuss auf die Wange drückte.

»Mamma!«, beschwerte sich Chiara. »Du zertrümmerst mir mit deinen lauten Schmatzern immer fast das Trommelfell.«

»Amore mio, ich weiß einfach nicht, was ich tun soll, wenn du nicht mehr da bist.«

»Ich bin nur eine halbe Stunde entfernt, keine Sorge.«

Mein Blick fiel hinaus aufs Meer, das neben uns vorbeizog, und meine Aufmerksamkeit schweifte ab. Nach England, zu Lili.

In der Zeit hier, in der ich all das Vermissen meiner Heimat aufgeholt hatte, merkte ich nun langsam, dass das Vermissen ihr gegenüber hinterherhinkte. Sie fehlte mir. Sie fehlte mir so unfassbar.

Zwanzig Minuten später standen wir vor Chiaras neuer Wohnung. Ein kleines Einzimmerapartment über einer urigen Café-Bar, vor der ein paar Gäste saßen und sich bei einem Eiscafé austauschten. Über dem Eingang hing ein winziger Balkon, Chiaras Balkon, von dem aus man eine wunderschöne Aussicht über die Steinklippen am Meer hatte.

»Va bene, amore«, begann Mimi, als wir alles raufgebracht hatten und nun wieder am Auto standen. »Io e Sofia partiamo adesso. Ich komme morgen noch mal vorbei und schaue nach dir, wenn etwas ist, ruf an.«

Ein letztes Mal fielen Chiara und ich uns in die Arme, als würden wir uns länger nicht mehr sehen. Und irgendwie fühlte es sich auch wie ein richtiger Abschied an. Mit wem sollte ich nun abends durch die Gassen von Castellammare streifen? Wer würde jeden Abend an meiner Seite sein und mir Mut zusprechen? Für mich stand schon jetzt fest, dass ich mindestens jedes Wochenende bei ihr sein würde.

»Wir machen einen kurzen Abstecher zum Flughafen.«

Fragend sah ich zu meiner Tante, als wir Terrasini verließen und auf die Autobahn nach Palermo fuhren.

»Warum?«

Ihre Mundwinkel zuckten, ohne dass sie mich ansah. »Ich hab ein paar deiner Sachen einfliegen lassen. Damit du nicht ständig deine Urlaubskleidung tragen musst.«

Auch auf meine Lippen stahl sich ein Lächeln. »Das wollte ich sowieso bald mal angehen. Hat Lili die Sachen zusammengepackt?«

Mimi nickte und nahm die Ausfahrt Richtung Flughafen. Wir stellten den Wagen in der Kurzparkzone ab, liefen dann ins Innere. Der Flughafen von Palermo war winzig, wir hatten ihn innerhalb von zehn Minuten komplett durchquert. Schließlich blieb Mimi an einem Gepäckstand stehen, drehte sich zu mir um und grinste mich an.

Verwirrt runzelte ich die Stirn. »Was ist? Wo sind meine Sachen?«

Ihr Grinsen wurde breiter. »Wir sind doch nicht wegen deiner Sachen hier. Jedenfalls nicht nur.«

Ich wurde skeptisch. »Wegen was dann?«

»Wegen mir.«

Hastig drehte ich mich um, als lautes Klackern eleganter Pumps ertönte und ich die Stimme meiner anderen Tante erkannte. Lili. Fast schon schreitend kam sie auf uns zu, trug ein schwarzes Kostüm, eine große Sonnenbrille und einen ausladenden Sonnenhut. Hinter ihr mühte sich ein Flughafenmitarbeiter mit dem schweren Wagen voller großer Koffer ab. Sie war *der* Moment.

Voller Freude fiel ich ihr in die Arme. »Was … wie … wann habt ihr das ausgeheckt?«

Lili strich mir über den Rücken. Sie roch nach teurem Parfüm, einem Hauch Zigarette und dem Gefühl, man könnte alles erreichen, wenn man sie an seiner Seite hatte. »Miriam meinte, du bräuchtest ein paar Sachen, da dachte ich, ich bringe sie dir selbst vorbei.«

Ich hielt sie fest und hob den Kopf, um sie anzusehen. Sie strich mir eine Strähne aus dem Gesicht.

Dann wurde sie ernster. »Du hast einiges durchgemacht und es tut mir so leid, dass ich nichts gemerkt habe, dass ich nicht früher für dich da war.«

Hastig schüttelte ich den Kopf. »Nein, du konntest doch nichts wissen. Ich hab niemandem etwas erzählt.«

»Weil du dachtest, du musst da allein durch«, beendete Lili meinen Satz. Ich öffnete den Mund, um zu widersprechen, doch kein Wort kam raus. Ich wollte es nicht wahrhaben, wollte nicht, dass sie ein schlechtes Gewissen hatte, doch ... tatsächlich hatte sie recht.

»Und ich möchte, dass du dich nie wieder so fühlst. Dass du nie wieder das Gefühl bekommst, du kannst nicht mit mir oder mit uns reden. Ab jetzt höre ich dir zu, bei allem. Auch was deine Zukunft angeht.« Sie warf Zia Mimi ein Lächeln zu. »Wenn du noch nicht weißt, was du machen sollst, wenn du noch nicht weißt, wer du bist, dann lass dir Zeit. Wir stehen hinter dir.«

Dankbar drückte ich mich noch mal an ihre Brust, Mimi kam dazu und legte ihre Arme um uns. Einen Moment lang standen wir da und kicherten.

»Wie lange wirst du bleiben?«, fragte ich, als wir den Weg zum Wagen einschlugen.

Lili warf Mimi einen Blick zu. »Mal schauen, ich kann theoretisch auch erst mal von hier arbeiten. Erst nächsten Monat hab ich wieder eine Anhörung. Apropos Anhörung ...« Ihre Miene wurde ernst. »Du bist dir ganz sicher, dass du gegen deine Stalkerin nicht weiter vorgehen willst? Das Annäherungsverbot haben wir erfolgreich durchbekommen, aber ich finde ja, das ist nicht Strafe genug. Kam noch mal etwas von ihr?«

Tatsächlich war die Antwort darauf ein Nein. Ich war mir nach wie vor unsicher, ob ich gegen Paula weiter vorgehen sollte. Mit Lilis Hilfe hatten wir, ohne zu viel Aufsehen zu erregen, einen Antrag auf ein Annäherungsverbot beim Gericht eingereicht. Auch wenn sie gemeint hatte, dass sie sich Hilfe suchen und mich von nun an in Ruhe lassen würde, hatten die Albträume nicht aufgehört. Noch immer suchte ich die Umgebung danach ab, ob mich jemand beobachtete, noch immer hielt ich bei jedem Brief, den ich öffnete, die Luft an. Ich vertraute Paula nicht mehr, auch wenn eine Seite in mir ihr nichts Böses wollte. Als Lili vorschlug, wenigstens den Antrag zu stellen, wenn ich sie schon nicht anzeigen wollte, hatte ich zugestimmt. Und da Lili ordentlich Druck gemacht hatte, wurde es im Eilverfahren letzte Woche endlich durchgesetzt. Seitdem fühlte ich mich um Tonnen leichter. Paula durfte sich nicht mehr nähern, ihre Zukunft blieb damit aber trotzdem unbefleckt. Auch wenn ich sie für das, was sie mir angetan hatte, hasste, war sie einst meine beste Freundin gewesen. Ein Teil in mir liebte sie immer noch. Ein Teil von mir hoffte, dass sie ihre Dämonen überwinden und irgendwann glücklich das Leben würde führen können, das sie sich wünschte.

»Nein, es kam nichts mehr. Ich glaube, sie lässt es jetzt wirklich sein.«

»Das hoffe ich für sie«, sagte Lili. »Gegen mich als deine Anwältin will sie nicht in den Hörsaal treten.«

Oder eher: Gegen euch als meine Familie.

»Gehst du zum Hafen?«

Ich zog mir die Tasche über die Schulter und trat auf die Veranda, da entdeckte ich Mimi, Lili und Marco bei einem Wein zusammensitzen.

Nickend trat ich an ihren Tisch. »Ja, Robertos Frau feiert ihren sechzigsten Geburtstag.«

Mimi stellte ihr Weinglas ab und stand auf. Als sie an mir vorbei in Richtung Eingang lief, strich sie mir über die Wange. »Ich hab noch etwas für dich.«

Neugierig folgte ich ihr an die Rezeption, doch mein Lächeln verflog in dem Moment, in dem sie einen Brief zückte und mir reichte. Würde ich bei meiner Post jemals wieder wie ein normaler Mensch reagieren?

»Ich weiß nicht, von wem er ist. Wenn du möchtest, können wir ihn zusammen lesen.« Auch Mimi schien angespannt. Ich nahm ihn mit zittrigen Fingern an mich, schüttelte den Kopf.

»Ich glaube, das bekomme ich –«

»Sofia«, unterbrach sie mich warnend. »Bitte tu nicht wieder auf unabhängig und stark. Du musst das nicht allein durchstehen.«

»Ich weiß«, versicherte ich ihr, drückte sie und steckte den Brief in meine Tasche. »Vielleicht lese ich ihn auch gar nicht. Mal schauen.«

Mimi wirkte nicht wirklich zufrieden und musterte mich eine Zeit lang mit gerunzelter Stirn. »Okay«, sagte sie dann trotzdem, »aber sobald etwas Komisches drinsteht, sagst du uns Bescheid, capisci?«

»Versprochen.« Zur Sicherheit hauchte ich ihr noch einen Kuss auf die Wange, ehe ich mit dem Wagen runter in den Ort fuhr und in einer weniger besuchten Gasse einen Parkplatz fand. Während ich mich hinab zum Hafen vorbahnte, streifte mein Blick Straßenschilder, verwegene Ecken, in denen vom Sciroccowind verstaubte Motorräder standen, und Balkone geschmückt von violetten Drillingspflanzen. *Via Cornicetta.* Mein Herz zuckte, weil es sich erinnerte. Es erinnerte sich an Valentins und meine erste Unterhaltung, es erinnerte sich an seine Wunschuniversumsmomente und an sein *Du in meinem Chaos und ich in deinem.*

Hinter mir klickte es, blaue Augen, schwarze Lederjacke. Mein Herz erinnerte sich weiter an seine Pfefferminzküsse und unsere Unterhaltungen, die selten mit Worten und öfter mit Blicken stattgefunden hatten. Es erinnerte sich an sein *Ich weiß nicht, wie ich mich lieben soll* und an sein *Aber ich liebe dich.* Und dann erinnerte es sich daran, dass ich Valentin beinahe hatte gehen lassen.

»Wie war es in Palermo?«, fragte er, ließ die Kamera sinken und kam auf mich zu. Als hätten wir uns seit Jahren nicht gesehen, zog er mich in seine Arme und hauchte mir einen Kuss auf die Stirn. »Überraschend. Lili ist da«, antwortete ich und strahlte. »Wie war es bei deiner Mutter?«

Valentin wandte seinen Blick nicht mehr ab, wenn es um seine Familie ging. Er wandte sich im Allgemeinen nicht mehr ab, wenn es um Dinge ging, die wehtaten. Er stellte sich – und dafür war ich ihm so dankbar.

»Es ist immer noch etwas komisch, mit ihr und ihrer neuen Familie Zeit zu verbringen, aber ... ich glaube, wir kommen uns langsam näher. Sie sagt, sie ist stolz, dass ich anfangen möchte, hier Fotografie zu studieren.«

»Das bin ich auch«, meinte ich, löste mich aus seinem Arm und strich ihm liebevoll über die Wange. »Wenigstens einer von uns beiden weiß, wie es weitergeht.«

»Deinen Weg werden wir auch noch finden. Zusammen.«

Bei seinen Worten wurde mir warm ums Herz und ich drückte mein Gesicht in sein Hemd, als könnte ich mich dadurch vor der Zukunft verstecken. »Apropos *zusammen*«, warf ich ein, ohne den Kopf zu heben, »können wir, bevor wir zu dem Geburtstag gehen, noch kurz was machen?« Angespannt fischte ich den Brief aus meiner Tasche hervor und zeigte ihn Valentin.

Er verstand sofort, seine Miene wurde ernst. Schließlich nickte er und zog mich zu einer verlassenen Parkbank unter einer goldenen Straßenlaterne. Meine Hände zitterten, als ich den Brief öffnete. Mein Name und die Adresse waren handschriftlich draufgekritzelt worden, ein Absender war nicht angegeben. Im Inneren ein einziges DIN-A4-Papier.

Valentin legte seinen Arm um meine Schultern und drückte mich an sich, weil ich mich noch nicht traute, das Papier hervorzuholen. Mein Herz zuckte erneut, weil es sich auch daran erinnerte.

»Ich brauche dich auch«, kam es aus meinem Mund. Ein Blick in seine Augen gab mir so viel Sicherheit. »Und ich liebe dich auch.«

Sein Lächeln war so roh, so aus dem Moment gegriffen und unvorhersehbar. Ich hatte ihn mitten ins Herz getroffen, weshalb er mich sehnsüchtig in einen innigen Kuss zog und ich all das noch mal fühlte, was ich mit ihm in den letzten Monaten gefühlt hatte. Nur, dass es jetzt stärker war. Viel stärker. So stark, dass ich dachte, auf der Stelle an einer Gefühlsüberdosis zu sterben.

Wir lösten unsere Lippen voneinander. Ein letzter Blick in seine Augen, ein letztes Durchatmen, ehe ich den Zettel hervorzog und zu lesen begann.

Liebe Sofia,

dies wird der letzte Brief sein, den du jemals von einem DiLaurentis erhalten wirst. Versprochen. Im Grunde möchte ich dir danken. Im Namen der ganzen Familie.

Paula ist seit ihrer Rückkehr wieder bei uns und hat eine Therapie begonnen. Unsere Eltern versuchen ebenfalls, die Familie wieder enger zusammenzurücken, offener und toleranter zu werden. Es ist nicht richtig, was sie meiner Schwester angetan haben, und es ist allein ihre Schuld, dass es ihr so schlecht ging – du konntest niemals etwas dafür. Was auch geschehen ist, letztendlich warst du Paula die beste Freundin, die sie sich je hätte wünschen können, und bist es bis heute. Bis heute bist du die Einzige, die sie je verstanden, toleriert und mit ihr mitgefühlt hat – selbst als sie so abscheulich dir gegenüber gehandelt hat. Dafür möchte ich dir danken. Dass du ihr selbst in der Stunde der Wahrheit keinen Hass geschenkt, sondern erkannt hast, dass sie Hilfe und keine Anzeige braucht. Wir hätten es verstanden, wenn du einen Prozess gewollt hättest, umso dankbarer sind wir, dass du es nicht getan hast.

Im Grunde ist dieser Brief eine Danksagung an dich, aber auch ein Abschluss. Ich hoffe, du kannst abschließen. Ich hoffe, du kannst durch meine Worte ein bisschen zur Ruhe kommen und dir sicher sein, dass sie dir so etwas nie wieder antun wird, und ich hoffe, dass du den Platz in deinem Leben findest, den du verdient hast.

Ich wünsche dir nur das Beste.
Luke

Eine salzige Träne tropfte auf das Papier. Die Tinte verschwamm, ich kniff die Augen zusammen und drückte mich in Valentins Arm. Zum ersten Mal, seit der Briefterror vor Jahren begonnen hatte, hatte ich das Gefühl, erleichtert aufatmen zu können. Endlich zu sagen, dass es vorbei war. Auch wenn niemand – selbst Paulas Bruder – garantieren konnte, wie die Zukunft aussehen würde, wusste ich, das Schlimmste hatte ich überstanden. Und ganz egal, was da auf mich zukam, ich würde es meistern können.

Ich löste mich mit einem erleichterten Schmunzeln aus Valentins Arm, seine Hand hinterließ Kreise auf meinem Rücken. Auch seine Anspannung hatte sich gelöst. Und als es über der Meeresoberfläche hinter dem Horizont plötzlich zu flackern begann, Wetterleuchten zu uns vordrang, wusste ich, Nonno war auch bei mir. Und es war egal, was ich tat, er würde für immer an meiner Seite sein.

Ende

DANKSAGUNG

Diese Geschichte würde es nicht geben, wenn es meine Familie nicht geben würde. Ich hätte meine Erinnerungen an Castellammare del Golfo nicht zwischen diese Zeilen packen können, wenn ihr mir diese nicht geschenkt hättet. Alles, was ihr seid, steckt in dieser Geschichte. Papa – danke, für einfach alles. Du machst einen großen Teil von mir aus. Mimi – danke, dass du mir von klein auf die beste Freundin warst, die man haben kann, und immer für mich da bist. Marco – danke für deine Ruhe, deine Zeit und dein Wissen, das du mir jeden Sommer mitgibst. Nonna – danke, dass du mein Leben lang ein Zufluchtsort für mich warst. Nonno – es gibt nichts, für was ich dir nicht dankbar bin. Castellammare ist leer ohne dich. *Mi manchi.*

Ich danke Ebru, meiner Herzensagentin, für deine Ruhe und Gelassenheit, wenn mal wieder alles in mir rast. Danke, dass du an mich glaubst.

Danke an Sara, dass du meiner Herzensgeschichte von Tag eins an die Begeisterung und das Herzblut geschenkt hast, das ich mir immer gewünscht habe.

Ein großes Dankeschön an das gesamte Team von reverie, dass ihr an meine Zeilen geglaubt habt und mich bei meinen verrückten Marketingideen einfach mal habt machen lassen :D

Danke an meine Testleserinnen – Selina, Julia, Carina, Mandy, Sarah, Michelle, Mira, Annika – dafür, dass ihr geholfen habt, aus SHADOW das Beste rauszuholen. Danke auch an meine absoluten Herzensmenschen, die mich bei allem unterstützen – Marie, Michelle, Sarah. DANKE!

Und wie immer natürlich das größte Danke an Mama. Ohne dich wäre ich schließlich nichts.

Danke auch an P. Du weißt, warum.

Content Note

Dieses Buch enthält potenziell triggernde Inhalte.

Diese sind:
Stalking
Angstzustände
Tod/Verlust